你当像鸟飞往你的山

[美]塔拉·韦斯特弗 著

任爱红 译

南海出版公司

新经典文化股份有限公司
www.readinglife.com
出 品

献给泰勒

过去总是美好的,因为一个人从来都意识不到当时的情绪;它后来扩展开来,因此我们只对过去,而非现在,拥有完整的情绪。

——弗吉尼亚·伍尔夫

最终我认为,教育必须被视为一种对经验的不断重建;教育的过程和目标合而为一,是一回事。

——约翰·杜威

目录 Contents

序　　1

第一部分

择善　　7
助产士　　18
奶油色鞋子　　30
阿帕奇女人　　38
诚实的污垢　　49
大小盾牌　　64
耶和华必预备　　79
小妓女　　89
当时世代的完全人　　98
羽毛盾牌　　108
直觉　　115
鱼眼睛　　122
沉默的教堂　　132
我的双脚已离开土地　　144
不再是孩子　　155
不忠的人，违逆的天堂　　167

第二部分

守安息日为圣日	179
鲜血和羽毛	187
回到原点	196
父辈的吟诵	204
美黄芩	213
我们的低语，我们的尖叫	218
我来自爱达荷州	231
迷途的骑士	242
硫黄的作用	252
静候水流	260
假如我是女人	266
卖花女	274
毕业	285

第三部分

全能上帝之手	297
悲剧之后的闹剧	308
大房子里吵架的女人	318
物理的巫术	324
事物的本质	330
太阳以西	337
两双挥舞的手臂	344
救赎之赌	354
家庭	363
守望野牛	369
教育	377
作者的话	381
致谢	382
作者注	384
注释说明	386

序

我站在谷仓边废弃的红色火车车厢上。狂风呼啸,将我的头发吹过脸颊,把一股寒气注入我敞开的衬衫领子。在这种靠山近的地方,风力强劲,仿佛山顶自己在呼气。往下,山谷宁静,不受干扰。与此同时,我们的农场在舞蹈:粗壮的针叶树缓缓摇摆,而山艾和蓟丛则瑟瑟发抖,在每一次气流充涌和喷发时弓下身去。在我身后,一座平缓的山倾斜而上,继而将自己与山脚缝合。如果抬头望去,我便能辨认出印第安公主的黑色身形。

漫山遍野铺满了野生小麦。如果说针叶树和山艾是独舞演员,那么麦田就是一个芭蕾舞团。大风刮过,每根麦秆都跟随大家一起律动,宛如无数位芭蕾舞者一个接一个弯下腰来,在金黄的麦田表面留下凹痕。那凹痕的形状稍纵即逝,和风一样倏忽不见。

朝我们山坡上的房子望去,我又看到另一种不同的动作。高大的身影僵硬地在气流中艰难行进。是我的哥哥们醒了,在那里试探天气。我想象母亲站在炉子旁,忙着煎麦麸薄饼。我勾画着父亲弓背站在后门,系上钢头靴的鞋带,把长满老茧的双手伸进焊接手套里。下面的高速公路上,校车驶过,没有停留。

我只有七岁,但我懂得相比其他任何事,最令我们家与众不同的是这个事实:我们不去上学。

爸爸担心政府会强制我们去上学,但并没有,因为政府压根儿不知道我们的存在。我们家有七个孩子,其中四个没有出生证明。我们没有医疗记录,因为我们都是在家里出生的,从未去医院看过医生或护士。[1] 我们没有入学记录,因为我们从未踏进教室一步。我九岁时才会有一张延期出生证明,但在这一刻,对爱达荷州和联邦政府而言,我不存在。

那时我当然存在。我成长中一直在为末日降临①做准备,提防太阳变暗,提防血月出现。夏天我把桃子装罐储藏,冬天更换应急补给。人类世界崩塌之时,我们家会继续存活,不受影响。

我被山间的节律养育,在这节律中没有根本性的变化,只有周而复始的转变。太阳每天清晨照常升起,扫过山谷,最后坠入山峰后面。冬天落下的雪总是在春天融化。我们的生活在轮回——四季轮回,昼夜轮回——在永恒的变换中轮回,每完成一次轮回,就意味着一切未有任何改变。我曾相信我们一家是这不朽模式中的一部分,相信从某种意义上来说,我们会永生。但永生只属于大山。

---

① Days of Abomination,摩门教末日论者根据《圣经》预言,预测世界末日终将降临,到时会爆发小行星撞击地球或气候巨变等灾难。——无特殊说明,文中脚注均为译者注,尾注均为作者原注。

父亲曾经讲过一个关于那座山峰的故事。她古老而庄严,是一座山的大教堂。连绵的山脉中,巴克峰不是最高、最壮观的山峰,却最为精巧。它的底部横亘逾一英里,黑暗的形体从地面隆起,上升,伸入一个完美无瑕的尖顶。从远处,你可以看到一个女人的身形在山体正面显现:巨大的峡谷构成她的双腿,北部山脊扇形散布的松林是她的秀发。她的姿态威风凛凛,一条腿强有力地伸向前方,比起迈步,用阔步形容更准确。

父亲称她为"印第安公主"。每年积雪开始融化时,她便显现,面朝南方,望着野牛返回山谷。父亲说,游牧的印第安人留意着她的出现,将那视为春天的标志,山川融雪的信号,冬天结束了,该回家了。

父亲所有的故事都关乎我们的山,我们的山谷,我们呈锯齿状的爱达荷州。他从来没有告诉过我,如果我离开这座山,如果我漂洋过海,发现自己置身于陌生的地面,再也无法在地平线上搜寻那位公主时,我该怎么办。他从未告诉过我如何知道,我该回家了。

第一部分

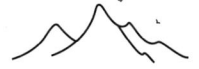

择善

  我最强烈的记忆不是一段记忆。它是我想象出来的,之后回忆起来就像真的发生过一样。记忆成形于我五岁时,就要满六岁前,源自我父亲讲的一个故事,他讲得那么详细,以至于我和哥哥姐姐们都各自演绎出自己的电影版本,其中充斥着枪林弹雨和喊叫声。我的版本里有蟋蟀。当我的家人在厨房里挤作一团,灯关着,躲避将房子包围的联邦调查局人员时,那就是我听到的声音。一个女人伸手去够一杯水,月光映照出她的轮廓。一声枪响,像鞭子抽打的声音,她倒下了。在我的记忆中,倒下的总是母亲,她怀里还抱着一个婴儿。

  婴儿这点说不通——我是母亲七个孩子中最小的一个,但正如我所说,这一切都不曾发生。

  在父亲给我们讲了这个故事的一年后,一天晚上,我们聚集在一起，听他大声朗读《以赛亚书》中一段关于以马内利的预言。他坐在芥黄色的沙发上，腿上放着一本打开的《圣经》。母亲坐在他旁边。我们其余人散坐在棕色粗毛地毯上。

"到他晓得弃恶择善的时候，"爸爸的声音低沉而单调，搬运了一整天的废料，他已疲惫不堪，"他必吃奶油与蜂蜜。"

一阵凝重的停顿。我们静坐不语。

父亲个子不高，但他能掌控全场。他仪态不凡，如传神谕者般庄严。他的手粗糙厚实——那是一辈子辛苦劳作人的手——紧紧抓住《圣经》。

他把这段话又大声读了一遍，接着读了第三遍、第四遍。随着每一次重复，声调越来越高。他刚刚因疲惫而肿胀的眼睛，现在睁得大大的，充满警觉。他说，此处有一条神圣教义，他会求问耶和华。

第二天早上，爸爸把我们冰箱里的牛奶、酸奶和奶酪全都清除干净。当天晚上他回家时，卡车上装了五十加仑的蜂蜜。

"《以赛亚书》上没有说奶油和蜂蜜哪个是恶的，"爸爸笑着说，和哥哥们一起把那些白色大桶拖到地下室，"但只要你问询，上帝必告诉你！"

爸爸将这一段读给他母亲听时，她当面嘲笑了他。"我的钱包里有几分钱，"她说，"你最好都拿走。你的理智也就值这么多了。"

奶奶长着一张瘦削而棱角分明的脸，她纤细的脖子和手指上挂着一串串人造印第安珠宝，全都是银色和蓝绿色的。因为她住在我们山下的公路附近，我们便叫她山下奶奶。这是为了将她和母亲的母亲区分开来。我们管后者叫城里外婆，因为她住在南面十五英里外全县唯一的城镇里,那里只有一个红绿灯和一家杂货店。

父亲和他母亲的关系就像两只尾巴绑在一起的猫。他们可以说一星期的话,却对任何一件事都无法达成共识。但将他们紧密连在一起的是对山的热爱。父亲的家族在巴克峰山脚下生活了半个世纪。奶奶的女儿们已经结婚搬走了,但父亲留了下来,在山脚下他母亲家正对的山上建了一座永远都加盖不完的破败的黄房子,在她修剪整齐的草坪边胡乱造了一座废料场——这样的垃圾场还有好几个。

他们每天都为废料场的凌乱而争吵,但更多是为我们这些孩子而争吵。奶奶认为我们应该上学,而不是——用她的话说——"像野人一样在山上游荡"。爸爸说公立学校是政府引导孩子远离上帝的阴谋。"我把孩子们送到下面那所学校,"他说,"和把他们交给魔鬼有什么两样。"

上帝指示爸爸向生活和耕种在巴克峰山下的人们分享这个启示。星期日,几乎家家户户都聚集到公路旁的教堂。那是一座常见的摩门教教堂,山胡桃木色,有一个小小的低调的尖塔。男人们从长椅上一起身,爸爸立刻缠住他们。他先从他的表弟吉姆开始。爸爸挥舞着《圣经》,向他解释牛奶的罪恶。吉姆礼貌地听着,接着咧嘴一笑,拍了拍爸爸的肩膀,说正义的上帝绝不会在炎热的夏日午后剥夺一个人自制草莓冰激凌的乐趣。吉姆的妻子拉起他的胳膊。当他从我们身边经过时,我闻到一股大粪味。然后我想起来了:巴克峰以北一英里处的大奶牛场,就是吉姆家的。

爸爸开始布道反对喝牛奶后,奶奶便将她的冰箱塞满了牛奶。

她和爷爷本来只喝脱脂牛奶，但很快冰箱里什么都有了——低脂奶、全脂奶，甚至是巧克力牛奶。她似乎相信这是一道重要防线，要坚决守住。

早餐成了对忠诚的考验。每天早上，一家人围坐在一张翻新过的红橡木桌旁，吃的不是加了蜂蜜和糖浆的七谷物麦片，就是加了蜂蜜和糖浆的七谷物煎薄饼。因为我们有九个人，所以煎薄饼从来都来不及煎熟煎透。如果我能用牛奶泡麦片，使奶油在麦芽粉中凝聚，浸透那些小颗粒，我倒不介意喝麦片粥；但自从上帝的那个启示后，我们就一直用水泡麦片。那感觉就像在吃一碗泥浆。

没过多久，我开始惦记奶奶冰箱里那些快要变质的牛奶。然后我养成了每天早上不吃早餐直接去谷仓的习惯。我给猪倒好泔水，填满牛马饲料槽，然后跳过畜栏，绕谷仓转一圈，踏进奶奶家的侧门。

在这样的一个早晨，我坐在流理台边看着奶奶把玉米片倒进碗里，这时她说："你想不想去上学？"

"我不喜欢上学。"我说。

"你从没试过，"她叫道，"怎么知道不喜欢。"

她把牛奶倒进碗里，递给我，然后坐在吧台边，正对着我，看着我一勺一勺往嘴里舀。

"我们明天要去亚利桑那州。"她告诉我，但我已经知道了。每年天气开始转变时，她和爷爷都会去亚利桑那州。爷爷说他年纪大了，不能在爱达荷州过冬：寒冷让他骨头作痛。"早点儿起床，"奶奶说，"五点左右，我们会带你一起走，送你上学。"

我在凳子上挪动了一下。我试着想象学校的样子，但想象不出来。相反，我想起了每周去的主日学校，我讨厌它。一个叫亚伦的男孩对所有女孩说我不识字，因为我不上学，现在女孩们都不跟我说话了。

"爸爸同意我去吗？"我说。

"不，"奶奶说，"等他发现你不见了，我们早就走了。"她把我的碗放进水槽，凝神看着窗外。

奶奶性情强势——急躁，咄咄逼人，坚持己见。看她一眼意味着退后一步。她把头发染成黑色，这令她原本严厉的面容更加突出，尤其是眉毛。每天早上她都把眉毛画成粗重的拱形。她将眉毛画得太长，使她的脸看起来拉长了；画得也太高，让她脸上的其余部分都蒙上了厌倦的表情，近乎嘲讽。

"你应该去上学。"她说。

"爸爸会不会让你把我送回来？"我说。

"你爸爸不能命令我做一件该死的事。"奶奶站着，摆好架势，"如果他想让你回来，他得自己来接你。"她面带犹豫，一时显得很愧疚，"我昨天和他谈过了。很长一段时间内他都不会把你抓回来。镇上他在建造的那个棚子工期延后，他不会在这个时候收拾行李，开车去亚利桑那州。趁天气暖和，他还要和你的哥哥们干上一段时间的活儿呢。"

奶奶的计划很是周密。冬天工作稀缺，在第一场雪降临前的几周里，爸爸总是日出而作，日落而息，试图从搬运废料、建造谷仓中多攒些钱来维持整个冬天的开支。即使他母亲带着他最小的孩子跑了，他也不能停止工作，除非到时铲车冰封。

"走之前，我得先把牲口喂好，"我说，"要是牛从畜栏里跑出来找水喝，他就会发现我不见了。"

那天晚上我没有睡。我坐在厨房的地板上，盯着钟表，听着时间滴答滴答地流逝。凌晨一点。两点。三点。

到了四点，我站起身，将靴子放在后门旁边。它们粘满了大粪，奶奶肯定不会让我穿着它们进她的车。我想象它们被丢弃在她家门廊上，而我赤脚跑向亚利桑那州。

我想象家人发现我失踪时会发生什么。我和哥哥理查德常常在山上一待就是一整天，所以可能直到太阳下山理查德回家吃晚饭而我没回去时，才会有人注意到我不见了。我想象我的哥哥们推开门出去找我。他们会先去废料场，掀开铁板，以防有些金属板移位，将我困在了里面。接着他们会向外搜索，扫荡农场，爬上树，钻进谷仓阁楼。最后，他们会转向那座山。

那时黄昏已过，夜幕马上就要降临，景色逐渐黯淡下来，继而全部被黑暗笼罩。你看不见周遭的世界，只能靠感知。我想象哥哥们四散在山上，在黑黢黢的森林搜寻。没有人说话；每个人心里想的都一样。山上会有可怕的意外发生。悬崖突然出现。祖父的野马在浓密的水毒芹坡上狂奔。还有不少响尾蛇。以前有一头小牛从谷仓跑了出去，我们就这样搜寻过。在山谷中，你会发现一只受伤的动物；但在山上，你发现的只会是一具尸体。

我想象母亲站在后门旁，她的眼睛扫视着黑暗的山脊，这时父亲回家告诉她他们没有找到我。姐姐奥黛丽会提议去问奶奶，母亲会说奶奶一大早就去亚利桑那州了。这些话会在空气中凝固片刻，接着每个人都会意识到我去了哪里。我想象父亲的脸，他眯起黑色的眼睛，抿紧嘴巴，眉头一皱，转向母亲，说："你觉得是她自己要去的吗？"

他的声音回响着，低沉而悲伤。然后这声音被另一个召唤记忆的声音淹没——蟋蟀的叫声，接着是枪声，之后是寂静。

后来我会知道，那是一桩著名事件——诸如翁迪德尼之战[①]或韦科惨案[②]，但当初父亲给我们讲这个故事时，感觉仿佛除了我们，世人对此一无所知。

它始于罐头季节接近尾声时，其他孩子可能把这个季节叫作"夏天"。我的家人总是在天气暖和的月份里将水果装罐储存起来。爸爸说在可憎的末日里我们需要这些水果。一天晚上，爸爸从废料场回来，很是不安。晚饭时，他在厨房踱来踱去，几乎一口也没吃。他说，我们必须把一切安排妥当。没多少时间了。

第二天我们一整天都在煮桃子、剥桃皮。日落时分，我们已装满了几十个大玻璃罐，这些玻璃罐被拿到外面排列得整整齐齐，还带着来自高压锅的余温。爸爸扫了一眼我们的劳动成果，数了数罐子，自言自语，然后转向母亲说："这些还不够。"

那天晚上，爸爸召开了一次家庭会议。我们聚集在那张餐桌周围，因为桌子又宽又长，能坐下全家人。他说，我们有权知道自己面临何种处境。他站在桌子最前端，我们其余人都坐在长凳上，盯

---

① Wounded Knee，又称"伤膝河大屠杀"，1890 年 12 月 29 日美国政府对印第安人的疯狂屠杀，标志着印第安人反抗移民的武装起义结束。
② Waco，指 1993 年发生在得克萨斯州的知名事件，在这次事件中政府和大卫教派发生武装冲突，包括不少妇女和儿童在内的 76 名教派人员丧生，极为惨烈。

着厚厚的红橡木桌板。

"离这儿不远有户人家，"爸爸说，"他们为自由而战。为了提防政府给孩子洗脑，他们不送孩子去公立学校，于是联邦政府的人来抓他们了。"爸爸慢慢呼出一口长气，"联邦政府的人包围了这家人的小木屋，将他们锁在里面好几个星期。其中一个小男孩太饿了，溜出去打猎，被联邦政府的人开枪打死了。"

我扫了一眼哥哥们。卢克面露恐惧，我还从未见他害怕过。

"他们还在木屋里，"爸爸说，"关着灯，匍匐在地板上，远离门窗。我不知道他们还剩多少食物，也许在联邦政府的人放弃前，他们就饿死了。"

没有人说话。最后，十二岁的卢克问我们能否去帮忙。"不，"爸爸说，"谁都帮不上忙。他们被困在自己家中，但他们有枪。你可以打赌就是因为这个，联邦政府的人才没有冲进去。"他停下来坐下，将身子蜷在低矮的长凳上，动作缓慢而僵硬。我觉得他看起来苍老又憔悴。"我们帮不了他们，但我们可以帮自己。等联邦政府的人来到巴克峰时，我们早就做好了准备。"

那天晚上，爸爸从地下室拖出一堆旧军用包。他说这些是我们的"上山应急专用包"。我们那一整晚都在往里面装物资——草药、净水器、打火石和钢铁。爸爸已经买了好几箱军用即食餐，我们把尽可能多的食品塞进包里，想象着一旦从家里逃出去，躲在溪边的野李子林里，这些吃的就会派上用场。有几个哥哥在他们的背包里藏了枪，但我只有一把小刀。即便如此，等我们打完包，我的包个头也和我一样大了。我让卢克把它抬进我衣橱里的架子上，但爸爸让我放到低处，以便我可以迅速拿取，所以我就将它放在床上一起睡。

我练习把包滑到肩上，背着它跑——我可不想被落在后面。我想象着我们的大逃亡，在午夜逃往印第安公主的安全之地。我知道，这座山是我们的盟友。对认识她的人来说，她可以友善，但对入侵者来说，她只会背信弃义，这对我们是一个优势。话又说回来，要是我们打算在联邦政府的人到来时躲到山上去，我不明白为什么还要将桃子制成罐头。我们不可能把一千只沉重的罐子搬到山顶上去。还是说我们需要这些桃子，这样就可以像韦弗一家那样，躲在房子里，誓死抵抗到底？

战斗到底似乎很有可能，特别是在几天后，父亲带回家十几支军用步枪，主要是SKS半自动步枪，薄薄的银刺刀整齐地折叠在枪管下面。步枪装在狭窄的锡盒里，涂过防腐润滑油。这是一种褐色物质，其稠度与猪油相当，必须擦掉。擦洗完毕后，我的哥哥泰勒选了一支枪，把它放在一张黑色塑料布上，然后卷起来用几码长的银色布基胶带密封好。他把这捆东西扛在肩上，搬下了山坡，将它扔在红色火车车厢旁，接着开始挖洞。当洞又宽又深时，他把步枪扔了进去。我看着他用泥土把它盖好，他的下巴紧绷，肌肉因用力而鼓起。

不久，爸爸买了一台用废弹壳制造子弹的机器。现在我们可以在对峙中坚持更长时间了，他说。我想起我的"上山应急包"正在床上等着我，还有藏在火车车厢附近的那支步枪，开始担心子弹制造机的安危。它体积庞大，用螺栓固定在地下室的铁制工作台上。如果我们遭到突袭，我认为我们没有时间去搬它。我想知道我们是不是也该把它和步枪一起埋起来。

15

我们继续制作桃子罐头。我不记得过去了多少天，也不记得在爸爸告诉我们更多故事之前，我们又增加了多少罐食物储备。

"兰迪·韦弗被人开枪打死了，"爸爸说，他的声音又细又怪，"他离开木屋去抱回儿子的尸体，联邦政府的人开枪打死了他。"我从未见过父亲哭，但现在眼泪顺着他的鼻子源源不断地流下来。他没有擦，任凭它们滴到他的衬衫上。"他的妻子听到枪声冲到窗前，怀里还抱着他们的小宝宝。接着又是一声枪响。"

母亲坐在那里，双臂交叉，一只手放在胸前，另一只手捂住嘴巴。我盯着我们家污渍斑斑的油毡，听爸爸告诉我们婴儿如何从那位母亲的怀里被抱了出来，脸上还沾满了她的鲜血。

在那一刻之前，我内心曾经渴望冒险，有点盼望联邦政府的人到来。现在我感到了真正的恐惧。我想象我的哥哥们蹲伏在黑暗中，汗津津的手从步枪上滑下来。我想象母亲口干舌燥，疲惫不堪，从窗前往后退。我想象自己平躺在地板上，静静听着田野里蟋蟀的清脆鸣叫。然后我看见母亲站起来，伸手去够厨房的水龙头。一道白光，一声枪响，她倒下了。我一跃而起，接住婴儿。

爸爸从未告诉我们故事的结局。我们家没有电视和收音机，所以或许他自己也不知道结局。关于这件事，我记得他说的最后一句话是："下一次，可能会轮到我们。"

这句话一直萦绕在我耳际。蟋蟀的鸣叫，桃子扑哧掉进玻璃罐里的声响，以及擦拭 SKS 步枪时叮叮当当的金属碰撞声，都能让这句话在我耳畔回响。每天早上，当我经过火车车厢，在繁缕和牛蒡草丛生的泰勒埋枪之地停留时，都会听到这句话。后来，当爸爸早就忘记了《以赛亚书》中的那个启示，母亲又重新把"西方家庭"牌低脂奶的塑料罐子塞进冰箱,我还会记起韦弗一家人的遭遇。

差不多早上五点了。

我回到我的房间,脑袋里满是蟋蟀的叫声和枪声。睡在下铺的奥黛丽在打鼾,一种低沉而满足的嗡嗡声让我也渴望这样睡去。但我爬上床,交叉双腿,望向窗外。五点过去了。然后是六点。七点钟,奶奶出现了,我看着她在她家露台上走来走去,每隔一会儿便回过头来朝小山丘上的房子看看。然后她和爷爷上了车,朝公路驶去。

车开走后,我下了床,用水泡了一碗麦麸喝。我来到外面,朝谷仓走去,卢克那只叫"神风"的山羊轻咬我的衬衫,以示欢迎。我走过理查德用旧割草机改装的卡丁车。我喂了猪,填满饲料槽,把爷爷的马牵到一片新牧场。

做完这一切,我爬到火车车厢顶上,眺望着山谷。很容易就能假装这是一列行驶中的火车,它正疾驰向前,随时可能将山谷抛在身后。我花了好几个小时在脑海中玩这个幻想游戏,但今天就是无法获得那种眩晕感。我的视线离开田野,转向西边,面对着山峰。

春天,当针叶树从雪里露出头来,深绿色的针叶在黄褐色的泥土和树皮的映衬下,显得几乎呈黑色时,印第安公主最为清晰可见。现在是秋天。虽然还能看见她的身影,但她正在消隐:垂死的夏天的红黄色遮掩了她黝黑的身影。很快就要下雪了。山谷里的第一场雪会融化,但山上的雪会存留,将公主掩埋,直到来年春天,她才会充满警惕地再次出现。

助产士

"你有金盏花吗？"助产士问，"我还需要半边莲和金缕梅。"

她坐在厨房流理台前，看着母亲在我们的桦木橱柜里翻找。她们之间的台面上放着一台电子秤，母亲偶尔会用它给干树叶称重。那是春天，尽管阳光明媚，早晨还是有一丝寒意。

"我上周做了一批新鲜的金盏花酊剂，"母亲说，"塔拉，快去拿来。"

我取回酊剂，母亲把它和干药草一起装在一个塑料食品袋里。"还需要别的吗？"母亲大笑着说，音调很高，很紧张。助产士让她感到害怕，每当害怕时，母亲就会变得轻飘飘的，而每当助产士做出一个缓慢而坚定的动作，她都晃来晃去。

助产士浏览了一下清单。"够了。"

她又矮又胖，四十多岁，有十一个孩子，下巴上长着一个黄褐色的疣。她的头发和田鼠一个颜色，是我见过的最长的。当她把绷紧的发髻解开时，头发如瀑布般垂落至膝处。她面容阴沉，嗓音粗重而威严。她没有执照，也没有证书。助产士完全是她自我认证的，但这就足够了。

母亲将做她的助手。记得第一天我看着她们，暗自比较。母亲有着玫瑰花瓣般的皮肤，头发卷成柔软的波浪，在肩膀周围跳来跳去，眼皮闪闪发亮。母亲每天早上都化妆，如果来不及化妆，她一整天都会为此道歉，就好像不化妆给所有人都带来了不便。

助产士看上去仿佛已经有十年没在意过外表了，而她的举止让你感觉注意到这点很愚蠢。

助产士怀里抱着母亲的草药，点头道别。

助产士下次来我家时，带着她的女儿玛丽亚。玛丽亚站在她母亲旁边，模仿她的动作，一个婴儿背在她九岁的精瘦的身体上。我满怀期待地盯着她。我没见过多少像我一样不上学的女孩。我慢慢靠近她，试图吸引她的注意，但她全神贯注地听她母亲说话，她母亲正在解释如何用痉挛树皮和益母草调治产后子宫收缩。玛丽亚点头表示赞同，目不转睛地盯着她母亲的脸。

我独自拖着沉重的脚步穿过走廊，来到自己房间，但当我转身要关门，发现她站在那里，仍然背着婴儿。小宝宝肉嘟嘟的，她不得不使劲弯着腰才背得住他。

"你要去吗？"她说。

我不明白她在问什么。

"我总会去，"她说，"你见过生孩子吗？"

"没有。"

"我见过很多次了。你知道婴儿'臀位'是什么意思吗？"

19

"不知道。"我回答,感觉像是在道歉。

母亲第一次去协助生产,在外面待了两天。然后她从后门飘了进来,脸色苍白,近乎透明,飘移到沙发上,浑身直打哆嗦。"太可怕了,"她低声说,"连朱迪也说自己被吓到了。"母亲闭上了眼睛,"可她看上去并不害怕。"

母亲休息了几分钟,直到恢复了一些颜色,才讲述了事情的经过。分娩过程漫长又折磨人,当婴儿终于降生时,产妇已经严重撕裂。到处都是血。大出血不止。就在这时,母亲才意识到脐带一度缠住了婴儿的喉咙。婴儿全身发紫,一动不动,母亲还以为他死了。母亲讲述这些细节时,面无血色,像鸡蛋一样苍白,最后她坐下来,用双臂环抱住自己。

奥黛丽泡了甘菊茶,之后我们让母亲上床睡觉。那天晚上爸爸回家时,母亲又把这件事给他讲了一遍。"我做不到,"她说,"朱迪可以,但我不行。"爸爸把胳膊搭在她肩上。"这是上帝的召唤,"他说,"有时候上帝要求我们做的事充满艰难。"

母亲不想当助产士。这自始至终都是爸爸的主意,是他自力更生计划的一部分。没有什么比我们依赖政府更令他厌恶的了。爸爸说总有一天我们会完全自给自足。待他一筹到钱,他就计划修建一条从山上取水的管道,然后在农场各处安装太阳能电池板。这样,在世界末日,当其他人都生活在黑暗中,喝水坑里的水,我们还有水和电。母亲是草药师,所以她能照料我们的健康;如果她学会助产,就能在孙子孙女出生时接生了。

第一次接生过后几天,助产士来看望母亲。她带着玛丽亚,玛丽亚又跟着我来到我的房间。"你母亲第一次接生就不顺利，真是太糟糕了。"她笑着说，"下一次就容易多了。"

几周后，这个预言应验了。那是午夜时分。因为我们没有电话，助产士打给了山下奶奶。奶奶爬上山来到我家，又累又气，大喊着让母亲去"扮医生"。她只待了几分钟就把全家人都吵醒了。"为什么你们这些人不能和别人一样去医院，我真不明白。"她大叫着，砰的一声关上门走了。

母亲拿上她的小手提袋和装满酊剂黑瓶的工具箱，缓缓走出家门。我很担心，一晚上没睡好。但第二天早晨母亲回到家时，头发乱作一团，眼睛下面有黑眼圈，咧着嘴露出灿烂的笑容。"是个女孩。"她说。然后她上床睡了一整天。

就这样过了几个月，母亲随时都会离开家，再哆哆嗦嗦地回到家，为终于了了一桩事而松了一口气。当树叶开始凋落时，她已经帮忙接生了十几个孩子。到冬天过完，已有几十个孩子。春天，她告诉父亲，她干够了，如果世界末日来临，如果她迫不得已，她会接生孩子的，但现在她不想干了。

听到她说这话，爸爸脸色一沉。他提醒她这是上帝的旨意，这会保佑我们的家人。"你需要成为一名助产士，"他说，"你需要独自一人接生孩子。"

母亲摇了摇头。"我不行，"她说，"再说了，人家都去找朱迪，谁会雇我呢？"

挑战上帝的意志，给她自己带来了厄运。不久，玛丽亚告诉我，她父亲在怀俄明州找到了一份新工作。"我妈妈说接生的活该由你母亲接管。"玛丽亚说。一个激动人心的形象在我想象中成形，我扮演玛丽亚的角色，成了助产士的女儿，自信、博学。但当我转过身来看着站在我身旁的母亲时，那个形象瞬间蒸发了。

助产在爱达荷州并不违法，但尚未得到批准。如果分娩出了问题，助产士可能会面临无证行医的指控；如果出了大事故，助产士可能会面临过失杀人的刑事指控，甚至要坐牢。鲜有哪个女人甘愿冒此风险，所以助产士很稀缺：朱迪离开去怀俄明州的那天，母亲成了方圆百英里内唯一的助产士。

挺着大肚子的女人开始陆陆续续来到我家，请求母亲为她们接生孩子。母亲一想到这个就皱眉。一个女人坐在我们家褪色的黄沙发边缘，眼睛低垂，解释说，她的丈夫失业了，家里没钱去医院。母亲静静地坐着，眼神专注，双唇紧闭，整个表情瞬间凝固。接着她的表情缓和了，小声说："我不是助产士，只是个助手。"

那个女人又来了好几次，一次次坐在我们家沙发上，讲述她以前生孩子的顺利过程。每当爸爸从废料场看到那个女人的车，他总是借口要喝水，从后门悄悄溜进屋，然后站在厨房里，一边不紧不慢、一声不吭地小口啜饮，一边向起居室方向竖起耳朵偷听。每次那个女人离开后，爸爸都难以抑制他的兴奋。最后，也许是因为那个女人的绝望，也许是因为爸爸的喜悦，也许是两个因素的共同作用，母亲让步了。

生产过程很是顺利。接着这个女人有个朋友也怀孕了，也叫母亲去接生。然后那个女人也有个朋友要生孩子。母亲雇了一个助手。没过多久，她便要接生那么多的孩子，我和奥黛丽整天都陪她开车在山谷里转悠，看着她做产前检查，开草药药方。某种程度上她成了我们的老师，因为我们很少在家上课，她以前也从未教过我们。她给我们解释所有的疗法和缓和剂用法。如果某人的血压过高，应该服用山楂以稳定胶原蛋白，扩张冠状动脉血管；如果哪个产妇过早宫缩，需要用姜泡澡，增加子宫内氧气的供应。

助产士的工作改变了我母亲。作为一名有七个孩子的成年女性，有生以来她第一次毋庸置疑地成为掌控局面的那个人。在成功为一个婴儿接生后的几天里，有时候，从她某次有力的扭头，或者画得浓重专横的眉毛上，我能察觉到她有了朱迪那样强大的气场。她不再化妆，也不再为没化妆而道歉。

母亲接生一次收费五百美元左右，这也是助产工作让她发生变化的另一种方式：突然间她有钱了。爸爸认为女人不应该工作，但我想他觉得母亲做助产士收费没有错，因为这损害了政府的利益，况且我们需要钱。虽然爸爸干起活来那股劲头无人能比，但是拆解废品、盖谷仓和干草棚并没有带来多少收入。而母亲掏腰包，用装在信封里的小额钞票买点儿食品杂货，还是帮了大忙的。有时候，如果我们一整天都在山谷里忙活，送草药、做产检，母亲就会用赚来的钱带我和奥黛丽出去吃饭。城里外婆以前送给我一本粉色日记本，封面上画着一只焦糖色的泰迪熊，里面记录着母亲第一次带我们去餐厅吃饭的情景。我是这样描述的："真正的梦幻之地，有菜单和一切。"根据那则日记，我的那顿饭花了三美元三十美分。

母亲也用这些钱来提高自己的助产技能。她购置了一个氧气罐，以防新生儿呼吸困难。她还去上缝合课，这样就能给下体撕裂的产妇进行缝合了。以前朱迪总是把这些产妇送到医院去缝针，但母亲下决心学习此技术。我能想象她脑子里想的是什么：自力更生。

母亲用剩下的钱安装了一部电话。[2] 一天，来了一辆白色面包车,一群身穿深色工装裤的人从车上下来,爬上公路旁的电线杆。爸爸从后门冲进来,质问到底发生了什么事。"我还以为你想安部电话呢,"母亲说,无辜的眼神里满是惊讶,"你不是说过,万一有人要生孩子,而奶奶不在家没法接电话,可就麻烦了。我心想,他说得对,我们需要安一部电话!我可真蠢!难道是我理解错了?"她继续说着,语速很快。

爸爸张着嘴站在那儿愣了几秒钟。当助产士当然需要电话,他说。接着他又返回废料场干活,没再说什么。记忆中我们还从没有过电话。但第二天电话就安好了,青柠绿的底座,表面闪着光泽,与旁边灰蒙蒙的升麻和美黄芩罐子极不相称。

卢克十五岁时让母亲给他开一份出生证明。他想报名参加驾驶培训,因为我们的大哥托尼靠开卡车拉石头赚了很多钱。卢克要是有驾照,也能干这个活。老二肖恩和老三泰勒都有出生证,只有最小的四个孩子——卢克、奥黛丽、理查德和我——没有。

母亲着手准备书面申请。我不知道她是否先和爸爸商量过。如果她商量了,我无法解释是什么原因让他改变了主意——十年来他一直拒绝到政府部门注册,为什么突然放弃了抗争——但我觉得也许是因为那部电话。父亲似乎接受了这个事实:如果真要和政府开战,必须承担一定风险。母亲做助产士是对医疗机构的颠覆,但作为助产士,她需要一部电话。也许同样的逻辑也适用于卢克:卢克要想赚钱供养一个家庭,购买补给,为世界末日做准备,就需要一份出生证明。还有一种可能是母亲根本没跟爸爸商量。也许是她自己做主,而他接受了她的决定。也许就连威风凛凛的父亲一时也被她的力量所震慑。

开始为卢克准备材料后,母亲决定给我们大家都办出生证明。事情比她想象中困难得多。她把房子翻了个底朝天,寻找一切可以证明我们是她的孩子的文件。什么也没找到。就我而言,没有一个人知道我的确切生日。母亲记得是这一天,爸爸记得是那一天,山下奶奶去城里做宣誓书陈述,证明我是她的孙女,给的日期又是另外一天。

母亲打电话给盐湖城的教会总部。那里的一名办事员找到一份我婴儿时受洗的证书,还有一份我八岁时受洗的证书。所有摩门教的孩子在八岁时都要受洗。母亲请求对方提供复印件,几天后复印件寄到了。"老天呀!"母亲打开信封时说。每份文件上的出生日期都不同,而且与奶奶在宣誓书上说的日期也不符。

那个星期,母亲每天都要打好几个小时的电话。她把听筒夹在肩上,电话线伸到厨房那头,不管是煮饭、打扫,还是制作白毛茛和赐福蓟草酊剂时,都在一遍又一遍地重复同样的话。

"当然了,她出生时就该给她注册,但当时没办,所以现在才办。"

电话那头的人小声嘟哝了几句。

"我已经对你说过了,这一星期我对你、你的下属、你下属的下属,还有其他不下五十个人都说过了,她没有上学记录或医疗记录。她没有这些!不是记录丢了!我没法去要复印件。记录压根儿就不存在!"

"她的生日?就算二十七号吧。"

"不,我不确定。"

"不，我没有文件。"

"好的，我等着。"

母亲每次坦白说不知道我的生日，对方总是让她稍等一下，把她的电话转给上级领导，仿佛不知道我哪天出生使得"我拥有身份"这整个概念都不成立了。他们似乎在说，人怎么可能没有生日？我不明白为什么不可以。在母亲决定给我办出生证明之前，我从不觉得不知道生日是件怪事。我知道我是在九月底出生的，每年我都会挑一个不是星期天的日子过生日，因为在教堂过生日很没趣。有时我希望母亲把电话递给我，这样我就可以自己解释。"和你一样，我也有生日，"我想告诉这些人，"只不过它不固定。难道你不希望能变换一下你的生日吗？"

最终，母亲说服山下奶奶重新去做宣誓书陈述，说我是二十七号出生的，尽管奶奶仍然相信二十九号才是我的生日。爱达荷州颁发了一份延期出生证明。我还记得信件寄来的那天。当我拿到第一份证明我是个人的法律证据时，我的感觉怪怪的，就好像权利被人剥夺了：在此之前，我从未意识到这还需要证明。

最后，我比卢克提前拿到了出生证明。母亲在电话里告诉那些人，说她觉得我是在九月最后一周的某一天出生时，他们默不作声。但当她告诉他们，说她不确定卢克是生在五月还是六月时，他们喋喋不休炸开了锅。

那年秋天我九岁了，陪同母亲一起去接生。几个月以来，我一直要求同去，提醒她玛丽亚在我这个年纪已经见过十几个孩子出生了。"我又不是哺乳期母亲，"她说，"没理由带你同去。再说，你也不会喜欢的。"

终于，一个有好几个小孩的女人雇母亲去接生，我便被安排在分娩期间照看孩子。

电话是半夜打来的。刺耳的电话铃声响彻门厅，我屏住呼吸，希望不是谁打错了。一分钟后，母亲来到我床边。"该走了。"说完，我们一起向车子跑去。

十英里的车程中，母亲一路叮嘱我，万一最糟糕的情况发生，联邦政府的人也来了，我该说些什么。无论如何我都不能告诉他们母亲是一名助产士。若是他们问起我们为何在那里，我什么都不要说。母亲称之为"闭嘴艺术"。"你就一口咬定，说你睡着了，什么也没看见，什么都不知道，也不记得我们为什么来这里。"她说，"别给他们任何把我绳之以法的理由。"

母亲陷入沉默。她开车的时候，我仔细打量着她。仪表盘上的灯光照亮了她的脸，在一片漆黑的乡间道路上，她的脸色苍白得有如鬼魂。恐惧蚀刻进她的面容，在她紧锁的眉头和紧闭的双唇里。单独和我在一起，她放下了人前的伪装。她又是那副老样子，脆弱，呼吸急促。

我听见轻声低语，意识到是她发出的。她在假设突发状况。如果出了问题怎么办？如果他们对她隐瞒病史，出现并发症怎么办？或者，如果只是并不十分危急的常见状况，但她惊慌失措吓呆了，没能及时止住出血怎么办？再过几分钟我们就要到了，她颤抖的双手将掌握两条生命。直到那一刻，我才明白她所冒的风险。"医院里也死人，"她低语道，紧握方向盘，像幽灵一般，"有时上帝召唤他们回家，任何人都无能为力。但是如果助产士碰上这种事——"

她转过身来正对着我说,"只要发生一个失误,你就只能到监狱去看我了。"

我们一到那儿,母亲立刻像变了个人似的,给那户人家的男人、女人和我接连下达了一串命令。我无法把目光从她身上移开,几乎把她交代我做的事全忘了。现在我才意识到,那天晚上我第一次感觉到,她身上有股神奇的力量。

她大声下达命令,我们一言不发地执行。婴儿顺利出生,没有并发症。能亲眼见证一个新生命的诞生,既神奇又浪漫,但母亲说得没错,我并不喜欢。这一过程漫长而艰辛,还弥漫着一股腹股沟难闻的汗味。

下次接生我就不再要求同去了。那次母亲回来时脸色苍白,浑身发抖。她用颤抖的声音告诉我和姐姐事情的经过:胎儿的心率如何下降,只剩震颤,十分危急;她如何打电话叫了一辆救护车,然后决定不能再等下去了,马上开自己的车送产妇去了医院。她开得如此之快,以至于到达医院时,后面还跟了一名护送的警察。在急诊室里,她尽力向医生提供他们所需的信息,同时又不能表现出懂得太多,不能让他们怀疑她是一名无执照的助产士。

医院紧急实施了剖腹产手术。产妇和婴儿在医院住了好几天,等到他们出院时母亲才不再战战兢兢。事实上,她似乎很是兴奋,开始以不同方式讲述这个故事。她很喜欢回忆被警察拦下的那一刻。警察惊奇地发现车后座上有一个不停呻吟的女人,显然正在分娩。"我就切换到脑残女人的模式,"她用越来越洪亮的声音告诉我和奥黛丽,"男人就愿意这么想,是他们拯救了陷入困境的傻女人。我只需靠边站,任他扮演英雄就好了!"

对母亲来说，最危险的时刻还是在医院。就在那个女人被推走几分钟后，一位医生拦住了母亲，问她为什么会在生产现场。回忆起这个，母亲微笑着说："我就问了他我能想到的最愚蠢的问题。"她换上一副妩媚的假嗓，和她本来的声音大不一样，高声说道："哦！那是婴儿的头吗？难道不是该脚先出来吗？"医生信了，她怎么可能是助产士呢。

在怀俄明州没有像母亲一样好的草药师，所以医院事件几个月后，朱迪又回到巴克峰进货。两个女人在厨房里聊天，朱迪坐在凳子上，母亲倚着流理台，头懒洋洋地靠在手上。我拿着草药清单去储藏室。玛丽亚牵着一个孩子跟在后面。我一边从架子上取下干草叶和浑浊的药水，一边滔滔不绝地说着母亲的事迹，最后讲到了医院里的那场危机。玛丽亚自己也有不少逃避联邦政府人员的故事，但她刚开始讲，我就打断了她。

"朱迪是个不错的助产士，"我挺起胸膛说，"但是谁也不如我母亲厉害，能在医生和警察面前装傻。"

奶油色鞋子

我的母亲名叫法耶,是邮递员的女儿。她在城镇里长大,住在一幢黄色的房子里,周围是白色尖桩栅栏,栅栏旁种着一排排紫色鸢尾花。她母亲据说是山谷里最好的裁缝,所以年轻时的法耶总是穿着剪裁完美的漂亮衣服,从天鹅绒夹克到涤纶长裤,从羊毛套装到华达呢裙,应有尽有。她到教堂做礼拜,也参加学校和社区活动。她过着正常有序的体面生活,可谓无懈可击。

这种表面的体面是她母亲精心炮制的结果。我的外婆拉鲁成年于二十世纪五十年代,当时正值二战后理想主义成为狂热思潮的十年。拉鲁的父亲酗酒,那时还没有"成瘾"和"同理心"这些术语,酗酒的人不叫"酗酒者",而被称为"酒鬼"。她来自"非正常"家庭,却生活在一个虔诚的摩门教社区中。和许多社区一样,父母罪行的恶果也祸及子女。镇上没有一个体面的男人会考虑娶她为妻。她认识并嫁给了我外公——一个刚从海军退役的好脾气的年轻人。婚后她便致力于构建一个完美家庭，至少外表上如此。她相信这样会保护女儿们免受社会的伤害，不像她过去那样遭人冷眼。

其成果之一就是白色的尖桩栅栏和一衣橱的手工缝制衣服。另一个成果是她的大女儿嫁给了一个严厉的年轻人，此人长着一头乌黑发亮的头发，喜欢不走寻常路。

也就是说，我母亲对堆积在她身上的体面做出了任性的回应。外婆想把自己从未有过的礼物送给女儿，这个礼物就是一个好的家庭出身。但法耶不想要这个。我母亲虽然不是社会变革者——甚至在最叛逆的时期她也谨遵摩门教信仰，忠于婚姻和母性——但二十世纪七十年代的社会剧变似乎至少对她产生了一个影响：她不再想要白色尖桩栅栏和华达呢礼服。

母亲给我讲过几十个关于她童年的故事，关于外婆如何为大女儿的社会地位而烦恼，为她的凹凸纹细布裙是否剪裁得当而烦恼，为她的蓝色天鹅绒宽松长裤颜色正不正而烦恼。这些故事几乎总是以我父亲乘虚而入，出卖天鹅绒换取蓝牛仔裤而告终。有一件事深深铭刻在我记忆中。那时我七八岁，正在房间里换去教堂的衣服。我拿了一块湿抹布擦脸、手和脚，但只擦会露出来的部分皮肤。我选了一件长袖棉布裙，这样我就不必洗胳膊了。母亲看着我把裙子胡乱套在头上，嫉妒点亮了她的双眼。

"你要是外婆的女儿，"她说，"我们会天不亮就起床梳头，然后一早上都为穿哪双鞋更漂亮而苦恼，是该穿白色那双，还是奶油色那双。"

母亲脸上挤出一丝苦笑。她想从记忆中找点儿幽默，寻到的却是偏见。"即便最终选择了奶油色那双，我们也会迟到，因为到最后关头,外婆又会慌作一团,开车到表姐唐娜家去借她那双奶油色鞋子,因为她那双鞋跟低一点。"

母亲盯着窗外,出了神。

"白色还是奶油色?"我说,"不都是一样的颜色吗?"我只有一双去教堂的鞋子,是黑色的,或者说至少我姐姐穿的时候是黑色的。

穿好衣服后,我转身对着镜子,一边掸去领口上的泥垢,一边心想母亲能从那样的世界逃离真是太幸运了。在那个世界,白色和奶油色有重大区别,这样的问题可能会毁掉一个完美的早晨,一个本可以牵着卢克的山羊到爸爸的废料场四处寻宝的早晨。

我父亲吉恩是那种看上去既严肃又调皮的年轻人。他的外表很引人注目——乌黑的头发,棱角分明的脸,鼻子像一枚箭头一样指向凶巴巴的深邃的眼睛。他常常抿着嘴笑,像是在开玩笑,仿佛全世界都是他的笑料似的。

虽然我的童年也是在父亲成长的那座山中度过,我们还在同一个食槽喂过猪,但我对他的童年知之甚少。他从未说起过,所以我对他的了解全部来自我母亲。她告诉我,在我父亲小时候,山下爷爷曾经脾气火爆,一点就着。母亲使用"曾经"一词总是让我觉得好笑。我们都知道最好别惹爷爷生气。他脾气暴躁是事实,山谷里每一个人都可以证实这点。他饱经风霜,全身上下像他放养在山上的野马一样粗糙而结实。

奶奶曾在镇上的农业局上班。成年后的父亲强烈反对女人工作,其观点甚至对我们这种乡间摩门教社区来说都很激进。"女人的位置在家里。"每当看到已婚女性在城里上班,他都会这么说。

现在我长大些了，有时会想，父亲对此的强烈抵触是否更多与他母亲有关，而非教条所致。我在想他是否只是希望她当时能待在家里，这样他就不用和坏脾气的爷爷长时间单独相处了。

父亲的童年都耗在经营农场上。我怀疑他从没想过去上大学。尽管如此，母亲说当年父亲活力四射，爱闹爱笑，神气十足。他开一辆淡蓝色大众甲壳虫，身着五颜六色的面料做成的奇装异服，蓄着浓密的胡子，颇为时尚。

他们在城里相遇了。法耶当时在一家保龄球馆当服务员。一个周五的晚上，吉恩和一群朋友闲逛进来。她以前从未见过他，所以马上就知道他不是城里人，一定是从山谷周围的山上来的。和其他年轻男人相比，农场生活让吉恩显得与众不同：他身上有股超越同龄人的严肃认真劲儿，身体健壮，富有主见，令人印象深刻。

山上的生活给人一种至高无上之感，一种遗世独立，甚至统治之感。在那广阔的空间里，你可以孤身一人几小时畅行无阻，漂浮在松林、灌木和岩石的海洋。那是无边无际的静谧，使人沉静，在它的广袤面前人类显得微不足道。吉恩在这种高山的催眠中长大。一切人类闹剧都仿佛安静下来。

在山谷里，法耶试图不去听小镇上不断涌现的流言蜚语，它们透过窗户闯入，顺着门底钻了进来。母亲常把自己描述成一个讨好者，说她无法阻止自己去猜测别人想要她成为什么样的人，也无法阻止自己极不情愿地强迫自己做出改变。住在镇中心的体面房子里，周围紧挨着另外四幢房子，彼此之间近在咫尺，谁都可以透过窗户往里看，窃窃私语着对她评头论足。法耶感觉像是被困在牢笼之中。

我经常想象吉恩把法耶带到巴克峰顶的那一刻。平生第一次，她看不见下面城镇里人们的面孔,也听不见他们的聒噪。这些都变得遥远。高山令其渺小,山风让其缄默。

他们不久就订婚了。

母亲曾讲过发生在她婚前的一个小故事。她和她哥哥林恩以前关系很好,于是带他去见这个她希望成为她丈夫的男人。那是一个夏日的黄昏,爸爸的堂兄弟们干完收割的活儿,正和往常一样聚在一起嬉戏打闹。林恩来了,看见一屋子罗圈腿的恶棍正挥舞着握紧的拳头,互相大吼大叫,他以为自己正在目睹约翰·韦恩[①]电影里的一场斗殴。他真想报警。

"我叫他好好听听他们在说什么。"母亲说着笑出了眼泪。她总是用同样的方式讲述这个故事,我们太喜欢听了,每次她稍稍讲跑题了,我们就会替她讲下去。"我让他好好听他们到底在喊什么。每个人听上去都像疯了,但实际上却在开心地交谈。你得听他们在说什么,而不是怎么说的。我告诉他说,韦斯托弗家的人说话就是这样!"

她讲完这个故事,我们常常笑到肋骨生疼,倒在地上打滚。我们想象着一本正经、老学究般的舅舅和爸爸家那帮野蛮的家伙见面的场景。林恩对这个场面极度反感,再也没来过,我这辈子从没在山上见过他。我们觉得这是他活该,谁让他多管闲事,想把母亲拉回那个充斥着华达呢裙和奶油色鞋子的世界。我们明白,母亲家庭的解体就是我们家的开始。两者无法并存,只有一个家能拥有她。

[①] John Wayne(1907—1979),美国演员,以出演西部片和战争片中的硬汉而闻名。

母亲从未告诉我们,她的家人反对她与父亲订婚,但我们知道。有些痕迹几十年都抹不掉。我父亲很少去城里外婆家,即便去了,也是阴沉着脸,盯着门看。小时候我几乎不认识姨妈、舅舅以及母亲家那边的表兄弟姐妹。我们很少走亲戚——那时我甚至不知道他们住在哪里——而他们来我们山上就更稀奇了。安琪姨妈是唯一的例外,她是母亲最小的妹妹,住在城里,坚持跟母亲来往。

我对父母订婚这件事的了解零零碎碎,大部分来自母亲的讲述。所有虔诚的摩门教男人都要去传教,我知道爸爸在此之前就跟母亲订婚了,之后他在佛罗里达州传教了两年。林恩舅舅利用这次爸爸外出的机会,把落基山脉这边他能找到的所有适婚男子一一介绍给自己的妹妹认识,但是谁也不能让她忘记那个不苟言笑的农场男孩,巴克峰的主宰者。

吉恩从佛罗里达回来后,两人就结了婚。

外婆拉鲁亲手缝制了婚纱。

我只见过一张婚礼照片,是父母在象牙白薄纱窗帘前摆拍的。母亲穿着一件传统丝绸裙子,上有串珠装饰和威尼斯花边,领口遮住锁骨,头上蒙着刺绣面纱。父亲穿着一套带黑色宽翻领的奶油色西装。他们都沉浸在幸福之中,母亲面带轻松的微笑,父亲咧嘴大笑,笑容甚至从胡子下面钻了出来。

我很难相信照片上那个无忧无虑的年轻人是我父亲。他在我印象中是个疲惫不堪的中年男人,整日忧心忡忡,担惊受怕,忙于囤积粮食和弹药。

我不知道照片里的那个男人是何时变成我所认识的父亲的。也许没有特定时刻。爸爸二十一岁结婚，二十二岁就有了第一个儿子——我大哥托尼。二十四岁时，他问母亲可否雇个草药师来给哥哥肖恩接生。母亲同意了。难道就是从这件事初现端倪？还是吉恩就是吉恩，脾气古怪、不合常规，故意要让对他不满的岳父母一家大跌眼镜？毕竟二十个月后有了泰勒，但他是在医院出生的。爸爸二十七岁时，卢克在家里出生，由一名助产士接生。爸爸决定不给他申请出生证明，对奥黛丽、理查德和我也坚持如此。又过了几年，三十岁左右的爸爸把我的几个哥哥从学校接回了家。这个我不记得，因为那时还没有我，但我想也许那是个转折点。接下来的四年里，爸爸扔掉了电话，驾照到期也不去更换，也不再为家里的汽车购买保险。接着他开始囤积食物。

这最后一部分描述听起来像我父亲，却不是哥哥们记忆中的父亲。联邦政府人员围困韦弗一家的那一年，爸爸刚满四十岁，这一事件证实了他最担心的事。从那以后，他就一直处于备战状态，即便战争只存在于他的想象中。也许这就是为什么托尼在那张照片里看到的是他父亲，而我看到的却是一个陌生人。

韦弗家事件发生十四年后，我坐在大学教室里，听一位心理学教授描述一种叫作双相情感障碍[①]的疾病。在此之前我从未听说过精神疾病这回事。我知道人会发疯——有人把死猫套在头上，有人爱上了一根萝卜——但我从未想到，一个人功能健全，头脑清晰，令人信服，却仍可能在哪方面有问题。

教授用沉闷平淡的语调陈述道：该病发病的平均年龄是二十五

---

① bipolar disorder，又称躁郁症。

岁,在此之前可能没有任何症状。

具有讽刺意味的是,如果爸爸果真患有躁郁症——或者患有能解释其行为的十几种失调症之一——那么其中一个共同的症状便是偏执狂,偏执会阻碍这种疾病的诊断和治疗。真相谁也无从得知。

城里外婆三年前去世了,享年八十六岁。

我对她了解不多。

这些年来,我多次进出她的厨房,但她从未告诉过我,眼睁睁看着女儿把自己隔绝起来,封闭在幻觉和偏执筑起的高墙里,她心里是什么滋味。

现在想象她的样子,我的脑海里浮现出一个孤零零的画面,就好像我的记忆是一台幻灯机,而片盒却卡住了。画面上,她坐在带坐垫的长椅上,留着一头紧密的卷发,嘴角露出恰到好处的礼貌微笑。她的眼睛充满善意,安静闲适,仿佛在看一出舞台剧。

那微笑让我念念不忘。始终如一,神秘,超然,冷静,是唯一恒久不变之物。如今我长大了,主要通过姨妈和舅舅尽力去了解她,我于是知道她绝不像看上去的那样。

我参加了外婆的追悼会。在打开的棺材面前,我的目光在她脸上搜寻。殓尸官没处理好她的嘴唇——一直像铁面具般挂在她嘴角的亲切微笑消失了。这是我第一次看到她没了微笑,这时我才终于意识到,外婆生前可能是唯一一个了解我正在经历什么的人:偏执狂和原教旨主义如何瓜分了我的人生,它们如何把我在乎的人从我身边带走,只留下学位和证书——一种体面的虚空。现在正在发生的以前也曾发生。母女分离再度重演。磁带在循环播放。

阿帕奇女人

谁也没注意到汽车离开了马路。十七岁的哥哥泰勒开车时睡着了。那是早上六点，他几乎一整晚都在默默开着我们的旅行车，穿过亚利桑那州、内华达州和犹他州。在巴克峰以南二十英里的一个农业小镇康沃尔，旅行车偏离了中间线，进入逆行车道，然后离开公路，跳过一个沟渠，接连撞倒两根粗大的雪松木电线杆，最后撞上一辆中耕拖拉机才停了下来。

这次旅行是母亲的主意。

几个月前，当干枯的叶子开始飘落，预示夏天的结束，爸爸就一直情绪高涨。早饭时，他用脚轻轻打着流行音乐的拍子，晚饭期间，他常常两眼发光，指着那座山说他要铺设管道，把水从山上直接引到家里。爸爸承诺，等下了第一场雪，他要堆一个爱达荷州最大的雪球。他说，只需徒步上山团一个小小的雪球，然后把它滚下山坡，看着它全速翻过山丘，冲过峡谷，三倍三倍地增大。我家坐落在山谷前最后一座山上，等雪球滚到我家，就会和爷爷家的谷仓一样大，到时公路上的人准会抬头凝望，惊叹不已。只要雪质够好，雪花够厚、够黏就行。每次下雪后，我们都捧一把雪给爸爸，看着他放在手指间搓。那雪太细了。这雪太湿了。得过了圣诞节，他说，那时下的才是正儿八经的雪。

但圣诞节过后，爸爸似乎像泄了气的皮球，整个人垮了。他不再谈什么雪球，然后连话也懒得说了。他的眼神越来越黯淡，最后完全失去了光彩。他走起路来耷拉着肩膀，胳膊软弱无力，好像有什么东西抓住了他，把他往地面拖。

到了一月，爸爸就下不了床了。他平躺在床上，两眼空洞地盯着灰泥天花板上错综复杂的起伏和纹理构成的图案。每天晚上我端饭给他，他连眼都不眨一下。我不确定他是否知道我进过他房间。

就是在这时，母亲宣布我们要去亚利桑那州。她说爸爸就像一株向日葵，会在雪地里冻死，来年二月需要把他带走，种在阳光下。于是我们一家挤进旅行车，穿过蜿蜒的峡谷，沿漆黑的高速公路一路疾驰十二小时，终于来到炎热的亚利桑那州大沙漠。我的祖父母在那里的活动房里等待着冬天过去。

我们于日出几小时后到达。爸爸最远也就挪到奶奶家的门廊，在那里待了一整天。他头下枕一个针织枕头，一只长满老茧的手放在肚子上。他一连两天保持着这个姿势，睁着眼睛，一句话也不说，宛如那干燥无风的炎热沙漠中的一株灌木般静止不动。

第三天他似乎有所恢复，开始注意周围发生的事，听我们吃饭时的闲聊，而不再只是盯着地毯，毫无反应。那天晚饭后奶奶播放电话留言，大部分是邻居和朋友的问候。接着，话筒里传来一个女人的声音，提醒奶奶不要忘了第二天和医生的预约。这则留言对爸爸产生了戏剧性的影响。

一开始，爸爸问了奶奶一些问题：为什么预约，和谁一起去，母亲可以给她药剂，为什么她还要去看医生。

爸爸一直热切信任母亲的草药，但那晚感觉不一样了，就像他内心的什么东西在改变，一则新的信条生根发芽。他说，药草学是一种精神教义，它能区分麦子和稗子，区分忠实信徒和背信弃义之人。然后他用了一个我从未听过的词：光明会[①]。不管是什么意思，这个词听上去奇特，有力。他说，奶奶无意中充当了光明会的代理人。

上帝不容忍背信弃义，爸爸说。这就是为什么最为可恶的罪人正是那些犹疑不决的人，既用草药又用西药，周三来找母亲开药，周五又去找医生看病——或者用爸爸的话说："今天敬拜上帝的圣坛，明天又去献祭撒旦。"这些人就像古以色列人，被赐予真正的宗教，却热衷于虚假的神像。

"医生和药片，"爸爸几乎是在吼叫，"成了他们的神，他们像婊子一样蜂拥而上。"

母亲正盯着食物，一听到"婊子"这个词，她霍地站起身来，生气地瞪了爸爸一眼，走进她房间，砰的一声关上门。对于爸爸的观点，母亲并不总是赞同。爸爸不在的时候，我听见她说一些

[①] Illuminati，又称"光照派"，意欲合谋控制世界的秘密组织，是虔诚的摩门教徒排斥的对象。

他——至少是他的新化身——认为是亵渎上帝的话,比如,"草药只是补充,病情严重了还是要去看医生"。

爸爸没有注意到母亲的椅子空了。"那些医生不是想救你,"他对奶奶说,"他们是想害死你。"

回想起那顿晚餐,那一幕仍然历历在目。我坐在桌子旁,爸爸在急切地说话。奶奶坐在我对面,弯曲的下巴山羊似的一遍一遍嚼着嘴里的芦笋,时不时地喝几口冰水,她到底听没听进去爸爸的只言片语,不得而知。她偶尔恼火地瞅一眼时钟,可是上床睡觉时间尚早。"你是撒旦计划的知情参与者。"爸爸说。

这次旅行接下来的日子里,这个场景每天都在上演,有时一天好几次,都是类似的脚本。爸爸的激情又被点燃,他会一口气说上一个小时或更久,一遍又一遍地讲着同样的话。讲到我们都冰冷麻木了,他内里的热情仍久久不灭。

听完这一大段说教,奶奶发出令人难忘的笑声。她长叹一声,慢慢呼出一口气,最后恼火地翻着眼珠,仿佛想把手伸向空中,但是太累了,无法完成这个手势。接着她微笑了——不是安慰别人的微笑,而是给自己的微笑。在我看来,这个微笑既带着困惑,又饶有兴致,似乎在说:我说得对吧,没有比现实生活更有意思的了。

那是一个炙热的下午,天气热到你无法赤脚走在人行道上。奶奶开车带我和理查德去沙漠里兜风,她费了好大劲儿才给我们系好了安全带,我们之前从未系过。我们一直往前开,路面开始变陡,轮胎下面的柏油路变成了土路,还是继续向前。车在起伏发白的山丘间越攀越高,直到土路到了尽头,出现一条登山步道,我们才停下来。然后我们开始徒步。几分钟后，奶奶便气喘吁吁。于是她坐在一块平坦的红石头上，指向远处的一块砂岩岩层，上面是废墟一样的剥落的尖顶，她让我们徒步过去。一旦到了那里，我们就要寻找宝物：黑色石头。

"它们叫阿帕奇眼泪。"说着，她把手伸进口袋，掏出一块脏兮兮的黑色小石头，上面凹凸不平，布满碎玻璃一样的灰白色纹理。"它们抛光后是这个样子。"她从另一个口袋掏出又一块石头，这块石头又黑又滑，给人柔软的感觉。

理查德认出这两块石头都是黑曜石。"这些是火山石，"他用他那百科全书式无所不知的声音说，"但这块不是，"他用脚踢了踢一块褪色的石头，挥手指着那块岩层说："这是沉积物。"理查德有研究科学冷知识的天赋。往常我不大理会他的讲解，但今天很感兴趣，被这片奇异、焦渴的地面深深吸引。我们绕着岩层走了一个小时才回到奶奶那里，用衬衣兜了很多石头。奶奶很高兴，她可以卖掉它们。她把石头放进后备厢，在开车返回活动房的路上，给我们讲了阿帕奇眼泪的传说。

据奶奶说，一百年前，一支阿帕奇部落曾在那些褪色的岩石上与美国骑兵交战。部落人数不占优势，战斗以他们的失利而告终。剩下能做的便是等死。战斗开始后不久，勇士们就被困在了一块岩脊上。他们不愿遭受战败的耻辱，在奋力突破骑兵队时被一个个砍死，于是骑上马背冲下了山崖。当阿帕奇的女人们在下面的岩石上找到丈夫们的碎尸时，她们放声痛哭，绝望的眼泪一落到地面，便化作了石头。

奶奶从未告诉我们那些女人的结局。阿帕奇部落身陷战事却没有了战士,所以也许是她觉得结局太残酷,没有说出口。我的脑海闪现"屠宰"一词,因为这个词就是为此,为一方毫无抵抗的战斗而设。这是我们在农场用的词。我们屠宰鸡鸭,并不需要与它们战斗一番。勇士们的英勇很可能换来一场屠杀。他们是英雄,死了,而他们的妻子成了奴隶,也死了。

我们开车回活动房时,夕阳西下,最后一抹斜阳洒在高速公路上。我想起了阿帕奇的女人们。和她们的埋骨之地砂岩祭坛一样,她们生命的形状早在多年以前——在战马疾驰,拱起栗色的身躯准备迎接最后一击之前,在勇士们最后一跃之前——就已注定。女人们如何生存,又如何死去,命运早已注定。由勇士们决定,也由女人们自己决定。像沙粒般数不清的选择,层层压缩,聚结成沉积物,变成岩石,直到最后化为坚固的磐石。

之前我从未离开过山,很是想念,渴望看见群山中印第安公主蚀刻在松林间的身影。我瞥了一眼亚利桑那州空荡荡的天空,希望看到她黑色的身影从大地上隆起,宣示她对半边天空的主权。但她不在那里。我不仅想念她的身影,更想念她的爱抚——每天早上她遭风穿过峡谷吹拂我的头发。亚利桑那州没有风,有的只是一阵接一阵的热浪。

我每天都从活动房的一头走到另一头,接着从后门出去,穿过院子,走到吊床那儿,然后绕到前面的门廊,跨过半睡半醒的爸爸,再返回屋里。到了第六天,爷爷的四轮车坏了,泰勒和卢克把它拆开,看看哪里出了问题,这真令我欣慰。我坐在一个蓝色大塑料桶上看着他们俩忙活,心想什么时候才能回家。得等爸爸不再谈论光明会。得等他迈进房间而母亲不再走开时。

那天晚饭后,爸爸说该走了。"拿好你们的东西,"他说,"半小时后我们就上路。"那时天色已晚,奶奶说这么晚了还要开十二个小时的车,太荒唐了。母亲也说等第二天早上再走,但是爸爸想早点回家,这样他和哥哥们第二天早上就可以拆解废品了。"我得干活,一天也耽误不了。"他说。

母亲眼神黯淡,很是担心,但什么也没说。

车子撞上第一根电线杆时,我醒了过来。我睡在姐姐脚下的地板上,头上蒙着一条毯子。我想坐起来,但车子摇晃着向前冲去——感觉它快要散架了——奥黛丽摔到了我身上。我看不清发生了什么,但我能感觉到,也能听见。又是砰的一声巨响,一个倾斜,坐在前排的母亲尖叫了一声"泰勒!"最后是一阵剧烈的颠簸,之后一切戛然而止,四周鸦雀无声。

几秒钟过去了,什么动静都没有。

然后我听到了奥黛丽的声音,她在一个接一个地喊我们的名字。最后她说:"除了塔拉,其他人都在!"

我想大喊,但我的脸被挤在座位底下,脸颊紧贴着地板。奥黛丽喊我名字时,我还在她的重压下挣扎。最后,我弓起背把她推开,把头伸出毯子说:"我在这儿。"

我环顾四周。泰勒扭动着上半身几乎是爬进了后车座,看着每个人的伤口、瘀青和惊呆的双眼,他的眼睛瞪得越来越大。我能看见他的脸,但那张脸不像是他的了。血从他的嘴里涌出来,流到了衬衫上。我闭上眼睛,试图忘记他沾满鲜血歪歪曲曲的牙齿。我再次睁开眼睛，看了看其他人。理查德正两手捂着耳朵抱住头，像是在努力堵住一阵噪音。奥黛丽的鼻子弯曲成了奇怪的钩状，鲜血从鼻子里流出来，沿着胳膊往下淌。卢克浑身颤抖，但我没看见他身上有血。我的前臂有个口子，是被车座框夹伤的。

"每个人都好吗？"是父亲的声音。大家都咕哝了一声。

"车被电线缠住了，"父亲说，"都先别下车，等着断电。"车门开了，一时之间我还以为他会被电死，但接着我看见他向前倾，跌了足够远，极力避免身体同时与车子和地面接触。我记得透过破碎的车窗凝视他，看他绕着车转圈，他的红帽子被推向脑后，帽檐迎着风向上伸着。真奇怪，他看上去有些孩子气。

他绕着车子转了一圈，然后停下来，俯下身，头与副驾驶座平齐。"你没事吧？"他问。接着他又问了一遍。第三遍时，他的声音颤抖了。

我斜靠在座位上看他在跟谁说话，接着才意识到事故有多严重。车的前半部被挤成一团，发动机呈拱形，像坚硬岩石上的褶皱一样向后弯曲。

清晨的阳光照在挡风玻璃上，反射出一道强光。我看见纵横交错的裂缝。这个场景很是熟悉。我在废料场见过上百块破碎的挡风玻璃，每一块都独一无二，从撞击点向外发散的独特的蛛丝网是撞击的记录。我们这块挡风玻璃上的裂缝讲述了它们自己的故事。裂缝正中心是一个向外延伸裂开的小圆圈，圆圈就在副驾驶座正前方。

"你没事吧？"爸爸用恳求的语气问，"亲爱的，你能听见我说话吗？"

在副驾驶座上的是母亲。她的身体没有面向窗户，我看不见她的脸，但她靠在座位上的样子有些可怕。

"你能听见我说话吗？"爸爸说，他重复问了好几次。最后，我看到母亲的马尾辫梢微微动了动，似乎是微微点了点头，但动作轻得几乎觉察不到。

爸爸站在那里，看了看还通着电的电线，再看看地面，又看看母亲。他看上去很是无助。"你觉得——我该不该叫救护车？"

我想我听到他这么说了。如果他说了，他一定是这么说了，那母亲肯定也低声回答了一句，或者也许她已经不能低声说什么，我不知道。我一直想象她要求被带回家。

后来有人告诉我，我们撞上了一个农民的拖拉机。他从家里冲了出来，打电话报了警。这下麻烦大了，因为我们的车没上保险，而且当时我们没一个人系安全带。那个农民将事故通报给犹他州电力公司之后过了大约二十分钟，他们才关掉了流经电线的致命电流。爸爸这才从旅行车里把母亲抱了出来，我看见她的脸——她的眼睛藏在李子大小的黑眼圈下面，柔和的五官变得肿胀扭曲，有的地方拉长了，有的地方收缩了。

我不知道我们怎么回的家，也不知道什么时候回的家，但我记得那座山在晨曦中泛着橙色的光芒。一回到家，我就看见泰勒把一口口红色血水吐到卫生间洗手池里。他的前门牙猛撞上方向盘错位了，所以牙齿朝后向上腭突起。

母亲被抱到沙发上。她喃喃地说，光线太刺眼了，于是我们把窗帘拉上。她想待在地下室，那里没有窗户，于是爸爸把她抱下楼。几个小时里我都没见到她，直到那天晚上我打着暗淡的手电筒给她送晚饭。见到她时，我都快认不出她了。她双眼呈深紫色，深得发黑,肿得让我分不清是睁着还是闭着。她叫我奥黛丽,甚至在我纠正了她两次后依然如此。"谢谢你,奥黛丽,只要黑暗和安静,就很好。黑暗,安静。谢谢你!过一小会儿再来看我啊,奥黛丽。"

母亲整整一周都没从地下室出来。她的脸肿得越来越厉害,瘀青也越来越严重。每天晚上,我都确信她脸上的痕迹不可能更触目了,但每天早晨,不知为何她的脸却更黑更肿。一个星期后,等太阳下山,我们关上灯,母亲上楼了。她的额头就像绑着两个东西,大得像苹果,黑得像橄榄。

没有人再提医院。做这种决定的时刻已经过去了,再谈论这些,就是重温车祸发生后的愤怒和恐惧。爸爸说反正医生也帮不上她什么忙。她的生死掌控在上帝手中。

接下来几个月,母亲用许多名字称呼我。她叫我奥黛丽我倒不怎么担心,但我们交谈时她把我叫成卢克或者托尼,就让我很不安。全家人包括她自己一致认为,自从车祸后,她便再也不复从前。我们孩子都叫她"浣熊眼",觉得这个外号很好笑。她有黑眼圈已经好几周了,我们早习以为常,以至于开起它们的玩笑。当时我们丝毫不知道这竟然是一个医学术语。浣熊眼,严重脑损伤的征兆之一。

泰勒被内疚吞噬。多年以来,他为这次事故,之后又不断为此事造成的每一个决定、每一声铿锵有力的回响责怪自己。他紧紧抓住那一刻和之后的一切后果,仿佛时间本身起始于我们的旅行车驶离公路的那一瞬,没有历史,没有缘起,没有任何外力,直到十七岁的他在开车时睡着,时间才被开启。即使是现在,只要母亲忘记了任何不管多么微不足道的细节,他的眼里就会流露出那个神情——他在撞车后的神情，他自己嘴里流着鲜血，对现场遍览无遗，他用目光扫视着他自认为出自他手且只出自他手的这幕作品。

而我，我从不把那次车祸归咎于任何人，尤其是泰勒。那只是众多事件之一。十年后我的理解会发生转变，我沉重地步入成年，那之后，那次车祸总会令我想起那些阿帕奇女人，想起汇而构成人一生的所有决定——人们共同或者独自做出的那些决定，聚合起来，制造了每一桩单独事件。沙粒不可计数，叠压成沉积物，然后成为岩石。

诚实的污垢

山雪融化，印第安公主在山的正面显现，她的头擦着天空。那场车祸一个月后的一个星期天，全家人聚在起居室里。爸爸开始讲解《圣经》时，泰勒清了清嗓子，他说他要离开了。

"我要去……去上大……大学。"他说，面容僵硬。他费力地吐出这些话时，脖子上一根血管鼓起，一会儿显现，一会儿消失，像一条挣扎扭动的大蛇。

每个人都看着爸爸。他面无表情。沉默比吼叫更可怕。

泰勒将是我的哥哥们中第三个离开家的。我大哥托尼开拖拉机运碎石和废品，正在为娶妻努力攒钱。二哥肖恩几个月前和爸爸吵了一架，离开了家。此后我就没见过他了，但母亲每隔几周会接到他匆忙打来的电话，他在电话里告诉她他很好，正在做焊接或开拖拉机。如果泰勒也走了，爸爸就凑不够一个小工队了，也就没法去给人家盖谷仓或干草棚了。他将不得不重操拆解废料的老本行。

"什么是大学?"我问。

"大学就是给那些太过蠢笨、在第一轮学不会的人额外开设的学校。"爸爸说道。泰勒盯着地板,脸孔紧绷。接着他垂下肩膀,面容舒展,抬起了头。在我看来,他的自我似已出离。他的目光柔和又可爱,我完全无法从那眼神中认出他。

他在听爸爸发表长篇大论。"大学教授有两种,"爸爸说,"一种知道自己在说谎,另一种认为自己在说真话。"爸爸咧嘴一笑,"不知道哪种更糟糕,想想看吧,一种是光明会的金牌代理人,至少知道自己拿的是魔鬼的工资,另一种甚是傲慢,自认为比上帝更有智慧。"他依然咧着嘴笑。形势并不严峻;他只需给儿子讲一些道理。

母亲说爸爸是在浪费时间,一旦泰勒下定决心,没人能说服他回转心意。"你这是在用扫帚扫山上的灰。"①说着,她站了起来,先花几分钟稳住身体,然后艰难地下楼。

她得了偏头痛。她几乎总是偏头痛。她仍然在地下室里度日,直到太阳落山后才上楼,之后也很少能待过一个小时,因为嘈杂和劳累的双重折磨让她头痛欲裂。我看着她慢慢地、小心翼翼地走下楼梯,弯着腰,双手紧抓栏杆,仿佛是个盲人,不得不摸索着前行。她等着双脚都稳稳地站在一个台阶上,然后再去够下一级。她脸上的浮肿差不多消失了,几乎恢复了原来的模样,只是黑眼圈仍在,从黑色逐渐褪成深紫色,现在变成一种紫丁香和葡萄干的混合色。

---

① 意指"不可能的任务,白费口舌"。

一个小时后,爸爸不再咧嘴笑了。泰勒没有再提他上大学的愿望,但也没答应留下来。他只是出神地坐在那里,安然承受。"一个男人不可能靠书本和废纸为生,"爸爸说,"你以后会成为一家之主。你靠书本怎么养活老婆孩子呢?"

泰勒歪着头,表示他在听,但什么也没说。

"我的儿子,竟然排着队等着被无神论者和光明会间谍洗脑……"

"学……学校是教……教堂开的,"泰勒打断他的话,"能坏……坏到哪里去呢?"

爸爸霍地张开嘴,一股气流冲出。"你不觉得光明会已然渗入了教堂吗?"他声如洪钟,有力吐出的每一个字都在回响,"你难道不知道他们第一个去的地方就是学校吗?在学校他们可以培养出整整一代伪摩门教徒。我对你的培养可比那强多了!"

我永远忘不了父亲这一刻的样子,强势又绝望。他身体前倾,咬着牙,眼睛眯成一条缝,在儿子的脸上搜寻表示赞同的迹象、共同信念的痕迹,但没有找到。

泰勒是怎么决定离开这座山的,这是个离奇的故事,充满缺口和曲折。故事从泰勒本人开始,他性情古怪,这是事实。这种情况发生在很多家庭里:某个孩子格格不入,跟不上节奏,合不上拍子。在我们家,泰勒就是那个孩子。我们其余人跳吉格舞,而他跳的是华尔兹;他对我们生活中喧闹的音乐充耳不闻,我们也听不见他宁静的复调。

泰勒喜静,爱看书,喜欢分类、标记、整理。一次,母亲在他的衣橱里发现了整整一架子按照年份堆放的火柴盒。泰勒说里面装着他过去五年攒下的铅笔屑,是他收集来为我们的"上山应急包"作火引用的。家里其他地方乱作一团:卧室地板上堆满了待洗衣物,上面满是来自废料场的油污;厨房里,每张桌子上、每个橱柜里都放着布满灰尘的药酊罐,只在干更脏的活时才把罐子收到一边,比如给一头死鹿剥皮,或者擦拭步枪上的防腐油。但在杂乱的中心,泰勒拥有积攒了五年、按年份分类的铅笔屑。

我的哥哥们就像一群狼。他们频繁地试探对方,一旦有哪个小点儿的突然长大,梦想着向上爬,便会爆发混战。在我小时候,这些打斗通常以母亲对着打碎的台灯或花瓶尖叫而告终,但随着我渐渐长大,家里能打碎的东西越来越少。母亲说我很小的时候家里有过一台电视机,直到肖恩把泰勒的头按了进去。

兄弟们扭打起来时,泰勒就听音乐。他拥有我所见过的唯一的音箱,音箱旁边放着一大堆CD,上面写着诸如"莫扎特"和"肖邦"之类的奇怪的词。在他大约十六岁时,一个星期天的下午,我正在看他的CD,被他撞上了。我想跑开,我以为他会因我进他的房间而狠狠揍我一顿,但他却拉过我的手,把我领到那堆东西旁。"你……你最……最喜欢哪一张?"他说。

我指了指一张黑色CD,封面上有许多身穿白衣的男男女女。泰勒用疑惑的目光打量着我。"这……这是唱……唱诗班音乐。"他说。

他把碟片塞进黑盒子,然后坐在书桌前开始看书。我蹲在他脚边的地板上,用指甲在地毯上乱画。音乐响起:一阵琴弦的拨动,接着浅吟低唱,如丝绸般轻柔,却不知何故穿透心灵。我熟悉这首赞美诗——我们在教堂唱过,混乱的声音带着虔诚汇聚成大合唱——但这个不同。同样充满虔诚,但里面也有别的东西,与学习、纪律和协作有关。一些我还不懂的东西。

歌曲结束了,我呆呆地坐在那里,接下来听了一首又一首,直到 CD 播完。没有了音乐,房间里显得死气沉沉。我问泰勒我们能不能再听一遍。一个小时后,音乐停了,我又请求他再放一遍。天色已晚,屋里很安静,泰勒从桌旁站起身,按下播放键,说这是最后一次了。

"我……我们可以明天再听……听。"他说。

音乐成了我们俩的共同语言。因为口吃,泰勒总是沉默不语,舌头也越发笨重。正因如此,我和他几乎从没说过话,我根本不了解这个哥哥。现在,每天晚上他从废料场回来时,我都在等他。等他洗完澡,搓去身上的污垢,他会到书桌旁坐下,说:"我……我们今……今晚听……听点什么呢?"然后我会选一张 CD,而他则开始看书。我躺在他脚边的地板上,盯着他的袜子,侧耳倾听。

我和我的那些哥哥们一样吵闹,但和泰勒在一起时,我变了。也许是音乐的魅力,也许是他的魅力。不知为何,他让我透过他的眼睛看到了自己。我努力提醒自己不要大喊大叫。我尽力避免和理查德打架,尤其避免发生这种情况:最后两人滚在地上,他撕扯着我的头发,我用指甲抓破他的脸。

我早该知道有一天泰勒会离开。托尼和肖恩走了,他们属于这座山,而泰勒从不属于这里。泰勒一直喜欢父亲所说的"书本知识",而除理查德外,我们其他人对此毫不关心。

泰勒小的时候,曾有一段时间,母亲对教育持理想主义态度。

她曾说把我们留在家里，是为了让我们获得比其他孩子更好的教育。但只有母亲这么说，因为爸爸认为我们应该学习更多实用技能。我很小的时候，他们两人常常为此而战：母亲每天早上都让我们学习，她一转身，爸爸就把男孩们赶进废料场干活。

但母亲最终会输掉这场战斗。一切要从她五个儿子中的第四个，卢克说起。卢克对山上的事很有一套——他对动物很在行，似乎能与它交流——但他有严重的学习障碍，学习认字非常吃力。母亲花了五年时间，每天早上陪他坐在餐桌边，一遍又一遍地解释同一个音，但到卢克十二岁时，他也只能在全家人习读经文时勉强读出《圣经》中的一句话。母亲不理解。她毫不费力地教会了托尼和肖恩认字，其他人也都轻松地学会了。我四岁时托尼就教我认字，我想那是为了和肖恩打赌。

等卢克会写自己的名字，读一些简短的词语，母亲便开始教他数学。我的数学知识都是在早餐后洗碗时学到的，听母亲一遍又一遍地解释什么是分数，怎么运用负数。卢克没有取得任何进展，一年后母亲便放弃了。她不再说什么让我们获得更好的教育，而是开始附和爸爸的意见。一天早上，她对我说："最重要的是，你们这些孩子都能认字了。其他的都是废话，洗脑而已。"爸爸越来越早地赶着男孩们去干活，到我八岁、泰勒十六岁时，我们就都彻底不学习了。

然而，母亲并没有完全倒向爸爸的那套理论，她偶尔仍怀有以前的热忱。在那样的日子里，一家人围坐在餐桌旁吃早餐时，母亲会宣布今天我们要"上学"。她在地下室放了一个书架，上面堆满了有关草药学的书和一些旧平装书。其中有几册数学课本供大家共用；一本美国历史书，除了理查德，我从未见其他人读过。还有一本科学书，肯定是幼儿读物，因为里面画满精美的插图。

母亲通常花半个小时找齐所有书，然后我们把书分了，各自进房间去"上学"。我不知道哥哥们和姐姐在那期间都干了什么，我总是打开数学书，花十分钟翻书，手指在中间插页上摩挲。如果用手指摸了五十页，我会向母亲汇报，说我看了五十页数学。

"太厉害了！"她会说，"看见没？这种速度在公立学校是不可能的，只有在家里才能办到。在家你可以坐下来，真正专心致志，没有任何干扰。"

母亲从不讲课或考试，也从不布置作业。地下室有一台电脑，里面有一个叫"马维斯灯塔"的程序，可以用来学习打字。

有时她去送草药时，如果我们做完了家务，她会顺路把我们送到镇中心的卡内基图书馆。那里的地下室有个房间放满了儿童读物，我们就阅读那些书。理查德甚至从楼上拿了一些成人看的书，它们有着关于历史和科学的沉重标题。

在我们家，学习完全靠自我指导：只要干完自己的活儿，想学什么都可以自学。我们中有的孩子比其他人更有纪律性。我是最散漫的一个，到十岁时，我只系统学过一个科目——摩尔斯电码，因为爸爸坚持要我学。他说："如果电话线路被切断，我们将是山谷里唯一能进行交流的人。"尽管我也不太确定，如果只有我们学了摩尔斯电码，我们去和谁交流呢。

年纪最大的几个男孩——托尼、肖恩和泰勒——十年前接受的是另一种教育，仿佛他们曾拥有另一对父母。他们的父亲从未听说韦弗一家的遭遇，也从不谈论光明会。他把三个大儿子送去上学，尽管几年后又把他们从学校里接了出来，发誓说要在家里教他们。当托尼要求重返学校，爸爸也同意了。托尼读完了高中，尽管在废料场干活让他旷课太多，以致最后没能毕业。

泰勒是第三个儿子，他几乎对学校没有记忆，所以很乐意在家学习。直到他十三岁的时候，也许因为母亲把全部时间都花在了教卢克认字上面，泰勒问爸爸能不能让他上八年级。

从一九九一年秋到一九九二年春末，泰勒一整年都在上学。他学了代数，代数之于他的大脑就如空气之于他的肺一样自然。那年八月，韦弗一家遭到围攻。假如没发生那件事，泰勒是否还会重返学校，我不得而知；但我知道，父亲在听说了韦弗一家的遭遇后，再也不允许任何一个孩子踏进学校教室。尽管如此，泰勒的想象力还是被点燃了。他用全部积蓄买了一本旧三角学课本，继续自学。他想接着学微积分，但又没钱再买另一本书了，于是他就到学校去找数学老师要一本。老师当面嘲笑他说："自学微积分，这是不可能的事。"泰勒不为所动："给我一本书吧，我想我能自学。"最后他腋下夹着一本书离开了。

真正的挑战在于找时间学习。每天早上七点，爸爸就把儿子们召集起来，分好组，派他们去干当天的活儿。通常过了一小时爸爸才会注意到泰勒不在兄弟们中间。接着他会冲进后门，大步走进泰勒的房间，大声质问正坐在里面学习的泰勒。"你到底在干什么？"他一边吼，一边把鞋子上的泥巴踩到泰勒一尘不染的地毯上，"我让卢克去装工字梁——他一人干了两个人的活儿——我过来找你，你竟然还不挪屁股？"

我如果在该干活时看书被爸爸逮住，会立刻溜之大吉，但泰勒岿然不动。"爸爸,"他说,"我吃完午……午饭再去干……干活。但上午我得、得学……学习。"大多数上午他们都会争论一会儿,然后泰勒放下铅笔,耷拉着肩膀,穿上靴子,戴上焊接手套。但也有些上午,爸爸一个人气鼓鼓地走出后门,这种情况总令我震惊。

我不相信泰勒真的会去上大学,会忍心弃山而去,加入光明会。我猜爸爸还有一整个夏天的时间去说服泰勒,每次小工队回家吃午饭时,他大部分时间都在做这事。哥哥们在厨房里晃悠,分餐装盘,爸爸则瘫在油毡上——他太累了,必须躺下休息,但是又不能弄脏母亲的沙发——开始了针对光明会的长篇大论。

有顿午饭尤其使我记忆深刻。泰勒正在用母亲摆出来的配菜组装玉米卷:他把玉米饼皮三个一排,整整齐齐码在盘子里,然后小心翼翼地加入碎牛肉、生菜和番茄,计数,再完美地分配酸奶油。爸爸又在滔滔不绝。就在爸爸即将讲完,换口气准备重新开始时,泰勒把三个完美的玉米卷放进母亲用来做酊剂的榨汁机里,打开了按钮。机器的轰鸣声响彻厨房,强行施加了一种寂静。轰鸣停止,爸爸又开始了。泰勒把橙色的液体倒进杯子里,小心翼翼地开始喝,因为他的门牙仍很松动,仍试图从他的嘴中蹦出。有许多回忆可被看作我们人生这一阶段的象征,但这段记忆一直令我念念不忘:爸爸的声音从地面升起,而泰勒在喝他的玉米卷。

春去夏来,爸爸的坚决变成否认——好像争论结束,他赢了。他不再谈论泰勒要离开的事,也拒绝雇人替代他干活。

一个温暖的午后,泰勒带我去城里外公外婆家玩。他们仍住在母亲小时候生活过的房子里,那是一栋与我们家有天壤之别的房子。装饰虽不华贵却得精心打理——地板上铺着奶白色地毯，墙上贴着柔软的花瓣墙纸，窗户上装有厚厚的百褶窗帘。他们几乎没更换过任何东西。地毯、墙纸、餐桌和台面——一切都和我母亲童年时一样，仿佛让我看到了旧日时光。

爸爸不喜欢我们去那里。外公退休前是个邮递员，爸爸说值得我们尊敬的人都不会为政府工作。外婆更糟糕，爸爸说，她很轻佻。我不知道"轻佻"是什么意思，但他时常这样说，以至于我将这个词与她，与她家奶白色的地毯和柔软的花瓣墙纸联系在一起。

泰勒很喜欢待在那里。他喜欢外祖父母相互说话的方式，平静，有条理，温柔。他们家有种气氛，让我无须别人提醒就本能地感到，不该大喊大叫，不该打人，也不该在厨房里全速冲刺。在那里我唯一被一再提醒的就是，一定要把沾满泥巴的鞋子放到门边。

我们刚在她家的印花沙发上坐下，外婆就说："去上大学！"她转向我说，"你一定为你哥哥感到骄傲吧！"她笑眼弯弯。我能看清她的每一颗牙齿。我心想，外婆竟然觉得洗脑是件值得庆祝的事，随她这么去想吧。

"我去趟卫生间。"我说。

我一个人慢慢穿过走廊，每走一步都停下来，让脚趾陷进地毯里。我笑了，想起爸爸曾说过，外婆能把地毯保持得这么白，只是因为外公从没真正干过活。"我的手可能很脏，"爸爸说着，朝我挤挤眼，露出他黑黑的指甲，"但这可是诚实的污垢。"

几个星期过去了，时值盛夏。一个星期天，爸爸把全家人召集到一起。"我们有了充足的食物储备，"他说，"燃料和水也存好了。现在只缺钱。"爸爸从钱包里拿出一张二十美元的纸币，把它揉成一团，"不是这种假钱。世界末日来临时，这些毫无价值。人们会用几百美元钞票换一卷厕纸。"

我脑海中闪现一个世界，绿色钞票像空汽水罐一样散落在公路上。我环顾四周。其他人似乎也都这么想，尤其是泰勒。他的眼神专注而坚定。"我存了点钱，"爸爸说，"你们的母亲也藏了一些。我们要把这些钱变成银子。金和银，才是将来人们梦寐以求的东西。"

几天后，爸爸带回来一些银子和金子。都是硬币形状，装在又小又重的箱子里。他把这些箱子搬进屋，放到地下室。他不让我打开箱子。"它们可不是用来玩的。"他说。

后来泰勒也花了几千美元——在赔偿了农民的拖拉机和爸爸的旅行车后，这几乎是他的全部积蓄——给自己买了一堆银币，堆放在地下室的枪柜旁边。他端详着那些箱子，在那里站了许久，仿佛悬浮在两个世界之间。

泰勒比爸爸心软，我一求，他就给了我一枚银币，和我手掌一般大小。这枚银币让我安心。在我看来，泰勒购买银币是忠诚的宣言，是对我们家的承诺，尽管疯狂攫住了他，驱使他想离家上学，但最终他会选择我们。世界末日来临时，他会站在我们这边战斗。当树叶开始变色，从夏天的杜松绿变成秋天的石榴红和古铜金，我用手指无数次摩挲那枚银币，即使在最暗的光线下，它仍幽幽地闪着微光。这种原始的身体活动给我安慰，让我确信如果银币是真的，泰勒就不会离开。

八月的一天早晨，我一觉醒来，发现泰勒正把衣服、书和CD装进箱子。我们坐下吃早饭时，他几乎快装完了。我快速吃完，走进他的房间，看了看他的书架，现在除了一张CD，上面空无一物。正是那张黑色CD，上面是一群身穿白衣的人，现在我认出来那是摩门教礼拜堂合唱团。泰勒出现在门口。"我把那个给……给你留……留下。"他说。接着他走到外面，拿起水管冲洗他的车，把爱达荷州的灰尘冲刷干净，直到车子看上去像从未在土路上行驶过似的。

爸爸吃完早饭，一言不发地走了。我知道为什么。看着泰勒把箱子装进他的车，我简直要疯了。我想尖叫，但没有叫出声，而是冲出后门，翻过小山，朝山顶跑。我不停地跑，耳朵里的血液直往上涌，思绪被怦怦的心跳声掩盖。之后我转身往回跑，绕着草地跑向那辆红色火车车厢。我爬上车厢，刚好看到泰勒合上汽车后备厢，转过身来，好像想跟我们道别，却又没人可以告别。我想象他叫着我的名字，想象我没有回应时他脸上的落寞。

我从车厢上下来，他已经坐在驾驶座上了。我从一个铁罐后面跳出来，汽车正沿土路隆隆行驶。泰勒停下车，从车上下来，抱住了我——不是像大人拥抱孩子那样蹲下来，而是另一种拥抱：我们俩都站着，他把我拉过去，脸贴近我的脸。他说他会想我，然后松开我，钻进汽车，飞快地开下山，上了高速公路。我看着尘土落完。

之后泰勒极少回家。他在敌方阵线上为自己开创了新生活，很少回到我们这边。五年后我十五岁，就在我对他几乎没了记忆时，他在一个至关重要的时刻突然闯入我的生活。那时我们俩成了陌生人。

多年以后，我才会明白他那天离开的代价是什么，他对自己要去的地方有多么不了解。托尼和肖恩离开了山，但他们离开是去干父亲教他们干的行当：开挂车，做焊接，拆废料。泰勒步入了一片虚空。我不知道他为什么这么做，他也不知道。他无法解释这个信念从何而来，也无法解释它是如何发出明亮的光来穿透那黑暗的不确定。但我一直猜想那来自他脑海中的音乐，来自我们其他人听不到的充满希望的曲调，来自他买三角学书和收藏铅笔屑时一直哼唱的秘密旋律。

夏天逐渐走远，似乎在自己的高温中蒸发了。白天仍然很热，但晚上天气开始转凉，日落之后几小时寒意渐浓。泰勒已经离开一个月了。

一天下午，我和城里外婆在一起。那天虽然不是星期天，早上我还是洗了个澡，特意穿上没有破洞和污渍的衣服，这样我就可以干净得体地坐在外婆的厨房里，看她做南瓜饼干了。秋日的阳光透过薄纱窗帘洒在金盏花瓷砖上，让整个房间发出琥珀色的光芒。

外婆把第一批饼干放进烤箱后，我去了趟卫生间。穿过铺着柔软的白色地毯的走廊，我想起上次看到它时还和泰勒一起，心中不免一阵愤怒。卫生间感觉陌生。闪着珍珠般光泽的水槽，玫瑰般绚丽的大地毯，桃粉色的小地毯全都映入眼帘。甚至樱草花盖子下的马桶都在向外窥视。我从镶有乳白色瓷砖框的镜中看着自己。我看上去一点也不像我自己了。有那么一刻，我在想难道这就是泰勒想要的：漂亮的房子，漂亮的卫生间，漂亮的妹妹。也许他离开就是为了这个。想到这里我就对他心生怨恨。

水龙头附近摆着十几块粉色和白色香皂,玫瑰和天鹅形状,放在象牙色的贝壳皂盒里。我拿起一块天鹅形状的,放在手指间细细感受它的柔软。真美呀,我真想把它带走。我想象把它放在我们家地下室的卫生间里,它那精致的翅膀贴在粗糙的水泥上;我想象它躺在水槽上的泥坑里,周围是一块块发黄打卷的墙纸。我又把它放回了贝壳皂盒里。

出来后,我走向外婆,她一直在走廊里等我。

"你洗手了吗?"她问,她的声音甜美又温柔。

"没有。"我说。

听了我的回答,她的声音不再甜美。"为什么不洗呢?"

"手又不脏。"

"每次上完厕所后你都该洗手。"

"这又不重要,"我说,"我家卫生间连香皂都没有。"

"这不是真的吧,"她说,"我可不是那样教育你母亲的。"

我摆好姿态,准备争辩,想再次告诉外婆我们不用香皂,但我抬起头,看到的却不是我期待看见的那个女人。她看上去并不"轻佻",也不像那种整天为白地毯而烦恼的人。那一刻,她变了。也许是她眼睛的形状,它们眯在一起难以置信地看着我,又或者是她线条生硬紧闭的嘴巴。或者可能根本没什么变化,还是那个老太太,还是那副模样,说的也是她常说的话。也许她的转变只是我观感的一时改变——就那一刻而言,也许那是他的观感,那个令我既恨又爱的哥哥。

外婆领我进了卫生间,看着我洗完手,接着指引我用玫瑰色的毛巾把手擦干。我的耳朵发烫,喉咙发干。

不一会儿，干活归来的爸爸顺路来接我回家。他停下卡车，按喇叭叫我。我低着头出来了。外婆跟在后面。我把副驾驶座上的工具箱和焊接手套拿开，匆匆坐了上去。外婆对爸爸说了我不洗手的事。爸爸右手摆弄着变速挡，吸着脸颊听着。一阵大笑在他体内冒着泡。

回到父亲身边，我感受到他的力量。熟悉的镜头滑过我的双眼，一小时前外婆对我施加的奇异影响消失了。

"难道你不教孩子上完厕所后洗手吗？"外婆说。

爸爸挂上挡，卡车向前行驶。他挥了挥手，说："我教他们不要尿在手上。"

大小盾牌

泰勒离开后的那个冬天，奥黛丽十五岁了。她从县政府拿到了驾照，在回家路上找到了一份煎汉堡肉的工作。接着她又找了一份每天早上四点挤牛奶的工作。一年来，她一直和爸爸斗争，在他施加的种种管束下疯狂赚钱。现在她有钱了，也有了自己的车，我们几乎见不到她的人影。家里的人越来越少，旧日的等级制度开始简缩。

爸爸没有足够的人手去盖草棚了，于是干起了拆解废品的老本行。泰勒走了，我们其余人便升了级：十六岁的卢克成了长子和父亲的左膀右臂，我和理查德则代替他，成了多面手勤杂工。

我记得作为父亲小工队成员的第一天早上进入废料场的情景。地面结了冰，寒气刺骨。我们来到山下草场上方的院子，院里堆满了数百辆小车和卡车。有些车又旧又破，大多数都是被撞坏的，弯弯扭扭，感觉不像是钢做的，倒像是皱巴巴的纸糊的。院子正中央是大片成堆的残骸：泄漏的汽车电池、缠绕的绝缘铜线、废弃的变速器、生锈的瓦楞铁皮、老式水龙头、破碎的散热器、锯齿状的发光黄铜管等等。没有尽头，没有形状，乱作一大团。

爸爸把我领到那堆废品边上。

"你能分清铝和不锈钢吗？"他问。

"应该能分清。"

"过来。"他的语气很不耐烦。他习惯了对成年男子发号施令。被迫向一个十岁女孩解释他的行当，这让我们俩都觉得有点无所适从。

他猛地抽出一块闪闪发光的金属。"这是铝，"他说，"看见它的亮度了吧？你试试看它有多轻？"爸爸把那块东西放到我手里。他说得对，它不像看上去那么重。接着爸爸递给我一根凹陷的管子。"这是钢。"他说。

我们把废品按照铝、铁、钢、铜分类，整理成堆，以方便把它们卖掉。我拿起一块锈迹斑斑的铁，锯齿状的尖角刺痛了我的手掌。我本来戴着一副皮手套，但爸爸看见了，说手套会让我干活速度放慢。"你的手很快就会长老茧的。"我把铁递给他时，他向我保证说。之前我从店里找到一顶安全帽，但爸爸也把它没收了。"头上戴了这个蠢东西，为了保持平衡，你动作就慢了。"他说。

爸爸活在对时间的恐惧中。他感觉时间在他身后紧追不舍。从他不时忧心忡忡地瞥一眼划过天空的太阳，从他焦急地掂量每支管子或每根钢条，我能看出这一点。在爸爸眼里，每一块废品就是它被卖掉换来的钱，扣除整理、切割和送货的时间成本。每一块废铁、每一圈铜管都是一分、一毛或一块钱——如果提取分类的时间超过两秒，利润还要打折扣——他不断地拿这些微薄的利润权衡家里的日常开支。他计算出为了让家里亮亮堂堂、暖暖和和，他必须极其迅速地干活。我从没见过爸爸搬着什么东西放进分类箱；不管站在哪儿，他只是用尽全力，随手抛掷。

第一次见他这样做，我还以为是个意外，一场会得到纠正的事故。我还没有掌握这个新世界的规则。我弯下腰，伸手去够一根铜线圈，这时，一个庞然大物突然与我擦身而过。我转过身看它是从哪儿冒出来的，就被一个钢瓶正打在肚子上。

我被击倒在地。"哎呀！"爸爸大喊一声。我气喘吁吁地在冰上打滚。等我爬起来，爸爸又扔过来别的东西。我一个躲闪，但没留意脚底，又摔倒在地。这一次我没有立即起来。我浑身发抖，但不是因为冷。我的皮肤因四周确定无疑的危险而兴奋、刺痛，但当我寻找危险的来源时，我只看到一位疲倦的老人，正拽着一个坏了的灯具。

我见过某个哥哥捂着身体上割破、压烂、断裂或烧伤的部位，大声号叫着从后门冲进来，种种情景历历在目。我想起两年前，爸爸手下有个叫罗伯特的人在干活时丢了一根手指。我记得他朝家跑去时那非人的惨叫声。我忆起自己盯着他血淋淋的残肢，盯着卢克拿来放在台面上的断指。它看上去就像一个魔术道具。母亲把它放在冰块上，紧急送罗伯特到镇上，以便医生将断指缝合回去。罗伯特并非唯一一个在废料场断送手指的人。在他出事前一年，肖恩的女友艾玛也曾尖叫着从后门冲进来。她在帮肖恩干活时断了半根食指。母亲也把艾玛送到镇上，但当时肉全被压碎，医生也无能为力。

我盯着自己发红的手指，那一刻，废料场在我眼中发生了变化。儿时我和理查德在这片废墟中度过了无数时光，从一辆破车跳上另一辆破车，搜寻其中的宝贝。在这里，我们假想了无数战斗场景——恶魔与巫师，精灵与暴徒，巨魔与巨人。现在它变了，不再是我儿时的那个游乐场，而是回归现实，有着神秘莫测、充满敌意的物理定律。

我回忆着鲜血流下艾玛的手腕，抹脏她的前臂，形成奇异的图案，一边仍然浑身颤抖地站在那里，试图撬开一小段松动的铜管。爸爸扔过来一个催化转换器，差点击中我。我跳到一边，手碰在一个破水箱的锯齿边上，割破了。我把血抹在牛仔裤上，喊道："别把它们往这边扔！我在这儿呢！"

爸爸惊讶地抬起头。他都忘了我在那里。看到血，他走到我身边，把手放在我肩膀上。"别担心，宝贝，"他说，"上帝和他的天使就在我们身边守护呢。他们是不会让你受到伤害的。"

不止我一个人在努力站稳脚跟。车祸后的六个月里，母亲病情稳步好转，我们都以为她会完全康复。她的偏头痛不再那么频繁发作，每周她只有两三天把自己关在地下室里。之后康复速度放缓。现在九个月过去了，母亲依旧偏头痛，记忆力也不稳定。每个星期至少有两次，在大家都吃完早餐、盘子也都清理干净一段时间后，她会再让我做早餐。她让我给一位客户称一磅蓍草，我只好提醒她，我们前一天已经把蓍草给客户送去了。制作酊剂时，才过了一分钟，她便不记得刚才添加了哪些成分，所以只好把整批都扔掉。有时她会让我站在她旁边看着，这样我就可以提醒她："你已经加了半边莲了,接下来该加蓝马鞭草。"

母亲开始觉得自己无法胜任助产士一职,并为此难过,父亲则极为痛心。每次母亲支走一个妇女,他的脸就耷拉下来。"要是她临产时我偏头痛犯了怎么办?"她说,"要是我不记得给她吃了什么草药,或者忘了婴儿的心率怎么办?"

最终说服母亲再去接生的不是父亲,而是她自己。也许这是她的一部分自我,不经一番抗争她是不会屈服的。那年冬天,我记得她接生了两个婴儿。第一次接生结束,她面色苍白地回到家,病恹恹的,仿佛把一个生命带到世上也损耗了她自己的生命。第二个要接生的人打来电话时,她正把自己关在地下室。她戴上墨镜,努力透过模糊的视线,开车去了产妇家。到了那人家里,她头痛欲裂,眼花缭乱,以至于无法思考。她把自己锁在黑屋里,助手帮她接生了婴儿。从那以后,母亲就不再是那个了不起的助产士了。下一个孩子出生时,她花大价钱雇了一名助产士来指导她。现在似乎每个人都可以指导她。她曾是一名专家,是无可争议的权威,现在却连是否吃过午饭都要询问十岁的女儿。在那个漫长又黑暗的冬天,我怀疑有时候母亲没有偏头痛,也会躺在床上。

圣诞节时,有人送给她一瓶价格昂贵的混合精油。它有助于缓解她的头痛,但以三分之一盎司五十美元的价格,我们买不起。母亲决定自己制作。她开始买来单一纯精油——桉树、蜡菊、檀香、罗文沙——多年来家里一直弥漫着树皮的土味和树叶的苦味,突然换成了薰衣草和甘菊的芬芳。她整天都在混合、调制精油,以获得特定的香味和属性。她随身带着记事簿和笔,以便把每一步骤都记录下来。精油可比酊剂贵多了;因为忘记是否添加了云杉而不得不扔掉一批精油时，她心痛极了。她制作了缓解偏头痛和痛经的精油，以及用于肌肉酸痛和心悸的精油。接下来几年，她又发明了几十种精油。

为了研制配方，母亲用起了一项叫"肌肉测试"的招数，她向我解释说这是"询问身体的需要，由它自己回答"。母亲会大声问自己："我有偏头痛，怎么样会好点儿呢？"然后她会拿起一瓶精油，压在胸前，闭上眼睛说："我需要这个吗？"如果她身体向前倾斜，这意味着答案是"是"，这瓶精油会缓解她的头痛；如果身体向后倾斜，那就意味着"不"，她会再去试别的。

越来越熟练后，母亲就不再动用整个身体，而改用手指。她会交叉中指和食指，然后问自己一个问题，同时稍微弯曲手指，试图分开它们。如果两个手指仍然交缠在一起，就意味着"是"；如果分开，就代表"不是"。这个方法产生的声响虽轻微，却明确无误：每次她中指指肚滑过食指指甲，就会发出一声丰满的啪嗒。

母亲还用肌肉测试来试验其他疗法。家里到处都是穴位和压力点的示意图。她开始向顾客收取"能量工作"的费用。我不懂这是什么意思，直到一天下午，母亲把我和理查德叫到里屋。有个叫苏珊的女人在那儿。母亲闭着眼睛，左手放在苏珊手上，右手两手指交叉，低声问自己问题。过了一会儿，她转向那个女人说："你和你父亲的关系正在损害你的肾脏。我们调节一下穴位，这期间你要想着他。"母亲解释说，多个人在场时，能量工作最为有效。"这样我们就可以从每个人身上汲取能量。"她说。她指着我的额头，让我一手轻敲自己双眉正中间，一手抓住苏珊的胳膊。理查德要一手轻击胸前的一个压力点，一手伸向我。母亲则要一边按住一只手掌的某个压力点,一边用脚触碰理查德。"就是这样。"理查德挽起我胳膊时,她说。我们组成一根人链,默默站了十分钟。

回忆起那个下午,我首先记起的是那种尴尬:母亲说她能感觉到热能量正在我们身体里流动,但我什么也感觉不到。母亲和理查德闭着眼睛,静静地站着,呼吸很轻。他们能感受到能量的传递和由此带来的喜悦,我则局促不安。我努力集中注意力,接着又担心坏了苏珊的事,担心因为我成了人链上断裂的一环,不能把母亲和理查德的治愈能量传到苏珊身上。十分钟后,苏珊付给母亲二十美元,接着进来了下一个顾客。

如果我有所怀疑,那并不完全是我的错,而是因为我无法确定应该相信哪一个母亲。车祸发生的前一年,母亲第一次听说肌肉测试和能量工作,觉得那全是人的一厢情愿。"人总是希望奇迹发生。"她对我说,"如果能给他们带来希望,让他们相信自己正在好转,他们就什么都信,什么都吃。但是世界上根本没有魔法这种东西。营养、锻炼和钻研草药特性,这才是全部。但人们生病受罪时,你说这个他们不接受。"

现在母亲却说治疗有关精神,不受限制。她向我解释说,肌肉测试是一种祈祷,一种神圣的祈求。这是信仰的体现,上帝通过她的手指传达旨意。有时我相信她,这个聪明的女人知道每个问题的答案;但我永远也忘不了另一个女人,那个同样聪明的母亲说的话:世界上根本没有魔法这种东西。

一天,母亲宣布她的技法已经炉火纯青。"我不必再大声说出问题,"她说,"只要想想就可以了。"

就是在这时候,我开始注意到母亲在家中四处走动,她把手轻轻放在各种物品上，喃喃自语，手指以稳定的节奏弯曲。如果她在做面包时不确定自己加了多少面粉，啪嗒，啪嗒，啪嗒；如果她在制作混合精油时不记得自己是否添加了乳香，啪嗒，啪嗒，啪嗒；如果她坐下来诵读了半小时经文，忘记自己是何时开始的，肌肉测试法就又派上了用场，啪嗒，啪嗒，啪嗒。

母亲开始沉迷于肌肉测试。每当厌倦了谈话，或者记忆模糊，甚至日常生活的那些不确定让她不满，她便进行肌肉测试，但意识不到自己在这么做。她的五官会松弛下来，表情空洞，手指会像黄昏时分的蟋蟀一样，发出啪嗒啪嗒的声响。

爸爸欣喜若狂。"那些医生可不能仅凭触摸就知道你出了什么问题，"他神采飞扬地说，"但是你母亲能！"

那年冬天，对泰勒的记忆一直萦绕在我心头。我记得他离开那天，看着他那辆装满箱子的车从山上颠簸而下是多么奇怪。我无法想象他现在在哪里，但有时我想，也许学校没有爸爸所想的那么邪恶，因为泰勒是我认识的最善良的人，而他喜欢学校——他对学校的爱，似乎超过了对家人的爱。

好奇的种子已经播下，只需时间和厌倦让它成长。有时，当我拆下散热器上的铜，或将第五百块钢扔进分类箱时，我会发觉自己在想象泰勒的学校生活。随着在废料场度过沉闷的每一个小时，我的兴趣愈发强烈，直到有一天，一个奇怪的念头闪现：我应该去上学。

母亲过去总是说，如果我们愿意，只要征求爸爸同意，就可以去上学。

但是我没有问。每天早晨开始全家祈祷之前，他脸上的强硬线条，他安静的叹息祈祷中有某种东西，让我觉得我的好奇下流可憎，是对他为了养育我而做出的所有牺牲的侮辱。

在拆解废品，帮母亲制作酊剂、混合精油之余，我努力不丢下学业。母亲那时已经放弃了在家办学，但仍有一台电脑，地下室还有书。我找到那本有彩色插图的科学书，还有多年前的那本数学书。我甚至还找到一本褪色的绿皮历史书。可是坐下来学习时，我几乎总是睡着。长时间拖拽废品，使得光滑柔软的书页在我手中显得愈加柔软。

爸爸要是看见我在看书，就会试图把我拽走。也许他想起了泰勒。也许他认为如果能再让我分心几年，危险就会过去。所以不管有无必要，他千方百计给我找活儿干。一天下午，他又逮住我在看数学书，就让我和他抬水穿过田野，去浇他的果树，整整一小时里抬了一桶又一桶。这原本也没什么反常的，但当天正在下暴雨。

爸爸如果是在试图阻止孩子对学校和书本过于感兴趣——阻止我们像泰勒一样被光明会所引诱——他更该对理查德多加注意。理查德也本该在下午帮母亲制作酊剂，但他几乎从没这么干过。总是不见他的人影。我不清楚母亲是否知道他去了哪里，但我知道。每天下午，在黑暗的地下室里几乎总能找到理查德，他蜷缩在沙发和墙壁之间的狭小空间内，面前摆着一本百科全书。如果爸爸碰巧从此经过，他会把灯关掉，咕哝着说净浪费电。过一会儿我就会找个借口下楼，再去把灯打开。如果爸爸又经过一次的话，家里便会响起一阵咆哮，母亲就得坐在那里听他一顿教训：房间里没人为何要开着灯呢。她从不责骂我，我不禁怀疑她知道理查德在哪里。如果我无法回到下面去开灯，理查德就会把书凑到鼻子边，在黑暗中看书。他就是如此痴迷，如此想看那本百科全书。

泰勒走了。家里几乎没有他住过的痕迹，除了一处：每天晚饭后，我都会关上房门，从床底下拖出泰勒的旧音箱。之前我把他的书桌拖进我房间，唱诗班合唱乐响起时，我会坐进他的椅子学习，就像之前无数个夜晚我看见他所做的那样。我没有学历史和数学。我学习宗教。

我读了两遍《摩门经》，快速看完了新约，看第二遍时放慢速度，停下来做笔记，相互参照，甚至就信仰和献祭等教义写了短文。没有人读我的文章，我是为自己写的，正如我想象泰勒只为自己而学习一样。接下来我读了旧约，然后读了爸爸的书，主要是早期摩门教先知的演讲、书信和日记汇编。它们是用十九世纪的语言写的——生硬、拗口，但极为准确。起初我看不懂，但随着时间推移，感官逐渐适应了，我开始对讲述我的先辈穿越美国蛮荒之地的历史故事倍感亲切。虽然故事很是生动，但训诫极其抽象，论述的是晦涩难懂的哲学主题。我把大部分时间都花在研究这些抽象的文章上。

回首往事，我发现这就是我的教育，将产生重要影响的教育：我学着弃我而去的那个哥哥的样子，在借来的书桌前枯坐，努力而仔细地研读一条条摩门教教义。我在学习的这个技能至关重要，那就是对不懂的东西耐心阅读。

当山上的积雪开始融化，我的手上长满老茧。在废料场待了一季，磨炼了我的条件反射能力：我学会了辨别爸爸要扔重物时嘴里发出的低沉的咕哝声，一听到这个声音，我立刻伏在地上。我把太多时间都花在了这上面,以至于搜救的废品不够多。爸爸开玩笑说,我就像逆流上山的糖浆一样慢。

对泰勒的记忆逐渐褪色,他的音乐也被金属的撞击声淹没了。如今到了夜晚我脑海里响彻这些声音——瓦楞铁皮的叮当声,铜线的敲打声,铁的隆隆声。

我进入了新的现实,透过父亲的眼睛观察世界。我看到了天使,或者至少是在想象中看到了他们。他们望着我们拆废品,向前一步接住爸爸从院子那头扔过来的汽车电池或长短不一的钢管。我不再因爸爸扔它们而对他吼叫,而是祈祷。

一个人收拾废品时,我干得更快。一天早上,爸爸在院子北头靠山的地方干活,我在南头靠近牧场的地方干活。我把一个箱子装满了两千磅的铁,然后胳膊酸疼,跑去找爸爸。箱子需要清空,而我不会操作装载机——那种带伸缩臂,轮子又宽又黑且比我还高的大型铲车。装载机臂架伸展,把箱子举到约二十五英尺高的空中,货叉倾斜,废品轰的一声巨响倒进挂车。挂车是为了拉废品而特意改装的平板卡车,长五十英尺,其实就是一个巨大的桶。四壁用厚铁板制成,离拖斗有八英尺。一台挂车能装十五到二十个箱子,或者约四万磅重的铁。

我在草地里找到爸爸,他正在点火,准备烧掉一堆铜线的绝缘层。我告诉他箱子已经满了,他跟我走回去,爬进了装载机。他朝挂车挥了挥手。"箱子倒空后你把铁理平整些,这样我们能装更多。跳进去吧。"

我不明白。难道他想把我和箱子一起倒进挂车?"你卸载完,我再爬上去吧。"我说。

"不，这样快一些。"爸爸说，"等箱子与挂车壁平齐，我会停一下，这样你就可以爬出去了。然后你沿着挂车壁跑，待在驾驶室顶上，等着箱子倒空。"

我在一段铁片上坐下。爸爸把货叉伸进箱子底下，将我和废品举了起来，开足马力，朝挂车前面倒去。我几乎快抓不住了。在最后拐弯处，箱子剧烈摇晃，一根带尖的铁向我扎过来。它扎进我膝盖下方一英寸处的小腿内侧，像刀子扎进热黄油一般。我试图把它拿开，但装载机又改变了方向，尖铁一部分被埋住了。臂架伸出时，我听到了液压泵轻微的不正常的活塞声。箱子与挂车齐平时，声音停了。爸爸等着我爬上挂车壁，但我被压住了。"我动不了了！"我喊道，但是装载机引擎的轰鸣声太大了。我在想爸爸是否会等到看见我安全地坐在驾驶室顶上，才去倒空箱子，但我知道他不会。时间仍在紧追不舍。

液压泵发出呻吟声，箱子又升高了八英尺，倾倒就位。我又大声喊叫，声音忽高忽低，试图找到一个能穿透引擎轰鸣的音调。箱子开始倾斜，起初很慢，接着加快。我被压在后面。我知道箱子垂直时能给我一个抓握点，于是用两手紧抓住箱子的顶壁。箱子继续倾斜，前面的废品开始一点点向前滑动，巨型钢铁冰川开始坍塌。长钉仍然扎在我的腿上，把我往下拉。抓握的手滑了一下，我也开始跟着滑动，长钉终于从我身上脱落，重重掉进挂车里。我现在挣脱了，但却在坠落。我拼命挥动双臂，想抓住一件没在急剧降落的东西。我用一只手掌抓住了现在几乎垂直的箱子侧壁。我挣扎着向它靠近，将身体举过箱子边缘，然后继续下落。因为现在我正从箱子侧面而非前面坠落，我希望——我祈祷——我能摔到地上，而不是掉进挂车里。此刻挂车里的一大堆金属正在发出愤怒的撞击声。我坠落着，只看见蓝天，等待我的或是尖铁的刺痛，或是坚硬地面的撞击。

我的背撞上了铁，是挂车壁。我的脚在头上方咔嚓一声，我继续笨拙地摔落在地。第一次往下摔了七八英尺，第二次可能有十英尺。我尝到了泥土的味道，松了一口气。

我仰面躺了大概十五秒，引擎停止了轰鸣，我听到了爸爸沉重的脚步声。

"怎么了？"他说着，跪在我身旁。

"我摔出来了。"我气喘吁吁地说。我感觉喘不过气来，后背剧烈地跳动，好像被劈成了两半。

"你是怎么做到的？"爸爸说。他的语气中有同情，但也有失望。我觉得自己很蠢。我想，这么简单的事，我本可以做好的。

爸爸检查了我腿上的伤口。长钉从腿上掉下去时，扯开了一道大口子，看上去像地面的坑洼，那些肌肉组织都看不见了。爸爸脱下法兰绒衬衫，把它压在我腿上。"回家去吧，"他说，"你妈会止血。"

我一瘸一拐地穿过牧场，直到爸爸消失在视野中，才在麦草上失声崩溃。我颤抖着，大口大口地喘着粗气。我不明白我为什么哭。我还活着。我会没事的。天使们已尽了他们的本分。可我为什么无法停止颤抖呢？

我头晕目眩地穿过最后一片田野，朝房子走去。和之前见到的哥哥们、罗伯特和艾玛一样，我也从后门冲进去，呼喊着母亲。当她看到油毡上深红色的血脚印，便拿出治疗出血和休克、被叫作"急救疗法"的顺势疗法。她在我的舌下滴了十二滴清澈无味的液体,左手轻轻搁在伤口上,右手手指交叉。她闭上眼睛。啪嗒,啪嗒,啪嗒。"没有破伤风,"她说,"伤口最终会长好,但会留下一个讨厌的伤疤。"

她让我趴下,检查了我屁股上方几英寸处的瘀伤——一片深紫色,和人脑袋一般大小。她再次交叉手指,闭上眼睛。啪嗒,啪嗒,啪嗒。

"你的肾脏受伤了,"她说,"我们最好再做一批杜松和毛蕊花精油。"

我膝盖下面的伤口已经结痂——黑亮亮的,像一条黑色小河流经粉红的肌肉。这时,我做了一个决定。

我挑了一个星期日的晚上,当时爸爸正在沙发上休息,腿上放着打开的《圣经》。我在他面前感觉站了有好几个小时,但他始终没有抬头,于是我脱口而出:"我想去上学。"

他似乎没听见我说话。

"我祈祷过,我想去。"我说。

最后,爸爸抬起头,直直地向前看,目光聚焦在我身后的什么东西上。静默降临,让人倍感压抑。"在这个家,"他说,"我们遵守上帝的戒律。"

他拿起《圣经》,转动眼珠从一行跳到另一行。我转身要走,但还没走到门口,爸爸开口了:"你还记得雅各和以扫的故事吗?"①

---

① 《圣经》中雅各和以扫是孪生子,以扫为长子,雅各为幼子。以扫因为"一碗红豆汤"随意地将长子名分"卖"给了雅各。(《创世记》25:29-34)

"记得。"我说。

他继续读经文,我静静地离开了。无须任何解释。我知道这个故事的意思。他的意思是说,我不是他养育出的女儿,他的女儿秉持虔诚的信仰。我竟然为了一碗破汤而试图出卖自己与生俱来的权利。

耶和华必预备[1]

那是个干旱少雨的夏天。每天下午,火辣辣的太阳灼烤着大山,空气炙热而干燥。每天早上穿过田野去谷仓时,我都能感到野麦茎在脚下噼啪折断。

一个琥珀色的早晨,我在为母亲的急救顺势疗法制作药剂。我从基本配方[2]里取了十五滴——它被放在母亲的缝纫橱里,以免被误用或污染——将它们加到一小瓶蒸馏水中。然后我把食指和拇指环绕成一个圆圈,让小瓶穿过。母亲说过,顺势疗法药剂的药效取决于小瓶穿过手指圈的次数,取决于能从中吸取多少能量。我通常

---

[1] 出自《圣经》:"亚伯拉罕给那地方起名叫耶和华以勒(意思就是'耶和华必预备'),直到今日人还说:'在耶和华的山上必有预备。'"(《创世记》22:14)神要亚伯拉罕将儿子以撒献上当作祭物,以试验他的顺从和忠心。亚伯拉罕照做,于是神预备了羔羊代替以撒作为祭物,以撒便不必死。这句话是说生活中要顺从神,要有信心和忠心,神必为我们预备一切。
[2] 制作顺势疗法药剂的原始物质,即"母酊剂"。

套五十次才停下来。

爸爸和卢克在离家四分之一英里远的牧场上方的废料场里。爸爸雇了一台汽车破碎机，准备过几天使用，他们俩正在为此做准备。卢克十七岁了。他身材瘦健，肌肉发达，喜欢户外。他和爸爸正在从油箱里抽汽油。因为有爆炸危险，汽车在被压碎之前必须先卸掉油箱，每个油箱都得抽干拆除。这是一项费时的工作，先用锤子和木桩刺穿油箱，然后等着燃油漏完，最后用割炬将油箱安全移除。爸爸发明了一个省事的办法：一根高八英尺的粗大铁钎。爸爸会用叉车吊起一辆车，卢克指挥他开车，直到油箱位于铁钎正上方，接着爸爸放下货叉。如果一切顺利，油箱会被长钉刺穿，汽油会从中喷涌而出，正好流进爸爸焊接好的平底容器中。

到中午时，他们抽干了大约三四十辆车的油箱。卢克把汽油装在五加仑容量的桶里，然后一趟一趟穿过院子提到爸爸的平板卡车上。有一趟，他绊了一跤，他的牛仔裤被一加仑汽油浸透了。夏天烈日当空，几分钟就把牛仔布晒干了。将汽油都装到卡车上后，他回到家吃午饭。

我记得那顿午餐，那么明晰，令人不安。我记得砂锅牛肉土豆湿黏的味道，记得冰块倒入高脚杯叮当作响，杯身在夏日的高温下沾满水珠。我记得母亲让我洗盘子，因为她饭后要去犹他州，咨询另一位助产士有关一例妊娠并发症的问题。她说她可能不回来吃晚饭了，冰箱里还有汉堡。

我记得笑了整整一个小时。爸爸躺在厨房地板上讲笑话，关于我们这个小村镇最近通过的一项法令。一个男孩被一条流浪狗咬了，所有人都气愤至极。市长于是决定限制每家养狗的数量，不能超过两条，问题是，咬人的狗根本就不是家养的。

"这些政府官员真是天才，"爸爸说，"如果你不给他们盖个屋顶，他们会呆呆地看着天下雨，直到淹死。"我笑得肚子都疼了。

卢克和爸爸回到山上，把割炬准备好。此时卢克已经把汽油湿透裤子的事忘了个一干二净。当他两腿夹住割炬，火石与钢相撞，小火星立刻蹿成火苗，吞没了他的腿。

以下这个片段我们会一直铭记，一再讲述，终使其成为我们家的传说：卢克怎么也摆脱不了被汽油浸透的牛仔裤。那天早上他和往常一样用一圈麻绳扎着裤子。麻绳很滑，需要系一个死结才不会松开。他穿的鞋子也没帮上忙：破破烂烂的钢头靴子，几个星期以来，他一直是每天早上用胶带把鞋粘住，到晚上再用随身小刀割开。卢克本来几秒钟就能切断麻绳，砍开靴子，但惊慌失措中他拔腿就跑，像一头被枪瞄准的雄鹿一路奔逃，把火播撒进被炎炎夏日炙烤得又干又脆的山艾和麦草中。

我正把脏盘子堆进厨房水槽，突然听见了一声颤抖、窒息、首尾不同调的尖叫。毫无疑问，是人发出的声音。我从没听过哪种动物用如此起伏的音调嚎叫。

我跑到外面，看见卢克一瘸一拐地穿过草地。他尖叫着找母亲，然后瘫倒在地。这时我看到他左腿上的牛仔裤不见了，烧成了灰烬。腿上有的地方又青又紫，血淋淋的；其他地方惨白，成了死肉。薄如纸片的一条条皮肤精巧地包裹着他的大腿和小腿，就像从廉价蜡烛上滴下的蜡油。

他的眼睛翻白了。

我冲回屋里,拿来几瓶新的急救药,但基本配方仍然放在台面上。我抓起瓶子跑了出去,把半瓶药倒在卢克抽搐着的嘴唇间。没有用。他的眼睛像大理石一样白。

一个棕色的虹膜出现了,接着是另一个。他开始说胡话,接着尖叫起来。"着火了!着火了!"他吼道。一阵寒意掠过他全身,他牙齿打战,浑身哆嗦。

我只有十岁,那一刻我强烈地觉得自己还是个孩子。卢克是我的大哥哥;我以为他会知道该怎么做,所以我抓住他的肩膀,用力摇晃他。"你是想凉快点儿还是暖和点儿?"我喊道。他用一声喘息回答。

我推断他被烧伤,先治疗烧伤才合理。我从露台上的冷冻柜里拿来一盒冰,但是冰盒一碰到他的腿,他就尖叫起来——弓着背,鼓着眼睛拼命尖叫,直叫得我脑仁疼。得另找办法给他的腿降温。我想把冷冻柜里的东西拿出来,让卢克进去,但是冰柜只有盖上盖子才运作,可那样卢克就无法呼吸了。

我在脑海中搜寻家中的物品。我们家有个超大的蓝色垃圾箱,溅满了腐烂的食物残渣,恶臭扑鼻,所以我们把它关在壁橱里。我冲进屋子,把垃圾箱里的东西倒在油毡上,注意到理查德前一天扔进去的一只死老鼠。接着我把垃圾箱搬到外面,用花园的水管冲洗。我知道应该对它进行更彻底的清洁,也许该用洗碗皂,但是看着卢克在草地上痛得打滚的样子,我觉得来不及了。等最后一点儿食物残渣一冲走,我便扶起垃圾箱,往里灌满了水。

卢克挣扎着向我爬过来,想把腿放进去,突然我脑海中回响起母亲的话。她对某个人说过:烧伤后最麻烦的不是受损组织,而是感染。

"卢克！"我喊道，"不要！不要把腿伸进去！"

他不理我，继续朝垃圾箱爬去。他目光冰冷，好像在说除了从腿烧进他脑子里的火，其他都不重要。我快速行动，推倒垃圾箱，一大股水浪涌过草地。卢克发出咕噜咕噜的声音，像要窒息一般。

我跑回厨房，找到匹配的垃圾袋，打开，让卢克把腿伸进去。他不动弹，任凭我把袋子套在他腿上。我把垃圾箱扶起来，将水管塞进去。箱子注满水后，我扶着卢克，让他一只脚保持平衡，把他那条现在包裹在黑塑料袋里的烧焦的腿放了进去。午后的空气闷热无比，水很快会变热，我把那盒冰块扔了进去。

没过多久，二三十分钟后，卢克似乎恢复了神智和平静，能支撑住自己了。这时理查德从地下室走了出来。下午阳光强烈，垃圾箱放在草坪正中央，离阴凉处有十英尺远。装满水的垃圾箱太重了，我们搬不动，而卢克拒绝把腿从里面拿出来，哪怕一分钟也不肯。我拿来一顶奶奶在亚利桑那州送给我们的宽边草帽。卢克的牙齿还在打战，所以我又拿来一条毛毯。卢克就待在那儿，头戴宽边草帽，肩裹羊毛毯子，一条腿伸进垃圾箱，看上去既像在度假，又像无家可归的流浪汉。

太阳把水晒热，卢克开始不舒服地挪动身子。我又去冷冻柜里找，但没有冰了，只有十几袋冷冻蔬菜，我把它们全部扔了进去，结果有了一桶豌豆胡萝卜浑汤。

之后不知过了多久，爸爸回到家，一脸憔悴和沮丧。卢克现在安稳下来，在休息，或者说正勉力站在那里尽可能地休息。爸爸把垃圾箱推到了阴凉处。尽管戴着帽子，卢克的手和胳膊都被晒红了。爸爸说最好让那条腿保持不动，等母亲回家。

六点左右，母亲的车出现在高速公路上。我到半山腰接她，把发生的事告诉了她。她冲到卢克跟前，要查看那条腿，于是他把腿拿了出来，湿淋淋的，滴着水。塑料袋粘在了伤口上。母亲不想扯烂脆弱的组织，她慢慢地、小心翼翼地把袋子割掉，直到那条腿露出来。不怎么流血了，水泡也少了，因为这些都需要皮肤，而卢克腿上的皮肤所剩无几。母亲脸色蜡黄，但很是镇静。她闭上眼睛，交叉手指，大声问伤口是否感染了。啪嗒啪嗒啪嗒。

"这次算你走运，塔拉，"她说，"但是竟然把烧伤的腿放进垃圾箱，你是怎么想的？"

爸爸把卢克抱进屋，母亲拿来手术刀，两人大半个晚上都在切除腿上的死肉。卢克强忍着不叫出声，但当他们撬起并牵拉他破碎的皮肤，想看看死肉的终点、活肉的起点在哪里时，他疼得大口吸气，眼泪夺眶而出。

母亲在他腿上敷上自制的毛蕊花和紫草药膏，包扎好。她对处理烧伤很在行——那些都是她的特制药——但我看得出来，她很担心。她说她从没见过像卢克这样严重的烧伤。她不知道情况会怎样。

第一晚，我和母亲守在卢克床边。他几乎一夜没睡，疼痛和发烧让他神志不清。我们把冰块放在他脸上和胸口退烧，给他服用莲雾、蓝马鞭草和并头草止痛。这又是母亲的一个偏方。那次我从废品桶里掉出来，就服用了这个药。当时我等着伤口愈合，腿上的跳痛减缓，但我感觉不出有什么效果。

我相信医院里的药物为上帝所憎恶，但如果那天晚上我手头有吗啡，肯定会给卢克服用。疼痛令他喘不过气来。他躺在床上，豆大的汗珠从额头滑落至胸前，他屏住呼吸直到脸变红，继而变紫，仿佛让大脑缺氧才能撑到下一分钟。当肺部疼痛超过烧伤带来的痛苦时，他哭着大口大口地呼气——肺部解脱了，腿却痛到极点。

第二晚我独自照料他，好让母亲休息。我睡眠很轻，一有动静就会醒来，哪怕是轻微的翻身声，所以我能在卢克完全清醒过来、饱受疼痛之前拿来冰块和酊剂。第三晚母亲照料他，我站在门口，听着他的喘息，望着母亲注视着他。母亲脸颊凹陷，担心和疲惫让她双眼肿胀。

睡着时，我做了一个梦。我梦见那场我未曾目睹的大火。梦中我成了那个躺在床上的人，身体像木乃伊一样裹着松松垮垮的绷带。母亲跪在我身旁的地板上，按着我打了石膏的手，就像按卢克的手一样，轻拍着我的额头，祈祷着。

那个星期天卢克没有去教堂，下一个星期天也没去，再下一个星期天也没去。爸爸叮嘱我们，要是别人问起来，就说卢克病了。他说如果卢克腿烧伤的事被政府知道，我们就麻烦了。联邦政府会把我们这些孩子全部带走。他们会把卢克送进医院，在那里，他的腿会感染，最后他会死去。

大火之后约莫三周，母亲宣布，烧伤边缘的皮肤开始长出来了，就连最严重的地方也有希望长出新皮肤。这时卢克能坐起来了，一个星期后，当第一次寒流来袭时，他能拄着拐杖站一两分钟了。没过多久，他就在屋子里踮着脚转悠了。他瘦得像根豆芽菜，为了恢复体重，狼吞虎咽地吃了一桶又一桶食物。到那时，麻绳已成为全家人的谈资。

"男人应该有一条真正的皮带。"早餐时父亲递给卢克一根带钢扣的皮带。卢克已经基本痊愈,可以重返废料场了。

"卢克可不需要。"理查德说,"他更喜欢麻绳,你知道他有多时髦。"

卢克咧嘴一笑。"只要好看就行。"他说。

十八年来,我从未想过那一天,从未投以审视的眼光。很少几次忆起那个炎热的午后,我首先想到的就是那条腰带。我会想:卢克,你这个野东西,我想问你,你还扎麻绳腰带吗?

现在,二十九岁的我坐下来写下这些,试图在疲惫记忆的呐喊与回声中重建此事。写到末尾,我停顿了。这个故事中有个漏洞,有鬼出没。

我读了一遍。又读了一遍。找到了。

那场火是谁扑灭的呢?

一个休眠已久的声音说,是爸爸扑灭的。

但当时我见到卢克时,他独自一人。如果爸爸和卢克都在山上,他会把卢克带回家,为他治疗烧伤。爸爸外出干活了,这就是为什么卢克只得靠自己从山上下来。为什么让一个十岁的孩子给他治腿。为什么那条腿最后进了垃圾箱。

我决定问问理查德。他比我大,记性也比我好。再说,我上次听说卢克已经不用电话了。

我打了个电话。理查德首先记起了麻绳,依他的天性,他把麻绳称为"捆扎工具"。接着他想起了洒掉的汽油。我问他卢克是怎么把火扑灭，然后从山上下来的，因为我发现他的时候他已经休克了。理查德直截了当地说：爸爸和他在一起。

没错。

那为什么爸爸没有回家呢？

理查德说，因为卢克一路穿过杂草，把山都点着了。你还记得那个夏天吧，干燥又炎热。干旱的夏天，乡下农场的森林要是着了火可不行。于是爸爸把卢克放进卡车，让他自己开车回家找母亲。不过母亲不在家。

没错。

我仔细回想了许多天，然后重新坐下来写。爸爸一开始是在场的——爸爸讲了关于政府官员、流浪狗和屋顶让自由派不至于淹死的笑话，然后和卢克一起回山上干活。母亲开车走了，我打开水龙头，给厨房的水槽注满水。再来一次。想到第三次感觉也是这样。

山上发生了什么，我只能去想象，但我看得很清楚，若是出自记忆都不会如此清晰。汽车被堆放在一起预备好了，油箱都已扎破抽干。爸爸朝高高的一堆汽车挥手说："卢克，把那些油箱都拆掉，好吧？"卢克说："当然了，爸爸。"他把割炬夹在大腿中间，然后打火。火苗不知从哪里窜出来，烧着了他。他高声尖叫，笨拙地想解开麻绳，又尖叫着跑过杂草。

爸爸在后面追，命令他站住。这可能是卢克这辈子第一次没听爸爸的话。卢克跑得很快，但爸爸很聪明。他穿过一堆堆汽车，抄近路，把卢克放倒在地。

接下来发生了什么我无法想象，因为没人告诉过我，爸爸是如何把卢克腿上的火扑灭的。然后一个回忆浮现出来——那天晚上在厨房，母亲在他红肿起泡的手上涂上厚厚一层药膏，爸爸疼得龇牙咧嘴——我知道他肯定干了什么。

卢克身上不再着火了。

我试着想象做出决定的那一刻。爸爸看着那些杂草，它们在颤抖的热浪中渴望火焰，迅速燃烧。他看着儿子，心想如果趁火势不大时将其扑灭，就能阻止一场燎原之火，也许还能拯救房子。

卢克似乎还算清醒。他的大脑还没反应过来，疼痛尚未开始。我想象爸爸在想：耶和华必预备。上帝让他保持清醒。

我想象爸爸仰望苍穹，高声祈祷，然后把儿子抱上卡车，让他坐在驾驶座上。爸爸挂上挡，卡车开动。车子开得够快了，卢克紧握方向盘。爸爸从行驶的卡车上跳了下来，重重摔在地上，滚了一圈，然后跑回火边。火势越烧越旺，火苗越蹿越高。他高呼着"耶和华必预备"，脱下衬衫，开始与火焰战斗。[3]

小妓女

要想离开废料场,办法只有一个,那就是像奥黛丽一样找份工作,这样爸爸召集全员干活时我就不在家了。问题是,我才十一岁。

我骑了一英里车来到尘土飞扬的镇中心。这里只有一个教堂、一个邮局和一个叫"杰伊老爹"的加油站。我走进邮局。柜台后面是一位年长的女士,我知道她叫默娜·莫伊尔,因为加油站就是她和丈夫杰伊(杰伊老爹)开的。爸爸说他们就是规定每家最多养两条狗的城市法令的幕后推手。他们还提了别的法令。现在每个星期天爸爸从教堂回来,都大声谈论默娜和杰伊·莫伊尔,说他们从蒙特利或西雅图或别的地方而来,说他们如何用西海岸的理论蒙骗爱达荷州的好人。

我问默娜,能不能在布告板上放一张卡片。她问卡片是干什么用的。我说我想找份保姆的工作。

"你什么时候有空?"她说。

"什么时候都行。"

"你是说放学后?"

"任何时间都可以。"

默娜看着我,歪着头说:"我女儿玛丽想找个人照顾她的小宝宝。我去问问她。"

玛丽在学校教护理。爸爸说过,同时为医疗机构和政府工作,这是被洗脑最严重的了。我原以为他不会允许我给她打工,没想到他却同意了。很快我便在每周一三五上午去照顾玛丽的女儿。玛丽有个朋友叫伊芙,也正好需要一个保姆在周二和周四照顾她的三个孩子。

这条路往前一英里,有个叫兰迪的人在家门口开了家商店,卖腰果、杏仁和夏威夷果。一天下午,他路过邮局,进来和默娜聊天,说他一个人打包装箱太累了,希望能雇几个孩子帮忙,但孩子们都忙着去踢足球和搞乐队了。

"至少有一个孩子没去。"默娜说,"我想她也很愿意帮忙。"她指着我的卡片说。很快我就在周一到周五上午八点至中午之间照看小孩,然后去兰迪的店里打包腰果,一直干到晚饭时间。薪水不算多,但以前我从未挣过钱,所以感觉钱也不少。

教堂里的人说玛丽弹得一手好钢琴。他们用了"专业"一词。我不知道这是什么意思,直到一个星期天,玛丽为教堂会众演奏钢琴。音乐让我忘记了呼吸。我以前听过无数次为赞美诗伴奏的钢琴演奏,但玛丽弹奏的音乐与之前杂乱的叮咚声截然不同。那是液体,也是空气;一会儿是岩石,一会儿又变成了风。

第二天，玛丽从学校回来，我问她是否愿意用教我上课代替付我薪水。我们在钢琴凳上坐好，她给我演示了几个指法。接着她问我除了钢琴，我还在学什么。爸爸嘱咐过我，假如别人问起我的学业，我该如何作答。"我每天都学习。"我说。

"你和别的小孩交往吗？"她问道，"你有朋友吗？"

"当然了。"我说。玛丽继续教我。上完课，我刚准备离开，她说："我妹妹卡洛琳每周三在杰伊老爹加油站后面教跳舞。有很多和你同龄的女孩。你也可以去。"

那个星期三，我早早离开兰迪的商店，骑车去了加油站。我穿着牛仔裤、大大的灰T恤、钢头靴；别的女孩穿黑色紧身衣、闪光的裙子、白色紧身裤袜和太妃糖色的小巧芭蕾舞鞋。卡洛琳比玛丽年轻，她的妆容完美无瑕，一头栗色的卷发，金色的发箍闪闪发光。

她让我们排成一排，给我们演示了一段简短的舞步。角落里有个音箱在播放一首歌。这首歌我以前从没听过，但其他女孩都知道。我望着镜中的我们，盯着那十二个女孩，她们踮起脚尖旋转着，黑色、白色、粉色，那样干净利落，光彩照人。然后我看看自己，灰不溜秋的大块头。

下课后，卡洛琳让我去买一套紧身连衣裤，一双舞鞋。

"我买不了。"我说。

"哦。"她看上去很不自在，"也许哪个女孩能借给你一套。"

她误解我了，以为我没钱。"这个不端庄。"我说。她惊讶地张大了嘴。这些来自加利福尼亚的莫伊尔家的人啊，我想。

"可你总不能穿靴子跳舞吧。"她说，"我去跟你母亲谈谈。"

几天后，母亲拉着我驱车四十英里去了一家小店，店里的货架上摆满了异国情调的鞋子和怪异的腈纶服装。没有一件端庄的。母亲径直走到柜台前，对售货员说，我们要一套黑色紧身连衣裤、一双白色紧身裤袜和一双爵士舞鞋。

"把这些留在你房间里。"我们离开商店时，母亲说。她不再说什么。我早就清楚，绝对不能让爸爸看见紧身连衣裤。

那个周三，我穿着紧身连衣裤、紧身裤袜，外面套着那件灰色T恤。T恤几乎遮住了我的膝盖，即便如此，我也为露出腿而感到羞愧。爸爸说过，正派的女人永远都不能露出脚踝以上的任何部位。

其他女孩很少和我说话，但我喜欢和她们在一起。我喜欢保持一致的感觉。学跳舞就像在学习有所归属。我能记住动作，做这些动作时，我能进入她们的大脑，与她们一同呼吸，一齐伸出双臂。有时我瞥一眼镜子，看见我们聚成团快速旋转的身体，无法立刻在人群中认出自己。身穿灰色T恤的我虽然像天鹅群中的一只家鹅，但这不重要。重要的是我们是一个群体，共同行动。

我们开始为圣诞演奏会进行排练，卡洛琳打电话给母亲讨论服装的事。"裙子有多长？"母亲说，"透明吗？不，这可不行。"我听见卡洛琳谈起舞蹈班里的其他女孩想穿什么。"塔拉不能穿那个。"母亲说，"如果别的女孩就要穿成那样，她就待在家里不去了。"

在卡洛琳打电话给母亲后的星期三，我提前几分钟到了杰伊老爹加油站。小班刚下课，到处是六岁左右的小女孩，头戴红色天鹅绒帽，裙子上闪烁着深红色亮片，欢蹦乱跳地找她们的母亲。我看着她们扭动着腰肢，蹦蹦跳跳地穿过走廊，纤细的腿上只穿着透明紧身连裤袜。我觉得她们看上去像小妓女。

  班里的其他同学陆续来了。她们看到这些服装，立刻冲进工作室，想看看卡洛琳为她们准备了什么样的服装。卡洛琳站在一个纸箱旁，箱子里装满了宽大的灰色运动衫。她开始分发。"这就是你们的服装！"她说。女孩们举起运动衫，扬起眉毛，难以置信。她们期待的是雪纺或缎带，而不是鲜果布衣[①]。为了让运动衫漂亮一些，卡洛琳在胸前缝上了镶有亮边的硕大的圣诞老人，但这只是让脏兮兮的棉布显得更脏。

  母亲没有告诉爸爸演奏会的事，我也没有。我也没请他到场观看。我的某种本能在起作用，一种习得的直觉。演奏会那天，母亲告诉爸爸说我晚上"有点事儿"。爸爸问了很多问题，让母亲吃惊，几分钟后她承认，我是去参加一场演奏会。母亲向爸爸坦白我一直在跟着卡洛琳·莫伊尔上课，爸爸听了做了个鬼脸。我以为他又要开始大谈加州左派，结果他没有，而是拿起了外套。我们三个人朝汽车走去。

  演奏会在教堂举行。所有人都来了，照相机不停闪烁，大大的摄像机红灯亮起。我在一间房里换上表演服（我也在那里上主日学校的课程）。别的女孩在开心地聊天；我套上运动衫，使劲把布料往下拉了几英寸。我们在舞台上排好队时，我还在往下拽衣服。

  音乐从钢琴上的一个立体声音响中传出来。我们的脚跟随音乐，纷纷起舞。接下来我们该跳跃，向上伸展，旋转，我的脚却像

[①] Fruit of the Loom，美国内衣品牌，也生产T恤。

生了根一样。我没有把手臂举过头顶,而是举到与肩膀齐平。其他女孩蹲下来拍打舞台时,我歪着身子;我们该侧手翻的时候,我摇摇摆摆,拒绝让运动衫在重力作用下褪到腿部以上。

音乐结束。离开舞台时,女孩们都对我怒目而视——我毁了整个节目——但我几乎没去看她们。房间里只有一个人对我而言是真实的,那就是爸爸。我朝观众席望去,一眼就看到了他。他站在后面,舞台灯光反射在他的方框眼镜上。他表情僵硬而冷漠,但我能看出其中的愤怒。

开车回家路程只有一英里,可是感觉有一百英里。我坐在后座上,听父亲大喊大叫。母亲怎么能允许我如此公开地犯罪呢?这就是她一直向他隐瞒演奏会的原因吗?母亲听了一会儿,咬着嘴唇,双手往空中一摊,说她不知道演出服会如此不端庄。"我真生卡洛琳·莫伊尔的气!"她说。

我俯身向前望着母亲的脸,想让她看看我,回答我心里的疑问,因为我一点儿也不明白。我知道母亲并不生卡洛琳的气,因为她几天前见过这件运动衫。她甚至打电话给卡洛琳,感谢她挑选了一套我可以穿的衣服。母亲把头转向窗户。

我盯着爸爸后脑勺上的白发。他静静地坐着,听母亲继续骂卡洛琳,说这些服装多么令人震惊,多么下流。当我们在结冰的车道上颠簸前行时,爸爸点点头,对于母亲说的每个字不那么生气了。

那天晚上父亲都在滔滔不绝。他说卡洛琳的舞蹈班和公立学校一样,都是恶魔撒旦的诡计,因为它表里不一。它表面上教舞蹈,实际上却教人放荡不羁。撒旦很狡猾,爸爸说。他所谓的"跳舞",不过是说服善良的摩门教徒,让他们眼睁睁看着自己的女儿像妓女一样在耶和华的圣殿中跳来跳去。最让爸爸生气的是：如此淫荡的表演竟然发生在教堂里。

把自己讲到精疲力竭之后，他上床睡觉了。我爬进被窝，在黑暗中睁着眼睛。有人敲我的房门。是母亲。"我早该知道的，"她说，"我早该看清楚那个舞蹈班的真面目。"

在演奏会后，母亲一定是颇感内疚，因为接下来的几个星期，她努力寻找其他我能做的而父亲也不会禁止的事。她注意到我经常用泰勒的旧音箱听摩门教礼拜合唱团的音乐，于是开始给我找声乐老师。几周后老师找到了，她又花了几周时间说服那位老师教我。这些课程比舞蹈课贵多了，但是母亲用卖精油赚来的钱付了学费。

老师又高又瘦，修长的指甲掠过钢琴琴键时叮当作响。她先纠正我的仪态，拉着我脖后根的头发，让我收紧下巴，然后在地板上给我拉伸，踩我的肚子以加强横膈膜的力量。她非常重视平衡，经常拍打我的膝盖，提醒我站立时要挺拔有力。

几次课后，她宣布我可以在教堂唱歌了。已经安排好了，她说。那个星期天我要在教堂会众面前唱赞美诗。

日子过得很快，你越害怕某事，时间流逝得越快。周日早上，我站在布道台前，盯着下面人们的脸。有默娜和杰伊老爹，他们后面是玛丽和卡洛琳。他们看上去为我难过，似乎觉得我会出洋相。

母亲弹了序曲部分，音乐暂停，轮到我唱了。那一刻我本该思绪万千。也许我本该记起我的老师和她教授的技巧——挺胸抬头，腰背挺直，下巴收紧。可是我却想起了泰勒，想起我躺在他书桌旁的地毯上，盯着他穿着羊毛袜子的脚，聆听摩门教礼拜合唱团用颤音高歌的情景。他让我的脑海充满了合唱的声音，对我来说，这声音美妙至极，世上除了巴克峰，再没有什么能与之相媲美。

母亲的手指悬停在琴键上。这个停顿变得尴尬；教堂会众不自在地动了动。我想起那些声音，想起它们充满奇异的矛盾——想起它们使音符那样飘浮在空气之上，像暖风一样柔软，但又如此尖锐有力。我去内心深处寻求那些声音——它们就在那里。一切感觉那么自然，就好像我想出了那些声音，我用想的方式唱出了它们。但之前现实从未曾屈服于我的想法。

歌唱完了，我回到座位上。最后是祈祷仪式，之后人们朝我涌来。穿碎花裙子的女人微笑着和我握手，穿方格黑西装的男人过来拍拍我的肩膀。合唱团主管邀请我加入唱诗班，戴维斯兄弟请我为扶轮社[①]唱歌，主教——在摩门教中相当于牧师——说，他想请我在一场葬礼上唱歌。我答应了所有人的请求。

爸爸朝每个人微笑。因为看医生或者送孩子上学的问题，教堂里几乎所有人之前都被爸爸称为"异教徒"，但那天他似乎把加州左派和光明会抛诸脑后。他站在我旁边，一只手搭在我肩膀上，亲切地回应人们的赞美之词。"我们受神眷顾，"他不停地说，"非常有福。"杰伊老爹穿过教堂，在我们的座位前停下。他说我唱起歌来就像上帝的天使。爸爸看了他一会儿，然后眼睛发亮，紧握杰伊老爹的手，就像两人是多年的老朋友。

我从未见过父亲的这一面，但之后又见了许多次——每次都是在我唱歌后。不管他在废料场工作了多久，不管他有多累，他都会

[①] Rotary Club，职业人士的国际性组织，提供慈善服务，鼓励崇高的职业道德，并致力于世界亲善及和平。

开车翻山越岭去听我唱歌。不管他多么痛恨像杰伊老爹那样的人，只要那些人赞扬我的声音，爸爸就会把他与光明会的战斗搁置一边，不再充满仇恨，他说："是的，上帝保佑我们，我们非常有福。"就好像我唱歌时，爸爸一时忘记了世界是一个可怕的地方，它会使我堕落，忘记了我应该待在家里受到庇护。他想让人听见我的声音。

镇上的剧院正在上演一出戏剧，《安妮》，老师说，如果导演听了我唱歌，会让我当领唱。母亲提醒我不要抱太大希望，说我们负担不起每周四晚上开车十二英里进城去排练的费用，即使负担得起，爸爸也绝不会允许我一个人在城里，天知道我会和什么样的人在一起。

不管怎样，我还是练习这些歌，因为我喜欢。一天晚上，我正在房间里唱"明天太阳会出来"，爸爸回到家吃晚饭。他嚼着肉饼，静静地听着。

"我会弄到钱的，"那天晚上上床睡觉时，他对母亲说，"你带她去参加试唱吧。"

当时世代的完全人[1]

一九九九年夏天,我在《安妮》一剧中担任主唱。父亲处于严阵以待的状态。自从我五岁时韦弗一家被围攻,他从未像现在这样肯定,世界末日马上要降临了。

爸爸称之为"千年虫"。到一月一日,他说,全世界的计算机系统都将崩溃。到时候没有电,没有电话,一切都会陷入混乱,而这将预示基督的第二次降临。

"你怎么知道是这一天?"我问。

爸爸说,政府编程的电脑日历以六位数显示,这意味着年份只有两位数。"当99变成了00,"他说,"电脑就不知道是哪一年了,它们会瘫痪。"

"他们不能修好它吗?"

---

[1] 出自《圣经》:"挪亚是个义人,在当时的世代是个完全人。"(《创世记》6:9)

"修不好，"爸爸说，"人只相信自己的力量，而人力量微弱。"

在教堂，爸爸提醒大家提防千年虫。他建议杰伊老爹为他的加油站买些结实的锁，也许该弄些防御武器。"大饥荒来了，商店将是被洗劫的首要目标。"爸爸说。他告诉芒福德教友，每一个正直之士应该至少储备供十年使用的食物、燃料、枪支和黄金。芒福德教友只是吹了吹口哨。"我们不可能都像你一样正直，吉恩，"他说，"我们中有些人是罪人！"没有人听他的话。他们在夏日艳阳底下照常生活。

与此同时，我们一家人将桃子煮熟去皮，给杏去核，把苹果搅成酱。一切都被高压烹熟，密封，贴上标签，储存于爸爸在牧场挖的地窖里。地窖入口很隐蔽，被一个小丘遮挡，爸爸警告我们绝不能把位置告诉任何人。

一天下午，爸爸爬进挖掘机，在旧谷仓旁挖了一个坑。接着他用装载机把一千加仑的油罐放进坑里，用铁锹填埋好，在新鲜的泥土上精心种上荨麻，撒上蓟种子，这样它们长出来就能遮蔽油罐。拿着铁锹掩埋时，他吹着《西区故事》里《我感觉真好》的调子。他帽檐向脑后倾斜，一脸灿烂的微笑。"末日来了，我们将是唯一有燃料的人，"他说，"其他所有人靠双脚奔逃的时候，我们还能开车。我们甚至能开到犹他州去接泰勒。"

大多数晚上我都在虫溪剧场排练。那是一个破旧的剧院，靠近镇上唯一一盏红绿灯。剧场是另一个世界，那里没有人谈论千年虫。

虫溪剧场里人们的交流方式与我们家全然不同。当然，我也和家人以外的人来往，但那些人和我们一样：要么是雇母亲接生的女人，要么是不相信医疗机构来找她买草药的女人。我只有一个朋友，叫杰西卡。几年前，爸爸说服她的父母罗伯和黛安，说公立学校只不过是政府的宣传项目。从此以后，他们也把她留在家里。杰西卡的父母把她从学校拽走之前，她还是"他们"中的一员，我从未和她说过话；但后来她成了"我们"中的一员。正常的孩子不再要她了，她被留给了我。

我从没学过如何跟与我们不一样的人，与那些去上学、去看医生，不为世界末日来临天天备战的人交谈。虫溪剧场里都是这样的人，他们的话仿佛脱胎于另一种现实。导演第一次和我说话时我就是这种感觉，就好像他来自异次元世界。他只说了一句话："去找找 FDR 的资料。"我没有反应。

他又说了一次："罗斯福总统。FDR[①]。"

"你是说 JCB[②] 吗？"我说，"你需要叉车吗？"

大家都笑了。

所有台词我都烂熟于心，但排练时，我一个人坐在那里，假装研究我的黑色活页夹。轮到我上台时，我会毫不犹豫地大声背诵台词。这给了我自信。如果我无话可说，至少安妮有的说。

开演前一周，母亲把我棕色的头发染成了樱桃红色。导演说完美，现在我只需在周六彩排前把演出服搞定。

我从家里的地下室找出一件肥大的针织毛衣，脏兮兮的，满是洞眼，还有一条很丑的蓝裙子，母亲把它漂成了浅棕色。穿这条裙子演一个孤儿再合适不过了，我为自己轻而易举找到了演出服而感

[①] FDR，富兰克林·德拉诺·罗斯福（Franklin Delano Roosevelt）名字的缩写。
[②] JCB，杰西博，建筑机械设备品牌。

到欣慰,直到我想起第二幕中,安妮穿着沃巴克斯爸爸买给她的漂亮衣裙。那样的衣服我可没有。

我告诉了母亲,她脸色一沉。我们驱车一百英里,沿途到每一家二手商店苦苦寻找,但一无所获。在最后一家店的停车场里,母亲噘起嘴唇说:"还有一个地方我们可以去试试。"

我们开车去了安琪姨妈家,把车停在她和外婆共用的白色尖桩栅栏前。母亲敲了敲门,然后站在门外,理顺头发。安琪见到我们很惊讶——母亲很少看望这个妹妹——但她热情地微笑着请我们进屋。她家前厅有许多丝绸和蕾丝,让我想起了电影里豪华酒店的大堂。我和母亲坐在淡粉色的褶皱沙发上,母亲解释了我们为何而来。安琪说她女儿有几条裙子,可能用得上。

母亲坐在粉红色的沙发上等着,安琪领我来到楼上她女儿的房间,摆出一大堆裙子,每一件都很精美,有着繁复的蕾丝花边和雅致的蝴蝶结。起初我不敢去碰它们。安琪帮我一一试穿,系上腰带,扣上扣子,整理好蝴蝶结。"你应该穿这件。"说着,她递给我一件深蓝色的裙子,裙子上身镶有白色编织坠饰。"上面的小装饰都是你外婆缝的。"我拿了那件裙子,还有另一件带白蕾丝花边的红色天鹅绒裙,和母亲开车回了家。

这出剧一星期后开演。爸爸坐在前排。演出结束后,他径直走到售票处,又买了第二天晚上的票。那个星期天他在教堂没有谈论别的。不再谈论医生或光明会,也不再提什么千年虫,只谈论镇上上演的那出戏剧,他的小女儿在里面担任主唱。

尽管爸爸担心我离家在外的时间太久,但他并没有阻止我去为下一出剧以及再下一出剧试唱。"谁知道剧院里在进行什么勾当,"

他说,"很可能是通奸者的巢穴呢。"

下一部剧的导演离婚的时候,爸爸的怀疑得到了证实。他说这些年来他没送我去公立学校读书,可不是为了看我在舞台上堕落。之后排练都是他亲自开车送我去。几乎每晚他都说以后不会再让我去了,说他迟早会在哪天晚上去虫溪剧场把我拖回家。但每次演出一开始他就来了,坐在第一排。

有时他扮演经纪人或经理的角色,纠正我的演唱技巧,为我推荐曲目,甚至为我的健康出谋划策。那年冬天,我的嗓子持续疼痛,无法唱歌。一天晚上,爸爸把我叫到跟前,撬开我的嘴,查看我的扁桃体。

"它们都肿了,好吧,"他说,"肿得跟杏子似的。"母亲用紫锥菊和金盏花也没能让它们消肿,爸爸便提出了自己的疗法:"人们不知道,其实太阳才是最强大的药物。夏天人们不会喉咙痛就是这个原因。"他点了点头,仿佛对自己的逻辑深表赞同,然后说,"如果我的扁桃体像你这样,我就会每天早上出门站在太阳底下,张开嘴巴,晒上半小时左右。它们很快就会消肿。"他称之为"治疗"。

我这样坚持了一个月。

站在那里,抬起下巴,头向后仰着,让阳光照进喉咙,这个姿势极不舒服,我连半小时都坚持不了。十分钟后我的下巴就开始疼痛,且一动不动地站在爱达荷州冬日的严寒中,人很快就冻僵了。我的喉咙越来越疼。每当爸爸发现我嗓音沙哑,他就会说:"嗯,你还能指望怎样?我都整个星期没见你好好治疗了!"

第一次见到他是在虫溪剧场:一个我不认识的男孩,和一群公立学校的孩子一起笑着，穿一双白色大鞋，卡其短裤，笑容灿烂。他没参演戏剧，但城里又没什么地方可以消遣。那个星期，他来看望他的朋友，我又见过他几次。一天晚上，我一个人在后台黑暗的角落闲逛时，一转弯，发现他坐在我最喜欢坐的木箱上。箱子孤零零的——这正是我喜欢它的原因。

他向右挪了挪，为我腾了个地方。我如坐针毡般慢慢地、紧张地坐下。

"我叫查尔斯。"他说。他停顿了一下，等着我说我的名字，但我没吭声。"我在上一出剧里见过你。"过了一小会儿，他又说："我想告诉你一件事。"我做好准备，不知道他要说什么，然后他说："我想告诉你，你的歌声是我听过的最好听的。"

一天下午，我把夏威夷果打包完毕后回到家，发现爸爸和理查德围坐在一个大金属盒子旁。他们把大盒子抬到了餐桌上。我和母亲做肉卷的时候，他们就组装起里面的东西来。他们花了一个多小时才完成，然后退后一步，给我们展示一个貌似巨大的绿色军用望远镜的东西，长长的管筒稳稳地支在一个短而宽的三脚架上。理查德兴奋地跳来跳去，一一罗列它能做什么。"射程超过一英里！能把一架直升机打下来呢！"

爸爸静静地站着，眼睛闪闪发光。

"这是什么？"我问。

"这是一支五十口径步枪，"他说，"想不想试一试？"

我透过瞄准镜观察，在山坡上搜寻，在十字线之间瞄准远处的麦田。

肉卷被忘得一干二净，大家跑到外面。日落时分已过，地平线一片黑暗。我看着爸爸趴在冻僵的地面上，眼睛盯着瞄准镜，感觉过了一小时之久，他才扣动扳机。冲击波震耳欲聋。我双手捂住耳朵，等砰的头一声枪响过后，才放下双手，听着枪声在山谷中回荡。他一次又一次地开火，等我们进了屋，我的耳朵还在嗡嗡作响。当我问那支枪是干什么用的，爸爸的回答我几乎没听清。

"防御。"他说。

第二天晚上，我在虫溪剧场排练。我坐在板条箱上，听着台上的独白，这时查尔斯出现了，坐到我旁边。

"你不上学啊。"他说。

这不是一个问句。

"你应该参加唱诗班。你会喜欢的。"

"也许吧。"我说，他笑了。他的几个朋友走到舞台这一侧喊他。他站起来跟我道别，我看着他加入他们，与他们一起轻松地说笑，想象着在另一个平行现实中我成了他们中的一员。我想象查尔斯邀请我去他家，邀请我去玩游戏或看电影，感到一阵心驰神往。但当我想象查尔斯来巴克峰做客的时候，我感到了另一种东西，类似于恐慌。如果他发现了地窖怎么办？如果他发现了油箱怎么办？接着我终于明白了那支步枪的用途。那支特殊的、射程覆盖山到山谷的巨大枪管，是保卫我们的房子和补给品的防御工事，因为爸爸说过在其他人只能靠双脚奔逃的时候，我们将能开车。其他人都在挨饿、抢劫的时候，我们还会有食物。我又一次想象查尔斯爬上山来到我们家。但在我的想象中，我在山脊上，正通过十字瞄准镜，望着他一步步走过来。

那年的圣诞节我们没怎么过。我们并不贫穷——母亲的生意做得很好，爸爸还在捡收废品——但我们把所有钱都花在了补给品上。

圣诞节前，我们继续做准备工作，好像每一步行动、每一点储备物资的增添，都可能攸关生死。圣诞节后，我们等待着。"当需要的时刻到来，"爸爸说，"准备的时刻就过去了。"

日子一天天过去，转眼到了十二月三十一日。早餐时爸爸很平静，但在他的宁静中我感受到兴奋与类似渴望的东西。他等了这么多年，埋藏枪支，囤积食物，还告诫别人也这么做。教堂里的每个人都读过预言书，他们知道世界末日将要到来。尽管如此，他们还是对爸爸冷嘲热讽。今晚将证明他是正确的。

晚饭后，爸爸研读了几个小时的《以赛亚书》。十点左右，他合上《圣经》，打开电视。电视是新的。安琪姨妈的丈夫在一家卫星电视公司工作，他让爸爸订阅他们的节目。不敢相信爸爸竟然答应了。回想起来，这完全是爸爸的风格。在一天之内，原本没有电视和收音机的家里一下子装上了全套的有线电视。我有时会想，爸爸破例同意在那一年安装电视，是否因为他知道在一月一日，一切都将消失。也许他这么做是为了在一切被吞没之前，让我们领略一番这个世界。

爸爸最喜欢看《蜜月期》①。那天晚上播出特别节目，一再回放过去的剧集。我们看电视，等着"完结"。从十点到十一点，我

---

① *The Honeymooners*，1955 年首次播出的美国喜剧，下文中的拉尔夫和爱丽丝·卡拉门登是剧中一对夫妇。

隔几分钟便查看一次时钟，之后每隔几秒就看一眼，直到午夜。即便很少为外界事物所动的爸爸，也频频瞥向时钟。

11：59。

我屏住呼吸，心想：再过一分钟，一切就都烟消云散了。

接着到了十二点。电视仍在嗡嗡作响，发出的光在地毯上舞动。我在想我们的时钟是不是走快了。我来到厨房，打开水龙头。还有水。爸爸一动不动，眼睛盯着屏幕。我又回到沙发上。

12：05。

还有多长时间电力才会中断？是不是哪个地方有额外储备用电，还能多持续几分钟？

电视上拉尔夫和爱丽丝·卡拉门登的黑白影像如幽灵一般，正为一个烘肉卷争吵。

12：10。

我等待电视屏幕突然一闪后熄灭。我努力记住这一切，记住这最后的奢侈的时刻——记住强烈的黄色光线，记住流动在电热器周围的温暖空气。世界将化为乌有，我的人生随时会终结，我正体验着对过往生活的怀旧之情。

我一动不动地坐了许久，深呼吸，试图吸进这个沉沦的世界的最后一丝气息。越这么做，我就越讨厌一切原封不动。怀旧变成了厌倦。

一点半过后，我上床睡觉了。离开时我瞥了一眼父亲，他的脸在黑暗中凝固，电视光线在他的方框眼镜上闪烁。他摆姿势一般坐着，既不激动，也不尴尬。至于为什么在接近凌晨两点时还独自坐在那里，看着电视上的拉尔夫和爱丽丝·卡拉门登为圣诞晚会做准备,他仿佛有再平常不过的理由。

在我看来,与那天早上相比,他更矮小了。他脸上的失望是如此孩子气,一时间我疑惑上帝怎么能不遂他的心愿。他是那样虔诚的信徒,心甘情愿地受苦,就像挪亚心甘情愿去建造方舟一样。

但上帝并未让洪水泛滥。

羽毛盾牌

一月一日的早晨如往常一样来临，打垮了爸爸的精神。他再也不提千年虫。他意志消沉，每天晚上拖着身体从废料场回家，一言不发，表情凝重。他会连续几个小时坐在电视机前，头顶笼罩着一片乌云。

母亲说是时候再去一趟亚利桑那州了。卢克为教会履行任务，所以只有我、理查德和奥黛丽挤进了爸爸修好的那辆旧雪佛兰阿斯特罗面包车。除了前排两个座位，爸爸把其余座位都拆掉，放上一张大号双人床垫，然后爬了上去，在接下来的行程中一动未动。

就像多年前一样，亚利桑那州的太阳又让爸爸复苏了。他躺在门廊外坚硬的水泥地面上，汲取着阳光，我们其他人则看书或看电视。几天后他的情况开始好转，我们便为他和奶奶晚上的争吵做好了准备。最近奶奶经常去看医生，因为她患了骨髓癌。

"那些医生会更快地要了你的命。"一天晚上，奶奶就诊归来时爸爸说。奶奶拒绝停止化疗,但她确实也向母亲讨要过草药疗法。母亲带了一些草药来,希望奶奶向她求助,奶奶也试过——用红黏土泡脚,喝苦涩的欧芹茶,还有马尾和绣球花酊剂。

"这些草药不会发挥作用的,"爸爸说,"草本植物信则灵。你不能既信医生,又求上帝医治。"

奶奶一言不发。她刚喝了欧芹茶。

我记得我看着奶奶,寻找她身体衰弱的迹象。我看不出任何迹象。她还是那个硬朗的、不屈不挠的女人。

这次旅程接下来发生了什么,我的记忆有些模糊了,只留下一些大致印象——母亲为奶奶实施肌肉测试疗法,奶奶静静地听爸爸的长篇大论,爸爸在干热的天气里摊开四肢躺着。

我在后门廊的吊床里,在沙漠落日的余晖中懒洋洋地摇晃着。奥黛丽出现了,说爸爸要我们去拿东西,我们要走了。奶奶感到难以置信。"忘了上次发生什么事了?"她喊道,"你们还要晚上开车?碰上暴风雪怎么办?"爸爸说我们会战胜暴风雪。我们把行李装到面包车上的时候,奶奶边踱步边咒骂。她说爸爸一点该死的教训都没学到。

理查德先开了六个小时的车。我和爸爸、奥黛丽一起躺在后面的床垫上。

那是凌晨三点,我们正从南往北穿越犹他州,天气突变,沙漠的干燥寒冷变为高山的寒风刺骨。道路冰封。雪花像小虫子一样拍打着挡风玻璃,一开始只有几片,一会儿便密到道路都看不清了。我们向暴风雪中心前进。面包车打滑、颠簸。狂风乱作,窗外一片白雪茫茫。理查德靠边停车。他说我们不能再往前走了。

爸爸接管方向盘,理查德坐到副驾驶座,母亲爬上床垫,躺在我和奥黛丽身旁。爸爸把车开上高速公路,紧急加速,仿佛要证明什么,直到车速达到理查德开的两倍。

"我们不该慢一点开吗?"母亲问道。

爸爸笑着说:"我开得再快,也赶不上我们的天使飞得快。"面包车仍在加速。时速达到五十英里,然后是六十英里。

理查德紧张地坐着,紧握扶手,每次轮胎打滑,他的指关节都白了。母亲侧身躺着,脸紧贴我的脸,每次面包车摆尾行驶都倒吸一口气,然后屏住呼吸,直到爸爸调整好车开回车道。她太紧绷了,我觉得她可能会散架。我的身体随着她紧张起来;我们一起做好了一百次撞击的准备。

面包车终于偏离道路时,大家反倒松了一口气。

我在黑暗中醒来。有什么冰冷的东西沿着我的背流下来。我们掉进了湖里!我心想。有什么沉重的东西压在我身上。是床垫。我想把它踢开,但没成功,于是我就在它下面爬行,双手和膝盖压在翻过来的车顶上。我来到一扇破碎的车窗前。外面是茫茫白雪。接着我明白了:我们是在一片田野中,不是在湖里面。我爬出破碎的车窗,摇摇晃晃站起来,但似乎无法保持平衡。我环顾四周,可一个人影也没有。面包车是空的。我的家人不见了。

我绕着残骸转了两圈,才发现远处小山丘上爸爸弯腰驼背的身影。我喊他,他在喊其他人,他们都四散在田野中。爸爸穿过雪堆朝我走来,当他走进一束破碎的车头灯的光线中,我看见他前臂有一道六英寸的口子,鲜血在雪地上划出痕迹。

后来我才知道，我在床垫下面昏迷了好几分钟。他们喊过我的名字。我没有反应，他们便以为我一定是从破碎的车窗甩了出去，于是分头去找我。

大家都回到失事地点，尴尬地站在周围，浑身哆嗦，不是出于寒冷就是出于惊吓。我们没看爸爸，不想指责他。

警察来了，接着又来了一辆救护车。我不知道是谁叫的他们。我没有告诉他们我昏了过去——我害怕他们将我送进医院。我紧挨理查德坐在警车里，身上裹着一条反光的毯子，和我"上山应急包"里的那条一样。我们听着收音机，而警察询问爸爸为什么面包车没上保险，为什么他把座椅和安全带都拆掉了。

我们离巴克峰还很远，所以警察将我们带到最近的警察局。爸爸打电话给托尼，但是托尼正在跑长途货运。然后他打给肖恩，没有人接。后来我们才知道，肖恩那天晚上因为打架之类的事，正被关在监狱里。

由于无法与儿子们取得联系，父亲给罗伯和黛安·哈迪打电话，因为他们八个孩子中有五个是母亲接生的。罗伯几小时后赶来了，咯咯地笑着说："你们这些家伙上一次不就差点没命了吗？"

车祸后过了几天，我的脖子僵住了。

一天早上醒来，我发现脖子无法动弹。一开始并不疼，但不管我怎么努力扭头，都无法移动超过一英寸。瘫痪往下延伸，感觉好像有一根金属杆沿着我的背部直插进颅骨。我没法向前弯腰或转头，一这么做就会疼痛。我还有了持续而剧烈的头痛，不抓住什么东西就站不起来。

111

母亲打电话给一位名叫罗西的能量专家。她出现在门口时我已卧床两周了，我看着她像波浪一样扭曲，仿佛是透过一摊水看她似的。她的声音高亢而欢快，让我想象自己完整而健康，被一个白色泡泡保护着。我要将一切喜欢的事物，所有让我感到平静的颜色都放在这个泡泡里面。我想象着这个泡泡，想象自己居其中心，能够站立、奔跑。我身后是一座摩门教教堂，还有卢克那只早已死去的老山羊"神风"。一道绿光照亮了一切。

"每天花几个小时想象这个泡泡，"她说，"你会痊愈的。"她拍了拍我的胳膊，我听到她关上身后的门走了。

每天早晨、下午和晚上我都在想象这个泡泡，但我的脖子仍然不能动弹。一个月的时间里，我逐渐适应了头痛。我学会了站立，接着又学会了走路。我睁大眼睛保持直立；如果闭上眼睛，哪怕只是一小会儿，便会天旋地转，我就会倒下。我又回到兰迪的商店上班，也偶尔去废料场干活。每天晚上睡觉时我都会想象那个绿色的泡泡。

卧床一个月期间，我听见了另一个声音。我记起了这个声音，但这个声音对我而言不再熟悉。上次听到那顽皮的笑声在门厅里回荡已经是六年前的事了。

那是我哥哥肖恩的声音。他十七岁时与父亲吵架，然后离家去打零工，主要是开卡车和做焊接。他回家是因为爸爸让他回来帮忙。我躺在床上听到肖恩说，等爸爸人手够了，他就走。这次只是帮忙，他说，等着爸爸重整旗鼓。

在家里见到这个哥哥有点儿奇怪，对我来说他几乎是陌生人。

镇上的人似乎比我更了解他。我在虫溪剧院听说过关于他的传言。人们说他爱惹麻烦，是个恶霸、坏蛋，总是和犹他州或者更远的街头流氓混在一起，不是去围追别人，就是被别人堵截。人们说他有枪，要么藏在身上，要么绑在他那辆黑色的大摩托车上。有人曾说，肖恩不是真坏，他跟人打架，只因有个打遍天下无敌手的名声——他深谙天下武术，打架时感觉不到疼痛——所以山谷里每个想混出点儿名堂来的愣头小子都认为打败他便可以崭露头角。其实这不是肖恩的错。听闻这些传言，他在我脑海中的形象栩栩如生，比起一个活生生的人，更像是一个传奇。

我对肖恩的记忆始于厨房，大概是在第二次车祸两个月后。

我在做玉米浓汤。门吱嘎一响，我扭腰看是谁进来了，然后转过身去切洋葱。

"难道你要永远当一根会走的冰棍吗？"肖恩说道。

"不。"

"你需要一个脊椎按摩师。"他说。

"母亲会治好的。"

"你需要一个脊椎按摩师。"他又说。

一家人吃过饭就散了。我开始洗碗。我的手浸在热肥皂水里，这时听到身后传来脚步声，一双粗壮、长满老茧的手捧住了我的脑壳。没等我反应过来，他便野蛮地猛拽我的头。咔嚓！声音太响了，我敢肯定我的脑袋被他掰了下来。我身体一蜷，倒下了。周围一片黑暗，不知怎的天旋地转。过了一会儿我睁开眼睛时，他的双手正架住我的胳膊，将我扶正。

"你可能得过一段时间才能站起来。"他说，"等你站起来了，我再治另一边。"

效果没有立竿见影，我头晕目眩，恶心得厉害，但整个晚上我都觉察到了细微的变化。我可以看到天花板了。我可以昂起头来戏弄理查德了。我可以坐在沙发上转过头对身旁的人微笑了。

身旁的那个人就是肖恩，我看着他，但看不透他。我不知道我看到了什么——在那极其暴力又富有同情心的行为背后，我到底召唤出了什么生物——但我想我看到了父亲，或者我所希望的父亲的样子，一位我渴望已久的守护者，一名想象出来的斗士，一个不会把我扔进暴风雪中的人，一个当我受了伤，能让我重新变得完整的人。

直觉

山下爷爷还年轻时,常骑在马背上,去照看放养在山上的成群的牲畜。爷爷的牧马可谓传奇。它们像旧皮革一样老练,优雅地移动着结实的身体,仿佛受骑手思想的指引。

至少我是这么听说的。我从没见过那些马。随着爷爷年纪越来越大,放牧的范围小了,种的地多了,直到有一天他连地也不种了。他不再需要马,所以将值钱的马卖掉,其余的都放了。它们成倍繁衍,等我出生时,山上已有了一群野马。

理查德称它们"狗粮马"。每年,我、理查德和卢克都会帮爷爷围赶十几匹马,带去镇上的拍卖会,将它们卖掉屠宰。有那么几个年头,爷爷的目光会越过那些即将被赶上绞肉机的体弱受惊的马,望着那些年轻的种马踱着步、坦然接受首次被囚禁的命运,眼中流露出一种渴望。然后他会指着其中一匹马说:"别装上那匹马,我们将驯服它。"

但野马不易驯服,即使对爷爷这样的人来说也是如此。我和哥哥们会花几天甚至几周时间先赢得这匹马的信任,这样我们才能碰它。接着我们轻抚它的长脸,循序渐进,再过几周用手环住它宽大的脖子和肌肉发达的身体。这样过了一个月,我们便拿来马鞍。马会突然把头一扬,用力之猛差点折断笼头或挣断缰绳。有一次,一匹古铜色的大种马当畜栏不存在一样将它撞穿,然后自己从另一头钻出来,浑身是血,伤痕累累。

我们尽量不给那些要被驯服的野兽起名字,但我们总得用某种方式提及它们。我们选择的都是具有描述性、不带情感色彩的名字:大红、黑母马、白巨人。这些马在弓背跃起、扬起前腿直立、翻滚或跳跃时,有十几次把我从它们身上甩了下来。我以百种姿势四仰八叉摔倒在地,每次都立刻爬起来,飞快地跑到安全的树上、拖拉机上或篱笆上,以防这些马报复。

我们从未成功;我们的意志力先于它们动摇。有些马一看到马鞍便弓背跃起,也有些马允许人骑在它们背上在畜栏里跑,但就连爷爷也不敢骑它们上山。它们的天性没变。它们是来自另一个世界的无情又强大的化身。骑上它们就是放弃自己的立足点,进入它们的领地,冒着一去不回的危险。

我见过的第一匹被驯服的马是一匹枣色骟马。那时它正站在畜栏旁边,从肖恩的手里咬方糖。那是一个春天,我十四岁。我已经多年没碰过马了。

这匹骟马属于我,是一位舅姥爷送给我的礼物。我小心翼翼地走近它,深信我靠得越近,它便会跃起、尥蹶子或冲过来。但它只是闻了闻我的衬衫,留下一道长长的湿漉漉的污渍。肖恩扔给我一块方糖。马闻到了糖的味道，用下巴摩挲我的手指，弄得我痒痒的，直到我伸开手掌。

"想驯他①吗？"肖恩说道。

我可不想。我很怕马，或者说是被我想象出来的马吓坏了——它们是重达几千磅的恶魔，野心勃勃，敢用脑袋撞石头。我对肖恩说他可以去驯马，我会隔着篱笆观看。

我不想给这匹马起名字，所以我们只是叫他"一岁"。"一岁"已经接受了缰绳和笼头，于是肖恩第一次拿出了马鞍。"一岁"看到马鞍便紧张地用蹄子刨土；肖恩慢慢走近，让他好奇地闻闻马镫，咬咬鞍头。接着肖恩摩挲他宽阔的胸膛上光滑的皮毛，动作平稳，不慌不忙。

"马不喜欢没见过的东西，"肖恩说，"最好先把马鞍放到前面让他适应。等他对马鞍的气味和感觉真正熟悉了，我们再将它套到他背上。"

一个小时后，马鞍被套紧了。肖恩说可以上马了，而我爬上谷仓屋顶，确信畜栏会被撞碎。但肖恩爬上马鞍时，"一岁"仅仅跳了一下。他微微抬起前蹄离地几英寸，像是打算扬起前腿直立起来，但想想还是算了，于是又低下头，放下了蹄子。不一会儿，他就接受了我们要骑他的要求，接受了自己被骑的命运。他接受了这个世界的本来面目，在其中，他是别人的所属物。他从没有过野性，所以听不到来自另一个世界大山的狂野召唤——在那里，他既不能被拥有，也不能被人骑。

---

①译文中指代马的"他""她""它"，均依照原文用词一一对应。

我还是给他起名"巴德"。一个星期以来，我每天晚上都看着肖恩和巴德在苍茫的暮色中穿过畜栏。终于，在一个柔和的夏日傍晚，我站在巴德旁边，在肖恩稳稳按住笼头时抓起缰绳，跨上了马鞍。

肖恩说他想摆脱过去的生活，第一步便是要远离以前的狐朋狗友。忽然间，他每天晚上都回家，找点儿事做。他开始开车送我去虫溪剧场排练。高速公路上只有我们俩在漂流时，他情绪平和、轻松愉悦。他会开玩笑打趣，有时也会给我提建议，主要是"别学我过去那样"。但一到剧场，他就变了个样。

起初他只是警惕地盯着那些比他小的男孩，不久就开始找他们的茬。不是故意欺负，只是小小的挑衅。他会把一个男孩的帽子弹掉，或者将对方手中的汽水罐打翻，对着蔓延在男孩牛仔裤上的污渍哈哈大笑。如果有人对他提出挑战——通常不会有人这么做——他会表现出一副流氓相，一副"看你有种"的冷酷模样。但之后，只有我们俩时，他的面具卸掉了，那种虚张声势就像胸甲一样脱落，他还是我的哥哥。

我最喜欢他的微笑。他的上犬齿没有长出来，小时候父母带他去看了很多整体自然疗法的牙医都没注意到，等到发现为时已晚。二十三岁时，他自己找了一位口腔外科医生，此时牙齿已从侧面钻进了牙龈，一直穿透鼻下组织。外科医生拔除了这些牙，并让肖恩尽量保护好乳牙，等乳牙全部烂掉，医生就会给牙齿打桩。但他的乳牙从未烂掉，而是留存下来，成了错位童年的顽固遗物，提醒那些目睹他毫无意义、无休无止、不负责任的好斗行为的人，这个男人曾经也是个孩子。

那是一个雾蒙蒙的夏夜,再过一个月我就十五岁了。太阳已经落到巴克峰后,但还有几小时天才会完全黑下来。我和肖恩来到畜栏。那年春天驯服巴德后,肖恩便对马很上心。整个夏天他都在购买纯种马和帕索菲诺斯马。他挑的大部分都是未驯化的野马,因为价钱便宜。我们还在训练巴德,已多次骑着他穿过空旷的牧场。但他仍经验不足,容易受惊,捉摸不定。

那天晚上,肖恩第一次骑那匹新买的古铜色母马。肖恩说,她已经为短途骑行做好了准备。于是我们跨上坐骑,他骑母马,我骑巴德。我们往山上走了大约半英里,小心翼翼地蜿蜒穿过麦田,以免马儿受惊。然后我做了一件傻事:我离母马太近了。她不喜欢有匹骟马紧跟其后,毫无预兆地向前一跃而起,前腿支撑身体,后腿高高抬起,蹶子踢在巴德的胸膛上。

巴德发狂了。

我总是在缰绳上打一个结,让它们更结实,但没有牢固的抓手。巴德猛地一颠,然后弓背跃起,一波波甩动着身体。缰绳跃过他头上飞起。我拼命抓着马鞍角,弯曲大腿,紧紧夹住它鼓鼓的肚子。没等我看清方向,巴德便死命朝峡谷直冲而去,时不时跳跃,但一直狂奔。我的脚从马镫上滑了下去,小腿卡在里面。

那么多年夏天和爷爷一起驯马,我只记得一条他给过的忠告:"不管发生什么,千万不能让脚被马镫绊住。"无须解释,我知道,只要脚没被绊住,我很可能就没事,顶多摔在地上。但是如果脚被套住,我会被拖着,直到头碰上岩石撞开花。

肖恩骑着那匹未驯服的母马，帮不了我。一匹马要是歇斯底里，另一匹马也会跟着发疯，尤其是年轻的和精力充沛的马。肖恩所有的马中，只有一匹七岁的、名叫阿波罗的鹿皮花纹马足够年长冷静，能担此重任：当他鼻翼翕动，全速飞奔时，如果骑手一条腿离开马镫，探身去够另一匹受惊的马掉在地上的缰绳，他仍能冷静地配合。但是阿波罗还在山下半英里远的畜栏里。

直觉告诉我松开马鞍角——这是唯一不让我从马身上翻下来的抓手。如果松手我会摔落，但我会有宝贵的时机抓住快速移动的缰绳，或者试着从马镫上抽出小腿。我的直觉在呐喊：抓紧行动。

那些直觉是我的守护神。以前它们救过我，在我骑着跃起的马时多次指导我何时抓紧马鞍，何时避开马蹄的撞击。多年前，当爸爸倾倒废料箱时，也是这些直觉促使我吊在箱上。因为它们比我还清楚，从高处摔下来也比指望爸爸插手强。我这一生中，这些直觉一直在教导我一个道理——只有依靠自己，胜算才更大。

巴德直立起来，头抬得如此之高，我都担心他向后倒去。他重重放下前蹄，猛地一跃。我抓紧马鞍角，下定决心，出于另一种直觉，我绝不放手。

即便骑着那匹未被驯服的母马，肖恩也会追上来。他会创造奇迹。母马甚至听不懂他喊"驾——"的命令。他便用靴子戳她的肚子。她之前从未有过这种体验，于是后腿直立，疯狂地扭来扭去。但是待她蹄子一落地，他便往下拽她的头，又更用力地踢她一脚，因为他知道她还会再次立起。他会一直这样做，直到她跑起来，接着他驾着她向前冲，任她疯狂加速，以某种方式引导她，尽管她还未领会这些奇怪的舞蹈动作，但随着时间的推移，这些动作将成为马与骑手间的一种语言。所有这一切会在几秒内发生，本该花费一年时间的训练缩减为一个危急时刻。

我知道这是不可能的。甚至在想象之时我就知道。但我一直紧抓着马鞍。

巴德陷入疯狂。他一边向上冲一边弓起背猛地跃起，然后甩着头将蹄子摔在地上。我的眼睛几乎看不清眼前的事物，只见金黄的小麦四处飞溅，蔚蓝的天空和大山出奇地晃动。

我失去了方向感，以至于我不是看到，而是感觉到母马健壮的古铜色身躯来到我身旁。肖恩从马鞍上抬起身体，向地面倾身，一只手紧握缰绳，另一只手从草丛中捡起巴德的缰绳。缰绳拉紧，迫使巴德的头向前抬起。头被提着，巴德就不能弓背跃起了，于是他平稳而有节奏地跑了起来。肖恩用力拉住自己的缰绳，将母马的头拉向他的膝盖，迫使她绕着圈跑。每跑一圈，他便把马头拉得更紧，把缰绳缠在自己的前臂上，让圈缩得越来越小，直到砰砰作响的马蹄停了下来。我从马鞍上滑下来，躺在小麦里，痒痒的麦秆刺进我的衬衫。在我头顶上方，两匹马都气喘吁吁，它们的肚皮一吸一鼓，蹄子落在泥土上。

鱼眼睛

大哥托尼贷款给自己买了件装备——一辆半挂式拖车。但为了还清贷款，他不停地拉货，所以终日生活在路上。直到他的妻子病了，她咨询的医生（她去看了医生）让她卧床休息。托尼打电话给肖恩，问肖恩能不能替他开一两周车。

肖恩讨厌长途运输，但他说如果我跟着一起，他就会做。爸爸不需要我在废料场干活，兰迪也能给我放几天假，所以我们就出发了。先驶向拉斯维加斯，又向东前往阿尔伯克基①，向西去往洛杉矶，然后向北来到华盛顿州。我原以为能去各个城市开开眼界，但所见的大都是卡车停靠站和州际高速公路。挡风玻璃又大又高，像飞机驾驶舱一样架在高处，让下面的汽车看上去如同玩具一般。床铺所在的卧铺厢像个洞穴，黑黢黢的，一股霉味，到处散落着多力

---

① Albuquerque，美国新墨西哥州中部大城市。

多滋玉米片和混合干果的包装袋。

肖恩开了好几天车，没怎么睡过觉，娴熟地操纵着五十英尺长的大拖挂，仿佛那是自己的手臂。每当经过检查站，他就篡改记录，以显得睡眠比实际上充足。每隔一天我们会停车洗个澡，吃顿干果和格拉诺拉燕麦卷以外的饭。

在阿尔伯克基附近，沃尔玛仓库拥堵，要等上两天才能轮到我们卸货。我们在城外，那里除了一个卡车停靠站和延伸至四面八方的红沙，什么也没有，所以我们吃奇多，在卧铺上玩马里奥赛车。第二天日落时分，我们浑身因久坐而酸痛，肖恩便说要教我武术。黄昏，我们在停车场上了第一节课。

"会了这一招，"他说，"你就能用最小的力气让一个人丧失行动能力。只需两根手指头你就能控制一个人的整个身体。首先要搞清楚对方的薄弱点在哪里，再就是如何利用它们。"他抓住我的手腕折叠起来，把我的手指向下掰，让它们不舒服地伸向前臂内侧。他持续施力，直到我轻轻扭动，将胳膊绕在背后以减轻受力。

"看到了吗？这就是一个薄弱点。"他说，"如果我再折，你就不能动弹了。"他露出天使般的笑容，"不过我不会那么做，因为那样会疼得要命。"

他放开我的手，说："现在你来试试。"

我把他的手腕叠起来用力挤压，想让他的上半身像我一样垮掉。他纹丝不动。

"也许你该换个策略。"他说。

他换了个方式抓住我的手腕——一种攻击者可能会用的方式，他说。他教我如何挣脱，告诉我手指哪一处最无力，胳膊哪一块骨头最坚硬。于是几分钟后我就能挣开他粗壮的手指了。他教我如何对付一记重拳,以及瞄准对方气管的哪个位置。

第二天早上,拖车上的货卸完了。我们爬上卡车,又装了一批新货,连续开了两天车,看着引擎盖下方骨白色的线慢慢消失,昏昏欲睡。由于几乎没有什么娱乐活动,我们发明了一个说话游戏。游戏只有两条规则:首先每句话必须至少有两个词,两个单词中的第一个字母要调换位置。

"你不是我的小妹,"肖恩说,"你是我的'sittle lister'[①]。"他懒洋洋地说着这几个字,把字母"t"发成了"d"的音,听起来就像"siddle lister"。

第二条规则是,每一个听起来像数字的单词,或者里面有数字的单词,都必须改成比原先的数字大1。例如"to"这个词,因为听上去像数字"two"(2),就变成了"three"(3)。

"小妹,"肖恩会说,"我们该注意了,前方有个检查站,我买不起票,该系好安全带了。"[②]

玩够了这个游戏,我们就打开民用波段无线电,听州际公路上孤独的卡车司机们之间的玩笑话。

"大家注意一辆绿色四轮子,"当我们行驶在萨克拉门托和波特兰之间时,传来一个粗哑的声音,"在我的盲区荡悠了半个小时了。"

[①] "小妹"互换了首字母的说法,原词应为"little sister"。下文中提及"小妹"时,肖恩采用的都是这种说法或这种说法的缩略和变体。
[②] "注意"(attention)一词中的"ten"(10),在这句话中被替换成了数字"eleven"(11),即"a-eleven-tion";"买"(afford)一词读音含有数字"four"(4),被替换为"five"(5),即"a-five-d",介词"to"也依此原则替换为数字"three"(3)。

肖恩解释说，"四轮子"是大牵引挂车司机对其他小汽车和皮卡的称呼。

电台又传来另一个声音，抱怨一辆红色法拉利以一百二十英里的时速在车流中穿梭。"该死的浑蛋，差点撞上一辆蓝色小雪佛兰。"低沉的吼叫从电波里传来，"妈的，那辆雪佛兰里还有孩子呢。前面有谁想给这个急性子降降火？"那个声音报出了车辆位置。

肖恩看了看里程标志牌。我们在那辆车前面。他对着无线电说："我开一辆拉着冰柜的白色彼得。"一阵沉默，大家都从后视镜里搜寻一辆拉冰柜的彼得比尔特牌卡车。接着另一个声音回应了，这个声音比头一个还粗哑："我是拉干燥箱的蓝色肯沃思。"

"我看见了。"肖恩说，指给我看前面一辆深蓝色肯沃思卡车。

法拉利从我们多个后视镜里出现时，肖恩挂上高速挡，加速开到那辆肯沃思卡车旁。于是两辆五十英尺长的拖挂车并排行驶，将两个车道堵得严严实实。法拉利鸣笛，前后穿行，减速，再次鸣笛。

"我们还要挡他多久？"那个沙哑的声音说，带着深沉的笑声。

"等他老实下来。"肖恩回答道。

五英里后，他们放行了。

这次行程持续了大约一星期，最后我们让托尼找了一批货，载货返回了爱达荷州。

"好吧，小妹，"我们回到废料场，肖恩说，"回家继续干活①。"

---

① 这里"to work"的"to"被替换为数字"three"（3）。

虫溪剧场要上演一出新剧：《旋转木马》。肖恩开车送我去试唱，自己顺便也参加了试唱，这让我十分惊讶。查尔斯也在那里，正和一个叫赛迪的十七岁女孩聊天。查尔斯说话时她频频点头，眼睛却瞄向肖恩。

第一次排练时，她走过来坐在他旁边，把手放在他胳膊上，笑着甩动着头发。她很漂亮，有着柔软丰满的嘴唇和大大的黑眼睛。可当我问肖恩是否喜欢她时，他却回答说不喜欢。

"她长着一双鱼眼睛。"他说。

"鱼眼睛？"

"是的，鱼的眼睛。死气沉沉的蠢鱼。眼睛很漂亮，但是脑袋像轮胎一样空空如也。"

赛迪开始在废料场的工作快结束时顺路来这里，常常带奶昔、饼干或蛋糕给肖恩。肖恩几乎不跟她说话，无论她带了什么，他只是抓过来便径直向畜栏走去。他照料马时，她会跟在后面和他说话。直到一天晚上，她问他能否教她骑马。我试着向她解释，我们的马一直不太温顺，但她决心已定，于是肖恩让她骑上阿波罗，我们三人一起上了山。肖恩并不理睬她和阿波罗。他没有教给她以前教给我的那一套——沿陡峭的峡谷下行时如何站在马镫上，或者马跳过树枝时如何夹紧大腿。赛迪全程都在发抖，但还装出一副开心的样子，每当他朝她那边瞥上一眼，她涂了唇膏的嘴便又恢复了笑容。

第二次排练时，查尔斯询问赛迪戏中一幕场景，两人说话时被肖恩看到了。几分钟后赛迪走了过来，但肖恩拒绝跟她说话。他转过身背对她，她哭着离开了。

"怎么了？"我问。

"没什么。"他说。

几天后又到了排练时间，肖恩似乎已经把这件事忘了。赛迪小心翼翼地走近他，但他对她笑了笑，几分钟后两人又有说有笑了。肖恩让她到马路对面的杂货店给他买条士力架。她似乎很高兴能为他效劳，匆匆出去，几分钟后就把士力架给他买回来了。但他说："买的这是什么破玩意儿？我要的是银河牛奶巧克力。"

"不是，"她说，"你说要士力架。"

"我想要银河牛奶巧克力。"

赛迪再次出去，买来了银河牛奶巧克力。她紧张地笑着递给他，可肖恩说："我的士力架呢？怎么，你又忘了吗？"

"你刚才不要士力架！"她说着，泪眼盈盈，"我把它给查尔斯了！"

"去要回来。"

"我再给你买一个吧。"

"不，"肖恩说，目光冰冷。他的乳牙通常让他显得淘气顽皮，现在却让他看起来不可捉摸、反复无常。"我就想要那一条。去要，否则别回来。"

一颗泪珠从赛迪的脸颊上滚落，晕染了她的睫毛膏。她停顿了一会儿，擦掉眼泪，努力挤出一副笑脸。接着她走到查尔斯跟前，仿佛没事似的大笑着，问能不能要回刚才的士力架。查尔斯把手伸进口袋，掏出士力架，看着她走回肖恩那里。赛迪把士力架像谢罪礼一样放到他掌心，等待着，盯着地毯。肖恩将她拉到膝盖上，三口就吃光了士力架。

127

"你的眼睛真漂亮,"他说,"和鱼眼睛一样。"

赛迪的父母正在闹离婚,镇上到处都是关于她父亲的流言蜚语。母亲听到这些传言后,说她现在明白肖恩为什么对赛迪感兴趣了。"他总是去保护那些折翼天使。"她说。

肖恩查到了赛迪的课程表并记了下来。他每天多次开车去往她就读的高中,尤其是当她在各个教学楼之间穿梭的时候。他会把车停在高速公路上,隔着一段距离看她。距离刚好不够她赶过去,也不至于让她看不见他。我们俩是一起去的,我和他几乎每次进城都这么做,有时根本不必进城也会这么做。直到有一天,赛迪和查尔斯一起出现在学校的台阶上。两人有说有笑;赛迪并没有看见肖恩的卡车。

我看见他脸色一沉,接着放松下来。他微笑着对我说:"我有完美的惩罚方案,"他说,"只需不见她。只要我不见她,她就会痛苦。"

他说得没错。他不回她的电话,赛迪感到绝望。因为担心被肖恩发现,她告诉男同学们不要和她同行。当肖恩说不喜欢她的某个朋友,她就不再和那个人见面。

赛迪每天放学后都来我们家,我看着士力架事件一遍又一遍地上演,只不过形式不同,物品也换了。肖恩会要一杯水喝。赛迪端过水来,他又说想要冰块。等她拿来冰块,他又要牛奶,接着又要水,冰,不加冰,然后要果汁。这个过程可能持续半个钟头,在最后测试环节,他会要我们家没有的东西。赛迪便会开车去镇上买——香草冰激凌、薯条、玉米煎饼——等她一回来,他只会要别的东西。我很感激他们俩出门的那些夜晚。

一天晚上,他很晚才回家,情绪不太对头。除了我,大家都睡了。我坐在沙发上,在睡前读一章《圣经》。肖恩猛地坐在我旁边,"给我端杯水来。"

"你的腿断了吗?"我说。

"去拿,否则我明天不开车送你进城了。"

我去拿水。递给他水时,我看到他脸上的坏笑,于是想都没想就把整杯水倒在了他头上。我沿着走廊跑,快到我房间时被他一把抓住。

"道歉。"他说。水沿着他的鼻子滴到T恤上。

"不。"

他一把抓住我的头发,一大团,紧紧揪着发根,将我拖进卫生间。我摸到门,抱住门框,但他把我从地上扛起来,让我的胳膊紧贴身体,然后将我的头塞进了马桶。"道歉。"他又说了一遍。我一声不吭。他把我的头往里按,于是我的鼻子碰到了污渍斑斑的马桶陶瓷。我闭上眼睛,但气味无法让我忘记自己身在何处。

我试着想象一些别的东西,一些能让我忘记现状的东西,但脑海中浮现的是赛迪点头哈腰的顺从样子。这个画面让我愤怒不已。他按住我,我的鼻子碰着便池,大约一分钟后他才让我站起来。我的发梢都湿了,头皮生疼。

我以为事情结束了。我刚要走开,他抓住我的手腕,一个折叠,将我的手指和手掌卷成螺旋状。他不停地拧,直到我的身体蜷缩起来,然后他加大力气,让我不自觉地把自己扭成一个夸张的弓状,弯着腰,背着手,头几乎碰到地上。

上次在停车场肖恩给我演示这个动作时，我只是稍微动了一下，更多是为了配合他的描述，而不是身体需要。当时这一招似乎并不特别奏效，但现在我明白了它的作用：控制。为了不让手腕折断，我几乎不敢动弹，也不敢呼吸。肖恩用一只手将我固定住，另一只手在身旁轻松地晃来晃去，向我炫耀这对他有多容易。

和赛迪比起来，对付我可没那么容易，我想。

他仿佛读懂了我的心思，将我的手腕扭得更厉害了。我的身体紧紧蜷缩着，脸贴着地板。我已经用尽全力来减轻手腕的受力。如果他再继续，我的手腕就断了。

"道歉。"他说。

接下来是漫长的一刻，我的胳膊火烧火燎，疼痛蔓延至头顶。"对不起。"我说。

他松开了我的手腕，我倒在地上。我听见他的脚步声穿过了门厅。我站起身来，悄悄地锁上卫生间的门，然后盯着镜子里那个紧握手腕的女孩。她两眼无神，泪珠从脸颊上滑落。我恨她的软弱，恨她有一颗易碎的心。他能伤害她，任何人都能那样伤害她，这不可原谅。

我只是因为疼痛而哭泣，我告诉自己，因为手腕疼痛，而不是因为别的。

这一刻定义了我对那一晚的记忆，以及之后长达十年之久很多类似的夜晚的记忆。在这样的记忆中，我看到的是一个坚不可摧、像石头一样难以对付的自己。起初我仅仅是让自己相信这一点，直到有一天它变成了现实。然后我才能坦诚地告诉自己，这对我没有影响，他没有影响到我，因为没有什么可以影响我。我不明白我的这种正确是多么病态，不明白自己是如何掏空了自己。尽管我一直被那晚的后果所困扰，但我误解了最重要的事实：它没有影响我，这本身就是它的影响。

沉默的教堂

九月，世贸中心双子大楼倒塌了。在它们消失前，我从未听说过它们。我困惑地盯着电视，看着飞机撞向它们，那些我难以想象的高耸入云的建筑摇摇晃晃，然后轰然倒塌。爸爸站在我旁边。他刚从废料场回来。他什么也没说。那天晚上，他从《圣经》的《以赛亚书》《路加福音》和《启示录》中选取关于战争和战争传言的熟悉段落，大声朗读。

三天后，十九岁的奥黛丽嫁给了本杰明——一个金发的农场男孩，是她在镇上当服务员时认识的。那是一场庄严而隆重的婚礼。父亲祈祷后得到一个启示："将有一场冲突，一场争夺圣地的最后斗争。"他说，"我的儿子会被派去打仗，有的将一去不返。"

自从那晚卫生间事件后，我就一直躲着肖恩。他已经道了歉。当晚一个小时后，他来到我的房间，眼神呆滞，声音沙哑，恳求我原谅他。我说我会原谅他，我已经原谅他了。但其实我没有。

在奥黛丽的婚礼上，望着身穿黑色西装的哥哥们，我的愤怒变成了恐惧，为注定失去他们而感到恐惧，于是我原谅了肖恩。原谅不难：毕竟，世界末日来了。

整整一个月，我屏息以待。但是没有征兵，也没有再发生袭击事件。天空没有变暗，月亮没有滴血。远处有战火的隆隆声，但山上的生活一如往常。爸爸说我们应该保持警惕，但冬天来临时，我的注意力重归日常生活的琐事。

当时我十五岁，我感觉到自己正与时间赛跑。我的身体一直在变化，肿胀，鼓起，伸展，凸出。我希望我的身体能停止生长，但它似乎不再属于我。它现在属于它自己，根本不在乎我对这些奇异的变化作何感觉，也不在乎我是否不再想当小孩，而想成为别的。

还有一件事让我紧张又害怕。我一直知道我长大了会和哥哥们不一样，但我以前从未想过这意味着什么。现在我脑子里全是这个。为了理解这些差异，我开始寻找蛛丝马迹，而一旦开始找寻，我便发现它们无处不在。

一个星期天的下午，我帮母亲准备晚餐的烤肉。爸爸正脱掉鞋子，解开领带。我们从教堂出来后他就一刻不停地说话。

"洛丽的裙摆在膝盖以上三英寸，"爸爸说，"一个女人穿那样的裙子是想干什么？"母亲一边切胡萝卜，一边心不在焉地点了点头。她已经习惯了这种话。

"还有珍妮特·巴尼，"爸爸说，"一个女人要是穿着低胸上衣，就不该弯下腰。"母亲表示同意。我回想珍妮特那天穿的蓝绿色衬衫，领口在锁骨以下一英寸，但很宽松，我想象着如果她弯下腰，里面会一览无余。想到这一点让我感到焦虑，因为虽然紧身衬衫会让珍妮特弯腰时更端庄,但紧身衣服本身就不正派了。正派女人从不穿紧身衣服,不正经的女人才会穿成那样。

我正想弄清楚到底什么松紧程度的衣服才算合适,这时爸爸说:"珍妮特等着拿赞美诗集时弯腰让我看。她就想让我瞧呢。"母亲用牙齿发出不满的啧啧声,然后将一个土豆切成四块。

与之前不同,这一席话前所未有地深深印在我的脑海。在接下来的岁月里,我常常会回想这些话,越想着它们,越担心自己会变成那种不正经的女人。有时我在家里几乎不敢动,留意着不要像那种女人一样走路、弯腰或蹲着。但从没有人教过我怎样弯腰才算端庄,所以我知道有可能我弯腰的样子也很糟糕。

我和肖恩去虫溪剧场为一出音乐剧试唱。首次排练时我见到了查尔斯,半个晚上我都在鼓足勇气试图和他说话。最终我说了,他向我吐露了一个秘密:他爱上了赛迪。这虽不是理想结果,但倒让我俩有了共同话题。

我和肖恩一起开车回家。他坐在方向盘后面,怒视着路面,好像路得罪了他似的。

"我看见你和查尔斯说话了,"他说,"你不希望别人把你当成那种女孩吧。"

"长着嘴会说话的女孩吗?"

"你知道我的意思。"他说。

第二天晚上,肖恩出乎意料地来到我房间,发现我正在用奥黛丽的旧睫毛膏刷睫毛。

"你现在也化妆了吗?"他说。

"是的。"

他转身就要离开，但在门口停下了。"我以为你比别人强，"他说，"没想到你和其他人一样。"

他不再用玩笑话叫我"小妹"。"我们走吧，鱼眼睛！"一天晚上，他从剧场对面喊道。查尔斯诧异地环顾四周。肖恩开始解释这个称呼的由来，于是我大笑起来——声音很大，希望能将他的声音淹没。我笑着，仿佛喜欢这个称呼似的。

我第一次涂口红，肖恩说我像个妓女。当时我正站在自己的卧室镜子前试着涂口红，肖恩出现在门口。他开玩笑一般说了那句话，但我还是将嘴唇上的颜色都擦掉了。之后，当晚在剧场，我注意到查尔斯盯着赛迪看，又重新涂上口红，看见肖恩的表情扭曲了。那晚开车回家的路上，气氛紧张。外面的气温已经降到零度以下。我说我很冷，让肖恩把暖风调高点。他愣了一下，笑了笑，把所有窗户都放了下来。一月的寒风打在身上冰冷刺骨。我想将旁边的窗户摇上来，但他上了儿童锁。我请求他把窗户摇上。"我很冷，"我不停地说，"我真的真的很冷。"他只是大笑。整整十二英里路，他都咯咯笑着，仿佛这是一场游戏，仿佛我们都乐在其中，仿佛我没有冷得牙齿直打战。

我以为等肖恩甩掉赛迪，情况会有所好转。我说服自己相信，他所做的一切都归咎于她，没有了她，他就不会那样做了。赛迪之后，他又和以前的一个女友艾琳交往。她年龄大些，不太愿意玩他的游戏。起初似乎我想得没错，他的情况有所改善。

后来查尔斯邀请赛迪共进晚餐，赛迪答应了，肖恩听说了此事。那天晚上我在兰迪的店里工作到很晚，肖恩来了，嘴里骂骂咧咧。我跟他一起离开，想法子让他平静下来，但没有成功。他在城里开了两个小时的车，四处寻找查尔斯的吉普，咒骂着，发誓说等找到那个浑蛋，就会"把他的脸揍个稀巴烂"。我坐在他的卡车副驾驶座上，听着发动机加速，看着黄线在引擎盖下面消失。我想起记忆中的哥哥，想起他以前的样子，以及我希望他成为的样子。我想起阿尔伯克基和洛杉矶，想起我们在其间州际公路上的旅行。

在我们俩中间的座位上放着一把手枪。肖恩不换挡时便拿起手枪抚摸，有时像个神枪手一样在食指上旋转手枪，让枪管反射着过往汽车的光亮，然后才将枪放回座位。

我醒来时脑子里有成千上万根针在扎，将一切都阻挡在外。然后它们消失了，我一时晕头转向，过了一会儿才弄清方向。

天色尚早，琥珀色的阳光从我卧室的窗户照进来。我站着，但不是靠自己的力量。两只手抓着我的喉咙，不停地摇晃着我。那些针是脑仁撞到头骨上产生的感觉。几秒钟之间我刚要琢磨一切的缘由，针又回来了，将我的思绪撕成碎片。我睁开眼睛，只看见道道白光。我依稀听到一些声音。

"贱人！"

"妓女！"

另一个声音传来。是母亲。她在哭。"住手！你会要了她的命的！给我住手！"

她一定抓住了他，因为我感到他的身体在挣扎。我倒在地上。我睁开眼睛时，母亲和肖恩正面对面站着，母亲身上只穿了一件破烂的浴袍。

我被猛地拽起身来。肖恩一把抓住我的头发——和以前一样的招数,揪住紧贴头皮的一撮,这样他就可以操纵我——将我拖进门厅。我的头紧压在他的胸口。我跌跌撞撞,只看见飞速掠过的地毯。我的头怦怦直跳,喘不过气来,但我开始明白发生了什么。接着我的眼里噙满了泪水。

是疼痛的泪水,我对自己说。

"现在这个婊子知道哭了,"肖恩说,"为什么哭?是因为被人看出来你是个荡妇吗?"

我努力看向他,寻找他脸上属于我哥哥的那一副面孔,但是他把我的头推向地面,我摔倒了。我挣扎着爬起来。厨房在旋转;我眼前飘着奇怪的粉色和黄色斑点。

母亲抓着自己的头发在抽泣。

"我看透你的本质了,"肖恩说着,眼神狂乱,"你假装圣洁虔诚,但我看透了你。我看见你像个妓女似的和查尔斯鬼混。"他转向母亲,观察这些话对她有何效果。她瘫坐在厨房餐桌旁。

"她没有!"母亲低声说。

肖恩仍然转向她。他说她不知道我撒了多少谎,不知道我是如何愚弄她,如何在家里扮演一个好女孩,到了城里却变成说谎的妓女。我慢慢向后门退去。

母亲叫我赶快开她的车离开。肖恩转向我。"你开车需要这个。"他说着,举起母亲的车钥匙。

"除非她承认自己是个妓女,否则哪儿都不能去。"肖恩说。

他抓住我的手腕,我的身体立刻进入熟悉的姿势,头向前,手臂绕在腰后,手腕可笑地弯曲。就像舞步一般,我的肌肉记住了这些动作并迅速抢了一拍。空气从我的肺里涌出,我努力弯得更深,尽可能减轻腕关节的疼痛。

"说。"他说。

但我在想别的,想着过后的事。再过几个小时,肖恩就会跪在我床边,他将会非常难过。即便现在弓着背,我也知道会是这样。

"发生了什么?"一个男人的声音从大厅楼梯间飘了出来。

我转过头,看见两根木栏杆之间露出一张脸。是泰勒。

肯定是我的幻觉。泰勒从不回家。想到这里,我放声大笑,发出尖利的咯咯声。一旦离开这个家,只有疯子才会回来。现在我的视线里出现了更多粉色和黄色的斑点,就好像我身处一个雪花水晶球。很好。这意味着我马上要昏过去了。对此我充满期待。

肖恩放开我的手腕,我又摔倒了。我抬起头,看见他的目光正盯着楼梯间看。这时我才意识到那真的是泰勒。

肖恩后退一步。他是趁爸爸和卢克离家外出干活才下的手,这样就没人能对他的体力提出挑战。碰上他的弟弟——没那么凶恶,但也自有其强大之处的弟弟——真是出乎他的意料。

"发生什么事了?"泰勒又问。他眼睛盯住肖恩,慢慢走过来,像接近一条响尾蛇。

母亲停止了哭泣。她很尴尬。泰勒现在是局外人了。他已离家那么久了,已被归为不能分享我们秘密的一类人中。这件事我们也该向他隐瞒。

泰勒走上楼梯,朝哥哥走去。他紧绷着脸,呼吸很轻,并未流露一丝惊讶。在我看来,泰勒很清楚自己在做什么,他以前也这么做过，那时他们还小，力量悬殊更大。泰勒不再向前，但目不转睛地怒视着肖恩，好像在说：不管这里发生了什么，现在结束了。

肖恩开始小声说起我的衣服和我在城里做的事。泰勒挥挥手，打断了他。"我不想知道，"说完，他转身对我说，"走吧，离开这里。"

"她哪儿也不能去。"肖恩晃动着那串钥匙，又说了一遍。

泰勒将自己的车钥匙扔给我。"走吧。"他说。

我朝泰勒的车跑去，那辆车停在肖恩的卡车和鸡舍之间。我试图把车倒出来，但踩油门太用力，轮胎打滑了，沙砾飞溅。第二次尝试成功了。汽车迅速向后绕了一圈。泰勒出现在门廊时，我已经开上车道，准备冲下山。我摇下车窗。"别去上班，"他说，"他会到那里找你。"

那天晚上我回到家时，肖恩不在。母亲在厨房调配精油。早上的事她只字未提，我知道我也不该提。我上床睡觉了，但几个小时后我仍没睡着，这时我听见一辆小皮卡轰鸣着冲上山坡。几分钟后，我卧室的门嘎吱一声开了。我听见灯啪的一声亮了，看见灯光在墙上跳跃，感受到他的重量压在我床上。我转过身来面对他。他把一个黑色天鹅绒盒子放在我旁边。我没有碰，他打开盒子，取出一串乳白色的珍珠。

他说他看清了我走的路子，那很不好。我在迷失自我，变得和其他女孩一样，轻浮，想要操纵别人，试图用外表去得到想要的东西。

我想到了我的身体，想到它发生的一切变化。我几乎不知道对它有何种感觉:有时我确实希望别人能注意它,赞美它,但我马上想起了珍妮特·巴尼,感到一阵厌恶。

"你很特别,塔拉。"肖恩说。

是吗?我想相信事实如此。泰勒几年前也曾说过我很特别。他给我读了《摩门经》里的一段经文,讲的是一个头脑冷静的孩子,善于察言观色。"这让我想起了你。"泰勒当时这么说道。

这段文字描述的是伟大的先知摩门,这一事实让我感到困惑。女人永远不可能成为先知,但泰勒告诉我,我让他想起了最伟大的先知之一。现在我仍然不清楚他那么说是什么意思,但我当时的理解是,我可以相信自己:我身上有某种东西,某种先知们具有的东西,它不论男女,也不分老少,是一种内在的、不可动摇的价值。

但现在,当我凝视着肖恩在我的墙上投下的影子,意识到我日渐成熟的身体,意识到它的邪恶,以及我想用它作恶的欲望,那段记忆的意义发生了变化。突然间,这种价值有了条件,似乎可以被拿走或浪费。它并非与生俱来,而是一种赐予。真正有价值的不是我,而是让我变得身份模糊的表面上的约束和仪式。

我看着哥哥。那一刻,他似乎更成熟、更睿智了。他见过世面,领略过世俗的女人,所以我请求他,不要让我成为那样的女人。

"好吧,鱼眼睛,"他说,"我会的。"

第二天早上醒来时,我脖子瘀青,手腕浮肿。我头痛——不是脑袋里面痛,而是整个脑子痛,仿佛这个器官本身柔软脆弱。我去上班了,但早早回了家,躺在地下室一个黑暗的角落里,等着疼痛结束。我躺在地毯上,感受着大脑怦怦直跳。这时泰勒发现了我,他斜靠在我脑袋附近的沙发上。见到他我并不开心。让泰勒看到我在家里被拽着头发拖着走,比这件事本身更糟糕。如果在让它继续下去和让泰勒回来阻止它之间选择,我宁愿选择让它继续。显然我会这样选择。那时反正我马上就要昏过去了,然后很可能会把它忘掉。再过一两天,可能甚至会感觉它没有真实发生过,只是一个噩梦。再过一个月,只留下噩梦的回声。但是泰勒看到了,让这件事变得真实起来。

"你想过离开吗?"泰勒问道。

"去哪里?"

"上学。"他说。

我眼睛一亮。"我打算九月上高中。"我说,"爸爸不会乐意,但我想去。"我以为泰勒会感到高兴,但他一脸苦相。

"你以前也这样说。"

"我会去的。"

"也许吧,"泰勒说,"但只要你住在爸爸的屋檐下,他不允许,你就很难离开,很容易一年年拖下去,这辈子就去不成了。如果从高二开始,你还能毕业吗?"

我们都知道我做不到。

"是时候离开了,塔拉,"泰勒说,"你待得越久,离开的可能性就越小。"

"你觉得我需要离开?"

泰勒没有眨眼,也没有犹豫。"我觉得对你来说,这儿是最糟糕的地方。"他声音很轻,但他说这些话的感觉像是喊出来的。

"我能去哪儿?"

"去我去的地方,"泰勒说,"去上大学。"

我哼了一声。

"杨百翰大学接收家庭教育的孩子。"他说。

"我们是吗?"我说,"家庭教育的孩子?"我试着回忆最后一次看课本是什么时候。

"招生委员会除了我们告诉他们的,什么都不会知道,"泰勒说,"如果我们说你在家上学,他们会相信的。"

"我不会被录取的。"

"你会的,"他说,"只要通过ACT[①],一个很烂的考试。"

泰勒起身要走。"外面有一个世界,塔拉,"他说,"一旦爸爸不再在你耳边灌输他的观点,世界就会看起来大不一样。"

第二天,我开车去城里的五金店,为卧室的门买了一把滑动螺栓锁。我将它放在床上,然后拿起从店里买的电钻,开始安装螺丝。我以为肖恩不在家——车道上没见到他的卡车——但是当我拿着电钻转过身来,他正站在我房间的门口。

"你在干什么?"他说。

"门把手断了,"我撒了谎,"风一吹门就开。这把锁便宜,但很管用。"

肖恩摸着厚厚的钢,我敢肯定他看得出来,锁一点儿也不便宜。我静静地站着,被恐惧和怜悯麻痹。那一刻,我恨他,想当着他的面呐喊。我想象他因为我的话和他的自我厌恶而一蹶不振的样

---

① ACT(American College Testing),美国大学入学考试。

子。即便在那时,我也明白事情的真相:肖恩比我更恨他自己。

"你用的螺丝不对头,"他说,"安在墙上和门上的螺丝需要长些。否则马上就崩掉。"

我们来到工作间。肖恩转悠了几分钟,拿着一把钢螺丝出来了。我们走回房间,他装上了锁,自言自语哼着歌,面带微笑,咧嘴时露出了乳牙。

我的双脚已离开土地

十月，父亲赢得一份在马拉德城建造工业仓库的合同。马拉德城是一个尘土飞扬的农业小镇，位于巴克峰另一侧。对一个小团队来说——小队只有爸爸、肖恩、卢克和奥黛丽的丈夫本杰明——这是个大工程，但肖恩是一名优秀的工头，在他的带领下，爸爸获得了干活麻利可靠的名声。

肖恩不让爸爸走捷径。经过工作间门口时，有一半时间我听见两人互相叫嚷，爸爸说肖恩在浪费时间，肖恩尖叫着说爸爸差点把某人的头削掉。

连日以来肖恩都在为仓库清洗、切割和焊接原材料，一旦工程开工，他几乎常驻马拉德。日落几小时后他和爸爸回到家时，两人几乎总是骂骂咧咧的。肖恩希望操作更专业，想用马拉德项目的利润投资购买新设备；爸爸则希望一切维持现状。肖恩说爸爸不明白搞建筑比拆废品更有竞争力，如果他们想签下真正的合同，就要舍得花实实在在的钱购买真正的设备——具体说来，就是一台新焊机和一台带篮子的乘用升降机。

"我们不能一直用叉车和破干酪托盘。"肖恩说，"看上去像坨屎，而且很危险。"

想到用带篮子的升降机，爸爸放声大笑。叉车和托盘他已经用了二十年了。

大多数晚上我都工作到很晚。兰迪计划驱车进行一趟长途旅行来招揽新客户，让我在他不在时帮忙打理生意。他教会我如何使用电脑记账、处理订单、维持库存。我从兰迪那里第一次听说了因特网。他教我上网、浏览网页、写电子邮件。出发那天，他给我留下一部手机，以便随时与我保持联系。

一天晚上，就在我正要下班回家时，泰勒打来电话。他问我是否在为大学入学考试做准备。"我不能参加考试，"我说，"数学我一窍不通。"

"你有钱，"泰勒说，"去买书自学。"

我什么也没说。大学与我无关。我知道自己未来的人生将会如何：十八九岁时，我会结婚。爸爸将分给我农场的一个角落，我丈夫会在那里盖间房子。母亲会教我草药和助产的知识。现在她偏头痛发作不那么频繁了，又去给人接生了。我生孩子时，母亲会来接生。我猜有一天，我也将成为一名助产士。我不知道未来哪里有大学的影子。

泰勒似乎看穿了我的心思。"你知道西尔斯修女吗？"他说。西尔斯修女是教堂唱诗班的指挥。"你猜她是怎么学会指挥唱诗班的？"

我一直崇拜西尔斯修女，也羡慕她的音乐知识。我从没想过她是怎么学会的。

"她去学的，"泰勒说，"你知道吗，你可以去拿个音乐学位。有了音乐学位，你就可以教课，可以指挥教堂唱诗班。即使是爸爸对此也不会有很大意见，不会说什么。"

母亲最近买了美国在线[①]网络的试用版。我只在兰迪的店里为了工作上的事上过网，但泰勒挂了电话后，我打开电脑，等着调制解调器拨号。泰勒提到杨百翰大学的官网。只花了几分钟我便找到了它。屏幕上满是照片——整齐的、颜色如太阳石般的砖砌大楼，周围绿树成荫，美丽的人们边走边笑，胳膊下夹着书，肩上挎着背包，看上去就像电影里的画面。一部欢快的电影。

第二天，我驱车四十英里来到最近的书店，买了一本崭新的大学入学考试学习指南。我坐在床上，翻开数学练习测验。我浏览了第一页。并不是我不会解方程，而是我压根儿不认识那些符号。第二页，第三页，全都一样。

我拿着测验题找母亲。"这是什么？"我问。

"数学。"她说。

"那么数字在哪儿呢？"

"这是代数。字母就代表数字。"

"怎么做呢？"

母亲拿来纸和笔，摆弄了几分钟，前五个方程没解出一个。

第二天我又驱车四十英里，来回八十英里，带着一本厚厚的代

[①] AOL（American On-Line），一家因特网服务供应商。

数课本回到了家。

每天晚上，小工队正要收工离开马拉德时，爸爸会给家里打电话，以便母亲在卡车开到山上时备好晚饭。我留心听着那个电话，电话一打过来，我就开母亲的车离开。我不明白为什么。我会到虫溪剧场，坐在包厢看排练，把脚放在窗台上，在面前摊开一本数学书。自从学完除法，我就没再学过数学，对概念也不熟悉。我能理解分数的理论，但做起来很费劲，而且一看到页面上的小数，我就心跳加速。连续一个月，每天晚上我都坐在剧场的红丝绒椅子上，在舞台上的演员背诵台词时，练习最基本的运算——如何做分数乘法，如何运用倒数，如何将小数加减乘除。

我开始学习三角学。奇怪的公式和方程让人安心。我被勾股定理及其通用性深深吸引——它始终能预测任意一个直角三角形三边的关系。我对物理的认知全部来自废料场，那里的物质世界似乎极不稳定、反复无常。但有一个原理可以定义和捕捉生命的维度。也许现实并非完全变化无常。也许它能被解释和预测。也许它能用常理理解。

我从勾股定理转向学习正弦、余弦和正切时，痛苦开始了。我无法理解如此抽象的概念。我能感知其中的逻辑，能感觉到它们赋予秩序和对称的力量，但我无法破解其中的奥秘。它们严守秘密，成为一扇大门。我相信这扇门外是一个规则而理性的世界，但是我无法通过那扇门。

母亲说如果我想学习三角学，她有责任教我。她预留出一个晚上，我们俩坐在厨房的桌子旁，扯着头发在纸片上乱涂乱写。我们花了三个小时才解答出一道题，但解出的所有答案都是错误的。

"我高中时一点儿也不擅长解三角，"母亲砰的一声合上书，抱怨道，"我学的那点儿知识全都忘了个一干二净。"

爸爸正在起居室里一边翻着仓库设计图，一边喃喃自语。我见过他亲手画设计图，亲自做计算，修改这个角度或增加那根大梁的长度。爸爸几乎没接受过正规的数学教育，但他的天赋不容置疑：不知怎的，我知道如果我将方程式摆在爸爸面前，他肯定能解出来。

我对爸爸说过我想去上大学，他当时说，一个女人的位置在家里，因此我应该学习有关草药的知识——他笑着称之为"上帝的药房"——以便将来接替母亲。当然，他还说了很多，质问为何我放着上帝的知识不学，反而去追求人类的知识。但我仍决定向他询问三角学的题。这点儿人类的知识，我确信他肯定拥有。

我草草将题写在一张新纸上。我走近时爸爸没有抬头，我小心翼翼地把纸放在他的设计图上。"爸爸，你能解答这道题吗？"

他严厉地瞪了我一眼，接着目光变得柔和起来。他将那张纸转了一圈，盯着看了一会儿，便开始潦草地画起数字、圆圈和巨大的弧线。他的解题方法与课本上的完全不同。我从没见过这样的方法。他咕哝着，脸上的小胡子也跟着抖动。最后他不写了，抬起头说出了正确的答案。

我问他是怎么解的。"我不知道怎么解，"他边说边把那张纸递给我，"我只知道，这就是答案。"

我走回厨房，将干净平衡的等式与凌乱的草稿上令人眼花缭乱的计算过程做了一番比较。我被这张奇特的纸所震撼：爸爸可以掌握这门科学，可以破译其语言和逻辑，可以从中弯转、扭曲、挤压出真相，但他的解答过程却呈现出一片混乱。

我学习了一个月的三角学。我有时会梦见正弦、余弦和正切，梦见神秘的角度和让我绞尽脑汁的计算，尽管如此，我并未取得任何实质性进展。我无法自学三角学，但我认识一个自学成功的人。

泰勒让我到黛比姨妈家和他碰头，因为那里距杨百翰大学不远。车程三个小时。敲响姨妈家的门时我感到不安。她是母亲的妹妹，泰勒在杨百翰大学上学的第一年住在她家，关于她我就知道这么多。

泰勒开了门。我们到起居室坐下，黛比正在准备砂锅菜。泰勒轻而易举解出了方程，每一个解答步骤都整齐有序。他当时在学习机械工程，即将以名列前茅的成绩毕业，不久将去普渡大学攻读博士学位。三角方程对他来说是小菜一碟，但他并没有表现出对此不耐烦，只是耐心地、一遍又一遍地解释这些原理。那扇门开了一道缝，我透过门缝往外看。

泰勒走了，黛比正把一盘砂锅菜递到我手里，这时电话响了。是母亲打来的。

"马拉德出事了。"她说。

母亲知道的信息不多。肖恩头着地摔了下来。有人打了911，他已被空运到波卡特洛的一家医院。医生不确定他能否活下来。她知道的就这些。

我想知道更多，一些关于概率的陈述，即使只为找个否定它们的理由。我希望她说"他们认为他会没事的"，甚至是"他们觉得我们会失去他"。什么说法都可以，而不是"他们不知道"。

母亲说我该去趟医院。我想象肖恩躺在一张白色的轮床上，生命正从他身上一点点流逝。我感到一阵失落，膝盖一弯差点瘫倒，但接下来的一刻，我感觉到了别的东西：解脱。

一场暴雪即将来临，到时沙丁峡谷会铺上三英尺厚的雪，那里是守卫着我们的山谷的入口。我开去黛比姨妈家的是母亲的车，轮胎被磨平了。我告诉母亲我去不了了。

通过当时在场的卢克和本杰明的详细讲述，我零零碎碎地了解了肖恩坠落的经过。那是一个寒冷的下午，狂风呼啸，细细的尘土在柔软的云中飞扬。肖恩当时正站在一个离地二十英尺高的木托盘上。他下方十二英尺是尚未完工的混凝土墙，钢筋像不太锋利的烤肉叉一般向外突出。我不确定当时肖恩在托盘上干什么，他很可能是在安装支架或焊接，因为这类工作由他负责。爸爸在开叉车。

关于肖恩坠落的原因我听过互相矛盾的说法。[4] 有人说爸爸意外地移动了吊杆，肖恩从边缘仰面摔了下去。但普遍的共识是肖恩站在托盘边缘，不知为何后退一步，失足了。他的身体在空中慢慢旋转，往下跌落了十二英尺，于是当他碰到钢筋裸露的混凝土墙时，头先撞了一下，然后继续下落八英尺才摔到地上。

这是别人向我描述的坠落经过，但与我脑海中勾勒的情况不同——一张白纸上，等距的平行线。他上升，落到斜坡，撞上钢筋，又回到地面。我把整个过程理解为一个三角形。当我用这些术语去思考整个事件时，一切就说得通了。然后这页纸上的逻辑在我父亲面前败下阵来。

爸爸查看了一下肖恩。肖恩晕头转向，一只眼睛瞳孔放大，另

150

一只没有，但没人知道这意味着什么。没人知道这意味着他颅内出血了。

爸爸叫肖恩休息一会儿。卢克和本杰明扶着他靠在皮卡旁，接着回去干活。

之后的事实更加扑朔迷离。

我听到的版本是十五分钟后肖恩又漫步回到了工地。爸爸以为他准备好继续工作了，便让他爬上托盘，而从不喜欢别人指手画脚的肖恩开始针对周围的一切朝爸爸尖叫——从设备，到仓库设计，再到他的工资。他喊得嗓子都哑了，就在爸爸以为他已经平静下来时，他一把抱住爸爸的腰，像扔一袋粮食一样把他扔了出去。爸爸还没来得及爬起来，肖恩就跑了，边跑边咆哮和大笑。卢克和本杰明这才意识到事情有点儿不对头，于是追了上去。卢克先追上他，但逮不住他；后来加上本杰明的力量，肖恩才稍微放慢了速度。直到三个男人一起抓住他——将他放倒在地，由于他一味反抗，头部又重重碰了一下——他才终于一动不动了。

没人向我描述过肖恩头部第二次被撞时发生了什么。我不确定他是否癫痫发作，呕吐，或是失去了知觉。但令人寒心的是，有人——也许是爸爸，很可能是本杰明——拨打了911，之前我的家人从没这么做过。

他们被告知直升机几分钟内将到达。后来医生们会推测，爸爸、卢克和本杰明在扭打中让肖恩摔倒在地时——他已经遭受过一次脑震荡——他已情况危急。他们说他头部撞地没有当场死亡堪称一个奇迹。

我难以想象他们等待直升机时的情景。爸爸说医护人员赶到时,肖恩正抽泣着找母亲。等到了医院,他的精神状态已经改变了。他赤身裸体站在轮床上,双眼鼓出、充血,尖叫着要把下一个走近他的浑蛋的眼睛挖出来。接着他瘫倒在地,呜咽起来,终于失去了知觉。

肖恩挺过了那一晚。

早上我开车回到巴克峰。我无法解释为什么没有急着赶到哥哥的病床前。我告诉母亲我得上班。

"他点名要你去。"她说。

"你说过他都不认人了。"

"是的,"她说,"但是护士刚刚问我他是否认识一个叫塔拉的人。整个早上他一遍又一遍地喊你的名字,不管是睡着还是醒着。我告诉护士塔拉是他的妹妹,现在他们说要是你能来就好了。他可能会认出你,那可很了不起。他到医院后只提到一个人的名字,那就是你。"

我沉默了。

"油钱我来付。"母亲说。她以为我不去是因为要花三十美元的汽油费。她这么想让我很尴尬,但如果不是因为钱,我就没有任何理由不去了。

"我现在就走。"我说。

很奇怪,我对医院几乎没什么印象,也不记得我哥哥的样子。我依稀记得,他头上裹着纱布,我问为什么,母亲说医生做了开颅手术,为了缓解压力、止血或修复什么的——实际上,我不记得她说了什么。肖恩像个发烧的孩子一样辗转反侧。我在他身边坐了一小时。有几次他眼睛睁开了，但意识不清，没有认出我。

第二天我再去时，他醒着。我走进房间，他眨了眨眼睛，看着母亲，似乎想确认一下她是不是也看见了我。

"你来了，"他说，"我没想到你会来。"他握住我的手，然后睡着了。

我盯着他的脸，看着缠在他额头和耳朵上的绷带，我的怨恨在滴血。接着我明白了自己为什么不想早点儿来。因为我一直害怕自己的感受，害怕如果他死了，我可能会为此高兴。

我清楚地记得医生想让他住院，但是我们没有医疗保险，况且已经开销巨大，肖恩得过十年才能付清。一等他病情稳定可以上路了，我们就把他带回了家。

他在起居室沙发上待了两个月。他身体仍然虚弱——去趟卫生间便能耗尽所有力气。他一只耳朵完全失聪，另一只耳朵听力受损，所以有人对他说话时，他常常把头转过来，将能听见的那只耳朵对准那人，而不是用眼睛看着对方。除了这个奇怪的举动和手术后的绷带，他看上去很正常，没有肿胀，也没有瘀青。根据医生的说法，这是因为受伤极为严重：外部未见损伤，意味着损伤都在内里。

过了一段时间我才意识到，尽管肖恩看起来和以前没什么两样，但事实并非如此。他看上去头脑清醒，但如果你仔细听他讲故事的话便会发现，它们毫无意义。它们根本算不上是故事，只不过是一个接一个的正切。

我为没有立即去医院看望他而深感内疚。为了补偿，我辞掉了工作，夜以继日地照顾他。他要喝水，我就去端来；他饿了，我就去做饭。

153

赛迪又开始来家里走动,肖恩表示欢迎。我期待她的来访,因为这为我争取了学习的时间。母亲觉得我陪着肖恩很重要,所以没有人来打扰我。平生第一次我有了大段的时间用来学习——不用去拆解废料、过滤酊剂,也不必为兰迪检查库存。我仔细研究泰勒的笔记,一遍又一遍阅读他详细的注解。这样过了几个星期,奇迹般地,概念形成了。我重新去做模拟测试题。高等代数仍无法破解——它来自一个超出我认知能力的世界——但三角学容易理解了,是用我可以理解的语言写下的信息,来自一个白纸黑字充满逻辑和秩序的世界。

与此同时,现实世界陷入了混乱。医生告诉母亲,肖恩的伤病可能会改变他的性情——在医院里他就表现出反复无常,甚至是暴力的倾向,这种变化可能是永久性的。

他的确屈服于愤怒,试图伤害某人时,他一次次陷入盲目的愤怒。他不受控制地说着污言秽语,会说最恶毒的话,常常让母亲在夜里哭泣。随着他体力的逐渐恢复,这些愤怒越变越糟。我每天早上都不自觉地去清洗马桶,因为我知道,说不定午饭前我的头就可能被按在里面。母亲说我是唯一可以使他平静下来的人,我说服自己这是真的。还有谁比我更好呢?我想,他不会影响到我。

现在回想起来,我不确定是否是受伤让他有了如此大的改变,但我说服自己,他身上的一切残忍行为都是后来才有的。我可以从这段时期的日记中追溯到演变——一个年轻的女孩在重写她的历史。在她为自己重建的现实中,她哥哥从托盘摔下来之前生活一切如常,没有什么不对劲。但愿我最好的朋友回来,她写道,他受伤之前,我从没受过伤害。

不再是孩子

那是冬日的一天。我跪在地毯上,听爸爸为母亲受感召成为治疗者而作证时,一口气堵在胸口,感觉自己游离了出来。眼前不见父母和我们的起居室。我看见一个成年女人,她有自己的思想,有自己的祈祷,不再像孩子一样坐在父亲的脚边。

我看到那个女人肿胀的肚子,也就是我的肚子。她旁边坐着她的母亲,一位助产士。她握住母亲的手,说她想要宝宝在医院里由医生接生。我开车送你去,她的母亲说。两个女人朝门口走去,但是门被堵住了——被忠诚、被顺从、被她的父亲堵住了。他站在那里,一动不动。但那个女人是他的女儿,她曾被他的全部信念和力量所吸引。她没有理会他,径直从门口走了出去。

我试想这样一个女人会有什么样的未来。我试想她与父亲见解不同的其他场景。她无视他的劝告,坚持己见。父亲曾教育我,对于任何问题都不可能同时存在两种合理的观点:真理只有一个,其他皆是谎言。我跪在地毯上,听着父亲讲话,又像是仔细端详着一个陌生人,觉得二者,既互相吸引,又互相排斥,而我悬在中间。我明白,没有任何未来可以同时容纳他们;没有命运能够同时容忍他和她。我将永远、始终做个孩子,否则我会失去他。

我躺在床上,望着微弱的灯光在天花板上投下的影子,这时听见门口传来父亲的声音。我本能地跳了起来,做了个类似敬礼的动作,但一旦站着我便不知所措。这史无前例:父亲以前从未来过我的房间。

他大步从我身边走过,坐在我的床上,然后拍了拍旁边的床垫。我紧张地坐下来,双脚几乎碰不到地面。我等着他开口说话,但时间在无声地流逝。他闭上眼睛,下巴放松,好像在聆听天使的声音。"我一直在祈祷,"他说,他声音轻柔,充满爱意,"我一直在为你上大学的决定而祈祷。"

他睁开了眼睛。灯光下他的瞳孔放大了,吸收了虹膜的淡褐色。我从未见过如此沉浸于黑暗的眼睛:它们似乎超凡脱俗,是精神力量的象征。

"上帝召我作见证。"他说,"他很不悦。你弃绝他的祝福,去无耻地追求人类的知识。他的怒气因你而起,不久就会降临。"

我不记得父亲什么时候起身离开,但他一定已经离开了,就在我坐着、被恐惧攫住的时候。上帝的愤怒曾将城邑夷为废墟,曾将整个大地悉数淹没。我感到虚弱,接着全身无力。我想起我的生命不属于我。我随时都可以被带离身体,被拖到天上去对峙愤怒的天父。

第二天早上,我看到母亲在厨房调制精油。"我决定不去杨百翰大学了。"我说。

她抬起头,定睛看着我身后的墙,小声说:"别这么说。我不想听。"

我不明白。我以为她看到我向上帝屈服会很开心。

她把目光转向我。我已多年未感受到她目光的力量了,为此我惊呆了。"在我所有的孩子中,"她说,"我原以为你才是那个穿越熊熊大火冲出这里的人。我从没料到会是泰勒——那令人意外——而不是你。你不要留下。走吧。不要让任何事阻止你走。"

我听到楼梯上爸爸的脚步声。母亲叹了口气,眨眨眼睛,好像正从恍惚中走出来似的。

爸爸在餐桌旁坐下,母亲起身去给他准备早餐。他开始了一场关于自由主义教授的长篇大论,母亲把面糊搅在一起做煎薄饼,不时低声表示赞同。

没有肖恩当工头,爸爸的建筑生意日益萎缩。为了照顾肖恩,我已经辞掉了兰迪商店的工作。现在我需要钱,所以当那个冬天爸爸重又操起拆解废料的活计,我也加入了。

那是一个寒冷的早晨,和我第一次来废料场干活时一样。废料场变了样。虽然那里仍然堆放着如山的废旧汽车,但它们不再是主导周围的景观了。几年前,犹他州电力公司雇爸爸拆除了数百座设备塔,允许他留下角铁——共计四十万磅——如今它们就像小山一样乱七八糟地堆放在院子各处。

我每天早晨六点起来学习——因为早上在我还没因为拆解废料

累垮的时候，注意力更容易集中。虽然我仍然害怕上帝的震怒，但我对自己说，我根本不可能通过大学入学考试，这取决于上帝的旨意。如果上帝采取了行动，那么我去上学自然就是他的意愿。

大学入学考试由四部分组成：数学、英语、科学和阅读。我的数学能力正在提高，但并不强。虽然我能解出大部分习题，但做题速度很慢，需要规定时间的两到三倍。我甚至连最基本的语法知识都没有，尽管我正在学习，从名词开始，接下来是介词和动名词。科学是一个谜，可能是因为我读过的唯一一本科学书还是那种可拆下来涂色的。四部分中，我唯一感到自信的是阅读。

杨百翰大学是一所竞争激烈的大学。我需要拿到高分——至少二十七分，这意味着进入同届生排名的前百分之十五。我当时十六岁，从未参加过考试，只是刚刚开始接受类似系统的教育；尽管如此，我还是报了名。这感觉就像掷骰子，一旦扔出，便听天由命。上帝会给出得分。

考试前夜我失眠了。我的大脑像发烧般灼热，浮现出许多灾难场景。五点钟我下了床，吃了早饭，驱车四十英里来到犹他州州立大学。我和其他三十名学生被带进一间白色的教室，他们在椅子上坐下，将铅笔放在课桌上。一位中年女士发放试卷，还有我从没见过的奇怪的粉红色的纸。

"请问，"她分发到我时，我说，"这是什么？"

"是答题纸。涂答案用的。"

"怎么用？"我说。

"和别的答题纸一样。"她面带恼火地从我身边走开，好像我在恶作剧。

"我以前从来没用过。"

她打量了我一会儿。"把正确答案的圆圈填满,"她说,"完全涂黑。明白了吗?"

考试开始了。我从来没有在满屋都是人的房间里,在书桌前坐过四个小时。噪音令人难以置信,但似乎我是唯一一个听到它们的人,唯一一个因为翻页的沙沙声和铅笔的涂写声无法集中精力的人。

考试结束了,我猜我数学有可能不及格,科学肯定不及格。我在科学部分的回答甚至连猜测都算不上。答案随机,只是那张奇怪的粉色答题纸上的圆点图案。

我开车回家了。我觉得自己愚蠢可笑,滑稽至极。现在我亲眼见到了别的学生——看着他们排着整齐的队伍走进教室,坐到座位上,平静地填写答案,好像在做一次例行练习——我之前竟然自以为得分能排进前百分之十五,简直荒谬。

那是他们的世界。我穿上工作服,重返我的世界。

那年春天有一天天气异常炎热,我和卢克一整天都在拖檩条——水平横跨屋顶的铁梁。檩条沉重,太阳毒辣。汗水顺着我们的鼻子淌下来,滴在喷过漆的铁上。卢克脱下衬衫,抓住袖子扯出几道巨大的口子,让风可以吹进去。这么极端的做法我连想都不敢想,但在背了二十根檩条后,我的背上全是黏糊糊的汗,我拍打着T恤扇风,然后卷起袖子,露出一英寸肩膀。几分钟后,爸爸看到我,大步走过来,一把拉下我的袖子。"这儿不是妓院。"他说。

我看着他走开,机械地又把袖子卷了上去,好像完全没意识到自己做了这个决定。一小时后他回来，看见我后困惑地停下脚步。他告诉过我该做什么，我却没有听。他不安地站了一会儿，然后走到我跟前，抓住两个袖子猛地往下拉。没等他走出十步远，我又挽了上去。

我想服从。我本意如此。但那个下午太过炎热，我渴望轻风吹拂手臂。仅仅几英寸而已。我全身上下从太阳穴到脚趾全是污垢。晚上我得花半个小时才能将鼻孔和耳朵里的黑色污垢挖出来。我并不觉得自己是欲望或诱惑的对象。我觉得自己像一辆人力叉车。一英寸皮肤又有什么要紧的呢？

我一直在攒钱，以备学费之需。爸爸注意到了，便开始让我为一些小东西付费。第二次车祸后，母亲又开始购买保险，爸爸说我那份应该由我自己付。我照做了。接着他又要钱用于登记车辆。"这些政府收费会让你破产。"我把钱递给他时，他说。

对此爸爸表示满意，直到我的考试成绩寄到家。一天我从废料场回来，发现一个白色信封。我撕开信封，手上的油污把纸都弄脏了。我跳过单科分数，直接看总分。二十二分。我的心快乐地怦怦直跳。虽然不是二十七分，但充满可能性。也许能上爱达荷州州立大学。

我将成绩拿给母亲看，她告诉了爸爸。他变得烦躁不安，然后大叫着说我该搬出去住了。

"她既然长大了，能领工资了，就该付房租了。"爸爸喊道，"她可以到别的地方付房租。"起初母亲还和他争论，但几分钟后就被说服了。

我一直站在厨房里掂量我的选择，想着刚刚才交给爸爸四百美元，那是我三分之一的积蓄。这时母亲转向我说："你觉得你周五之前能搬出去吗？"

我的内心有什么东西突然断裂，犹如大坝决堤一般。我感到摇摇欲坠，无法站稳。我想尖叫，但尖叫被扼住了；我快淹死了。我无处可去。我租不起公寓，即使能租，也只能到城里租。那样我还需要一辆车。我只有八百美元。我气急败坏地把这一切告诉了母亲，然后跑回我的房间，砰的一声关上房门。

过了一会儿，她来敲门。"我知道你觉得我们不公平，"她说，"但我像你这么大的时候，早就自己生活，准备和你父亲结婚了。"

"你十六岁就结婚了？"我说。

"别傻了，"她说，"你可不是十六岁。"

我盯着她，她盯着我。"是的，我是。我十六岁。"

她打量着我。"你至少二十了。"她歪着头，"难道不是吗？"

我们沉默了。我的心怦怦直跳。"九月我刚满十六。"我说。

"哦。"母亲咬了咬嘴唇，然后站起来，笑了，"好吧，那就别担心了，你可以留下来。真不知道你爸爸是怎么想的。我想是我们忘了。你们孩子的年龄很难记清楚。"

肖恩一瘸一拐地返回工作。他头戴一顶澳洲宽檐帽，帽子大大的，边檐很宽，由巧克力色的油皮革制成。事故发生前，他只在骑马时才戴这顶帽子，但现在即使在屋里，他也一直戴着帽子。爸爸说这样做很不礼貌。也可能是因为爸爸这么说，肖恩才一直戴着帽子，但我怀疑另一个原因是它又大又舒适，能遮住他头上

161

手术留下的伤疤。

起初他工作时间很短。爸爸拿到一份建造牛奶仓库的合同，地点位于距巴克峰约二十英里的奥奈达县。于是肖恩就在院子里走来走去，调整图表，测量工字梁。

我、卢克和本杰明在拆解废料。爸爸决定处理农场周围的角铁。要想把它们卖掉，每根角铁的尺寸必须小于四英尺。肖恩建议我们用割炬，但爸爸说这样速度太慢，燃料耗费也太多。

几天后，爸爸将一台我见过的最吓人的机器带回了家。他称之为"大剪刀"。乍一看，它似乎是一把重达三吨的剪刀，事实也的确如此。刀刃十二英寸厚，五英尺宽，由高密度铁制成，切割物体不是靠锋利，而是靠蛮力。它们咬合下去，巨大的颚由一个附在大铁轮上的沉重活塞推进。轮子由皮带和马达驱动，这意味着如果有什么东西被机器卡住，得花半分钟到一分钟才能让轮子和刀刃停下来。它们咀嚼着人的手臂一样粗的铁，上下咆哮着，声音比途经的列车还响。铁与其说是被切断的，不如说是被拦腰折断的。有时铁会奋力抵抗，将拿着它的人朝正在咀嚼的钝重的刀刃推去。

多年以来，爸爸想出过若干危险计划，但这是第一次让我真正感到震惊。也许这个办法有着明显的致命性，稍有闪失必会残肢断臂。或许完全没有使用它的必要。这就是任性。它就像一个玩具，如果玩具能把你的头切下来的话。

肖恩称它为"死亡机器"，并说爸爸丧失了仅剩的一丝理智。"你是想杀人吗？"他说，"我卡车里有把枪，杀人比这个利索多了。"爸爸忍不住笑了。我从未见过他如此欣喜若狂。

肖恩摇摇头一瘸一拐地回到工作间。爸爸开始将角铁喂给大剪刀。每剪一段他都被顶向前去，有两次他几乎头朝下撞在刀刃上。我紧紧闭上眼睛，知道万一爸爸的头被卡住，刀刃不会放慢速度，只会咬穿他的脖子，不停咀嚼。

确认机器可以运行，爸爸便示意卢克接手。一直渴望取悦爸爸的卢克走上前。五分钟后，卢克胳膊受伤，露出了骨头，他一路朝家跑去，鲜血喷溅不止。

爸爸扫视了一番他的手下。他向本杰明做了个手势，但本杰明摇了摇头，说自己的手指长得好好的，还是算了。爸爸眼巴巴地望向家的方向，我猜他是在想，母亲多久才能止住血。然后他的目光落在我身上。

"过来，塔拉。"

我没动。

"到这儿来。"他说。

我慢慢地走向前，眼睛一眨不眨地看着大剪刀，好像它会随时发动攻击。刀刃上还有卢克的血。爸爸拿起一根六英尺长的角铁，把一头递给我。"抓紧了，"他说，"一旦它开始较劲儿，立刻松手。"

刀刃上下咬合，咬牙切齿地发出咆哮。我想，就像犬吠一样，这是在警告我赶紧离开这鬼地方。但是对机器的狂热让爸爸丧失了理智。

"很简单。"他说。

把第一块铁放到刀刃中间时，我祈祷着。不是祈祷别受伤——这是不可能的——而是祈祷受的伤能像卢克一样，被咬掉一块肉，这样我也可以回家了。我挑了一块小一点的，希望我的重量能控制住它的突然倾斜。小块的铁切完了。我从剩下的里面再挑一块最小的，但铁仍然很厚。我将它推过去，等着剪刀的下颚猛地合上。铁的噪音震耳欲聋。铁的反作用力将我向前推，让我双脚离地。我松开手，瘫倒在泥地里。这时，从我手中脱离的铁被刀刃猛咬一番，弹到了空中，接着轰的一声掉在我旁边。

"到底是怎么回事？"肖恩出现在我视野中。他大步走来，拉起我，转过身面对爸爸。

"五分钟前，这个怪物差点把卢克的胳膊扯下来！你让塔拉也上了？"

"她可不是一般的结实。"爸爸说着，冲我挤了挤眼。

肖恩怒目圆睁。他本该放轻松的，但他看上去怒气冲冲。

"这个家伙会把她的脑袋咬下来的！"他尖叫道。他转向我，向工作间里的铁工招手，"去修剪檩条吧。我不希望你再靠近这个玩意儿。"

爸爸走上前来。"这是我的手下。你为我干活，塔拉也是。我让她剪，她就得去剪。"

他们大声嚷嚷了一刻钟。这次他俩的争吵与以往不同——毫无保留，充满仇恨。我从没见过谁这样对爸爸大喊大叫，我为他脸上的变化感到吃惊和害怕。他的脸变得僵硬而绝望。肖恩唤醒了爸爸内心的一些东西，一些原始的需求。爸爸不能输掉这场争吵，否则颜面尽失。如果我不去操作大剪刀，他就失去了父亲的威信。

肖恩向前一跃，狠狠地在爸爸的胸膛上推了一下。爸爸跌跌撞撞向后退去，绊了一跤跌倒了。他躺在泥里，震惊不已，过了一会儿，他爬了起来，朝儿子扑去。肖恩举起双臂想挡住拳头，但爸爸看到这一幕时放下了拳头,也许是想起肖恩最近才恢复走路的能力。

"我让她做,她就会做。"爸爸愤怒地低声说,"否则她就别住我家。"

肖恩看着我。一时间他似乎在考虑帮我打包走人——毕竟,他在我这个年纪已经有过逃离父亲的经历——但我摇了摇头。我是不会那样离开的。肖恩知道,我会去操作大剪刀。他看了看剪刀,又看了看旁边那堆约有五万磅重的铁。"她会去做的。"他说。

爸爸好像长高了五英寸。肖恩晃晃悠悠地弯下腰,举起一块重铁,然后把它推向大剪刀。

"别傻了。"爸爸说。

"她做,我也做。"肖恩说。他的声音里没有了斗志。我从未见过肖恩向爸爸屈服,一次也没有,但这次他决定服输。他明白,如果他不屈服,我肯定会屈服。

"你是我的工头!"爸爸喊道,"我需要你在奥奈达干活,而不是清理废料!"

"那你就关掉大剪刀。"

爸爸咒骂着走开了,有些恼怒,但可能心想等肖恩累了,晚饭前就会回去当工头了。肖恩看着爸爸离开,然后转向我说:"好吧,小妹,你去拿铁块,我来剪。如果铁很厚,比方说半英寸,我需要你在后面用力压着,以防我被甩进刀刃里。好吧?"

肖恩和我操作了一个月的大剪刀。爸爸太固执,不愿将大剪刀关掉,哪怕这让他损失了一个工头,付出了比用割炬更大的代价。完工时,我受了些擦伤,但并无大碍。肖恩似乎累散了架。他从托盘上摔下来才几个月,身体仍然吃不消。他的头部多次被铁块出其不意翘起的一角撞破。一旦发生这种情况，他就用双手捂住眼睛，在泥地上坐一会儿，再站起身去拿下一块铁。晚上，他穿着脏兮兮的衬衫和沾满灰尘的牛仔裤躺在厨房的地板上，累得连洗澡的力气都没有了。

他要吃的、喝的，我会帮他拿来。赛迪几乎每晚都过来。他让我们俩去取冰，我们俩会并肩跑去拿冰，然后再把冰放回。我们俩都是鱼眼睛。

第二天早上，我和肖恩又会回到大剪刀旁，他会将铁喂进大剪刀的巨颚之间，它力大无比，轻而易举就将他的双脚拽离地面，仿佛在玩游戏，仿佛他还是一个孩子。

不忠的人，违逆的天堂

奥奈达的牛奶仓库开始动工。肖恩设计和焊接主框架——构成建筑物骨架的巨大横梁。它们对装载机来说太重了；只有起重机才能将它们吊起来。这个程序是个精细活儿，要求焊工在大梁降至柱子上时使其两端保持平衡，然后焊接到位。当肖恩宣布他想让我操作起重机时，大家都吃了一惊。

"塔拉不能开起重机，"爸爸说，"她将花半个上午的时间才能弄明白操纵装置，而且还是不知道自己在干什么。"

"但她会很小心的，"肖恩说，"我受够了，再也不想从上面掉下来了。"

一个小时后，我坐在驾驶室里，肖恩和卢克站在离地二十英尺、悬于空中的大梁两端。我轻轻地碰了一下操纵杆，一边听着液压油缸发出的嘶嘶声，一边慢慢地向前伸展。横梁就位时，肖恩喊了一声"停"，然后他们拉下防护面罩开始焊接。

那年夏天，肖恩和父亲之间发生了上百次争执，肖恩赢了很多次，由我负责操作起重机就是其中之一。但大多数问题没有得到如此和平的解决。他们几乎每天都吵——因为设计图表上的一个缺陷，或落在家里的一件工具。爸爸似乎渴望争斗，以此来证明谁是老大。

一天下午，爸爸走到肖恩旁边，看着他焊接。一分钟后，他无缘无故地大喊：肖恩吃午饭的时间太长，没能让小工队早起，也不催促我们努力干活。爸爸喊了几分钟，接着肖恩摘下焊接头盔，平静地看着他说："你能不能闭嘴，让我干活？"

爸爸还在吼个不停。他说肖恩很懒，不懂得如何管理团队，不明白努力工作的价值。肖恩停下焊接的活儿，慢慢走到平板皮卡旁。爸爸跟在后面，仍然大喊大叫。肖恩慢慢地一个指头一个指头摘下手套。有人在离他脸旁六英寸的近旁吼叫，他好像全当不存在。有好一会儿，他站在那里一动不动，任由辱骂将自己淹没，然后钻进皮卡一溜烟开走了，只留下爸爸对着飞扬的尘土喊叫。

我还记得当我望着皮卡沿土路驶远时心中涌起的敬畏之情。肖恩是我见过的唯一一个敢和爸爸抗争的人，也是唯一一个能凭借强烈的意志和坚定的信念让爸爸屈服让步的人。我曾见过爸爸对每个哥哥大发脾气、又喊又叫。肖恩是我见过的唯一一个一走了之的人。

那是一个星期六的晚上。我在城里外婆家，厨房餐桌上摆着我的数学课本，旁边是一盘饼干。我正在为重新参加大学入学考试而复习。我经常在外婆家学习，这样爸爸就不会教训我了。

电话响了，是肖恩打来的。他问我想不想看电影。我说想，几分钟后听见外面传来一阵隆隆声，于是朝窗外看去。他黑色摩托车的轰鸣、头上戴的澳洲宽檐帽，与外婆家的白色尖桩栅栏如此格格不入。外婆开始做巧克力布朗尼，我和肖恩上楼去选电影。

外婆端来布朗尼时，我们将电影暂停，默默吃着，勺子在外婆的瓷盘上叮当作响。"你会考到二十七分的。"我们吃完时，肖恩突然说。

"没关系，"我说，"反正我也不会去。万一爸爸说得没错呢？如果我被洗脑了怎么办？"

肖恩耸耸肩。"你和爸爸一样聪明。爸爸说得对不对，到了那儿你就知道了。"

电影看完了，我们跟外婆道别。那是一个温和的夏日夜晚，骑摩托车再合适不过。肖恩说我该坐他的摩托车一起回家，明天再来取车。他发动引擎，等着我坐上去。我朝他迈了一步，然后想起外婆餐桌上的数学书。

"你先走吧，"我说，"我马上就来。"

肖恩拉下头盔，将摩托车掉头，沿着空荡荡的街道冲了出去。

开车回家的路上我心情愉悦，将头脑放空。那是一个漆黑的夜晚——那种黑只属于穷乡僻壤的野外，住户稀少，路灯更少，星光一览无余。我像以前无数次那样，沿着蜿蜒的高速公路穿行，顺着贝尔河山疾驰而下，在与五里溪平行的平坦路段滑行。一路向北爬升，再右转弯。不用看我也知道前方哪里有弯道。所以当见到黑暗中原地闪烁的车前灯时，我暗自纳闷发生了什么事。

我开始爬坡。我左边是一片牧场，右边是一道沟渠。上了坡，我首先看见三辆车停靠在沟渠旁。车门开着,驾驶室的灯亮着。七八个人凑在路面上的什么东西前。我变换车道避开他们,但当我看见躺在公路中间的一个小小物体,我停下了车。

那是一顶澳洲宽檐帽。

我将车停在路边,朝围在沟渠边的人群跑去。"肖恩!"我喊道。

人群分开让我通过。肖恩脸朝下趴在碎石上,躺在一摊血泊中。在车灯的强光下,血呈粉红色。他一动不动。"他撞上了角落里的一头牛。"一个男人说,"天太黑了,他没看见它。我们不敢动他,已经叫了救护车。"

肖恩身体弯曲,背部扭曲。我不知道救护车多久才能到,血流得太多了。我决定先止血。我将双手伸到他的肩膀下方,抬了一下,但没抬动。我抬头看看人群,认出一张脸。是德万。[5] 他是我们自己人。他的八个孩子中有四个是母亲接生的。

"德万!帮我把他翻过来。"

德万抬起肖恩,让他脸朝上。一时间,我盯着哥哥,看着血从他的太阳穴汩汩流出来,顺着右脸颊灌进他的耳朵,滴到他的白色T恤上。他双眼紧闭,嘴巴张开。血是从他前额一个高尔夫球般大小的洞里涌出来的。似乎他的太阳穴处被拖在柏油路上,蹭掉了皮肤,露出了骨头。我靠近他,凝视伤口内部。有个柔软的海绵状的东西在反光。我脱下夹克衫,把它按压在肖恩头上。

当我摸到擦伤处时,肖恩长长叹了口气,睁开了眼睛。

"小妹。"他咕哝了一句,接着又失去了知觉。

我的手机在口袋里。我打了电话,是爸爸接的。

我一定是急疯了，说话语无伦次。我说肖恩骑摩托车撞了，他头上有个洞。

"慢慢说。发生了什么事？"

我又说了一遍："我该怎么办？"

"把他带回家，"爸爸说，"你母亲会处理的。"

我张开嘴，但一句话也说不出来。最后，我说："我不是在开玩笑。我都看见他的脑仁了！"

"带他回家，"爸爸说，"你母亲能处理。"接着是一阵单调的嘟嘟声。他挂了电话。

德万听到了我们的谈话。"穿过这片地就是我家"他说，"你母亲可以去那里给他治疗。"

"不，"我说，"爸爸想让他回家。帮我把他抬上车。"

我们将肖恩抱起来时，他呻吟着，但没开口说话。有人说我们应该等救护车，还有人说我们应该自行开车送他去医院。在他的脑仁眼看就从前额里漏出来的情况下，我想没人敢相信我们会把他往家里送。

我们把肖恩塞进后座。我坐在驾驶位，德万爬上副驾驶座。我检查了一下后视镜，将车开上高速公路，然后抬手把镜子往下一掰，让它反射出肖恩惨白又血迹斑斑的脸。我的脚在油门前犹豫着。

三秒钟过去了，也许是四秒。就这么定了。

德万喊道："我们走！"但我几乎没听见他在说什么。我惊慌失措。我的思绪在愤恨的迷雾中疯狂又狂热地徘徊。那状态就像做梦一般，就好像那种歇斯底里让我从五分钟前还需要相信的虚构中解脱了出来。

我从未想过肖恩从托盘上摔下来的那一天。没什么可想的。他摔下来是上帝的旨意，没有更深刻的含义。我从未想象过在现场目睹会是什么情影：看到肖恩跌下来，在空中乱抓。见证他撞击地面，蜷缩身体，然后躺着一动不动。我从未允许自己想象之后发生了什么——爸爸决定把他留在皮卡边，或者卢克和本杰明彼此交换担心的目光。

此刻，盯着哥哥脸上的皱纹，每道皱纹都像一条血河，我想起来了。我想起肖恩在皮卡旁坐了一刻钟，他的大脑在出血。然后他就发了疯。男人们将他搏倒在地，他又摔了跤，二次受伤，医生说这次的伤本会要了他的命。这就是为什么肖恩再也不是原来的肖恩。

如果第一次跌倒是上帝的意志，那么第二次又是谁的意志呢？

我从未去过镇上的医院，但是医院很容易找到。

我将车子掉头加速开下山坡时，德万质问我到底在干什么。我听着肖恩微弱的呼吸，沿着五里溪飞速穿过山谷，然后冲上贝尔河山。到了医院，我把车停在紧急车道上，和德万抬着肖恩穿过玻璃门。我大声呼救。一个护士跑了出来，接着又跑来一个。肖恩那时已经有了意识。他们把他带走了，有人将我推进候诊室。

接下来要做的事不可避免。我打电话给爸爸。

"你们快到家了吗？"他说。

"我在医院。"

一阵沉默，然后他说："我们马上就来。"

十五分钟后他们赶来了，我们三个人一起等待，气氛有点尴尬。我坐在浅蓝色的沙发上咬着手指甲，母亲来回踱步，不停地打着响指，爸爸则一动不动地坐在一台噪音很大的挂钟下方。

医生给肖恩做了造影扫描，说伤口很严重，但损伤不大。然后我想起了之前的医生说过的话：对于头部受伤而言，那些看上去最糟糕的情况实际上往往并不严重。惊慌之下带他来到这里，让我觉得自己真蠢。医生说，骨头上的洞很小，很可能自己就会长好，或者可以让外科医生放一块金属板进去。肖恩说他想让伤口自己愈合，于是医生用皮肤把洞遮住，然后缝合。

我们大约在凌晨三点将肖恩接回了家。爸爸开车，母亲坐在他旁边，我和肖恩坐在后座上。没有人说话。爸爸没有喊叫，也没有教训人；事实上，他再也不提那晚的事。但他凝视的眼神意味深长，他不再直视我，让我觉得路上出现了一个岔路口，我走了一条路，而他走了另一条路。那晚之后，对于是去是留我再无疑问。就好像我们正生活在未来，而我早已离开。

现在回想起那个夜晚，我不会想到那条黑暗的公路，也不会想到躺在血泊中的哥哥。我想到的是候诊室冰蓝色的沙发和苍白的墙壁。我闻得到空气中消毒水的味道，听得见塑料钟表的嘀嗒声。

父亲坐在我对面，看着他憔悴的脸，我突然悟出一个强大的事实，不知道为何我以前从未意识到这点。事实是：我不是一个好女儿。我是一个叛徒，羊群中的一匹狼。我有一些地方与众不同，这种不同很不好。我想咆哮，想扑倒在父亲的膝头哭泣，发誓自己再也不这么做了。但我是狼，我还在撒谎，无论如何他会嗅出谎言。我们都心知肚明，如果再看到肖恩躺在公路上，浸泡在血色之中，我还是会做出同样的选择。

我并不后悔，只是感到惭愧。

三个星期后，就在肖恩快要痊愈时，信到了。我麻木地撕开信封，就好像在被判有罪之后，宣读自己的判决书。我扫了一眼总分。二十八分。我又检查了一遍，看了看名字。没错。不知为何——这只能用奇迹来解释——我做到了。

我的第一个念头是下定决心，再也不为父亲工作了。我开车去了"斯托克斯"——镇上唯一一家杂货店，申请了一份包装杂货的工作。我当时只有十六岁，但我没把年龄告诉经理，于是他雇用我每周工作四十个小时。第二天早上四点我就去上班了。

我回到家时，爸爸正开着装载机穿过废料场。我爬上梯子，抓住栏杆。在发动机的轰鸣中，我告诉他我找到了一份工作，但我下午还会开起重机，直到他雇到人。他放下吊杆，盯着前方。

"既然你已经决定了，"他看也没看我一眼，说道，"就没必要拖下去了。"

一周后我向杨百翰大学提出了申请。我不知道如何填写申请表，所以泰勒帮我填了。他写道，我严格按照母亲设计的课程安排接受教育，她已确保我达到高中毕业的所有要求。

对于申请我的感觉每天都不一样，几乎时时刻刻都在变化。有时我确信上帝希望我去上大学，因为他赐给我二十八分。有时我确信自己会被拒绝，上帝会因我的申请而惩罚我，因为我竟然要弃家人而去。但无论结果如何，我知道我会离开。即使不去上学，我也要去别的地方。从我将肖恩送去医院而不是送他回母亲身边的那一刻，家就已经变了。我拒绝了它的一部分；现在它在拒绝我。

招生委员会效率很高，没有让我等太久。来信装在一个普通信封里。看到信时，我心里一沉。拒绝信都很小，我心想。打开信封，我看到"恭喜"一词。我被录取了。新学期从一月五日开始。

母亲拥抱了我。爸爸努力摆出一副开心的样子。"这至少证明了一件事，"他说，"我们的家庭教育和公共教育一样好。"

我十七岁生日的三天前，母亲开车送我去犹他州找公寓。我们找了整整一天，很晚才到家，看见爸爸正在吃冷冻食品当晚餐。他没煮好，食物一团糟糊。他周围的气氛充满了火药味，一触即燃。母亲连鞋子都没脱就冲到厨房，拿起平底锅准备一顿真正的晚餐。爸爸移到起居室，开始咒骂录像机。从走廊上我能看到电缆线没接上。我指出这一点时，他勃然大怒。他骂了一声，挥了挥手，喊道，在男人家里，电缆线应该一直处于连接状态，一个男人回到家，永远都不该发现录像机的电缆线没有连上。我到底为什么要拔出它们来？

母亲从厨房冲了进来。"是我拔下来的。"她说。

爸爸朝她转过身来，唾沫四溅。"你为什么总是站在她那边？一个妻子应该支持自己的丈夫！"

我摸索着电缆线，而爸爸站在我身边大喊大叫。电缆线一再掉下来。我的心因慌乱而跳动，它压倒了一切想法，以至于我甚至忘了怎样将红色的一头和红色连上，白色的和白色连上。

接着慌乱消失了。我抬头看看父亲，看着他酱紫色的脸，看着他脖子上暴跳的青筋。我还是没能把电缆线接上。我站起身来，一旦站起来，我就不在乎电缆线是否连上了。我走出了房间。我走到厨房时,爸爸还在咆哮。我沿着走廊往前走,回头看了看。母亲来到我刚才的位置,蹲在录像机前,摸索着电缆线,而爸爸站在她面前。

那一年等待圣诞节来临就像等待从悬崖边走过。自从千年虫以来,我从未如此确信,某件可怕的事即将发生,它会将我从前认知的一切全部抹杀。取而代之的是什么呢?我试着想象未来,用教授、作业、教室来填充它,但我的大脑无法召唤出那些事物。我的想象中曾经没有未来。只到新年夜,然后就什么都没有了。

我知道我该做准备,努力完成泰勒向大学保证的高中教育。但我不知道怎么做,也不想让泰勒帮忙。他在普渡开始了崭新的生活——他甚至要结婚了——我想他并不希望为我的生活负责。

但他回家过圣诞节时,我注意到他在读一本叫"悲惨世界"的书。我觉得这肯定在那种大学生必读书目之列,于是也买了一本,希望从中学习一些历史或文学知识。但我没有学到,因为我无法区分虚构的故事和真实的背景。在我看来,拿破仑并不比冉·阿让[1]更真实。这两人我之前都从未听说过。

---

[1] 《悲惨世界》的主人公。

第二部分

守安息日为圣日

元旦那天，母亲开车送我去往新生活。我没带多少东西：一打自制桃罐头、床上用品、一塑料袋衣服。车子沿州际高速公路疾驰而下时，我望着支离破碎的风景，贝尔河山脉连绵起伏的黑色群峰逐渐被棱角分明的落基山脉所取代。大学坐落在瓦萨奇山脉的中心地带，那里的白色山峦拔地而起。它们很美，但在我看来，它们的美丽咄咄逼人，令人生畏。

我的公寓位于校园南部一英里处，有一间厨房、一间起居室和三间小卧室。同住的女生——我知道会是女生，因为杨百翰大学的所有公寓都按性别划分——度圣诞假尚未返回。我从车里拿出全部家当仅用了几分钟。我和母亲在厨房局促地站了一会儿，然后她与我拥抱道别，开车离去。

我独自一人在安静的公寓里待了三天。不过它并不安静。没有一个地方是安静的。我从未在一座城市里待过几个小时，我发现自己无力抵御不断袭来的奇怪噪音。人行道信号的吱喳声,警笛的尖叫声,气闸的嘶嘶声,甚至漫步在人行道上的行人的闲聊声——每一个声响都逃不过我的耳朵。我的耳朵,习惯了山间的寂静,被这些声音折磨得痛苦不堪。

第一个室友到来时,我正困得要命。她叫香农,在街对面的美容学校上学。她穿着粉色长绒睡裤和白色紧身吊带背心。我盯着她赤裸的肩膀。我见过这样穿着的女人——爸爸称之为"异教徒"——我总是远离她们,好像她们的不道德行为会传染似的。现在我的公寓里就有一个。

香农明显很失望地打量着我,看着我宽松的法兰绒外套和大号男式牛仔裤。"你多大了?"她问。

"我是新生。"我说。我不想承认我只有十七岁,这个年纪应该上高中,刚读完高二。

香农走到水池边,我看见她的屁股上印着"多汁"①。这超出了我的承受范围。我退回自己房间,嘟囔着说我要睡觉了。

"好主意,"她说,"礼拜很早。我总是迟到。"

"你也去教堂吗?"

"当然了,"她说,"你不去吗?"

"我当然去。但是你,你真的去吗?"

她盯着我,咬着嘴唇,然后说:"教堂礼拜八点开始。晚安!"

我关上卧室房门,脑子飞快旋转。她怎么可能是摩门教徒呢?爸爸说到处都是异教徒——大多数摩门教徒也是异教徒,只不

---

① "多汁"(juicy)在俚语中指女子妖冶性感。

过他们自己不知道罢了。想到香农的背心和睡裤，我突然间意识到也许杨百翰大学的每个人都是异教徒。

第二天我的另一个室友到了。她叫玛丽，是大三学生，主修儿童早期教育。她穿着一条碎花及地长裙，与我所期待的摩门教徒的礼拜日穿着一样。她的衣服对我来说就像某种暗号，暗示她不是一个异教徒，有几个小时我觉得不那么孤独了。

直到那天晚上。玛丽突然从沙发上站起来说："明天要上课了，该去买点东西。"她离开了，一个小时后抱着两大纸袋东西回来了。安息日禁止购物——我在礼拜日从没买过东西，连一块口香糖都没买过——但玛丽随意地拿出鸡蛋、牛奶和意大利面，拒不承认她放在我们公共冰箱里的每一件物品都是对上帝律令的公然违背。当她取出一罐健怡可乐——父亲曾说这违反了上帝的健康忠告——我又逃回自己的房间。

第二天早上，我错上了反方向的公交车。等我换了方向到达时，课程差不多结束了。我局促不安地站在后面，直到教授——一个五官精致的瘦女人——示意我坐到前面唯一一个空座。我坐了下来，感受到每个人投来的目光所形成的压力。这是门关于莎士比亚的课，我选它是因为我听说过莎士比亚，觉得这是个好兆头。但现在我才意识到我对他一无所知。那只是我听过的一个名字，仅此而已。

下课铃响了，教授朝我走来。"你不属于这里。"她说。

我困惑地盯着她。我当然不属于这里，但她是怎么知道的？我差一点就将整件事坦白交代——我从没上过学，并未达到高中毕业要求——这时她补充了一句:"这门课是为大四学生开的。"

"还有老年人①的课?"我说。

她翻翻眼珠,好像我在逗她似的。"这里是382教室。你应该去110。"

我走了大半个校园才明白过来她的意思,然后查了查我的课程表,第一次注意到课程名称旁边还有一组数字。

我去了注册处,被告知新生课程全部满员。他们让我每隔几小时上网查看一下,如果有人退课,我就可以选。第一周快结束时,我勉强挤进几门课程,有基础英语入门、美国历史、音乐和宗教,但还被困在一门面向大三学生的西方文明艺术课中。

新生英语课由一位不到三十岁的活泼开朗的女老师讲授,她一直在讲一种叫"论文形式"的东西,并向我们保证,这是我们在高中就已经学过的。

我的下一门课——美国历史——在一个以先知约瑟夫·史密斯命名的大教室上课。我原以为美国历史这门课会很容易,因为爸爸给我们讲过那些开国元勋——我知道所有关于华盛顿、杰斐逊和麦迪逊的事迹。但是教授对这些人几乎只字未提,而是谈论"哲学基础",以及西塞罗和休谟的作品,这些名字我从未耳闻。

第一堂课上,我们便被告知下节课将进行阅读测验。两天来,我努力从课本密密麻麻的段落中找寻意义,但"公民人文主义"和"苏格兰启蒙运动"之类的词汇遍布全书,像黑洞一样将其他词汇都吞噬了。我参加了测验,一个问题都没答对。

---

① 原文中的"seniors"兼有"大学四年级学生"和"老年人"之意。

那次失败让我忐忑不安。这是第一个可以衡量我是否够格、我大脑中经由教育得到的知识储备是否足够的指标。这次测验之后，答案似乎很明确：还不够。意识到这一点，我本该憎恨我的成长环境，但我没有。我对父亲的忠诚与我们之间的距离成正比。在山上，我可以反抗。但在这里，在这个明亮喧嚣的地方，被伪装成圣人的异教徒包围着，我坚守着他教导我的每一条真理、每一条教义。医生是堕落之子。家庭教育是上帝的旨意。

测验不及格并未削弱我对旧信条的新忠诚，但一堂关于西方艺术的课做到了。

我到达的时候，教室里很明亮，晨间的阳光透过高高的窗户暖暖地照射进来。我在一个身穿高领衫的女孩旁边坐下来。她叫凡妮莎。"我们应该坐一起，"她说，"我想全班就咱俩是新生。"

开始上课了，一个小眼睛、尖鼻子的老人关上了百叶窗。他轻按开关，幻灯机的白光照亮了整个房间。照出的图像是一幅油画。教授讨论了它的构图、笔触和历史。接下来他切换到下一幅画，一幅又一幅。

然后投影仪展示了一幅奇特的画面：一个身穿大衣、头戴褪色帽子的人。他的身后是一堵水泥墙。他手拿一张小纸片举在面前，但并没有看着纸片。他在看着我们。

我打开专门为这门课买的图册，以便看得更仔细些。这幅图下面写着一些斜体字，但我看不懂。有个黑洞般的单词，就在正中，吞噬了其他的词汇。我见过别的学生问问题，于是举起了手。

教授叫了我，我大声朗读了那个句子。读到那个词时，我停了下来。"我不认识这个单词，"我说，"请问它是什么意思？"

一片寂静。不是突然安静下来，也不是没有了噪音，而是彻底的死寂。没有书页翻动，也没有铅笔划擦。

教授抿紧了嘴唇。"谢谢你提了那样一个问题。"说完，他接着讲课。

这节课剩下的时间我几乎一动不敢动。我盯着鞋子，想知道发生了什么，为什么每当我抬起头，总会有人盯着我，好像我是个怪胎。我当然是个怪胎，我清楚这一点，但我不明白他们是怎么知道的。

下课铃响起时，凡妮莎将她的笔记本塞进背包。接着她停顿了一下，说："你不应该拿那个词开玩笑。它可不是个笑话。"我还没来得及回答，她就走了。

我一直坐在座位上，假装外套上的拉链卡住了，以避免直视别人的眼睛，直到所有人都离开。然后我径直去了机房，去查"Holocaust"①这个词的意思。

我不知道自己坐在那里读了多长时间，直到某一刻，我读了足够多的内容。我往后一靠，盯着天花板。我想我当时震惊不已，但究竟是为得知可怕的事实而震惊，还是为自己的无知而震惊，我并不确定。我清楚地记得有那么一刻，我脑海中闪现的不是集中营，不是毒气坑或毒气室，而是我母亲的脸。一股情绪的波动带走了我，一种如此强烈、如此陌生的感觉，我不确定那是什么。它令我想对她大喊，对自己的母亲大喊，而那让我感到害怕。

我在记忆中搜索。从某种程度上来说，"大屠杀"这个词并不

---

① "Holocaust"专指二战期间纳粹对犹太人展开的大屠杀。

完全陌生。也许在我们采摘蔷薇果或者制作山楂酊剂时，母亲曾教过我。我的确有种模糊的概念，知道犹太人很久以前在什么地方被杀害。但我以为那只是一场小规模的冲突，就像父亲经常提到的波士顿惨案。在那次事件中，有六人被残暴的政府杀害。六百万犹太人惨遭屠杀，我却误以为只有五六个人的规模，这让人无法接受。

下节课之前我去找凡妮莎，为这个笑话道歉。我没有解释，因为我无法解释。我只是说我很抱歉，以后再也不会这么做了。为了信守承诺，这个学期剩下的时间里我再也没举过手。

那个星期六，我坐在书桌前，有一堆作业要做。我必须在当天做完所有作业，因为我不能违反安息日的规定。

上午和下午我都在试图破解历史课本，但收效甚微。晚上我试着写一篇英语课的论文，但我从未写过论文——除了关于罪恶和忏悔的文章，那些从来没有人读过——我不知道怎么写。我不知道老师说的"论文形式"是什么意思。我草草写了几个句子，划掉，又重写。就这样反反复复，直到过了午夜。

我知道应该停下来——这是上帝的时间——但我还没开始写音乐理论作业，周一上午七点就该交了。安息日从我醒来开始算起，我找了个理由，继续写。

醒来时我发现自己的脸贴在桌子上。房间明亮。我能听见香农和玛丽在厨房里说话。我穿上礼拜日的衣服，我们三人步行去教堂。教堂会众都是学生，大家都与室友坐在一起，于是我也和室友们坐在同一张长凳上。香农立刻与后面的一个女生聊了起来。我环顾教堂，又一次被那么多女孩穿着露膝短裙而震惊。

和香农聊天的女孩提议我们那天下午一起去看电影。玛丽和香农同意了,但我摇了摇头。星期天我从不看电影。

香农翻了翻白眼,小声说:"她可是非常虔诚。"

我一直知道父亲信仰的是另一个神。孩提时我就意识到,虽然我的家人和我们镇上的每个人都去同一座教堂,但我们的宗教信仰不一样。他们信仰谦逊;我们身体力行。他们信仰上帝有治愈之力;我们将伤病交由上帝处理。他们信仰要为基督复临做准备;我们采取实际行动。从我记事起,我就知道我的家人是我认识的人里仅有的真正的摩门教徒,然而出于某种原因,在这所大学,在这座礼拜堂里,我第一次感受到巨大的鸿沟。现在我明白了:我可以选择站在我家人的一边,或者站在异教徒的一边,非此即彼,此外别无选择。

礼拜结束了,我们列队走进主日学校。香农和玛丽选了前排的座位。她们给我留了一个,但我犹豫了,想到我已破了安息日的规矩。我来这里还不到一星期,就已经剥夺了上帝的一小时。也许那就是爸爸不让我来的原因:因为他知道,和他们一起生活,和信仰不那么坚定的人一起生活,我极有可能会变得和他们一样。

香农向我招手,她的 V 领开得很低。我从她身边走过,把自己缩到一个角落里,尽可能远离香农和玛丽。我对这种熟悉的安排感到高兴:我,缩进角落,远离其他孩子,准确地再现了童年时期我每次在主日学校上课时的情景。这是我来到这个地方以后唯一熟悉的感觉,我喜欢这种感觉。

鲜血和羽毛

在那之后，我很少和香农或玛丽说话，她们也很少和我说话，除了提醒我做分内的家务，而我从未做过。公寓在我看来挺好的。冰箱里有腐烂的桃子，水槽里有脏盘子，那又怎样？一进门有一股异味扑面而来，那又怎样？在我看来，只要臭味可以忍受，房子就算干净，我还把这种哲学延伸到我个人身上。除了每周洗一两次澡，我从不用香皂，有时连洗澡时也不用。早上我从卫生间出来，径直越过走廊的洗手池，而香农和玛丽总是——一直——在那里洗手。看到她们挑起眉毛的震惊表情，我想起了城里外婆。真是小题大做，我暗想，我又不会尿在手上。

公寓里的气氛很紧张。香农看着我，好像我是一条患了狂犬病的狗，而我并未采取什么行动让她放宽心。

我的银行存款日渐减少。我一直担心通不过课程考试，但开学一个月，在付了学费和房租、买了食物和书后，我开始考虑即使通过考试以后也不会回来上学了。原因显而易见：我上不起。我上网查了申请奖学金的要求。学费全免需要近乎完美的 GPA[①]。

学期虽然只过了一个月，但我也知道获得奖学金简直是天方夜谭。美国历史课变得越来越容易，但只不过是我不再挂科而已。我的音乐理论成绩还不错，英语课却很吃力。老师说我有写作的才能，但我的语言出奇地拘谨和生硬。我没有告诉她，我仅仅凭借阅读《圣经》、《摩门经》以及约瑟夫·史密斯和杨百翰的演讲学会了阅读和写作。

然而，真正的麻烦来自西方文明课。对我来说，这门课一度是胡言乱语，可能是因为在一月的大部分时间里，我都以为欧洲是一个国家，而不是一块大陆，所以教授的话在我听来几乎讲不通。"大屠杀"问题事件之后，我就不再问问题了。

尽管如此，我还是最喜欢这门课，因为凡妮莎。每次上课我们都坐在一起。我喜欢她，因为她似乎和我属于同一摩门教派：她穿高领宽松的衣服，她还告诉我她从不喝可乐，星期天也从不做作业。她是大学里我遇到的唯一一个看上去不是异教徒的人。

二月，教授宣布，他不再进行一次性的期中考试，而是每月一考，第一次考试将于接下来的一周进行。我不知道如何准备。这门课没有教科书，只有画册和几张古典音乐CD。我一边听音乐，一边翻看画册。我费力地记忆画家和作曲者，但我没有记住名字的拼写。大学入学考试是我参加过的唯一一次考试，全部是多项选择

---

① GPA（Grade-Point Average），平均分数。

题，所以我以为所有考试都是多项选择题。

考试那天上午，教授让每个人都拿出蓝皮书。还没等我弄明白蓝皮书是什么，大家都从包里拿出一本。动作一气呵成，不约而同，像经过彩排一样。我看上去像是舞台上唯一错过彩排的舞者。我问凡妮莎有没有备用的，她说有。我打开蓝皮书，以为里面都是选择题，却发现一片空白。①

百叶窗关上了；投影仪闪烁着，放映出一幅画。我们有六十秒的时间写出这幅作品的标题和艺术家全名。我的大脑只发出一阵沉闷的嗡嗡声。一连几个问题都是如此：我完全一动不动地坐着，根本不知从何作答。

屏幕上出现一幅卡拉瓦乔的作品——《朱迪思砍下霍洛芬斯的头颅》。我盯着那幅画，上面一个年轻的女孩平静地将一把刺穿男人脖子的剑抽出，就像从奶酪里抽出绳子一样。我和爸爸一起砍过鸡头，我抓着脏兮兮的鸡腿，而爸爸举起斧子，重重一下砍掉鸡头。接着我将鸡抓得更紧，用尽所有力气，而鸡抽搐着死去，羽毛散落一地，血溅到我的牛仔裤上。想起那些鸡，我暗自揣摩卡拉瓦乔画中场景的合理性：砍掉别人脑袋时，人的脸上怎么会有那种表情——那种无比平静，事不关己的表情。

我知道这幅画是卡拉瓦乔的作品，但我只记住了他的姓，甚至连姓我也不会拼写。我确定标题是《朱迪思砍下某人的头颅》，但即便是刀架在我的脖子后面，我也拼写不出"霍洛芬斯"这个名字。

---

①蓝皮书考试（blue book exam）是美国中学教育后常见的一种考试类型，通常包括一篇或多篇论文或简答题。有时，老师会在考试之前给学生提供一份论文题目列表，然后选择一个出题，或让学生从两个或两个以上题目中自行选择。

还剩三十秒。也许我只要在纸上写点儿东西——管他什么东西——就可以得分。所以我按照读音写上了"Carevajio"，但看上去不对劲。我记得有一个字母是双写，所以我把它划掉，写上"Carrevagio"①。还是不对。我又试了几种不同的拼法，但一次比一次差。只剩二十秒了。

在我旁边，凡妮莎还在不停地答题。当然了，她属于这里。她字迹整齐，我能清楚地看见她所写的内容：米开朗基罗·梅里西·达·卡拉瓦乔。在名字旁边，同样漂亮的字迹写着：《朱迪思砍下霍洛芬斯的头颅》。还剩十秒。我抄下了答案，不过出于一种选择性的诚信，我没有写卡拉瓦乔的全名，因为那样就是作弊了。投影仪一闪，展示下一张幻灯片。

考试期间，我又偷瞥了几次凡妮莎的答题纸，但是没戏。我不能抄她的论文，可我又缺乏基本的知识和文体技巧，不知道如何撰写自己的文章。在这种情况下，我一定是把想到的一切都写下来了。我不记得考题是否要求我们评价《朱迪思砍下霍洛芬斯的头颅》，但如果是的话，我肯定会写下如下印象：女孩脸上的淡定与我杀鸡的经历不符。如果语言准确，这很可能是一个绝妙的答案——女人的平静与作品的现实主义风格形成强烈反差。但我怀疑我的答案能否给教授留下深刻的印象："砍鸡脑袋时，你不应该微笑，因为嘴里可能会溅上鲜血和羽毛。"

考试结束了。百叶窗打开了。我走到室外，站在冬日的严寒中，凝望着瓦萨奇山脉的峰顶。我想留下。群山依旧陌生而险恶，

---

①正确的拼写是"Caravaggio"。

但我想留下来。

我等了一个星期的考试结果，在此期间我两次梦见肖恩，梦见我发现他躺在柏油路上生命垂危，梦见我把他翻过身，看见他的脸被鲜血染红。我悬浮在对过去和未来的双重恐惧中，我将这个梦写进了日记。接下来我写道：我不明白为什么我小时候不被允许接受良好的教育。我没有解释为什么这么写，就好像两者之间的关联显而易见。

几天后考试结果出来了。我没有通过。

有一年冬天，那时候我还年幼，卢克在牧场上发现了一只大角猫头鹰。它几乎冻僵了，昏迷不醒。它通体烟灰色，在儿时的我眼中，体型和我一般大。卢克将它带回屋里，我们惊叹于它柔软的羽毛和无情的利爪。我记得父亲抱着它软绵绵的身体，我抚摸着它那光滑如水的条纹羽毛。我知道，如果它是清醒的，我永远无法如此靠近它。触摸自然的生灵，是对它天性的违背。

它的羽毛被鲜血浸透了。一根刺扎穿了它的翅膀。"我不是兽医，"母亲说，"我只给人治病。"但她帮它拔掉了刺，清洗了伤口。爸爸说翅膀需要几个星期才能恢复，而猫头鹰在此之前会醒过来。如果它发现自己被困或被捕食者包围，为了获得自由，它会将自己拍打至死。他说，那是一种野性，可在野外那样的伤口是致命的。

我们将猫头鹰放在后门旁边的油毡上，等它醒来时，我们让母亲离厨房远点。母亲说就算地狱冰封了，她也绝不会把厨房让给一只猫头鹰，然后便大步走进厨房开始做早餐，弄得锅碗瓢盆叮当作响。猫头鹰可怜地扑腾着，惊慌地用爪子抓门，拍打自己的脑袋。

191

我们哭了，母亲退了出去。两小时后，爸爸用胶合板将一半厨房围了起来。猫头鹰在那里休养了几周。我们诱捕老鼠来喂养它，但有时它不肯吃，我们也没有将死老鼠扔掉。死亡的气味强烈而恶臭，像一拳打在肠子上，令人作呕。

猫头鹰变得焦躁不安。它开始拒绝进食，于是我们打开后门，将它放生了。它还没有完全痊愈，但爸爸说，它和大山在一起比和我们在一起更好。它不属于这里，也不能教它属于这里。

我想找个人倾诉考试不及格的事，但不知为何，我不敢给泰勒打电话。可能是因为羞耻感，也可能是因为泰勒要当爸爸了。他在普渡大学结识了妻子斯蒂芬妮，两人很快就结婚了。她对我们家一无所知。在我看来，他似乎更喜欢他的新生活——比起原来的家庭，他更喜欢新的家庭。

我给家里打电话，是爸爸接的。母亲正在接生孩子，现在她的偏头痛好了，接生的活儿也越来越多。

"母亲什么时候回家？"我说。

"不知道，"爸爸说，"不妨问问上帝，因为上帝才是决定一切的人。"他笑了笑，然后问："在学校还好吧？"

自从因为录像机的事爸爸朝我大吼大叫后，我和他就再没说过话。我能感觉到他试图支持我，但我不能向他承认自己的失败。我想告诉他一切都很顺利，想象自己对他说：这里的生活易如反掌。

"不太好，"我说，"我没想到会这么难。"

电话那头一阵沉默，我想象父亲严肃的表情变得僵硬。我等待着想象中他正酝酿的一击，但只有一个平静的声音说："会没事的，宝贝。"

"不会的,"我说,"我拿不到奖学金。我甚至连考试都过不了。"我的声音颤抖起来。

"没有奖学金就没有奖学金,"他说,"钱的方面也许我能帮上忙。我们会解决的。开心点儿,好吗?"

"好。"我说。

"需要的话你就回家吧。"

我挂了电话,不太确定刚才听到了什么。我知道这不会持续下去,下一次我们说话的时候,一切都会不一样,此刻的柔情将被遗忘,我们之间会再次上演无休止的斗争。但今晚他想帮我,这就够了。

三月,西方文明课又进行了一次考试。这一次我做了记忆卡片。我花了好几个小时记忆奇怪的拼写,其中很多是法语(我现在知道法国是欧洲的一部分),比如雅克-路易·大卫和弗朗索瓦·布歇。虽然我不会发音,但我能将它们拼写出来。

我的课堂笔记乱七八糟毫无意义,于是我问凡妮莎能否借她的笔记看看。她满腹狐疑地看着我,有那么一刻我想她是否已经注意到了我在考试中抄她的答案。她说笔记不能借我,但我们可以一起复习。于是下课后我随她来到她的宿舍。我们盘腿坐在地板上,打开笔记摆在面前。

我试着辨认我的笔记,但句子不完整,杂乱无章。"别担心你的笔记,"凡妮莎说,"它们没有教材重要。"

"什么教材?"我说。

"那本教科书啊。"凡妮莎说。她笑了,好像我在开玩笑。我很紧张,因为我没有开玩笑。

"我没有教材啊。"我说。

"你当然有!"她举起那本厚厚的图册,我一直用它来记忆作品和艺术家的名字。

"哦,那个啊,"我说,"我看了看。"

"你看了看?你没有读过吗?"

我盯着她。我不明白。这是一门关于音乐和美术的课程,我们有音乐CD听,还有一本美术画册看。我从来没有想过要去读美术书,就像不会去读CD。

"我以为我们只需看看那些图画就行。"我的话听上去很愚蠢。

"这么说教学大纲指定阅读第五十页到第八十五页,你不觉得得去读点儿什么吗?"

"我看了那些画。"我又答道。这些话第二次听上去更糟糕了。

凡妮莎开始翻阅这本书,突然间它看上去像一本教科书了。

"那就是你的问题了,"她说,"你必须读课本。"她说这话的时候,语气轻快,略带嘲讽,仿佛在经过其他所有事——经过"大屠杀"的玩笑和偷看她的试卷——之后,这个错误未免太过分,让她不再想和我有什么瓜葛。她说我该走了,她得学习下一科目了。我拿起笔记本便离开了。

"读课本"被证明是极佳的建议。下一次考试我得了B,到了期末,我一直得A。这真是一个奇迹,我只能这样解释。每天晚上我都学习到凌晨两三点,相信这是为赢得上帝的支持不得不付出的代价。我的历史课成绩优异,英语比原来好多了,音乐理论学得最好。虽然不太可能获得全额奖学金，但也许我可以拿到一半。

最后一堂西方文明课上，教授宣布说第一次考试中有太多同学不及格，他决定不将那次考试的成绩计入总分。噗。我的不及格分数就这样作废了。我真想和凡妮莎击掌庆祝，然后我才想起，她早就不和我坐在一起了。

回到原点

学期结束后,我回到巴克峰。几周后,杨百翰大学将公布成绩,届时我就会知道秋天能否回去了。

我在日记里写满了承诺,发誓一定要远离废料场。我需要钱——爸爸会说我现在穷得叮当响——于是我又回到斯托克斯商店,干起老本行。在下午生意最忙的时候我去了店里,我知道那时候他们人手不够。果然,我找到经理时,他正在装杂货。我问他是否愿意让我做这个,他打量了我三秒,然后将围裙从头上摘下来递给我。副经理朝我眨眨眼:就是她建议我在生意高峰期过来问的。斯托克斯商店的某些方面——笔直干净的过道,热情友好的同事——让我感到安心和快乐。这么描述一间杂货店可能很奇怪,但它的确给我一种家的感觉。

我从后门回到家时,爸爸正在等我。他看到围裙,说:"这个暑假你要为我干活。"

"我在斯托克斯商店上班。"我说。

"你觉得现在有能耐了,拆解废品让你掉价了?"他提高了嗓门,"这是你家。你属于这里。"

爸爸脸色憔悴,眼睛充血。他度过了一个异常糟糕的冬天。秋天,他投资了一大笔钱购买新的建筑设备——一台挖掘机、一台载人升降机、一辆焊接拖车。到了春天,这些设备全都没了。卢克不小心点燃了焊接拖车,将它烧成了灰烬;载人升降机从拖车上掉下来,因为有人——我没问是谁——没把它固定好;挖掘机已进了废料堆,肖恩用大拖车拉它时转弯速度过快,撞上了卡车。不幸中的万幸是,肖恩从残骸中爬了出来,尽管他撞了头,把事故发生前的事都忘了。卡车、拖车和挖掘机全部报废。

爸爸的坚决深深印刻在他的脸上,也印刻在他的声音中,他语气的严厉之中。他必须赢得这场对峙。他相信,如果我加入小工队,事故和挫折就会减少。"虽然你比柏油向山上倒流还慢,"以前他多次这样说我,"但你干活时不会弄坏东西。"

但是我不能做这个工作,因为这么做就意味着倒退回过去。我已经搬回家来住,回到我以前的房间,回到我过去的生活。如果我再为爸爸工作,每天早晨醒来就穿上钢头靴跋涉至废料场,那就好像过去的四个月什么都不曾发生,仿佛我从未离开。

我推开爸爸,把自己关在房间里。过了一会儿,母亲来敲门。她静静地走进房间,轻轻地坐在床上,我几乎感觉不到她坐在我身边。我以为她会说出上次说过的话。然后我会提醒她我才十七岁,她便会像上次那样让我留下来。

"这是你帮爸爸的一个机会,"她说,"他需要你。他虽然从不说出口，但他需要你。该怎么选择看你的了。"沉默了一会儿，她又说，"如果你不帮他，就不能在这里住。你得另找地方。"

第二天早上四点，我开车前往斯托克斯商店，上了十个小时的班。下午天色尚早，下起了倾盆大雨，我回到家时，发现我的衣服都被扔在了屋前的草坪上。我把它们拿回屋子。母亲正在厨房调制精油，见我穿着湿淋淋的衬衫和牛仔裤走过，她什么也没说。

我坐在床上，衣服上的水湿透了地毯。我随身带了一部手机，盯着它看，不知道能做什么。没有可以打电话的人。没有地方可去，也没有人可以打电话。

我拨通了在印第安纳州的泰勒的电话。"我不想在废料场干活。"他接起电话时，我哽咽着说。

"发生了什么事？"他说。他的声音听上去充满担忧，肯定是以为又出什么事故了，"大家都还好吧？"

"都很好，"我说，"但是爸爸说我必须在废料场干活，否则就不能住在家里，但我再也不想干那个了。"我的声音颤抖着，语调高得不自然。

泰勒说："你想让我做什么？"

回想起来，我相信他的本意很直白，就是想知道能帮上什么忙，但我那孤僻多疑的耳朵听到了一个弦外之音：你指望我能帮你什么？我开始动摇了，我觉得头晕目眩。泰勒是我的救命稻草。多年来，在我的脑海中，他一直是我最后求救的对象。在我走投无路的时候，他是我可以拉动的一根有力的杠杆。但现在我拉了这根杠杆，才明白其实它徒劳无用。它根本不能做什么。

"发生了什么事？"泰勒说。

"没什么。一切都好。"

我挂上电话,又拨通了斯托克斯商店的电话。是副经理接的。"今天的活儿干完了吧?"她用欢快的声音问。我向她道歉,告诉她我要辞职,然后挂了电话。我打开壁橱,我的废料场专用靴就放在里面,四个月前我把它们收了起来。我穿上靴子,感觉自己从未脱下过它们。

爸爸正在叉车里,铲起一堆瓦楞铁皮。他需要个人手将木块放在拖车上,这样他就可以卸货了。看到我时,他将铁皮放低,以便我可以踩着上去。我骑上那堆东西,上了拖车。

我对大学的记忆很快变淡。铅笔在纸上写字的沙沙声,投影仪切换下一张幻灯片的咔嗒声,下课时响起的钟鸣声——所有声音都被丁零当啷的铁皮撞击声和柴油发动机的轰鸣声淹没了。在废料场待了一个月后,杨百翰大学就像一个梦,某种我想象出来的东西。现在,梦醒了。

我的日常和从前一模一样:早饭后,我给废品分类,从散热器里取出废铜烂铁。如果哥哥们也在现场工作,有时我会跟着去开装载机、叉车或起重机。午餐时分,我会帮母亲做饭和洗碗,之后我要么回到废料场,要么去开叉车。

唯一的变化是肖恩。他不再是我记忆中的人。他不再厉声说话,似乎变得心平气和。他正在为 GED[①] 复习,一天晚上,我们干完活开车回家时,他告诉我他要去社区大学念一个学期。他想

---

① GED(General Educational Development),普通同等学力证书,北美针对非高中毕业生的一项考试,通过后可以获得与高中毕业文凭等同的学历证明。

学法律。

那年夏天，虫溪剧场要上演一出剧，我和肖恩买了票。查尔斯也来了，就坐在我们前几排。中场休息时，趁着肖恩离开去搭讪一个女孩，查尔斯慢吞吞地走了过来。第一次，我没有舌头打结。我想起了香农，想起她在教堂与人交谈的样子，想起她友好的欢声笑语，以及她微笑和开怀大笑的样子。就当自己是香农吧，我想。接下来的五分钟，我成了香农。

查尔斯用怪异的目光看着我，与我见过的那些男人看香农的眼神一样。他问我星期六想不想去看电影。他提议去看的那部电影俗不可耐，是我自己永远不会去看的那种，但我在扮演香农，所以我说我很乐意去。

星期六晚上我试图成为香农。那部电影糟透了，比我想象的还糟，是只有异教徒才看的那种电影。但我很难把查尔斯看作异教徒。他只是查尔斯。我想告诉他电影很不道德，他不应该看这种东西，但想到自己仍然是香农，我便什么也没说。他问我想不想吃冰激凌，我只是莞尔一笑。

我回到家时，只有肖恩还没睡。我微笑着进了门。肖恩开玩笑说我有男朋友了，那是个真正的玩笑——他想让我大笑。他说查尔斯很有品位，我是他认识的最正派的人，然后就去睡觉了。

在我的房间里，我盯着镜中的自己看了许久。我首先注意到的是我的男式牛仔裤，它和别的女孩穿的牛仔裤全然不同。接着我注意到我的衬衫太大了，让我显得比本人块头更大。

几天后查尔斯打来了电话。盖了一天的屋顶后，我正站在自己的房间里。我灰头土脸，身上一股涂料稀释剂的味道，但他不知道。我们聊了两个小时。第二天晚上，他又打来电话。第三天也打了。他说我们星期五该去吃汉堡。

星期四，拆完废品，我驱车四十英里去了最近的沃尔玛，买了一条女士牛仔裤和两件蓝色衬衫。当我穿上它们，我几乎认不出自己的身体，认不出它苗条有曲线的样子。我立刻脱下衣服，觉得这些衣服不够端庄。严格地说，衣服不算出格，但是我知道自己为什么想买它们——为了我的身体能被注意到——即便衣服没有问题，这个想法也让它们不够端庄。

第二天下午，小工队收工后，我跑回家。我冲了个澡，洗去身上的灰尘，然后把新衣服摆在床上，盯着它们看。几分钟后，我穿上它们，再次被自己的形象震惊。没有时间换衣服了，于是我套了一件夹克，尽管那是一个暖和的夜晚。然后在某个时刻，不知为何，我决定我根本不需要那件夹克了。那一晚接下来的时间，我不必提醒自己是香农；我有说有笑，一点儿也不必装腔作势。

那个星期，我和查尔斯每天晚上都在一起。我们经常出没于公园、冰激凌店、汉堡店和加油站。我带他去了斯托克斯商店，因为我喜欢那里，而且那个副经理总是把面包铺没卖出去的甜甜圈送给我。我们谈论音乐，谈论我从未听说过的乐队，他告诉我他多么想成为音乐家，去周游世界。我们从未讨论过我们的关系——我们是朋友还是别的。我希望他能提起这个，但他没有。我希望他能用其他方式让我知道——比如轻轻拉过我的手，或者用胳膊搂住我——但他也没有这样做。

星期五我们在外面待到很晚，回到家时，屋里一片漆黑。母亲的电脑开着，屏幕保护程序在起居室里投下一片绿光。我坐下来，机械地查看杨百翰大学网站。成绩已经公布。我通过了。不只是通过，除了西方文明课，我的各科成绩都是 A。我将拿到一半学费的奖学金。我可以回去了。

第二天下午，我和查尔斯在公园里懒洋洋地荡着轮胎秋千。我把奖学金的事告诉了他。我本想炫耀一番，但不知为何，我的恐惧油然而生。我说我不该上大学，我应该先读完高中，或者至少去读一读高中。

我说话时查尔斯静静地坐着，沉默了很长一段时间。最后他说："你的父母没送你去上学，你生他们的气吗？"

"这是一个优势！"我几乎是喊叫着说。我的回答出自本能。就像听到一首朗朗上口的歌曲中的一句歌词，马上忍不住接下一句。查尔斯疑惑地看着我，仿佛是要我把那句话和刚刚说的那番话调和一下。

"嗯，我很生气，"他说，"即使你没有。"

我什么也没说。除了肖恩，我从没听过任何人批评我的父亲，对此我没法回应。我想告诉查尔斯关于光明会的事，但这些话属于父亲，甚至连我都觉得它们听上去很尴尬，像是事先排练过的。我无法让这些话属于我，为此我感到羞愧。那时的我相信——一部分的我将永远会相信——父亲的话应该也是我自己的观点。

一个月来的每天晚上，我从废料场回来时，都会花一个小时洗掉指甲和耳朵里的灰尘和污垢。我会将打结的头发梳好，笨拙地化妆。我会在手指肚涂上厚厚一层乳液，让老茧软化，以防某一晚查尔斯会摸到它们。

当他终于那么做的时候，是在一个傍晚，我们坐在他的吉普车里，开车去他家看电影。我们正沿五里溪前行，他突然越过变速挡，将手放在我的手上。他的手很温暖，我想握住它，但我却猛地抽开手，就像被烫了一下。这种反应不由自主，我真希望能立即收回。他第二次尝试时，我还是这种反应。我身体抽搐，屈服于一种奇怪又强烈的本能。

本能传递给我一个词，一个大胆的词，有力，有陈述性。这个词并不新鲜。它已经陪伴我很久，静静地，一动不动，仿佛沉睡过去，栖居在记忆深处某个遥远的角落。查尔斯的触摸唤醒了它，让它重新鲜活起来。

我将双手放在膝盖下，斜靠车窗。我不肯让查尔斯靠近我——那天晚上，以及接下来几个月的晚上——都不行，当那个词，我的专属词，闯入我的记忆，我战栗不已。妓女。

我们来到他家。查尔斯打开电视，坐到沙发上，我轻轻坐在另一边。灯光暗下来，片头字幕滚动着。查尔斯一点一点靠近我，起初慢慢地，后来更有信心，直到他的腿碰到了我的腿。想象中我飞快逃离，一次心跳间便逃到了千里之外。事实上，我只是退缩了。查尔斯也退缩了——我把他吓了一跳。我调整姿势，身体陷进沙发扶手里，并紧四肢，尽量远离他。这个不自然的姿势我保持了大概二十秒，直到他明白了我没有言明的意思，挪到了地板上。

父辈的吟诵

查尔斯是我第一个来自另一个世界的朋友,那个父亲曾竭力让我远离的世界。他在各方面都很传统,而父亲对这种传统嗤之以鼻:他谈论足球和流行乐队,而不是世界末日;他热爱高中生活的一切;他虽然去教堂,但和大多数摩门教徒一样,如果他生病了,更倾向于去看医生。

我无法协调我的世界和他的世界,所以我将它们分开。每天晚上我都在窗边张望他那辆红色吉普车,车一出现在公路上,我就跑向门口。等他开上山坡,我已经在草坪上等着了。不等他出来,我就坐进吉普车,和他为安全带的事争吵。(除非我系上安全带,否则他拒绝开车。)

有一次,他提前到了,来到了前门。把他介绍给母亲时,我紧张到结巴。她正在混合佛手柑和依兰精油,打着响指测试比例。她说了声"你好",但手指还在不停地跳动。当查尔斯看着我,好像在问为什么时，母亲解释说上帝正在通过她的手指传话。"昨天我测试过，如果今天不洗薰衣草浴，我就会偏头痛。"她说，"我洗了，你猜怎么着？没有头痛！"

"医生可不能阻止偏头痛发作，"爸爸插嘴说，"但上帝能！"

我们朝他的吉普车走去时，查尔斯说："你家闻上去总是那样吗？"

"什么样？"

"像腐烂的植物。"

我耸了耸肩。

"你一定闻到了，"他说，"味道浓烈。我以前闻到过。你身上一直有这股味道。见鬼，现在我身上可能也有这个味儿了。"他嗅了嗅衬衫。我很安静。我什么都没闻到。

爸爸说我变得"自命不凡"。他不喜欢我一干完活儿就匆忙离开废料场往家赶，也不喜欢我在和查尔斯外出之前把所有油污的痕迹都洗掉。他知道，我宁愿在斯托克斯商店包装杂货，也不愿去布莱克富特开装载机。布莱克富特是北部一小时路程的地方一个尘土飞扬的小镇，爸爸在那里建造牛奶仓库。他知道我想去别的地方，想穿得和别人一样，这让他颇为恼火。

在布莱克富特镇的工地，他给我安排了一些奇怪的任务，好像他觉得做这些工作就会让我记起自己是谁。有一次，我们正悬在三十英尺的高空，爬上尚未完工的屋檩，没有系安全绳，因为我们从来不系。爸爸想起他将粉笔线落在了另一边。"把粉笔线给我拿来，塔拉。"他说。我估摸了一下行程。我需要翻过一根根檩条——大概有十五根，每两条间距四英尺——才能拿到粉笔线，然后原路返回,还得走过那些檩条。通常肖恩听见父亲这样的命令,会说:"别让她做那个。"

"肖恩,你能用叉车把我运过去吗?"

"你自己能拿,"肖恩说,"除非你那了不起的学校和了不起的男朋友让你觉得自己太优秀,干不了这个。"他表情僵硬,看上去既陌生又熟悉。

我摇摇晃晃地上了一根檩条,来到仓库边缘的框架梁上。从某种意义上来说这样更危险——如果我倒向右侧,没有檩条接着——但框架梁很粗,我可以像走钢丝一样走过去。

就这样爸爸和肖恩成了同志,尽管他们只在一件事上达成了共识:上学让我变得自命不凡,我需要被慢慢拉回从前,被调教一番,变回过去的样子。

肖恩有一种语言天赋,那就是擅长给别人起外号。他开始从他的词汇库里给我起绰号。几个星期以来,"少妇"一直是他的最爱。"少妇,给我拿个砂轮来。"他叫道。或是说:"把吊杆抬起来,少妇!"然后他会看我脸上有何反应。他从没发现我有什么反应。他用的下一个词是"威尔伯"[①],他说那是因为我吃得太多了。"真是头好猪。"我弯下腰拧螺丝或检查尺寸时,他吹起口哨大叫道。

小工队结束了一天的工作后,肖恩开始在外面逗留。我怀疑他是想趁查尔斯开车过来时靠近车道。他总是装作在给自己的卡车更换机油。他在外面的第一晚,我跑出去,不等他说一个字便跳上吉普车。第二晚,他出手更迅速。"塔拉很美对吗?"他对查尔斯喊

---

① Wilbur,童话《夏洛的网》的主角小猪的名字。

道,"眼睛像鱼一样,她几乎和鱼一样聪明。"这是一句嘲讽的老话,用了太多次,我都麻木了。他一定知道在工地说这句话我不会有任何反应,所以他偏当着查尔斯的面说,希望能刺痛我。

下一晚,他说:"你们要去吃饭吗?别拦着威尔伯吃东西。她会把你扑倒在路面上,吃得一点儿都不剩。"

查尔斯从不理会他的话。我们达成了一项秘而不宣的协议,一旦山从后视镜上消失,我们的夜晚就正式开始。我们共同探索的世界里有加油站和电影院;高速公路上到处都是汽车,像小饰品一样点缀着路面,车上满载着欢笑着、按着喇叭的人,他们总是向我们挥手,因为这座小镇上大家都认识查尔斯。那里有灰白色扬尘的土路,有炖牛肉一般颜色的运河,还有一望无际的闪光的金色麦田。但那里没有巴克峰。

白天的生活只有巴克峰和布莱克富特的工地。我和肖恩一个星期大部分的时间都在制作檩条,来建成仓库屋顶。我们用一台移动房屋大小的机器将它们压成Z形,然后把钢丝刷附在磨床上磨掉上面的锈,这样就可以上漆了。油漆一干,我们便将它们堆放在车间旁,但不过一两天,山顶吹来的风就让它们蒙上一层黑灰,灰和铁上的油混在一起,变成了污垢。肖恩说在安装前必须先把它们清洗干净,所以我拿来一块抹布和一桶水。

那一天很热,我擦了擦额头上的汗珠。我的发箍断了,我没有多余的。风从山上刮过来,将几缕头发吹进眼睛,我便伸手拂过脸上的头发。我的双手漆黑,沾满油渍,每次摆弄头发都留下一道黑色的污痕。

檩条洗干净后,我呼唤肖恩。他举着焊接护罩,从一根工字梁现身。一看到我，他脸上绽开灿烂的笑容。"我们的黑鬼回来了！"他说。

那年夏天我和肖恩一起操纵大剪刀。有一天下午，由于我多次擦拭脸上的汗，等到我们歇工吃晚饭时，我的鼻子和脸颊全黑了。那是肖恩第一次叫我"黑鬼"。我很惊讶，但并不感到陌生。我听爸爸用过这个词，所以从某种意义上来说我知道它的意思。但从另一种意义上，我完全不理解它的含义。我只在教堂见过一个黑人，是个小女孩，某户人家的养女。爸爸显然不是在说她。

整个夏天肖恩都叫我黑鬼："黑鬼，去把C形夹钳给我拿来！"或是："该吃午饭了，黑鬼！"这个称呼从未让我有过片刻的踌躇不安。

接着世界发生了天翻地覆的变化：我进入一所大学，在那里我漫步走进一间礼堂，听了一场关于美国历史的讲座，它让我睁大双眼，思绪万千。讲课的教授是理查德·金伯尔博士，他声音洪亮，引人深思。我对奴隶制略知一二；我听爸爸谈起过，也在爸爸最喜欢的关于美国建国的书中读到过。我读到过，殖民时期的奴隶比他们的主人更幸福、更自由，因为主人还要负担照顾他们的费用。我当时觉得颇有道理。

金伯尔博士讲授奴隶制那天，他头顶的屏幕上是一幅关于奴隶市场的炭笔素描。屏幕很大，就像电影院的屏幕一样，占据了整个房间。画上是一片混乱的场面。女人们站着，全裸或半裸，被锁链锁着，被男人们团团围住。投影机咔嗒一声，切换到下一张黑白照片，照片因为年代久远而有些模糊不清。褪色和过度曝光，让这张照片很有象征性。照片上,一个人面对镜头坐着,上身赤裸,露出地图般纵横交错的凸起的伤疤。遭受的凌辱让他身上的肉看上去不再像肉。

接下来的几周,我见到了更多的照片。几年前我扮演安妮时就听说过经济大萧条,但幻灯片上戴着帽子、穿着长外套、排着长队站在施粥所前的人们还是让我感到新鲜。金伯尔博士讲到第二次世界大战的时候,屏幕上出现了一排排战斗机,散布在被炸毁的城市的残骸上。还有很多面孔混在一起——罗斯福、希特勒、斯大林。接着第二次世界大战随着投影仪的灯光而褪色。

下一次我走进礼堂时,屏幕上出现了许多新面孔,他们都是黑人。自从那次关于奴隶制的讲座后,屏幕上就再没出现过黑人面孔——至少我不记得有过。我已经忘记了他们,这些美国人对我来说是外国人。我从没试着想象奴隶制的终结:毫无疑问,正义的呼声广为人知,这个问题已经得到解决。

金伯尔博士开始讲授民权运动时,我就是这样的心态。屏幕上出现了一个年份:一九六三。我想肯定是弄错了。我记得《奴隶解放宣言》[①]是一八六三年颁布的。我无法解释这一百年间发生了什么,所以我觉得那是一个输入错误。我把日期抄在笔记上,加了一个问号,但随着屏幕上闪现更多的照片,教授所指的是哪个世纪变得清晰起来。它们虽然是黑白照片,但主题是现代的——栩栩如生,意义明确。它们不是来自另一个时代干巴巴的静物照,它们捕捉到了运动的瞬间。游行。警察。消防队员将水管对准年轻人。

[①] 时任美国总统林肯于 1862 年 9 月颁布《奴隶解放宣言》,规定从 1863 年 1 月 1 日起美国各州奴隶应被视为自由人。

金伯尔博士列举了一串我从未听说过的名字。他从罗莎·帕克斯[1]开始讲。一幅画面显示，一名警察将一个妇女的手指按进一块墨水海绵。金伯尔博士说她在一辆公共汽车上落座。我把他的话理解成了她"偷了座位"[2]，尽管这听上去是一种奇怪的偷窃。

她的照片换成另一个人的，一个身穿白衬衫的黑人男孩，系着领带，戴一顶圆边帽。我没有听他的故事。我还在想罗莎·帕克斯，怎么会有人去偷公共汽车的座位。接着图片切换成一具尸体，我听到金伯尔博士说："他们把他的尸体从河里拖了出来。"

照片下面有一个年份：一九五五。我意识到一九五五年母亲四岁了，这种意识让我和艾米特·提尔[3]之间的距离轰然倒塌。我与这个被害男孩的距离可以以我所认识的人的年岁来衡量。这种衡量方法并不以宏大的历史事件或地质变迁——文明的堕落、山脉的侵蚀——为参照，而是以人的皱纹，以我母亲脸上的皱纹为参照。

下一个名字是马丁·路德·金。我以前从未见过他的脸，也从未听过他的名字，过了几分钟我才明白金伯尔博士说的并不是我听说过的马丁·路德。我花了几分钟才将名字和屏幕上的图像联系起来——一名皮肤黝黑的男子站在一座白色大理石殿前，被一大群人簇拥着。我刚弄明白他是谁，刚了解到他为什么在那里发表演说，便被告知他被人谋杀了。我仍然那么无知，以至于为此震惊不已。

---

[1] Rosa Parks（1913-2005），美国民权运动领袖，因拒绝在亚拉巴马州蒙哥马利市的一辆公共汽车上给一名白人男子让座，从而引发了全国民权运动。
[2] 原文中的"take a seat"，有"落座""拿了一个座位"之意。
[3] Emmett Till（1941-1955），即上文提到的照片中的男孩，十四岁时因朝白人妇女吹口哨而被殴打致死，白人凶手却被判无罪。

"我们的黑鬼回来了！"

我不知道肖恩在我的脸上看到了什么——是震惊、愤怒还是茫然的表情。不管是什么，他都为此感到高兴。他终于发现了一个弱点，一个痛处。再假装漠不关心已经太迟了。

"别那么叫我，"我说，"你不知道那个词是什么意思。"

"我当然知道，"他说，"你脸上全黑了，像个黑鬼。"

整个下午以及接下来的暑假，我都是黑鬼。以前的一千次，我都无动于衷。如果有任何反应，我也只是被逗乐了，觉得肖恩聪明。现在我想堵住他的嘴。或者让他坐下来给他一本历史书，只要不是父亲放在起居室里裱好的美国宪法复印件下面的那本。

我说不清这个称呼给我什么感受。肖恩这样做是想羞辱我，把我锁在过去，困在过去的自我中。但这个词并未让我就范，反而将我送往别处。每次他说"嘿，黑鬼，开起吊杆"，或是"给我拿个水平仪，黑鬼"，我就仿佛回到了大学，回到了那间礼堂——我窥见人类的历史并思索我在其中的位置的地方。每次肖恩大喊"黑鬼，挪到下一排去"，我就想起罗莎·帕克斯、艾米特·提尔和马丁·路德·金的事迹。那个夏天，我看到他们的脸浮现在每一根肖恩焊接的檩条上，于是最后，我终于明白过来一个本来显而易见的事实：有的人反对平等的大潮；有的人必须从某些人那里夺取自由。

我觉得哥哥不是那种人；我想我永远都不会那样看待他。但无论如何，有些事情还是发生了变化。我开始了一段觉醒之路，对哥哥，对父亲，以及对我自己有了一些基本的认识。我已觉察出我们是如何被别人给予我们的传统所塑造，而这个传统我们有意或无意地忽视了。我开始明白，我们为一种话语发声，这种话语的唯一目的是丧失人性和残酷地对待他人——因为培养这种话语更容易，因为保有权力总是让人感觉在前进。

  在那些在叉车里度过的汗流浃背的炎热的下午，我无法清楚地表述出这些。那时的我还未掌握现在的语言。但我明白了一个事实：我曾一千次被叫黑鬼，以前我笑过，现在我笑不出来了。这个词没有变，肖恩说出它的方式也没有变，只是我的耳朵变了。它们听到的不再是其中的玩笑。它们听见的是一个信号，一种穿越时间的召唤，得到的回应是一种越来越坚定的信念：我再也不允许自己在一场我并不理解的冲突中首当其冲。

美黄芩

　　回杨百翰大学的前一天，爸爸付了我工钱。他没有足够的钱兑现之前承诺的薪水，那些钱仅够支付我欠的一半学费。我和查尔斯在爱达荷州度过了最后一天。那是一个星期日，但我没有去教堂。我的耳朵已经疼了两天，到了晚上，从隐隐作痛变成持续的刺痛。我发烧了。我的视力也扭曲了，对光很敏感。这时查尔斯打来电话，问我想不想去他家。我说我视力不太好，不能开车。十五分钟后他来接我。

　　我捂着耳朵，没精打采地坐在副驾驶座上，然后脱下夹克盖住头，挡住光线。查尔斯问我吃了什么药。

　　"半边莲，"我说，"还有美黄芩。"

　　"我觉得吃这些没用。"他说。

　　"它们会起作用的，需要几天时间才生效。"

　　他扬起眉毛，什么也没说。

查尔斯的家整洁宽敞，窗户高大明亮，地板一尘不染，让我想起城里外婆家。我坐在凳子上，将头靠在冰冷的台面上。我听到橱柜吱呀一声打开了，接着是开塑料盖的砰的一声。当我睁开眼睛，面前的台子上多了两粒红色的药片。

"大家疼痛都吃这个。"查尔斯说。

"我们不吃。"

"我们指的是谁？"查尔斯说，"你明天就要走了。你不再是他们中的一员了。"

我闭上眼睛，希望他不要再提起这件事。

"吃了这些药，你认为会发生什么呢？"他说。

我没有回答。我不知道会发生什么。母亲总是说，药是一种特殊的毒药，永远不会被排出身体，而且会在余生慢慢地腐蚀你。她告诉我，哪怕我现在吃药，十年后生的孩子也会是畸形。

"人们服药止痛，"他说，"这很正常。"

我一定是被"正常"这个词吓了一跳，因为他沉默了。他给我倒了一杯水，放在我面前，然后轻轻把药片推过来，直到它们碰到我的胳膊。我拿起一粒。我以前从未这么近距离地见过药片，它比我想象的要小。

我吞下它，然后又吃了一粒。

从记事起，只要身体不舒服，无论是有伤口还是牙痛，母亲都会给我服用半边莲和美黄芩制作的酊剂。那从未使疼痛减轻，甚至一点儿作用都没有。正因为如此，我开始尊重疼痛，甚至敬畏它，觉得它必不可少、不可捉摸。

吞下红色药片二十分钟后，我的耳朵不疼了。我无法理解疼痛的消失。整个下午我左右摆头,试图让疼痛再次出现。我想,如果我喊的声音够大,或者动得够快,也许耳朵还会再痛,我就会知道药其实是一场骗局。

查尔斯默不作声地看着我,但他肯定觉得我行为荒诞,特别是当我开始拽耳朵的时候。要是它们还隐隐作痛,我就能考验这种神奇巫术的局限了。

母亲本该第二天早上开车送我去杨百翰大学,但晚上她被叫去接生了。车道上停着一辆起亚赛菲亚,是爸爸几周前从托尼那儿买的。钥匙插在点火开关上。我把东西放进车里,开着它去了犹他州,心想这辆车正好能抵掉爸爸欠我的钱。我猜他也想到了这一点,因为他对此并没有说什么。

我搬到了离大学半英里远的公寓,有了新室友。罗宾又高又壮,我第一次见她时,她穿着跑步短裤,但我没有对她目瞪口呆。我见到詹妮时,她正在喝健怡可乐。我也没有盯着可乐看,因为我见查尔斯喝过很多次。

罗宾年龄最大,出于某种原因,她很同情我。不知怎的,她明白我的过失并非故意为之,而是出于无知,于是她温和而坦率地纠正我。她告诉我该做什么,不该做什么,要和公寓里的其他女孩好好相处。不要把腐烂的食物放进橱柜,也不要把脏盘子留在水槽里不管。

罗宾在一次公寓会议上解释了这一点。她说完后,另一个室友梅根清了清嗓子。

"我想提醒大家上完厕所后要洗手。"她说,"不只是用水洗,还要用香皂。"

罗宾翻了翻眼珠。"我肯定每个人都洗手。"

那天晚上，从卫生间出来，我在走廊的洗手池边停下洗了手，用了香皂。

次日是新学期第一天上课。查尔斯帮我设计了课程表。他让我报了两门音乐课、一门宗教课，说这些课对我来说很容易。他还给我报了两门颇具挑战性的课程——大学代数，这门课让我害怕；生物学，这我倒不害怕，只是因为我完全不知道要学什么。

代数课是终止我的奖学金的一大威胁。教授每次上课都在黑板前踱来踱去，咕咕哝哝让人听不清。我不是唯一感到迷茫的人，但我比任何人都更迷茫。查尔斯试图帮忙，他刚开始高中最后一年的学习，有自己的学业。十月，我参加了期中考试，但没有及格。

我不再睡觉，每天都熬到很晚，揪着头发对着课本苦思冥想，之后躺在床上钻研笔记。我得了胃溃疡。一次，詹妮发现我蜷着身子躺在学校和公寓之间一户陌生人家的草坪上。我的胃着火一般，疼得浑身发抖，但我拒绝让她送我去医院。她陪我坐了半个小时，然后送我回到公寓。

胃痛加剧，整整一夜灼烧般的疼痛让我不能合眼。我需要钱付房租，所以找了一份工程大楼的保洁工作，每天早上四点开始上班。溃疡和清洁工作让我几乎没法睡觉。詹妮和罗宾一直劝我去看医生，但我不听。我告诉她们马上就要回家过感恩节了，母亲会治好我的病。她们紧张地交换了一下眼色，但什么也没说。

查尔斯说我的行为无异于自取灭亡，有事不去寻求帮助，简直到了病态的地步。这些话他是在电话里对我说的，声音很轻，近乎耳语。

我对他说他疯了。

"那么去和你的代数教授谈谈，"他说，"说你跟不上了，让他帮帮你。"

去跟教授谈谈，我连想都没有想过——我没有意识到我们是被允许和他们谈谈的——所以我决定试试，即便只是为了向查尔斯证明，我可以做到。

感恩节的前几天，我敲响了教授办公室的门。办公室里的他看上去比在大教室里更显矮小，桌子上方的光线反射在他的头上和眼镜上，让他看上去更闪亮。他翻着桌上的试卷，我坐下时他没有抬头。"如果这门课不及格，"我说，"我就会失去奖学金。"我没有解释，没有了奖学金，我就不能再回来上学了。

"对不起，"他说，几乎看都没看我一眼，"但这所学校很难念。等你大点儿再回来也许会更好。或者转学。"

我不知道他说的"转学"是什么意思，所以我什么也没说。我起身要走，然后不知为何他心软了。"说实话，"他说，"很多同学都跟不上了。"他向后靠在椅子上，"你看这样如何：期末考试会涵盖本学期的全部内容。我会在课堂上宣布：只要最后考试得满分——不是九十八分，而是一百分——不管期中考试成绩如何，最终成绩都是A。听上去不错吧？"

我说好。机会渺茫，但我是擅长抓住机会的女王。我打电话给查尔斯，告诉他我要回爱达荷州过感恩节，我需要一位代数家教。他说他会在巴克峰跟我碰头。

我们的低语，我们的尖叫

我回到巴克峰时，母亲正在做感恩节大餐。大橡木餐桌上摆满了瓶瓶罐罐的酊剂和精油，我将它们收拾好。查尔斯要来吃晚饭。

肖恩心情不错。他坐在桌旁的长椅上，看着我将瓶瓶罐罐收好。我把母亲从未用过的瓷制餐具洗净摆好，检查每个盘子和餐刀之间的距离。

肖恩对我的小题大做很是生气。"只不过是查尔斯而已，"他说，"他的标准没那么高，毕竟他是和你在一起。"

我拿来玻璃杯。当我把一个杯子摆在肖恩面前时，他用一根手指狠狠地戳了一下我的肋骨。"别碰我！"我尖叫道。接着房间翻了个底朝天。他将我打倒，拎着我的脚，拖到起居室，远离母亲的视线。

肖恩将我按在地上，坐在我的肚子上，用他的膝盖夹住我的胳膊。他的体重让我透不过气来。他用前臂勒住我的气管。我气急败坏，想大口大口地喘气喊叫，但呼吸道被堵住了。

"你的行为像个孩子，逼我把你当孩子对待。"

肖恩说得很大声，几乎是喊出来的。他对着我说，但不是说给我听，而是说给母亲听：我是个行为不端的孩子，他是在纠正孩子的错误。气管上的压力减轻了，我感到肺部有一种美妙的充盈感。他知道我不会叫出声来。

"停下！"母亲从厨房里喊道，尽管我不确定她指的是肖恩还是我。

"大喊大叫很不礼貌，"肖恩再次朝着厨房说道，"你就这么待着，直到道歉为止。"我大叫着对他说我错了。过了一会儿，我站了起来。

我从纸巾盒里拿出餐巾纸——折好，在每一套餐具上都放上一张。当我把一张餐巾纸摆到肖恩的盘子里时，他又一次用手指戳我的肋骨。我什么也没说。

查尔斯到得很早——爸爸还没从废料场回来——他在餐桌前坐下，对面的肖恩眼睛一眨不眨地怒视着他。我不想让他俩单独待在一起，但母亲需要我帮忙做饭，所以我来到炉灶边，但一再找借口回到餐桌旁。一次回到餐桌时，我听见肖恩对查尔斯谈论他的枪；另一次，我听到肖恩谈论他知道的杀人的所有方法。两次我都哈哈大笑，希望查尔斯认为它们只是玩笑话。第三次回到餐桌时，肖恩把我拉到他腿上坐下。我也笑了。

这种装模作样的把戏并未持续多久，甚至没撑到晚饭时间。我端着一大瓷盘小圆面包从肖恩身边走过，他又狠狠地捅了我一下，疼得我喘不过气来。手中的盘子掉在地上，摔碎了。

"你为什么这么做？"我喊道。

事情发生得太突然，我不知道他是怎么把我弄到地板上的，但我再一次仰面躺着，被他压在身下。他让我为打碎盘子道歉。为了不让查尔斯听见，我悄悄地轻声道歉，所以肖恩没听见，被激怒了。他一把抓住我的头发，又一次贴近头皮作为杠杆，将我猛拉起来，然后把我拖向卫生间。一切发生得如此突然，查尔斯都没来得及反应。当我被揪着头拖拽在走廊里时，我所见的最后一幕，便是查尔斯跳了起来，眼睛大睁，脸色苍白。

我的手腕交叉着，胳膊被扭在身后。我的头被塞进马桶，鼻子悬在水面上。肖恩对我喊着什么，但我什么也没听见。我在听走廊里的脚步声，一听到它们我就抓狂。不能让查尔斯看见我这个样子。不能让他看出我所有的伪装——我的化妆品，我的新衣服，我的瓷制餐具——这才是我真正的面目。

我抽搐着，拱起身子，奋力将手腕从肖恩手中挣脱。我让他猝不及防；我比他想象的力气更大，或者也许只是更鲁莽，他没能抓住我。我扑向门口。我刚穿过门框，一脚踏进走廊，突然头向后一仰，又被肖恩一把抓住头发。他用力将我拽向他，于是我们又跌回浴缸里。

我记得的下一幕是，查尔斯抱起我，我大笑着，发出一声尖锐而疯狂的号叫。我想，如果我能大声笑出来，也许情况还有救，也许还能说服查尔斯这一切不过是个玩笑。泪水从我的眼睛里流了出来——我的大脚趾断了——但我一直咯咯地笑。肖恩站在门口，面露尴尬。

"你还好吗？"查尔斯不停地说。

"当然还好！肖恩是多么，多么，多么——搞笑啊。"随着我将重心挪到脚上，一阵疼痛掠过全身，我在说最后一个词时声音都哽咽了。查尔斯想把我抱走，但我推开他，一瘸一拐地走着，咬紧牙关不让自己哭出声来，还开玩笑似的拍了哥哥一下。

查尔斯没有留下来吃晚饭。他逃进他的吉普车，我好几个小时都没听到他的消息，后来他打电话让我去教堂跟他见面。他不会再来巴克峰。在漆黑空旷的停车场，我们坐在他的吉普车里。他在哭。

"你看到的并不是你以为的那样。"我说。

如果当时有人问我，对我来说世界上最重要的是什么，我会回答是查尔斯。但其实他不是。而我会证明给他看。对我来说重要的不是爱情或友情，而是我自欺欺人的能力：相信自己很坚强。查尔斯知道我并非如此，因此我永远不会原谅他。

我变得反复无常，吹毛求疵，充满敌意。我设计了一个怪异而不断变化的评估标准，来衡量他对我的爱。一旦他没达到要求，我便胡思乱想。我情绪失控，将我全部的野蛮的怒火、我对父亲或肖恩的所有可怕的怨恨，都发泄到这个只是来帮助我的困惑的旁观者身上。我们吵架时，我尖叫着再也不想见到他。我这样大吵大闹了很多次，终于有一天晚上，当我像往常一样打电话告诉他我改变了主意时，他拒绝了。

我们在公路外的田野里见了最后一面。我们身后是高耸的巴克峰。他说他爱我，但这超出了他的能力范围。他不能拯救我。能拯救我的只有我自己。

我不知道他在说什么。

冬天的校园被厚厚的积雪覆盖。我待在室内背诵代数公式，努力像以前一样生活——想象我的大学生活与巴克峰的生活完全分开。将两者分开的那堵墙原本坚不可摧，但查尔斯是其中的一个漏洞。

胃溃疡复发了，整夜又烧又痛。有一次，罗宾将我摇醒。她说我在睡梦中一直大喊大叫。我摸了摸我的脸，是湿的。她把我紧紧搂在怀里，让我感到被包裹得严严实实。

第二天早上，罗宾让我和她一起去看医生——去看溃疡，顺便给脚拍个 X 光片，因为我的大脚趾已经变黑。我说我不需要医生。溃疡自己会好，脚趾已经有人治过了。

罗宾扬起眉毛。"谁？谁治的？"

我耸了耸肩。她以为是我母亲治的，我让她相信了。事实是，感恩节后的那天早上，我让肖恩看看我的大脚趾是否断了。他跪在厨房的地板上，我把脚放在他膝盖上。这个姿势让他看上去缩小了。他检查了一会儿脚趾，然后抬头看着我，从他的蓝眼睛里我看出了一些东西。我以为他要向我道歉，但就在我期待他开口时，他抓住我的脚趾尖，猛地一拉。我感觉脚好像炸裂一般，一阵剧痛传遍整条腿。我仍旧强忍着疼痛，这时肖恩站起身，将一只手放在我肩膀上，说："对不起，小妹，但就是要趁你不注意，才不会那么痛。"

罗宾要带我去看医生的一个星期后，我又被她摇醒了。她把我抱起来，紧紧搂着我，仿佛她的身体能将我揽住，以防我散架。

"我觉得你需要去见见主教。"第二天早上她说。

"我没事。"我说，重复着明明不太好的人的那套陈词滥调，

"睡上一觉就好了。"

不久，我在书桌上发现一本大学心理咨询服务的小册子。我几乎看也没看，就把它扔进了垃圾箱。我是不会去见咨询师的。去见咨询师就意味着寻求帮助，而我相信自己战无不胜。这是一种优雅的骗局，一种精神战术。脚趾没有断，因为它不那么容易折断。只有X光可以证明它是不是断了，所以让我的脚趾断掉的是X光。

我的代数期末考试也被卷入这种迷信中。在我脑海里，它获得了一种神秘的力量。我疯狂地高强度学习，相信如果我能在这次考试中取得最佳成绩，考出不太可能的满分，即便我的脚趾断了，即便没有查尔斯的帮助，也能证明我是最优秀的。不可战胜。

考试那天早上，我一瘸一拐地来到考试中心，坐在通风的大厅里。试卷就摆在我面前。问题顺从而柔软，轻易被我掌控，我将它们一一解答出来。我交上答卷，然后站在冰冷的走廊上，盯着大屏幕，屏幕上会显示我的分数。分数出现时，我的眼睛眨了又眨。一百分。完美的满分。

我感到一阵陶醉和麻木，犹如喝醉了一般。我想对着世界大喊：这就是证据，没有什么东西能影响到我。

圣诞节，巴克峰看上去一如往常——山顶白雪皑皑，点缀着常青树——而我的眼睛，越来越习惯于砖和混凝土，被其磅礴和明净晃得几乎睁不开。

我开车进山时，理查德正开叉车搬运檩条，供爸爸在附近的富兰克林镇盖商店使用。理查德二十二岁，是我认识的最聪明的人之一，但是他没有高中文凭。开车从他身边经过时，我突然意识到，他可能要开一辈子的叉车。

回家刚几分钟，泰勒就打来电话。"我只想问问，"他说，"理查德是否在准备参加大学入学考试。"

"他要参加考试？"

"我不知道，"泰勒说，"也许吧。我和爸爸一直在做他的工作。"

"爸爸？"

泰勒笑了。"是的，爸爸想让理查德去上大学。"

我以为泰勒在开玩笑，直到一个小时后我们坐下来吃饭。我们刚开始吃，嘴里塞满了土豆的爸爸就说："理查德，我下星期给你放带薪假，如果你把这段时间用来学习的话。"

我等着一个解释。解释很快就来了。"理查德是个天才，"过了一会儿，爸爸眨眨眼对我说，"他比爱因斯坦聪明五倍。他能驳斥所有无神论。他要去把整个该死的体系推翻。"

爸爸继续欣喜若狂地说着，没有注意到他对听众的影响。肖恩瘫在长凳上，背靠着墙，脸歪向地板。他的样子让人想起一尊石像，看上去那么沉重，那么缺乏行动能力。理查德是奇迹之子，是上帝赐予的礼物，是能驳倒爱因斯坦的天才。理查德会改变世界。肖恩不会。从托盘上摔下来让他失去了太多理智。爸爸的一个儿子会开一辈子叉车，但这个人不会是理查德。

理查德看起来比肖恩更可怜。他耷拉着肩膀，缩着脖子，仿佛爸爸的赞扬压得他喘不过气来。爸爸上床睡觉后，理查德告诉我他参加了 ACT 模拟考试。得分很低，他不想告诉我分数。

"表面上我好像是爱因斯坦，"理查德双手抱头说，"我该怎么办？爸爸说我将摧毁那个玩意儿，我甚至不确定能不能通过考试。"

每晚都是如此。晚饭时，爸爸会一一罗列他的天才儿子将驳倒的错误科学理论；晚饭后，我会和理查德谈论大学、课程、书籍、教授，我所知道的会激发他内心对学习的渴望的话题。我很担心，爸爸的期望如此之高，理查德又那么害怕让他失望，很可能根本连大学入学考试都不去参加。

富兰克林镇的商店准备盖屋顶了，所以圣诞节两天后，我将仍然又弯又黑的脚趾勉强塞进钢头靴，然后花了一个上午在屋顶给镀锌铁皮拧螺丝。傍晚时分，肖恩扔下螺丝枪，降下装载机的加长吊杆。"休息一下吧，小妹。"他从地上喊道，"我们进城去吧。"

我跳上托盘，肖恩降下吊杆至地面。"你来开车。"说完，他把椅子往后一拉，闭上了眼睛。我开车前往斯托克斯。

我还记得我们把车开进停车场的那一刻所有的奇怪细节——我们的皮手套飘散汽油的味道；我指尖的污垢摸上去质感如砂纸一般。而肖恩，坐在副驾驶座上对我咧嘴笑。在城市的车流中穿梭时，我发现一辆红色吉普车。是查尔斯的。我们穿过主停车场，转入商店北侧的露天柏油路，那里是员工停车处。我拉下遮阳板审视自己的模样，注意到我的头发被屋顶的风吹得乱糟糟的，毛孔里塞满了铁皮上的油脂，变得粗大发黄。我的衣服上也布满灰尘。

肖恩看见了红色吉普车。他看着我舔拇指、擦洗脸上的污垢，变得兴奋起来。"我们走吧！"他说。

"我在车里等着。"

"你给我进去。"肖恩说。

肖恩能嗅到羞耻的味道。他知道查尔斯从未见过我这番模样——去年夏天，我每天都跑回家，洗掉身上每一处瑕疵、每一块污垢，用新衣服和化妆品遮住伤口和老茧。肖恩见过我无数次从卫生间出来，焕然一新，已将废料场的垃圾冲进了地漏。

"你进去。"肖恩又说了一遍。他绕车走了一圈，为我打开车门。他的行为十分老派，有绅士风度。

"我不想进去。"我说。

"不想让你的男朋友看到你这么光彩照人吗？"他笑着用手指戳我。他奇怪地看着我，好像在说，这就是你。你一直假装自己是别人，是比你更好的人。但这才是你本来的样子。

他开始大声狂笑，好像发生了什么有趣的事，但什么也没有发生。他仍然大笑着，抓住我的胳膊向上提，似乎要把我驮在背上。我不想被查尔斯看到，于是结束了游戏。我直截了当地说："别碰我。"

接下来发生了什么，我的记忆一片模糊。我只记得一些片段——天旋地转，拳头向我砸来，还有一个我认不出的男人陌生、凶狠的目光。我双手紧握方向盘，感觉到强有力的胳膊扭着我的腿。我的脚踝处有什么东西移位了，发出咔嚓或者啪的一声。我失去控制，从车上被拉了下来。

我躺在冰冷的路面上，鹅卵石磨着我的肌肤。我的牛仔裤已滑下臀部。肖恩拽着我的腿时，我感觉裤子一寸一寸地往下掉。我的衬衫已上蹿，我看着自己，看着自己平躺在柏油路上的身体，看着我的胸罩和褪色的内衣。我想遮住自己，但肖恩把我的手按在头顶上。我一动不动地躺着，感觉寒冷渗入身体。我听到自己恳求他放开我，但声音听上去不像我自己的，像是另一个女孩在啜泣。

我被拉起，站了起来。我抓住衣服，接着我的腰弯了下去，手腕被向后折叠弯曲，直到极限。骨头开始弯曲时，我的鼻子紧贴路面。我努力恢复平衡，腿使劲向后蹬，但脚踝受力时也弯曲了。我尖叫起来。有人转头朝我们这边看。人们伸长脖子，想看看发生了什么骚动。我开始大笑——疯狂地、歇斯底里地咯咯笑个不停。尽管我努力假装，我的声音听上去仍然有些像尖叫。

"你给我进去。"肖恩说。我感觉手腕上的骨头裂开了。

我和他一起走在明亮的灯光下。我笑着穿过一个又一个过道，把他要买的东西一一拿好。他每说一个字我都笑，试图让任何可能在停车场里的人相信，刚才那只是一个玩笑。我拖着扭伤的脚踝走路，但几乎感觉不到痛。

我们没有看见查尔斯。

开车返回工地的路上一片沉默。只是五英里的车程，但感觉像五十英里。到了工地，我一瘸一拐地走向工作间。爸爸和理查德在里面。因为脚趾没好，之前我走路就一瘸一拐，所以现在跛行并没有那么引人注意。尽管如此，理查德还是看见我脸上满是油污和泪水，他知道有点儿不对劲；爸爸什么都没看出来。

我拿起螺丝枪，用左手拧螺丝，但无法均匀用力，仅用一只脚支撑身体也无法保持平衡。螺丝从漆过的铁皮上弹跳下来，留下一道长长的弯曲的痕迹，像卷曲的丝带一般。在我弄坏两张铁皮后，爸爸打发我回家了。

那天晚上，我手腕上裹着厚厚的纱布，草草写下一则日记。我问自己，为什么我恳求他的时候，他不停下？我写道：就像被一个僵尸殴打。仿佛他听不见我说话一样。

肖恩来敲门。我把日记本放在枕头下面。他耷拉着肩膀进来，说话声音很轻。那只是闹着玩的，他说。他不知道会伤害到我，直到看见我在工地扶着胳膊干活。他查看了我的手腕，又检查了我的脚踝。他为我拿来用洗碗巾包好的冰块，说下次两人再闹，要是有什么不对劲，我一定要告诉他。他离开后，我继续写日记。真的是在闹，在开玩笑吗？我写道。难道他不知道他在伤害我吗？我不知道。我真的不知道。

我开始自我反思，思考自己是否表达清楚：我低声说了些什么，尖叫了些什么？我决定相信，如果换一种方式请求他，让他冷静下来，他就会停下。我写下这些，直到让自己相信。这并没花很长时间，因为我想相信就是这样。想到过错在我，我感到很欣慰，因为这意味着事情还在我掌控之下。

我收起日记，躺在床上，背诵着这段话，仿佛这是一首我决定要用心记住的诗。我几乎就要将它牢记在心，突然被一个念头打断了背诵。一幅画面侵入我的脑海——我躺在地上，胳膊被按在头顶上。我重回停车场，低头看看自己露出的白花花的肚皮，然后抬头看看哥哥。他的表情令人难忘：不是愤怒或狂暴。其中没有怒火，只有平静的快乐。然后我有点儿明白了——尽管内心不愿承认——他的快乐正源于对我的羞辱。羞辱我并非事出偶然或副作用。那是他的目的。

这种不完全的认识攫住了我，有几分钟我的脑海被它占据了。我从床上坐起来，重新拿出日记，做了之前从未做过的事：我把发生的经过写了下来。我不再像以前那样在日记中使用模糊隐晦的语言,不再隐藏自我暗示和提议。我写下了记忆中的内容:有一次,他强迫我下车,将我的双手举到头顶按住,我的衬衫也蹿了上去。我恳求他让我整理一下衣服,但他好像听不见我的话。他只是像个大浑蛋一样盯着它看。幸亏我个头还小。如果个头再大一些,当时我就会把他撕成碎片。

"不知道你到底用手腕干了什么,"第二天早上爸爸对我说,"但你这个样子在队里派不上一点用场。你还不如回犹他州。"

开车返回杨百翰大学就像一次催眠;一到那里,我关于前一天的记忆就已经模糊褪色。

查看电子邮件时,一切回忆重又浮现。有一封肖恩写来的道歉信。但他已经来我房间道过歉了。我从没见过肖恩道歉两次。

我拿出日记本,写了另一则日记。与上一篇相反,在这一篇里,我对回忆做了修正。这是一个误会,我写道。如果我叫他停,他会停下来的。

但无论我选择如何记忆,这个事件都会改变一切。现在回想起来,我为此感到惊讶,不是为事实上发生了什么而惊讶,而是为我笔下发生了什么而惊讶。在那个女孩脆弱的躯壳中,在她为自己虚构的不可战胜的空虚中,还留下了一个火花。

第二则日记不会掩盖第一则的文字。两则日记都会保留下来,将我的记忆和他的记忆并置一处。我没有为了保持前后一致而进行修改,没有将某一页撕下来,这是一种大胆的做法。承认不确定性,就是被迫承认自己的软弱和无能,但也意味着你相信你自己。这是一个弱点,但这个弱点中透出一股力量:坚信活在自己的思想中，而不是别人的思想中。我常常在想，那天晚上我写下的最有力的话，是否并非源自愤怒，而是出于怀疑：我不知道。我只是不知道。

我从未允许自己拥有这样的特权：不确定，但拒绝让位于那些声称确定的人。我的一生都活在别人的讲述中。他们的声音铿锵有力，专制而绝对。之前我从未意识到，我的声音也可以与他们的一样有力。

我来自爱达荷州

一周后的星期天，教堂里有一个男生邀请我吃饭，我拒绝了。几天后，又有个男生邀请我吃饭，也被我拒绝了。我不会同意的。我不想让任何一个男人接近我。

主教听说他的教会里有个女教徒反对婚姻。主日礼拜结束后，他的助手找到我，说主教在办公室找我有事。

与主教握手时，我的手腕还在疼。他是一个中年男子，圆脸，黑发，留着整齐的分头。他的声音像缎子一般柔和。他似乎还没跟我交谈就了解了我的情况（在某种程度上的确如此，罗宾告诉过他很多关于我的事）。他说，我应该去大学心理咨询中心进行咨询，以便将来有一天我能与一个正直的男子踏入永恒的婚姻殿堂。

他说话时，我像砖头一样坐着，一言不发。

他问起我的家人。我没有回答。我已经背叛了他们，没有像我本该做的那样去爱他们，至少我还可以保持沉默。

"婚姻是上帝的旨意。"主教说着站起身来。会面结束了。他让我下个星期天再来。我答应了，但我知道我不会再来。

我拖着沉重的身体走回公寓。我一生都在被教导婚姻是上帝的旨意，拒绝婚姻是一种罪过。我在违抗上帝，但我并不想这样。我想要孩子和自己的家庭，但即便我渴望拥有这一切，我知道我永远不可能拥有。我不具备这个能力。只要跟异性接近，我就鄙视自己。

我总是嘲笑"妓女"这个词。这个听上去像喉音的词，对我来说过时了。尽管肖恩使用这个词时我会暗自嘲笑，但我还是慢慢将自己与它画上了等号。这个词的古老更加强了其联想意味，我通常只在与自己有关的场合才听到它。

十五岁时，我开始涂睫毛膏和唇彩后，肖恩告诉爸爸，说他在城里听到了关于我的传言，说我名声不好。爸爸立刻以为我怀孕了。他对着母亲咆哮，说他不该放任我去城里演戏看戏。母亲说应该相信我，我是个正派女孩。肖恩说，青春期的女孩没有一个值得信赖，根据他的经验，有时那些看似虔诚的女孩最为糟糕。

我坐在床上，双膝贴在胸前，听着他们的喊叫。我怀孕了吗？我不确定。我仔细回忆和男孩的每一次互动，每一个眼神，每一次触碰。我走到镜子前，撩起衬衫，然后用手指抚摸腹部，一寸一寸地检查，心想，也许吧。

我从没吻过一个男孩。

我亲眼见过婴儿出生，却对如何受孕一无所知。爸爸和哥哥在一边大喊大叫时，无知让我保持了沉默：我无法为自己辩解，因为我压根儿不理解那种指责。

几天后，当证实自己并没有怀孕，我便对"妓女"这个词有了新的理解。这个词更关乎实质，而非行为。与其说我做错了什么，不如说我以错误的方式存在。我的存在中有一些不洁的东西。

我在日记中这样写道：很奇怪，你怎么会将如此超乎自己的强大力量施加于所爱的人。但肖恩对我施加的力量远远超出了我的想象。他定义了我，没有什么力量比这更强大的了。

二月一个寒冷的夜晚，我站在主教的办公室外。我不知道是什么将我带到了那里。

主教平静地坐在桌子后面。他问能为我做些什么，我说不知道。我想要的没人能给，因为我想要重塑自我。

"我可以帮你，"他说，"但你得把心事告诉我。"他的声音很温柔，那种温柔很残酷。我宁愿他大喊大叫。如果他大喊大叫，我就会生气，一生气，我就感觉自己很强大。我不知道自己能否在感觉不到强大的情况下做到这件事。

我清了清嗓子，然后说了整整一个小时。

我和主教每个星期天都见面，一直持续到春天。对我来说，他是一位权威家长，但我一进门，他似乎就放下了家长的威严。我说着，他听着，将我身上的耻辱感一点点消除，就像医生把感染的伤口一点点治好。

学期结束时，我告诉他我要回家过暑假。我的钱花完了，交不起房租。我将这件事告诉他时，他看上去很疲倦。他说："别回家，塔拉。教会将替你付房租。"

我已经下定决心，不想花教会的钱。主教让我承诺一件事：再也不要为父亲工作了。

在爱达荷州的第一天，我就到斯托克斯商店做起了以前的工作。爸爸嘲笑我，说我挣的钱永远不够交学费。他说得没错，但是主教说过上帝自有办法，而我对此深信不疑。整个夏天，我都在整理货架，将年迈的女顾客送回她们的车上。

我躲着肖恩。这并不难，因为他交了一个新女友埃米莉，据说两人要结婚了。肖恩二十八岁了；埃米莉是一名高三学生，性情温顺。肖恩和她玩了之前同赛迪玩过的那套把戏，来测试自己的控制能力。她从未抗拒他的命令，他一提高嗓门，她就浑身发抖；他一朝她大喊，她就马上道歉。他们的婚姻会充满操纵和暴力，对此我毫无疑问——尽管这些话不是我说的，是主教说的，而我还在努力思索其中的含义。

暑假结束后，我带着仅有的两千美元回到杨百翰大学。回来的第一天晚上，我在日记中写道：账单太多了，真的无法想象我该如何支付。但是上帝会为我提供成长的考验或成功的途径。这则日记的口吻似乎是崇高的、高尚的，但我在其中体会到一点点宿命论的味道。也许我将不得不离开学校。也好。犹他州有很多杂货店。我可以给杂物打包，总有一天会成为经理。

秋季学期才过了两周，我就从这种听天由命的状态中惊醒过来。一天晚上，我被下巴的剧痛疼醒。我从未体验过如此剧烈的疼痛，如过电一般。只要能摆脱疼痛，我宁愿把下巴从嘴上撕下来。我跌跌撞撞地来到一面镜子前。疼痛源自一颗多年前碎裂的牙齿，现在它再次断裂，而且断面很深。我去看了牙医，牙医说这颗牙已经腐烂多年，修补好要花一千四百美元。哪怕我只支付一半，剩下的钱也不够我继续学业。

我给家里打电话。母亲同意借给我钱,但爸爸提出附加条款:明年暑假必须为他工作。我想都没想便说这辈子再也不会和废料场有半点瓜葛,说完就挂断了电话。

我努力忽略疼痛,专心上课,但那感觉就像有一头狼在咬我的下巴,我还被迫坐在课堂上。

在查尔斯那次之后,我再也没有服用过布洛芬,但现在我开始像吃薄荷糖一样吞下它们。可它们只起了一点作用。疼痛来自神经,而且疼得太厉害了。自从开始疼痛,我就没有睡过觉;因为咀嚼太疼,我也开始不吃东西。这个时候,罗宾把此事告诉了主教。

一个阳光明媚的下午,他将我叫到他的办公室。他从桌子那边平静地看着我说:"你的牙齿,我们该拿它怎么办呢?"我试图放松脸上的表情。

"你总不能这样硬挺着过完这个学年吧,"他说,"有一个简单的解决办法。事实上,非常简单。你父亲挣多少钱?"

"不多,"我说,"自从去年他全部的设备被哥哥们弄坏,他就欠了一屁股债。"

"太好了,"他说,"我这里有申请助学金的书面材料。我相信你符合条件,最好的一点是,你不需要偿还。"

我听说过政府助学金。爸爸说过,接受政府捐助就等于把自己交给光明会。"他们就是这样拉拢你的,"他说,"免费给你资助,接下来你就成了他们的人了。"

这些话在我脑子里回响。我曾听其他学生谈论过助学金,我对他们敬而远之。我宁愿离开学校,也不愿被别人收买。

"我不相信政府助学金。"我说。

"为什么不?"

我把父亲的话告诉了他。他叹了口气,朝天看去。"修这颗牙要花多少钱?"

"一千四百美元,"我说,"我会弄到钱的。"

"这笔钱教会可以付,"他平静地说,"我有可自由支配的资金。"

"那是神圣的钱。"

主教无奈地摊开双手。我们默默地坐着,接着他拉开书桌抽屉,取出一本支票簿。我看了看题头,是他的个人账户。他给我开了一张一千五百美元的支票。

"我不会允许你因为这件事离开学校。"他说。

支票就在我手里。我如此动心,下巴疼得如此厉害,于是我将支票攥在手中,过了十秒才把它还了回去。

我在校园冰激凌店找了一份工作,煎汉堡和舀冰激凌。在两次发薪日之间,我靠忽视逾期未付的账单和向罗宾借钱度日,所以每月两次,当我的账户进账几百美元,几个小时内就花光了。九月底我满十九岁时身无分文。我已经放弃了修补那颗牙齿的想法,我知道自己永远都不会有一千四百美元。此外,疼痛也减轻了:要么是牙神经坏死了,要么是我的大脑已经适应了疼痛的冲击。

不过,我还有其他账单要付,于是我决定卖掉我唯一值钱的东西——我的马,巴德。我打电话给肖恩,问马能卖多少钱。肖恩说杂种马不值钱,但是我可以像爷爷那样,把它当成狗粮马去拍卖。我想象巴德被放进绞肉机的情景,然后说:"先去找个买主吧。"几个星期后,肖恩寄给我一张几百美元的支票。我打电话给肖恩,问他把巴德卖给了谁,他含糊不清地说卖给了一个从图埃勒过来的家伙。

那个学期我对学习失去了好奇心。好奇心是一种奢侈品,只有经济上有保障的人才有权享有。我的心思被更多迫切的问题占据,比如银行账户的确切余额,欠了谁多少钱,我房间里有什么东西能卖上一二十美元。我提交作业,复习备考,但我做这些不是因为对课程真感兴趣,而是出于恐惧——平均成绩稍有下滑,我便会失去奖学金。

十二月,在最后一次发工资后,我的账户仅剩六十美元。房租是一百一十美元,一月七日到期。我迫切需要钱。我听说商场附近有一家诊所,卖血能拿到钱。诊所听上去像是医疗机构的一部分,但我找了个理由,只要他们是把东西抽出来而不是注射进去,就没关系。护士花了二十分钟扎我的静脉,然后说静脉太细了。

我用最后的三十美元买了一箱汽油,开车回家过圣诞节。圣诞节早上,爸爸送给我一支步枪——我没把它从箱子里拿出来,不知道它是哪种步枪。我问肖恩是否愿意从我手里买下它,但爸爸把它收了起来,说替我保管。

那就这样吧。没剩什么可卖的东西,没有儿时的朋友,也没有圣诞礼物。该退学找份工作了。我只能接受现实。我的哥哥托尼是长途货车司机,住在拉斯维加斯,于是圣诞节那天我打电话给他。他说我可以去他那里住几个月,在街对面的汉堡店打工。

我挂上电话,穿过走廊,正后悔没问托尼借钱去拉斯维加斯,这时一个粗哑的声音叫住了我:"嘿,小妹,你来一下。"

肖恩的卧室很脏。脏衣服散落在地板上,我能看见一把手枪的枪托从一堆脏T恤下露出来。书架被一箱箱弹药和一堆堆路易·拉穆尔[①]的平装小说塞得满满的。肖恩蜷腿坐在床上,双肩耸起。他似乎保持那个姿势有一段时间了,凝视着肮脏的环境。他叹了一口气,站起身,抬起右臂朝我走过来。我不由自主地后退一步,但他只是把手伸进口袋。他拿出钱包,打开,从里面取出一张崭新的一百美元钞票。

"圣诞快乐,"他说,"你不会像我一样浪费这些钱的。"

我相信那一百美元是上帝的神迹。我应该留在学校。我开车返回杨百翰大学,付了房租。然后,因为我知道二月份还是付不起房租,于是又找了一份家政保洁工作,每周三天向北开车二十分钟,到德雷珀的豪宅做清洁。

我和主教仍在每个星期日见面。罗宾告诉他这学期我没买课本。"这太荒唐了,"他说,"申请助学金!你很穷!助学金就是为这个存在的!"

我的反对超越了理性,是发自肺腑的。

"我赚的钱很多,"主教说,"交了很多税。把它当成我的钱好了。"他已经把申请表打印好了,交给了我。"考虑考虑。你要学会接受帮助,哪怕是来自政府的帮助。"

我拿了表格。罗宾替我把它们填好。我拒绝上交。

"先把书面材料准备好,"她说,"再看看感觉如何。"

---

① Louis L'Amour(1908–1988),美国西部小说家。

我还需要父母的纳税申报单。我甚至不确定父母是否报税，但即便他们报税，爸爸要是知道我为什么要它们，他也不会给我的。我编了十几个假理由解释为什么我需要它们，但没有一个可信。我猜想申报单被收在厨房的灰色大文件柜里。然后我决定将它们偷出来。

午夜前我出发去了爱达荷州，希望能在凌晨三点左右到达，那时家里会一片寂静。到达山顶时，我悄悄把车开上车道，每当轮胎下的碎石发出一丝响动，我就畏缩。我轻轻地推开车门，蹑手蹑脚地穿过草地，从后门溜了进去，无声无息地穿过屋子，伸手摸索着走向文件柜。

我刚走了几步，就听到熟悉的咔嗒一声。

"别开枪！"我喊道，"是我！"

"谁？"

我打开电灯开关，看见肖恩坐在房间另一头，拿手枪指着我。他放下手枪。"我以为你是……别人。"

"显然。"我说。

我们尴尬地站了一会儿，然后我就上床睡觉了。

第二天早上，爸爸去了废料场后，我向母亲编了一个理由说杨百翰大学需要她的纳税申报单。她知道我在撒谎——我能看出这一点，是因为爸爸意外回到家问她为什么复印申报单时，她回答说是为了备份自己的材料。

我拿着复印件回到杨百翰大学。离开前肖恩没和我说一句话。他没问我为什么在凌晨三点偷偷溜进自己家，我也没问他半夜三更坐在那里拿着子弹上膛的手枪，是在等谁。

表格在我的书桌上放了整整一个星期,最后罗宾陪我一起去了邮局,亲眼看着我把它们交给工作人员。等待的时间并不长,一星期,也许是两星期。回信寄到时,我正在德雷珀打扫房子,所以罗宾把信放在我的床上,并留了张纸条,说我现在是个正常人了。

我撕开信封,一张支票落到了床上。四千美元。我感到了贪婪,接着为我的贪婪而害怕。上面有一个联系电话,我拨打了号码。

"我有一个疑问,"我对接电话的女人说,"这是张四千美元的支票,但我只需要一千四百美元。"

电话那头默不作声。

"喂?喂?"

"我直说了吧,"女人说,"你的意思是支票上的钱太多了?你想让我做什么?"

"如果我把它寄回去,你能再另寄一张支票给我吗?我只要一千四百美元就够了。做根管治疗用。"

"听着,亲爱的,"她说,"你拿到这么多,那是因为你有资格。要不要兑现,你自己决定。"

我做了根管治疗,买了课本,付了房租,还剩下不少钱。主教说我该犒劳一下自己,但我回答说不行,我必须把钱存起来。他告诉我,这些钱我可以花。"记住,"他说,"你明年可以申请同样金额的助学金。"于是我买了一件星期日去教堂穿的新裙子。

我原以为那笔钱是被用来控制我的,但它却让我信守了自己的承诺:平生第一次,当我说再也不会为父亲工作时,我相信了。

现在回想起来,偷报税单的那天是否意味着我首次为了离家回到巴克峰。那天晚上,我以一个入侵者的身份进入了父亲的家。这是一种心理语言的转变,是我对家乡的放弃。

我自己的话证实了这一点。别的学生问我来自哪里时,我答道:"我来自爱达荷州。"尽管多年来我曾多次重复这句话,但说出它从未让我感到坦然自在。当你是一个地方的一部分,在它的土壤上成长的时候,没有必要说出你来自那里。我从未说过"我来自爱达荷州",直到我离开了那里。

迷途的骑士

我的银行账户里有一千美元。光是想想就觉得奇怪,更别提说出来了。一千美元,额外的,而且是我不迫切需要的。我花了几星期才接受这个事实,这时我才开始体会到金钱的最大优势:考虑金钱以外的事情的能力。

教授们突然清晰地进入视野,好像在获得助学金之前,我一直透过模糊的镜头看着他们。我开始看懂课本了,并发现自己读了更多的书,远超必读书目的要求。

正是在此状态下,我第一次听说"双相情感障碍"这个术语。在基础心理学的课堂上,教授从头顶的屏幕上大声读出该病的症状:抑郁、狂躁、偏执、欣快、夸大妄想、被害妄想。我坐在那里饶有兴趣地听着。

我的父亲就是这样,我在笔记上写道,教授描述的正是他的症状。

下课铃响前的几分钟，一个学生问，精神障碍在分离主义运动中扮演了什么角色。"我想到一些著名的冲突，比如得克萨斯州的韦科事件，以及爱达荷州的鲁比山事件。"他说。

爱达荷州并没有很多出名的东西，所以我想我应该听说过"鲁比山"。他说这是一场冲突。我在记忆中努力搜寻，试图忆起自己是否听过这个词。这个名称似曾相识。接着我的脑海里出现了一些画面，微弱且扭曲，好像信号从源头中断了一样。我闭上眼睛，画面变得生动起来。我身在我们的房子里，蜷缩在桦木橱柜的后面。母亲跪在我身边，呼吸缓慢，满是疲惫。她舔了舔嘴唇，说她口渴了，我还没来得及阻止她，她就起身伸手去够水龙头。我感受到枪炮的震动，听到自己的喊叫。砰的一声，有什么东西重重地倒在地板上。我将她的胳膊移到一边，抱起婴儿。

下课铃声响了。座席空了。我去了机房，在键盘前犹豫了片刻——预感到自己可能会对将要了解的信息感到后悔——然后在浏览器输入"鲁比山"。根据维基百科，鲁比山是兰迪·韦弗与包括美国联邦执法局和联邦调查局在内的多家联邦机构致命对峙的地点。

兰迪·韦弗这个名字很耳熟，读到它时，我听见这个名字从父亲的嘴边滑落。接着，这个在我的想象里存了十三年的故事又开始在脑海中重演：一个男孩被枪杀，然后是他父亲，之后是他母亲。政府为了掩盖所作所为，杀害了他们全家，包括父母和孩子。

我略过背景故事，滚动到第一次开枪事件。联邦特工包围了韦弗家的小木屋。这次仅仅是监视任务，韦弗一家人并不知情，直到一条狗开始吠叫。兰迪十四岁的儿子萨米以为狗觉察到有野生动物出没，于是冲进了树林。特工们击中了狗，持枪的萨米开了火。由此引发的冲突造成一名联邦特工和萨米两人死亡。萨米当时正在撤退,朝山上的小木屋跑去,背部被子弹击中。

我继续阅读。第二天,兰迪·韦弗试图去查看儿子的尸体,也被击中背部。尸体被放在棚子里,兰迪打开门闩时,一名狙击手瞄准了他的脊椎,但没打中。他的妻子薇姬朝门口走去帮助丈夫,狙击手再次开火。子弹击中了她的头部,她当场死亡,怀里还抱着十个月大的女儿。这一家人和母亲的尸体一起在小木屋里躲了九天,直到最后谈判代表结束了这场对峙,兰迪·韦弗被捕。

最后这句话我读了好几遍,才恍然大悟。难道兰迪·韦弗还活着?爸爸知道吗?

我继续读下去。全国人民为此义愤填膺。几乎各大报纸都刊登了文章,抨击政府对生命的无情漠视。司法部启动了调查,参议院也举行了听证会。双方都建议对交战规则进行改革,特别是在使用致命武力方面。

韦弗一家提出赔偿两亿美元的非正常死亡诉讼,但最后政府给薇姬的三个女儿每人一百万美元,他们达成了庭外和解。兰迪·韦弗获得了十万美元赔偿,除两项与出庭有关的指控外,其他所有指控均被撤销。兰迪·韦弗受到各大新闻机构采访,甚至与女儿合作出了一本书。现在他靠在枪支展览上演讲为生。

如果这是一套掩盖之辞,那编得可够糟糕的。毕竟有媒体报道,还有官方调查和监督。这些不都是民主的举措吗?

有一件事我自始至终不明白:为什么联邦特工一开始包围了兰迪·韦弗的小木屋?为什么兰迪会成为攻击目标?我记得爸爸说过我们也可能成为目标。爸爸一直说,总有一天,拒绝被政府洗脑的人、不让孩子上学的人,政府会上门找他们算账。十三年来,我一直以为政府盯上兰迪的原因是:要强迫他的孩子们上学。

我返回页面顶部,重新阅读整个条目,但这次没有跳过背景故事。根据所有消息来源,包括兰迪·韦弗自己,冲突始于他将两支枪管锯短的霰弹枪卖给一个他在雅利安国民组织[①]集会上认识的卧底。这句话我读了不止一遍,事实上读了很多遍,才恍然大悟:原来该事件的根本原因是白人至上主义,而不是在家上学。政府似乎从来不会因为不让孩子接受公共教育而杀人。如今这道理对我来说太显而易见了,很难理解为什么我曾经还相信过别的东西。

有那么痛苦的一瞬,我认为爸爸说了谎,接着我想起他脸上的恐惧、沉重而急促的呼吸,我确信他真的相信我们身处危险之中。我努力寻求一些解释,几分钟前才学会的奇怪的词语浮现在我的脑海:偏执、狂躁、自我感觉良好、被害妄想。终于,网页上的故事和伴随我童年的故事都说得通了。爸爸一定是在哪里读过或者在新闻上看到过鲁比山事件,不知怎的,经他狂热的大脑一加工,它不再是别人的故事,而是演绎成了他自己的故事。如果政府追捕兰迪·韦弗,那么肯定也盯上了吉恩·韦斯特弗,因为他在与光明会的斗争中一直站在前线。他不再满足于阅读别人的英勇事迹,于是为自己锻造了一顶头盔,骑上了一匹老马。

我开始沉迷于对双相情感障碍的研究。按照要求,我们要为心理学课程写一篇论文,我把躁郁症作为研究对象,然后以写论文为

[①] Aryan Nations,美国极右翼白人至上主义、反犹太主义的宗教组织,创立于二十世纪四十年代,有严重的种族歧视。

借口，咨询了大学里的每一位神经学家和认知专家。我描述了爸爸的症状，但并没归结于我父亲，而是一个虚构的叔叔。有些症状非常符合该病症；有些则不。教授们告诉我，每个人的情况都不一样。

"你的描述听起来更像精神分裂症，"一个教授说，"你叔叔接受过治疗吗？"

"没有，"我说，"他认为医生是政府阴谋的一部分。"

"这确实使事情复杂化了。"他说。

在这一系列微妙的推动作用之下，我写了一篇关于双相情感障碍的父母对孩子的影响的论文。我以第三人称的角度进行了无情的批判。我写道，父母患有躁郁症的孩子受到双重风险因素的打击：首先，因为他们在基因上更容易患上情绪障碍；其次，因为充满压力的生活环境和患病父母糟糕的养育方式。

课堂上，老师讲授了神经递质及其对脑化学的影响。我明白了疾病不是一种选择。这些知识也许会让我对父亲产生同情，但并没有。我只感到愤怒。我想，我们才是付出代价的人。母亲。卢克。肖恩。我们伤痕累累，瘀青、擦伤、脑震荡、腿着火、脑袋开花。我们一直生活在一种警觉的状态和持续的恐惧之中，我们的大脑充斥着皮质醇，因为我们知道那些事情随时可能发生。因为爸爸总是把信念置于安全之前。因为他相信自己是正确的，在经历了第一次车祸、第二次车祸、垃圾箱疗伤、着火、托盘坠落这些事件后，他仍坚持相信自己是对的。付出代价的是我们。

提交论文后的那个周末我回到巴克峰。回家不到一个小时，我和爸爸就争论起来。他说那辆车是我欠他的。这件事他只是随口一提，但让我歇斯底里地发了狂。生平第一次我冲着父亲大喊——不是因为车，而是韦弗家事件。我气得喘不过气来，我的话不是说出来的，而是哽咽抽泣着吐出来的。你为什么会这样？你为什么那样吓唬我们？你为什么那么奋力地和想象出来的怪物作战，却对自己家里的怪物无动于衷？

爸爸目瞪口呆地看着我，很是震惊。他的嘴耷拉着，双手无力地垂在身体两侧，抽搐着，仿佛要抬起它们来做点儿什么。自从那次他蹲在我们失事的旅行车旁，看着母亲肿胀的脸，因为电线在金属上传导致命的脉冲而不能触碰她，我从没见过他如此无助。

出于羞耻和愤怒，我一走了之，一路开车返回杨百翰大学。几个小时后父亲打来电话。我没有接。对他尖叫无济于事，不理他或许管用。

学期结束时，我留在了犹他州。这是我第一次暑假没有回巴克峰的家。我不再和父亲说话，甚至没有通过电话。这次并非正式与他疏远：我只是不想见到他，不想听到他的声音，所以我没有回去。

我决定尝试过正常人的生活。十九年来，我一直按照父亲的意愿生活，现在我要试试别的活法。

我搬到城市另一边的一套新公寓，那里没人认识我。我想重新开始。去教堂的第一周，新主教热情地与我握手致意，接着去迎接下一个新来的人。我很开心他对我不感兴趣。如果我能在一段时间内假装正常，也许便会觉得自己真的很正常。

我是在教堂认识尼克的。尼克戴一副方框眼镜，用发胶将乌黑的头发梳得整整齐齐。一个涂发胶的男人会遭到爸爸嘲笑，也许这就是我喜欢他的原因。我也喜欢尼克分不清交流发电机上的曲轴。

他倒是对书籍、电子游戏和服装品牌情有独钟。还有单词。他的词汇量惊人。

我和尼克一见钟情。第二次见面时,他牵了我的手。他的皮肤碰到我的皮肤的一刹那,我做好了奋力一搏本能地将他推开的准备,但这种情况并没发生。这令人奇怪又兴奋,我也不想让这个举动结束。真希望我还待在原来的教会,这样我就可以冲到原先的主教面前,告诉他我不再有心理障碍。

我高估了自己的进步。我太专注于取得的成效,而忽视了没有改变的一面。我们已交往了几个月,我跟他的家人一起度过了很多夜晚,却从未提过我的家人。一次尼克说他肩膀疼,我想都没想,便不经意地提起母亲的精油。他很感兴趣——他一直在等我提及家人——但我为自己的口误而生气,之后再也没让这种情况发生过。

五月底,我开始感觉不舒服。整整一个星期,我几乎打不起精神去律师事务所实习。我早睡晚起,白天还是困得直打呵欠。我的喉咙开始疼,声音低沉下来,变得粗糙沙哑,仿佛我的声带成了砂纸。

起初尼克觉得我不肯看医生好笑,但随着病情的恶化,他开始担心,继而感到困惑。我并不理会他的建议。"没那么严重,"我说,"严重了我就去看医生。"

又一个星期过去了。我辞掉了实习工作,开始不分昼夜地睡觉。一天早上,尼克突然来了。

"我们去看医生。"他说。

我开始说不去,但接着我看到了他的表情。他看上去似乎有个问题想问我，但又知道提出来没有意义。他嘴角紧闭，眯起眼睛。这就是不信任的样子，我想。

是去看邪恶的医生，还是向男友坦承自己认为医生都是邪恶的？面对这两个选择，我选择看医生。

"我今天就去，"我说，"我保证。但我想一个人去。"

"好吧。"他说。

他走了，但我还有一个困惑。我不知道怎么看医生。我打电话给班上的一个朋友，问她是否愿意开车送我。一个小时后她来接我，我困惑不解地看着她开车经过离我公寓几个街区远的医院。她带我去了校园北边的一栋小房子，她称其为"诊所"。我试图装出若无其事的样子，表现得好像以前来过一样。但当我们穿过停车场时，我感觉母亲的目光在注视着我。

我不知道该对接诊的护士说什么。朋友以为我不说话是因为喉咙疼，于是替我解释了症状。我们被告知等候。最后，一位护士把我带到一间白色的小房间，给我称了体重，量了血压，用棉签擦了舌头。她说，严重的咽喉肿痛通常是由链球菌或单核细胞病毒引起的，几天后他们就会知道结果。

结果出来的时候，我一个人开车去了诊所。一位秃顶的中年医生将结果递给我。"恭喜，"他说，"链球菌和单核细胞病毒都呈阳性反应。一个月来，你是我见过的唯一一个同时感染了细菌和病毒的人。"

"两种都是？"我低声说，"我怎么会两种都感染呢？"

"非常非常倒霉，"他说，"我可以给你开点青霉素治疗链球菌，但对于单核细胞病毒我无能为力。你得等它自己痊愈。不过，一旦我们消灭了链球菌,你应该会感觉好一些。"

医生让护士拿来一些青霉素。"我们应该马上给你开抗生素。"他说。我手里拿着药片,想起那天下午查尔斯给我服用布洛芬的情景。我想起母亲,想起她多次告诉我,抗生素毒害身体,会导致不孕不育和婴儿先天缺陷。耶和华的精神不能住在不洁的身体里。凡离弃上帝,依赖人类,这样的身体必然是不洁的。也许最后那部分是爸爸说的。

我吞下了药片。也许是因为太难受让我感到绝望,但我猜更多是因为一个再平常不过的理由:好奇。就这样,我来到医疗机构内部,想看看最终我一直以来害怕的事情会不会发生。我的双眼会流血吗?我的舌头会掉下来吗?肯定会有可怕的事情发生。我需要知道是什么。

我回到公寓,给母亲打了个电话。我觉得坦白会减轻自己的罪恶感。我告诉她我去看了医生,我感染了链球菌和单核细胞病毒。"我只是想让你知道,"我说,"我正在服用青霉素。"

她开始说话,语速很快,但我没听到多少,我太累了。她快说完时,我说了一句"我爱你",便挂断了电话。

两天后,从爱达荷州寄来一个包裹,里面有六瓶酊剂、两瓶精油和一袋白色黏土。我认出了配方——精油和酊剂用来增强肝脏和肾脏功能,黏土用来泡脚排毒。母亲留了一个便条:这些药草会帮你把体内的抗生素排出。请长期坚持服药。爱你。

我仰靠在枕头上,几乎立刻就睡着了,但入睡前我笑出声来。她没有寄来任何对抗链球菌或单核细胞病毒的药物,只有对付青霉素的。

第二天早上,电话铃响了,我醒了过来。是奥黛丽打来的。

"出事了。"她说。

她的话让我想起另一个时刻,想起上次接电话的情景,听到的不是问候,也是这句话。我想起了那天,想起了母亲接下来说的话。我希望奥黛丽说的不是一样的内容。

"是爸爸,"她说,"如果你现在快点——马上出发的话——你还来得及见他最后一面。"

硫黄的作用

小时候我曾多次听人讲过一个故事，那时我尚年幼，不记得是谁先给我讲的。故事与山下爷爷右太阳穴上的凹痕有关。

当爷爷还是个年轻的小伙子时，他曾骑着牛仔放牧专用的白色母马，在山上度过了一个炎热的夏天。那匹马很高大，上了年纪，性情日渐温顺。听母亲说那匹母马稳如磐石，爷爷骑她的时候也不太注意。如果他愿意，他会放下打结的缰绳，从靴子里挑出毛刺，或者摘掉红帽子，用衬衫袖子擦脸。母马会站着一动不动。尽管她如此平静，却很害怕蛇。

"她一定是瞥见野草丛里有什么东西在动，"母亲讲起这个故事时说，"因为她把爷爷甩了下来。"爷爷身后有一把旧耙子，他扑了上去，前额因此留下了一个圆凹印。

到底是什么东西撞破了爷爷的头，每次我听到的版本都不一样。有人说是耙子，有人说是石头。我想没有谁确切知道，也没有谁亲眼看见。这一击使爷爷不省人事,之后发生了什么他一概不知,直到奶奶发现他浑身是血躺在门廊上。

没人知道他是怎么来到门廊的。

从山上的牧场到家有一英里的距离——岩石地形,山丘陡峭无情——在爷爷当时的状态下不可能办到。但他办到了。奶奶听到一阵微弱的抓门声,当她打开门,爷爷蜷缩成一团躺在那里,他的脑浆正从脑袋里滴出来。她急忙把他送到镇上,他们给他安装了一块金属板。

爷爷回家养病后,奶奶去寻找那匹白色母马。她翻山越岭,却发现马就拴在畜栏后面的篱笆上,还打了一个复杂的结。除了她的父亲洛特,没人会打这样的结。

有时我去奶奶家吃在我们家属于禁忌食品的玉米片和牛奶,便会让爷爷讲讲他是怎么下山的。他总是说不知道,然后慢慢深吸一口长气——像是在酝酿情绪,而不是讲故事——从头至尾把整个故事讲一遍。爷爷是个安静的人,沉默寡言。和他一起清理田地共度一个下午,你也从来听不到他连续说十个词。他只会说"是的""不是那个""我想是的"。

但如果问他那天是怎么下山的,他会说上十分钟。尽管他只记得自己躺在田野里,眼睛睁不开,火辣辣的太阳把他脸上的血都晒干了。

"但我告诉你,"爷爷会这样说,摘下帽子,用手指摩挲着脑袋上的凹陷,"我躺在杂草丛中时,听到了一些东西。人的声音,他们在交谈。我认出其中一个人的声音,因为那是你的曾外祖父洛特。他正在告诉别人,说阿尔伯特的儿子遇到麻烦了。说话的人正是洛特,这个我敢百分百肯定。"爷爷的眼睛会一亮,接着说,"可是,洛特已经去世快十年了。"

故事的这一部分让人心生敬意。母亲和奶奶都喜欢讲,但我喜欢听母亲的讲述。她的声音会在适当的地方低下来。那是天使,她会这样说,一滴泪珠滑落到她微笑的嘴角上,是你曾外祖父洛特派来的天使,将你的爷爷送下山来。

凹痕很难看,在他前额留下了一个两英寸深的坑。小时候我看着它,有时会想象一个穿白大褂的高个子医生拿锤子敲打一块金属板。在我的想象中,医生用的是和爸爸盖干草棚屋顶一样的瓦楞铁皮。

但我只是偶尔会看到这些。通常我会看到别的,看到一些证据,证明我的祖先曾走过山顶,守候着,等待着,众天使听候他们的派遣。

我不知道那天爸爸为什么独自在山上。

汽车粉碎机来了。我猜他是想将最后一个汽油箱取出来,但我无法想象,他为何没等抽干汽油就点燃了割炬。我不知道他干了多少活,割断了多少根铁箍,直到割炬的火花迸入了油箱。但是我知道,油箱爆炸时,爸爸正站在车旁,身体紧靠着车架。

他穿着长袖衬衫,戴着皮手套和焊接防护罩。他的脸和手指在爆炸中首当其冲。爆炸产生的热量让防护罩像塑料勺一样熔化了。他的下半张脸液化了:火先吞噬了塑料,接着是皮肤,然后是肌肉。手指也一样——皮手套根本抵挡不住吞噬一切的地狱之火——火舌舔过他的肩膀和胸膛。当他从燃烧的残骸中爬出来时,我猜他看起来更像一具尸体,而不是一个活人。

在我看来,他能活动已经不可思议,更不必说拖着身体穿过田野和沟渠,走了四分之一英里的路。如果有谁需要天使,那就是他了。尽管一切违背常理,他还是做到了——和他父亲多年前一样——蜷缩在妻子的门外,无法敲门。

那天,我的表妹凯莉在帮母亲干活,将精油装入小瓶。附近还有几个妇女在工作,给干树叶称重,过滤酊剂。凯莉听到后门传来一阵轻微的敲击声,好像有人在用胳膊肘撞门。她打开了后门,但已经不记得门外的情景。"我封锁了这段记忆,"她后来告诉我说,"我不记得自己看到了什么。我只记得当时心想,他没有皮肤。"

父亲被抬到沙发上。急救药物——针对休克的顺势疗法——被灌进他嘴唇都烧没了的嘴里。和多年前给卢克治疗烧伤一样,母亲给他用半边莲和美黄芩止痛。爸爸被药噎住了。他无法下咽。他吸进了炽热的火焰,内脏也被烧焦了。

母亲想送他去医院,但在急促的呼吸间隙,他低声说宁愿死也不去看医生。那个男人的权威如此之大,让她屈服了。

死皮被轻轻地切掉,他从腰部到头顶被涂上厚厚的药膏——和多年前母亲涂在卢克腿上的药膏一样——然后包扎好。母亲给他冰块让他含着,希望能给他补充水分,但他的嘴巴和喉咙内部严重烧伤,无法吸收液体,而且没有了嘴唇和肌肉,他含不住冰块。冰块会滑下他的喉咙,让他窒息。

第一晚,好几次他差点就不行了。他的呼吸会放缓,然后骤停,而我的母亲——还有那些为她工作的妇女——忙得团团转,调整脉轮,敲击穴位,用尽一切办法让他脆弱的肺恢复空气的进出。

255

奥黛丽就是那天早上打电话给我的。[6] 她告诉我，他的心脏曾在夜里两次停止跳动。即便肺部没有衰竭，心脏也可能会让他没命。不管怎样，奥黛丽确信他挺不过中午了。

我打电话给尼克，告诉他家里有事，我需要回爱达荷州待几天，也不是什么大事。他知道我没有告诉他实情——我能从他的声音里听出来，因为我不信任他，他很受伤——但一挂上电话，我便不再考虑他的事了。

我站在那里，手拿车钥匙，握着门把手，犹豫着。链球菌，万一我把它传染给爸爸怎么办？我已经服用青霉素将近三天了。医生说，二十四小时后我就不会传染别人了，但他是个医生，我不相信他。

我等了一天。我服用了处方剂量几倍的青霉素，然后打电话给母亲，问我该怎么办。

"你应该回家，"她说，声音哽咽，"到明天我觉得链球菌也不重要了。"

我记不得开车时的景色了。我的眼睛几乎无法注意到一片片错落有致的玉米地和土豆田，也看不见松林覆盖的黝黑的群山。我看到的是父亲，他还是一副上次见面时扭曲的表情。我想起朝他高声尖叫时我刺耳的声音。

和凯莉一样，我也不记得第一眼见到父亲时的情景了。我知道那天早上母亲摘下纱布时，发现他的耳朵烧伤严重，皮肤很黏，已经和后面的糖浆状组织粘在了一起。当我走进后门，首先映入眼帘的是母亲手拿一把黄油刀，正用它把父亲的耳朵从头骨里撬出来。我仍清楚地记得她手握刀子两眼专注的样子，但关于我父亲的样子,我的记忆出现了一个空洞。

房间里气味浓烈——烧焦的肉、紫草、毛蕊花和车前草的气味混合在一起。我看着母亲和奥黛丽给他换剩余的绷带。她们从他的手开始。他的手指黏糊糊的,裹着一层灰白的泥状物,不是熔化的皮肤就是脓。他的手臂没有烧伤,肩膀和背部也没事,但腹部和胸部裹了厚厚一层纱布。她们把纱布拿掉时,我很欣慰地看到里面还有大片粗糙发红的皮肤。那里有几个火山口样的伤口,一定是火苗集中燃烧的地方。它们散发出一股刺鼻的气味,就像腐烂的肉,里面全是白色的脓水。

但那天晚上我梦见了他的脸。他还有前额和鼻子,眼睛周围的皮肤和脸颊下半部分还呈健康的粉红色。但是鼻子下面该有的一切都没有了。红红的,支离破碎,下垂着,看起来像一个离蜡烛太近的塑料假面。

三天以来,爸爸滴水未进——没吃东西,也没喝水。母亲打电话给犹他州的一家医院,请求他们给她一套静脉注射器。"我需要给他补水,"她说,"没有水,他会死的。"

医生说他马上派直升机过来接病人,但母亲不答应。"那我帮不了你,"医生说,"你这样他会没命的,我可不想为此负责。"

母亲快疯了。最后,绝望中,她给爸爸灌肠,尽力将管子插进去,试图把足够多的液体灌进他的直肠,让他活命。她不知道这么做有没有用——不知道那部分身体有没有能吸收水分的器官——但那是他全身唯一没有被烧焦的入口了。

那天晚上我睡在起居室的地板上,万一他不行了,我就在房间里,可以第一时间出现在他身边。夜里我几次醒来,被喘息、四处奔忙和嘀嘀咕咕的动静惊醒：又来了，他停止了呼吸。

黎明前一小时，他又停止了呼吸，我确信这次结束了：他死了，不会再活过来了。我将手放在他身上的一小块绷带上，奥黛丽和母亲在我身边跑来跑去，阵阵吟诵，敲敲打打。房间里一点也不安宁，也许只是我心神不宁。多年来，我和父亲一直冲突不断，进行着永无休止的意志的较量。我以为我已经接受这一点，接受了我们那样的关系。但那一刻，我意识到我多么期望能结束我们之间的冲突，多么坚信将来我们会成为一对和平相处的父女。

我看着他的胸膛，祈祷他能再次呼吸，但他没有。很长时间过去了，我正准备离开，让母亲和姐姐前来告别，这时他咳嗽了一声——一声沙哑、粗涩的轻咳，听上去像绉纸被弄皱的声音。接着，像拉撒路①复活一样，他的胸部开始起伏。

我对母亲说我得走了。爸爸会活下来，我说。如果他活下来，不能让链球菌再害死他。

母亲的生意陷入停顿。为她工作的妇女不再调制酊剂、给精油装瓶，转而制作桶装药膏——母亲专门为父亲调制的一种新配方，由紫草、半边莲和车前草制成。母亲每日两次用药膏涂满爸爸的上半身。我不记得她们是否还用过其他疗法，我对能量疗法也不够了解，无法给出解释。我只知道她们在前两周就用掉了十七加仑的药膏，母亲还订购了大批纱布。

泰勒从普渡坐飞机赶来。他接替了母亲的工作，每天早上给爸

---

① Lazarus，《圣经·约翰福音》中记载的人物，他病危时没等到耶稣的救治就死了，但耶稣断言他将复活。四天后拉撒路果然从山洞里走出来，证明了耶稣的神迹。

爸的手指换绷带，刮掉夜里坏死的皮肤和肌肉。神经已经坏死，并不疼。"我刮掉了那么多层，"泰勒告诉我说，"某天早上肯定会刮到骨头。"

爸爸的手指开始扭曲，关节处不自然地向后弯。这是因为肌腱开始萎缩。泰勒试着卷曲爸爸的手指，以拉伸肌腱，防止永久性畸形，但爸爸忍受不了疼痛。

在确信链球菌已经消失后，我又回到了巴克峰。我坐在爸爸的床边，用滴管将几茶匙水滴到他嘴里，喂他吃蔬菜泥，仿佛他还是个蹒跚学步的孩子。他很少说话。疼痛使他难以集中注意力；不等他说完一句话，他的脑子就让步了。母亲提议去给他买药，买她能买到的最强劲的止痛药，但他拒绝了。这是上帝的痛苦，他说，他要全部感受到。

不在家时，我搜遍了方圆一百英里内的所有音像店，终于找到了全套的《蜜月期》。我举起它给爸爸看。他眨眨眼示意看到了。我问他是否想看一集。他又眨了眨眼。我将第一盘录像带塞进录像机，坐在他旁边，打量着他那张扭曲的脸，听着他轻柔的呜咽。与此同时，屏幕上的爱丽丝·卡拉门登一次又一次智胜了丈夫。

静候水流

爸爸两个月没下床，除非某个哥哥把他抱下来。他在一个瓶子里撒尿，灌肠还在继续。即使确定了他没有生命危险，我们也不知道他以后能否生活自理。我们只能等待，很快便感受到似乎我们所做的一切只是另一种形式的等待——等着喂他吃饭，等着给他换绷带，等着看我们的父亲能恢复成什么样。

很难想象像爸爸一样骄傲、坚强、健壮的人受到永久损伤。我想知道，假如以后一直靠母亲给他切食物，他会如何适应；假如连锤子都拿不了，他是否还能开心地生活。失去的太多了。

但在悲伤的同时，我也感受到希望。爸爸一直是强势的人——一个自以为洞悉一切问题的真相，对别人说什么毫无兴趣的人。总是我们听他说话，从来没有相反的情况；要是他不说话，就要求大家保持沉默。

爆炸将他从演讲者变成了观察者。因为持续疼痛，再加上喉咙被烧伤,说话对他来说异常困难,所以他只用眼睛看,用耳朵听。他躺在那里,紧闭嘴巴,睁大双眼,一个小时又一个小时,一天又一天。

在几个星期内,我的父亲——几年前连我的年龄都会猜错五岁以上的父亲——了解了我的课程、我的男朋友以及我的暑期兼职工作。我什么都没告诉他,但他在我们给他换绷带时,听着我和奥黛丽的聊天,记在了心里。

"我想听你多聊聊你上的课,"夏末的一天早晨,他粗声粗气地说,"听上去真有意思。"

感觉是一个全新的开端。

肖恩和埃米莉宣布订婚的消息时,爸爸还在卧床。当时全家人正围坐在餐桌旁吃晚饭,肖恩突然说他想还是和埃米莉结婚算了。除了叉子碰到盘子的声音,周围一片安静。母亲问他是不是认真的。他说不是,他觉得在不得不经历这件事前自己还能找到更好的人。埃米莉就坐在他旁边,脸上挂着一丝苦笑。

那天晚上我没睡,不停地检查门上的插销。过去的影响挥之不去,仿佛随时可以推翻现在的一切,仿佛一眨眼,睁开眼睛时,我又会回到十五岁。

第二天早上肖恩表示,他和埃米莉计划骑马五十英里到布卢明顿湖去。我说我也想去,说出这话让我俩都吃了一惊。想着要和肖恩一起在野外度过那么长时间,我倍感焦虑,但我把焦虑放置一旁。有一件事我必须要做。

骑马走五十英里漫长得像是走了五百英里,特别是如果你的身体习惯了坐椅子而不是骑马鞍，感觉更是如此。当我们抵达湖边，肖恩和埃米莉敏捷地下了马，开始扎帐篷；我帮不上什么忙，便解开阿波罗的马鞍，闲坐在一棵卧倒的树上。我看着埃米莉搭起我俩共用的帐篷。她又高又瘦，有一头又长又直的金发，金得近乎银色。

我们生了火，围着篝火唱歌。我们还打了牌。之后我们钻进帐篷。黑暗中我醒着，躺在埃米莉身边，听着蟋蟀的叫声。我正在想该如何打开话匣——该如何告诉她不该嫁给我哥哥——这时她开口了。"我想和你谈谈肖恩，"她说，"我知道他有些问题。"

"他的确有。"我说。

"他是一个有灵性的人，"埃米莉说，"上帝赐予他一项特殊的使命，让他帮助别人。他告诉我他如何帮助了赛迪，又如何帮助了你。"

"他没有帮我。"我想多说几句，向埃米莉解释主教对我说过的话。但那是他的话，不是我的。我无话可说。我走了五十英里来告诉她这番话，却成了哑巴。

"他承受着比别人更多的魔鬼的诱惑，"埃米莉说，"因为他的天赋，因为他是撒旦的威胁。这就是他有问题的原因。因为他的正义。"

她坐了起来。黑暗中我能看见她长长的马尾辫的轮廓。"他说他会伤害我，"她说，"我知道这是因为撒旦。但有时我怕他，我害怕他会做出什么。"

我告诉她，她不应该嫁给一个让她害怕的人，谁都不该这么做，但这句话从我嘴里说出来毫无说服力。我相信这些话，但我不太理解它们的意思,不能让它们变得鲜活。

我凝视着黑暗,搜寻她的脸庞,试图理解哥哥对她施加的力量。我知道,他曾用那种力量控制过我,现在还残留一些影响。我既没有被他的魔咒掌控,也没有完全摆脱。

"他是个有灵性的人。"她又说了一遍,然后钻进睡袋。我知道谈话结束了。

秋季学期开学的前几天,我回到了杨百翰大学。我直奔尼克的公寓。我们几乎没怎么交谈过。他打电话给我时,我不是要去换绷带,就是要去做药膏。尼克知道我父亲烧伤了,但他不知道烧伤有多严重。我隐瞒的信息比我提供的要多,我从未说过发生了爆炸,也从未提起我"探望"父亲不是去医院,而是在我们家的起居室。我没有告诉尼克,父亲的心脏曾停止跳动。我也没有向他描述父亲那扭曲的双手、灌肠,以及我们从他身上刮下来几磅坏死的液化组织。

我敲门,尼克开了门。见到我他似乎很惊讶。"你爸爸怎么样了?"我和他坐在沙发上后,他问。

回想起来,这可能是影响我们之间感情的最重要的时刻,那一刻我本可以做一件事,一件更好的事,而我却没有那么做。这是爆炸后我第一次见到尼克。也许当时我该把一切都告诉他:我的家人不相信现代医学;我们在家用药膏和顺势疗法治疗烧伤;事故太可怕了,比可怕更糟糕;这一辈子我永远不会忘记烧焦的肉的味道。我本可以告诉他这一切,本可以卸下重担,让我们的关系承载它,变得更强大。可是我没有,我把这个担子留给了自己。我和尼克的感情已经贫血、营养不良、沟通不足，越来越岌岌可危。

我相信我能修复这个裂痕——现在我回来了，这才是我的生活，即使尼克对巴克峰一无所知，那也没关系。但是巴克峰不肯放过我，将我紧紧攫住。黑板上经常出现父亲胸部烧黑的伤口，翻开课本的书页时，我会看到他下垂的口腔。记忆中的那个世界在某种程度上比我实际生活的世界更鲜活，我在两者之间穿梭游走。尼克会拉着我的手，有那么一刻，我与他在一起，感受他的肌肤与我的相碰带来的惊讶。但当我看着我们相扣的手指时，画面变了，那只手不是尼克的了。根本不是手，而是血淋淋的爪子。

睡觉时，我将自己完全交由巴克峰处置。我梦见卢克，梦见他的眼珠后翻。我梦见爸爸，梦见他肺部缓缓呼吸的杂音。我梦见肖恩，梦见我的手腕在停车场被折断的那一刻。我梦见自己，一瘸一拐地跟在他身边，高声发出尖利可怕的大笑。但梦中的我长着一头长长的银发。

婚礼在九月举行。

我满怀焦虑地来到教堂，仿佛从充满灾难的未来被送回此刻。这一刻，我的行动仍然有分量，我的想法依然重要。我不知道被派来做什么，所以我绞动双手，咬紧牙关，等待关键时刻的到来。婚礼前五分钟，我在女卫生间吐了。

当埃米莉说"我愿意"时，我变得浑身无力。我又像一个幽灵般，回到了杨百翰大学。从我的卧室窗户向落基山脉望去，我惊讶地发现它们看上去是那么不真实，如画一般。

婚礼后的一个星期，我狠心地与尼克分了手。说来惭愧。我从未与他谈过我之前的生活，从未向他描绘过那个入侵并毁灭我们共同的生活的世界。我本可以解释。我本可以说："那地方紧抓着我不放，我可能永远也无法断绝与它的联系。"这本将触及问题的核心。然而，我却沉湎于过去。现在再对尼克吐露心事，与他携手走向未来已经太迟。于是我只能说再见。

假如我是女人

我来杨百翰大学本意是学习音乐,以便将来有一天能指挥教堂唱诗班。但是那个学期——大三的秋季学期——我没有选任何音乐课程。我无法解释,为何我放弃了高等音乐理论,转而选择地理和比较政治学;为何放弃了视唱,转而选择犹太历史。但当我在目录中看到这些课程,大声读出它们的名称时,我感受到一种永恒,我想尝尝那种永恒的味道。

我听了四个月的地理、历史和政治讲座,了解了玛格丽特·撒切尔和三八线;学习了世界各地的议会政治和选举制度;知道了犹太人流散以及《锡安长老会纪要》[①]的奇怪历史。学期结束时,我感觉到世界的广大,很难想象再回到山上、回到厨房,甚至回到厨房隔壁房间的钢琴旁,是什么样子。

[①] *The Protocols of the Elders of Zion*,1903 年在沙俄首度出版的一本反犹太主题的书。

这引起了我的一种危机意识。我对音乐的热爱和对学习音乐的渴望与我对女人的理解可以兼容并蓄。我对历史、政治和国际事务的热爱并非如此。然而它们在召唤着我。

期末考试前的几天,我和朋友乔希在一间空教室坐了一个小时。他在检查就读法学院的申请,我在考虑下学期选什么课程。

"假如你是女人,"我问,"你还会学法律吗?"

乔希头也没抬,说道:"如果我是女人,我不会想学法律的。"

"但从我认识你以来,你口口声声只谈论法学院,"我说,"学法律是你的梦想,难道不是吗?"

"没错,"他承认道,"但假如我是女人,情况就不一样了。女人天生不同。她们没有这个野心。她们的野心在孩子身上。"他朝我笑了笑,好像我知道他在说什么似的。我的确知道。我笑了,有几秒钟我们达成了一致。

接着我又问:"但假如你是女人,你的感觉和现在一模一样呢?"

乔希出神地盯着墙壁看了一会儿,认真思考这个问题。过了片刻,他说:"那我就知道是我自己出了问题。"

自从学期开始我第一次去上国际事务课起,我就一直在想,我是不是出了什么问题。我一直在想,为什么身为女人,我却对女性化的东西不感兴趣。

我知道一定有人知道答案,所以决定去咨询一位教授。我选择去问犹太历史课教授克里博士,因为他人很安静,说话柔声细语。克里博士个子不高,有一双黑眼睛,表情严肃。即使在大热天,他讲课时也穿着厚厚的羊毛外套。我轻轻地敲了敲他办公室的门,好像暗自希望他不要回应似的,但很快我就默默地坐到了他的对面。

我不知道我的问题是什么,克里博士也没有问。他只提出了一些一般的问题——我的成绩怎么样,在修什么课程。他问我为什么选犹太历史课,我不假思索地脱口而出,说几个学期前我才听说了大屠杀,我想知道更多。

"你什么时候听说大屠杀的?"他问。

"来杨百翰大学后。"

"你们学校没教过这个吗?"

"他们可能会教吧,"我说,"只不过我没上学。"

"那你去哪儿了?"

我尽可能地解释,说我的父母不相信公共教育,让我们待在家里。我说完时,他两手十指交叉,好像在思考一道难题:"我觉得你该自我拓展一下。看看会发生什么。"

"怎样拓展自我?"

他突然身体前倾,仿佛刚刚有了一个主意。"你听说过剑桥吗?"我没有听说过。"那是一所英国大学,"他说,"世界上最好的大学之一。我在那里为学生组织了一个留学项目。竞争激烈,要求也非常高。你可能不会被录取,但如果被录取了,这个项目会让你对自己的能力有所了解。"

走回公寓的路上,我思考着该如何理解这次谈话。我本想得到道德上的建议,能让我作为妻子与母亲的使命与个人兴趣并行不悖。但他对此不加理睬。他似乎在说:"先找出你的能力所在,然后再决定你是谁。"

我申请了这个项目。

埃米莉怀孕了。过程不太顺利。怀孕的前三个月她差点儿流产，现在孕期快二十周了，她开始出现宫缩。身为助产士的母亲给她服用了圣约翰麦芽汁和其他药剂。宫缩有所减轻，但仍未停止。

回巴克峰过圣诞节时，我原以为埃米莉会躺在床上休息，但她并没有这么做。她正站在厨房，和其他六个女人一起过滤药草。她很少说话和微笑，只是提着一桶桶痉挛树皮和益母草走来走去。她安静得几乎让人感觉不到她的存在，几分钟后，我便忘了她在那里。

爆炸已经过去了六个月，爸爸重新站了起来，显然他再也比不上从前了。他的肺部严重受损，在家稍一走动便气喘吁吁。他下半部分的脸重新长出薄薄一层蜡一般的皮肤，好像被人用砂纸打磨到透明。他的耳朵布满了伤疤。他的嘴唇变薄，嘴巴耷拉着，让他看上去像一个更加苍老的人一样憔悴。但比他的脸更引人侧目的是他的右手：每一根手指都很僵硬，有的蜷曲着，有的弯折着，凑在一起就是一个粗糙的爪子。他能自己拿勺子，把勺子挤进向上弯的食指和向下扭的无名指之间，吃起东西来非常费力。尽管如此，我想知道植皮手术能否取得母亲的紫草和半边莲药膏的效果。人人都赞叹这是个奇迹，所以爸爸烧伤后，他们给母亲的药膏取了个新名字：奇迹药膏。

我回家后第一天吃晚饭时，爸爸将爆炸描述为一种来自上帝的仁慈。"这是一种祝福，"他说，"一个奇迹。上帝饶恕了我的命，赐予我一个伟大的使命，让我为他的力量作证，让世人知道，除了医疗机构还有另一种方式。"

我看着他努力夹紧刀子去切烤肉，但没有成功。"我从没遇到过任何危险,"他说,"我会证明给你们看。只要我能穿过院子而不至于昏过去,我就会拿起割炬,再去卸个油箱看看。"

第二天早上,我出来吃早餐时,一群妇女聚在爸爸周围。她们安静地听他讲述自己生死攸关时所受的上天的眷顾,眼睛闪闪发光。他说自己曾受天使侍奉,就像古代的先知一样。女人们看着他的眼神中有某种东西,像是崇拜。

整个上午我都看着这些女人,意识到父亲的奇迹给她们带来的变化。以前,为母亲工作的女人们总是随意地走近她,向她咨询工作上的实际问题。现在她们言语轻柔,充满钦佩。她们争相想得到我父母的重视,场面颇为戏剧性。这种变化可以简单地概括为:以前,他们是雇员;现在,他们变成了追随者。

父亲被烧伤的故事已经变成一个神话:它被一遍又一遍地讲给新员工听,也讲给老员工听。事实上,只要在房子里待一下午,肯定会听见对这个奇迹的某种讲述,而这些讲述有时并不准确。一次我听母亲对着一屋子虔诚的面孔说,爸爸上半身有百分之六十五的面积是严重的三度烧伤。我记得不是这样。在我记忆中,大部分只是表面伤,他的胳膊、后背和肩膀几乎没有受伤,只有手和脸的下半部分是三度烧伤。但我没有告诉别人。

父母的看法似乎首次达成了一致。父亲离开房间后,母亲不再纠正他的陈述,不再轻声发表自己的意见。她已被奇迹改变——变成了他的样子。我记得她还是个年轻的助产士时,即便自己有那样的能力,对待手中的生命还是那么谨慎、那么温柔。现在她身上的那种温柔消失了。耶和华亲自引导她的手,不会有不幸发生,除非那是上帝的旨意。

圣诞节的几周后,剑桥大学写信给克里博士,拒绝了我的申请。"竞争非常激烈。"我去克里博士的办公室时,他这样告诉我。

我谢过他,起身要走。

"等一下,"他说,"剑桥大学指示过我,如果觉得存在严重的不公,可以写信。"

我不明白他的话,于是他又重复了一遍。"我只能帮助一个学生,"他说,"如果你想的话,他们可以为你提供一个名额。"

我似乎不太可能真的被批准去那里。接着我意识到,我需要一本护照,但是没有正式的出生证明就没法办护照。像我这样的人不属于剑桥。仿佛整个宇宙都明白这一点,都在试图阻止我这种亵渎上帝的去意行为。

我亲自去申请护照。看到我那份延迟出生证明,办事员大笑起来。"九年!"她说,"九年可不是延迟。你还有其他证明文件吗?"

"有,"我说,"但上面的出生日期都不同。而且,上面的名字也不一样。"

她还在笑。"不同的日期,不一样的名字?不,这可不行。你没法拿到护照。"

我又去找过这个办事员很多次,一次比一次让人绝望,最后终于找到了一个解决办法。黛比姨妈来到法院,宣誓了一份书面陈述,证明我就是我声称的那个人。我的护照终于办下来了。

二月,埃米莉的孩子出生了。婴儿重一磅四盎司。

埃米莉在圣诞节开始宫缩，母亲说怀孕结果如何全凭上帝的旨意。结果表明，上帝让妊娠二十六周的埃米莉在家生产。

那天晚上有暴风雪，是一场山间特大暴风雪，道路封闭，镇上空无一人。埃米莉已经到了分娩的最后阶段，母亲才意识到需要送她去医院。几分钟后，取名为彼得的婴儿出生了，他从埃米莉的身体里轻而易举地滑了出来。母亲说她不是为他接生，而是"接住"了他。婴儿呈灰白色，一动不动，肖恩还以为他死了。接下来母亲摸到了微弱的心跳——实际上她看见了婴儿的心脏透过薄薄的皮肤在跳动。父亲冲到面包车前，将冰雪刮掉。肖恩抱起埃米莉，把她放在后排座上，接着母亲包好婴儿，放在埃米莉的胸前，算是造了一个临时保温箱。后来她把这叫作"袋鼠式护理"。

我父亲开车。暴风雪肆虐。在爱达荷州，我们称之为"乳白天空"：狂风猛烈地拍打着雪花，将道路覆盖成全白，就像蒙上一层面纱，让人看不见柏油路，看不见田野，也看不见河流；除了皑皑白雪，什么也看不见。他们在风雪中打滑前行，无论如何总算到达了城里，但那里的医院和乡下的一样落后，没有设备能照料这样一个发出微弱呜咽的小生命。医生说情况紧急，必须尽快送他去奥格登的麦凯迪医院。因为暴风雪的缘故，不能乘坐直升机，所以医生派了一辆救护车。事实上，他们派出了两辆救护车，第二辆为了防止第一辆在暴风雪中出事。

几个月过去了，经过多次心脏和肺部的手术，肖恩和埃米莉终于将这个我称为侄子的小家伙抱回了家。那时他已经脱离了危险，但医生说他的肺可能永远不会发育完整，他的身体可能一直很虚弱。

爸爸说孩子的出生是上帝的精心安排，就像他被安排了爆炸烧伤一样。母亲附和他，说上帝用面纱遮住了她的眼睛，所以她才无法制止宫缩。"彼得就应该是这个样子来到这个世界的，"她说，"他是来自上帝的礼物。上帝按自己选择的方式赐予礼物。"

卖花女

剑桥大学国王学院第一次映入眼帘时,我并没觉得自己是在做梦,但这只是因为我的想象从来不曾创造出如此宏伟壮观的东西。我的目光落在一座石雕钟塔上。我被带到钟塔前,然后穿过它进入学院。一大片修剪完美的草坪环绕着湖泊,湖对面是一座象牙色的建筑,我隐约认出是希腊罗马式风格。但它是一座哥特式教堂,长三百英尺,高一百英尺,宛若一座石山,主导了全部的风景。

我被领着穿过教堂,进入另一个庭院,然后上了一段螺旋阶梯。门开了,我被告知这就是我的房间。让自己舒服些。带领我的好心人这样告诉我,但他不知道这有多么不可能。

第二天一早,早餐在一间大礼堂供应。天花板像洞穴一样空旷,让人感觉像在一座教堂里吃饭,我感到自己在他人的审视之下,仿佛整个大厅的人都知道我在,而我本不该在那里。我选了一张长桌,周围坐满了来自杨百翰大学的其他学生。女生们在谈论她们带来的衣服。玛丽安一得知自己被这个项目录取后，便去购物了。"到了欧洲，你需要不同的款式。"她说。

希瑟表示同意。她的祖母为她付了机票钱，所以她把钱都花在了更新衣柜上。"这儿的人穿的衣服更讲究，"她说，"穿牛仔裤可不行了。"

我考虑跑回我的房间，换掉身上的运动衣裤和帆布鞋，但我没有什么可换的。我没有一件像玛丽安和希瑟身上穿的衣服——色彩艳丽的羊毛衫，搭配精致的围巾。我没有为来剑桥添置新衣服，因为单单付学费我还得申请学生贷款。此外，即便我有玛丽安和希瑟那样的衣服，我也不知道怎么穿。

克里博士来了，他宣布我们被邀请参观教堂，甚至还可以登上屋顶。大家乱作一团，端回餐盘，跟随克里博士走出大礼堂。我待在人群后面，穿过庭院。

当我步入教堂，我屏住了呼吸。房间——如果这样一个空间可以被称为房间的话——太大了，仿佛能容纳整个海洋。我们被指引着穿过一扇小木门，然后上了一段狭窄的、石阶不计其数的螺旋楼梯，最后抵达屋顶。屋顶倾斜得厉害，呈倒 V 形，被石护栏围住。风在呼啸，连绵的云朵掠过天空；景色颇为壮观，在教堂的衬托下，整座城市显得十分渺小。我忘乎所以地爬上斜坡，然后迎风走在屋脊上，望着弯曲的街道和石砌的庭院，一片壮阔的景象。

"你不害怕摔下去。"一个声音说。我转过身，是克里博士。他一直跟在我后面，但他似乎站不稳，身体随着阵阵大风摇晃。

"我们可以下去了。"我说。我顺着屋脊跑到靠近扶壁的平坦的走道上。克里博士再次跟了上来，但他的脚步很奇怪。他不是朝前走,而是转动身体,像螃蟹一样侧身而行。风继续肆虐。他看上去那么站不稳,于是最后几步时我向他伸出手臂,他扶住了。

"我观察过了,"我们下来后,他说,"你笔直地站着,双手插在口袋里。"他指了指其他学生,"看见他们是怎么耸肩弓背,紧贴墙壁的吗?"他说得对。有胆量登上屋脊的寥寥几人都小心翼翼,像克里博士那样笨拙地侧身前行,在风中倾斜摇晃;其他人都紧抓石头护栏,屈膝弓背,好像不知道是走还是爬。

我抬起手,抓住墙壁。

"你不需要那样做,"他说,"这不是一种批评。"

他停顿了一下,仿佛不确定该不该说下去。"每个人都发生了变化,"他说,"其他学生都很放松,直到我们来到这么高的地方。现在他们很不自在,很紧张。而你似乎正相反。这是我第一次发现你很放松。你走动时的样子,就好像你一直住在这个屋顶上。"

一阵狂风扫过护栏,克里博士摇晃起来,抓住墙壁不放。我走上屋脊,好让他靠在扶壁上。他盯着我,等着我解释。

"我给干草棚盖过屋顶。"最后我说。

"这么说你的腿更有力?就是因为这个你才能稳稳地站在风里吗?"

回答之前,我思考了片刻。"我能在风中站稳,是因为我不是努力尝试站在风中,"我说,"风就是风。人能受得了地面上的阵阵狂风,所以也能禁得住高空的风。它们没有区别。不同的是头脑中怎么想。"

他茫然地看着我,不明白我的话。

"我只是站着,"我说,"你们却都降低身体,试图弥补,因为高处让你们害怕。但蹲着走和侧身走并不自然,这样反而让自己变得脆弱。如果能控制住恐慌,这风就不值一提了。"

"这对你来说没什么。"他说。

我想要一个学者的头脑,但克里博士似乎看穿我长了一个屋顶工人的头脑。别的学生属于图书馆;我属于起重机。

第一周在一连串的课程中稀里糊涂地过去了。第二周,每个学生都被指定一位导师来指导研究。我得知,我的导师是著名的乔纳森·斯坦伯格教授,他曾任剑桥大学副校长,是大屠杀方面的知名学者。

几天后,我跟斯坦伯格教授首次会面。我在传达室等着,一个瘦削的男人出现,他掏出一串沉重的钥匙,打开嵌在石头里的一扇木门。我跟着他爬上螺旋楼梯,来到钟楼,里面有一间光线明亮、陈设简单的房间:只有两把椅子和一张木头桌。

坐下来时,我能听到耳后的血液在跳动。斯坦伯格教授已经七十多岁了,但我不会将他描述为一位老人。他动作轻盈,目光在房间内来回扫视,充满探索的能量。他的谈吐清晰而流畅。

"我是斯坦伯格教授,"他说,"你想看什么书?"

我含糊地说想看一些史学方面的。我已下定决心不研究历史,而是研究历史学家。我想我的兴趣来自学习了大屠杀和民权运动之后的无据可依之感——意识到个人对过去的了解是有限的,并将永远局限于别人所告诉他们的。我知道误解被纠正是什么感觉——改变重大的误解便是改变了世界。现在,我需要了解那些伟大的历史看门人是如何向自己的无知和偏见妥协的。我想如果我能接受他们所写的东西不是绝对的,而是一种带有偏见的话语和修正过程的结果,也许我就可以接受这样一个事实:大多数人认同的历史不是我被教导的历史。爸爸可能是错的,伟大的历史学家卡莱尔、麦考利和特里维廉也可能是错的,但从他们争论的灰烬中,我可以构建一个世界,生活在其中。当我知道了地面根本不是地面,我希望自己能站在上面。

我怀疑自己能否把这些都表达出来。等我说完后,斯坦伯格教授盯着我看了一会儿,然后说:"谈一谈你的教育背景吧。你在哪儿上的学?"

房间内的空气立刻被吸走了。

"我在爱达荷州长大。"我说。

"所以你在那儿上的学吗?"

回想起来,我想到有人可能把我的事告诉了斯坦伯格教授,也许是克里博士告诉他的,也许是他觉察到我在回避他的问题,这让他感到好奇。不管什么原因,直到我承认了我从没上过学,他才满意。

"太不可思议了,"他微笑着说,"我好像走进了萧伯纳的《卖花女》[①]。"

两个月来,我每周都与斯坦伯格教授会面。他从不给我指定阅读书目。我只读自己想读的内容,不管是一本书还是书中的一页。

我在杨百翰大学的教授们没有一个像斯坦伯格教授那样检查过

[①] *Pygmalion*,是爱尔兰剧作家萧伯纳的戏剧,描写了一名教授训练一名贫苦的卖花女,并最终成功让她被上流社会认可。后来好莱坞据此翻拍了电影《窈窕淑女》。

我的写作。没有逗号、句号、形容词或副词都会引起他的兴趣。语法和内容、形式和实质对他而言同等重要。在他看来，一个写得不好的句子是想法构思欠佳，但语法逻辑同样需要修改。"告诉我，"他会说，"你为什么要在这里用逗号？你希望在这些短语之间建立什么关系？"当我给出解释，他有时会说"完全正确"，有时会对句法进行冗长的解释来纠正我。

在与斯坦伯格教授会面一个月后，我写了一篇论文，将埃德蒙·伯克与普布利乌斯进行比较，后者是詹姆斯·麦迪逊、亚历山大·汉密尔顿和约翰·杰伊撰写《联邦党人文集》[①]时用的笔名。我几乎有两周没怎么睡觉：睁着眼睛的每一刻，我不是在阅读，就是在思考这些文字。

从父亲那里我学到，书籍要么被崇拜，要么被摒弃。上帝的书——摩门教先知和开国元勋们写的书——不是用来好好研究的，而是用来好好珍惜的，因为它们堪称完美。我被教导，像麦迪逊那样的人的话，要被视为模板，我应当把自己思想的石膏倒进这个模子，按照它们完美无瑕的模型轮廓重塑自我。我读这些书是为了学习该思考什么，而不是如何自己思考。与上帝无关的书则被驱逐，它们是一种危险的存在，不可抗拒地强大而狡猾。

为了撰写论文，我不得不换一种方式读书，不让自己陷入恐惧或崇拜。伯克捍卫过英国君主制，因此父亲会说他是暴政的代理人，他不会允许家里有这样一本书。信任自己，去阅读这些文字，让我感

[①] *The Federalist Papers*，亚历山大·汉密尔顿、约翰·杰伊和詹姆斯·麦迪逊三人为争取批准新宪法在纽约报刊上以"普布利乌斯"为笔名发表的一系列的宪法论文，首次整理结集出版于 1788 年。

到一阵激动。读麦迪逊、汉密尔顿和杰伊的作品时，我也感受到类似的兴奋，尤其是在我放弃他们的结论而支持伯克的观点，或者是在我看来他们的观点并无本质上的不同，只是形式的不同而已。这种阅读方法中植入了一些奇妙的假设：书并非儿戏，我也并不软弱。

写完这篇论文后，我把它发给了斯坦伯格教授。两天后，又到了我们见面的时间。他隔着桌子盯着我，一言不发。我等着他开口说这篇论文是一场灾难，是一种无知的思想的产物，说它不自量力，引用的材料太少，得出的结论太多。

"我在剑桥教了三十年书，"他说，"这是我读过的最好的论文之一。"

对侮辱我有备而来，但我没有准备好接受这个回答。

斯坦伯格教授一定对这篇文章作了更多的评论，但我什么也没听到。我脑海中充满了一个痛苦的需求：离开那个房间。那一刻，我不在剑桥大学的钟塔里。我重返十七岁，坐在一辆红色吉普车里，而我爱的男孩刚刚碰了我的手。我落荒而逃。

比起仁慈，我更能容忍任何形式的残忍。赞美对我来说是一种毒药，我被它噎住了。我期望教授对我大喊大叫，他没有这样做反而让我头晕目眩。我的丑恶一面必须得到表达。如果不是用他的声音来表达，我就需要用自己的声音来表达。

我不记得是怎么离开钟塔的，也不记得那个下午是怎么度过的。那天晚上有一个正式的晚宴。大礼堂被烛光照亮，很美，但我感到开心还有另一个原因：我没有着正装，只穿了黑衬衫和黑裤子，我以为在昏暗的烛光下人们可能不会注意到这一点。我的朋友劳拉姗姗来迟。她解释说她的父母来看望她，带她去了法国。她刚回来。她穿了一条深紫色的百褶裙，裙摆在她膝盖上方几英寸处。一时之间，我觉得这条裙子很淫荡，直到她说这是她父亲在巴黎给她买的。父亲送的礼物不可能淫荡。在我看来，父亲送的礼物是一个明确的信号，意味着自己的女儿不是妓女。我在这种不协调的矛盾中挣扎纠结——淫荡的裙子，送给心爱女儿的礼物——直到晚餐结束，盘子都被撤走。

下一次跟导师会面，斯坦伯格教授说，如果我申请研究生院，无论选择哪所大学，他都会确保我被录取。"你去过哈佛吗？"他说，"或者你更喜欢剑桥？"

我想象自己是一个身着黑色长袍的剑桥毕业生，大步穿过古老的走廊时，长袍沙沙作响。接下来的画面是我蜷缩在卫生间，手臂拧向背后，头伸进马桶。我试着把注意力集中在毕业生的画面，但我办不到。我无法只去想象那个身穿黑袍的女孩的画面，而对另一个女孩视而不见。学者与妓女，不可能都是真的。其中一个是谎言。

"我不能去，"我说，"我付不起学费。"

"让我去操心费用的问题吧。"斯坦伯格教授说。

八月下旬，我们在剑桥的最后一个晚上，大礼堂里举行了一场告别晚宴。我从未见过桌上摆着那么多刀叉和高脚杯；在烛光的映照下，墙上的油画光影错落。我既感觉暴露在优雅的环境中，又感觉自己仿若无形。其他学生经过时，我盯着他们，看着每一条丝质连衣裙、每一只浓妆艳抹的眼睛。它们的美丽让我迷醉。

吃饭时，我一边听着朋友们愉快地聊天，一边盼望回到自己的房间独处。斯坦伯格教授坐在高桌旁。每一次我瞥到他，就会感到一种古老的本能在起作用，让我肌肉绷紧，随时准备逃跑。

甜点一上，我就离开了大礼堂。从那些精致美丽的人和事物中逃离出来是一种解脱——我允许自己不可爱，但不是给人当绿叶。克里博士见我离开，也跟了上来。

外面一片漆黑。草坪是黑的，天空更黑。白垩色的光柱从地面升起，照亮了教堂，让它在夜空的映衬下，像月亮一样闪闪发光。

"你给斯坦伯格教授留下了深刻的印象，"克里博士说，与我并肩而行，"希望他给你留下了一些印象。"

我不明白。

"这边走，"他说着，转向教堂，"我有话要对你说。"

我跟在他身后，注意到自己的脚步是无声的，意识到我的帆布鞋不像其他女孩穿的高跟鞋那样优雅地在石头上发出嗒嗒的敲击声。

克里博士说他一直在观察我。"你表现得像是在假扮别人。好像你觉得你的生活全靠伪装。"

我不知道说什么好，所以什么也没说。

"你从没有想过，"他说，"你可能和其他人一样有权待在这里。"他等待我做出解释。

"我更喜欢给别人上菜，"我说，"而不是吃菜。"

克里博士笑了。"你应该相信斯坦伯格教授。如果他说你是一个学者——我听他说你是块'纯金'——那么你就是。"

"这真是一个神奇的地方，"我说，"一切都闪闪发光。"

"你千万别这样想，"克里博士提高声音说，"你不是愚人金[①]，

[①] Fool's gold，指黄铁矿，即看似黄金的物质。

只在特定的光线下才发光。无论你成为谁,无论你把自己变成了什么,那就是你本来的样子。它一直在你心中。不是在剑桥,而是在于你自己。你就是黄金。回到杨百翰大学,甚至回到你家乡的那座山,都不会改变你是谁。那可能会改变别人对你的看法,甚至也会改变你对自己的看法——即便是黄金,在某些光线下也会显得晦暗——但那只是错觉。金子一直是金子。"

我想相信他,接受他的话,重塑自我,但我从来没有那样的信心。无论我把回忆埋得多深,无论我如何紧闭双眼对抗它们,当我想到自己,脑海中浮现的形象是那个女孩,在卫生间、在停车场的那个女孩。

我不能告诉克里博士关于那个女孩的故事。我不能告诉他,我不能回到剑桥,是因为在这里,我人生中的每一个暴力和堕落时刻更为凸显。在杨百翰大学,我几乎可以忘记,让过去的留在过去。但这里的反差太大,眼前的世界过于梦幻。比起石头尖顶,记忆更加真实,更加可信。

对我来说,我假装自己不属于剑桥还有其他与阶级和地位有关的原因:因为我很穷,从小就很穷。因为我可以站在教堂屋顶的风中而不倾斜。这就是那个不属于剑桥的人:这次她是屋顶工人,不是那个妓女。那天下午我在日记里写道:我可以上学,可以买新衣服,但我始终是塔拉·韦斯特弗。我做过的工作没有一个剑桥学生会去做。不管怎么打扮,我们始终不同。衣服不能解决我的问题。我内心里有什么东西腐烂了,恶臭熏天,令人作呕,仅凭衣服无法掩盖。

我不确定克里博士是否对此有所怀疑。但他明白,我执着于衣服，把它们作为我不属于这里、也不能属于这里的象征。临走前他最后对我说的一句话，让我站在教堂旁边，惊讶得一动不动。

"决定你是谁的最强大因素来自你的内心。"他说，"斯坦伯格教授说这是《卖花女》。想想那个故事吧，塔拉。"他停顿了一下，目光如炬，声音洪亮，"她只是一个穿着漂亮衣服的伦敦人。直到她相信自己。那时，她穿什么衣服已经无关紧要了。"

毕业

项目结束后，我回到杨百翰大学。校园看起来还是老样子，忘记剑桥，重新回到我在那里的生活本来不难。但斯坦伯格教授决心不让我忘记。他给我寄了一份申请，项目名称为"盖茨剑桥奖学金"[1]，他解释说，这个奖学金有点像"罗德奖学金"[2]，但申请的不是牛津大学，而是剑桥大学。它将为我在剑桥学习提供全额资金，包括学费和食宿费。在我看来这是滑稽之谈，像我这样的人根本不够资格，但他坚持认为不是这样，所以我申请了。

没过多久，我注意到另一个不同，另一个小小的转变。那天晚上，我和朋友马克在一起，他是学古代语言的。和我以及杨百翰大

---

[1] Gates Cambridge Scholarship，剑桥大学最著名的针对留学生的奖学金，要求学生学术成绩优异，富有领导力和社会责任感，遴选标准非常之高。
[2] Rhodes Scholarship，世界上竞争最激烈的奖学金之一，由英国政治家、商人塞西尔·罗德于1902年创设，旨在资助"卓越、勇敢、仁爱以及拥有领袖气质"的世界青年精英赴牛津大学深造。

学几乎每个人一样，马克也是摩门教徒。

"你觉得人们应该学习教会历史吗？"他问。

"是的。"我说。

"如果这让他们不开心怎么办？"

我想我明白他的意思，但我等着他解释。

"很多女性在了解了一夫多妻制之后，就与自己的信仰作斗争，"他说，"我母亲就是这样。我认为她永远都不会理解这一点。"

"我也从来没有理解过。"我说。

一阵紧张的沉默。他在等着我说出我的台词：我在为信仰祈祷。的确，我已经为此祈祷过许多许多次了。

也许我们俩都在思考我们的历史，也许只是我一个人在思考。我想起了约瑟夫·史密斯，他有四十多个妻子。杨百翰有五十五个妻子和五十六个孩子。教会在一八九〇年结束了一夫多妻制，但从未放弃这一教义。从小父亲就教导我——主日学校也教导过——时机成熟时上帝会恢复一夫多妻制；来世我将成为某个男人的若干妻子之一。我丈夫有几个妻子，将取决于他的义：他活得越尊贵，所娶的妻就越多。

我从未平心静气地接受这一点。作为一个女孩，我时常想象自己置身天堂，一袭白色长裙，站在一片白雾中，对面是我的丈夫。但是当镜头拉近，我们身后还站着十个女人，穿着同样的白色衣裙。在我的幻想中，我是第一任妻子，但我知道这一点根本无从保证；我可能是长长的妻子链中最不起眼的一个。从我记事起，这个画面就一直居于我对天堂想象的核心：我丈夫和他的妻子们。在这道算术题中，存在一种刺痛：在神圣的天国演算中，一个男人可以为无数的女人平衡等式。

我想起我的外高祖母。第一次听到她的名字是在我十二岁时。在摩门教中，十二岁意味着你不再是一个孩子，而是变成了一个女人。十二岁时，主日学校的课程也开始包括"纯洁"和"贞节"之类的词汇。也是在这个年龄，作为教会任务的一部分，我被要求去了解我的一位祖先。我问母亲该选择哪一位祖先，她不假思索地说："安娜·玛西亚。"我大声说出这个名字，它就像童话故事开头一样从我的舌尖飘过。母亲说我应该铭记安娜·玛西亚，因为她留给我一份礼物：她的声音。

"正是她的声音把我们一家带进了教堂，"母亲说，"她听到摩门教传教士在挪威的街头布道。她祈祷，于是上帝用信仰赐福她，让她知道约瑟夫·史密斯是上帝的先知。她把这告诉了她的父亲，但他听过摩门教的一些故事，不允许她受洗。于是她为他唱歌。她给他唱了一首摩门教赞美诗，名叫'哦，我的父亲'。她唱完后，她的父亲热泪盈眶。他说，任何拥有如此美妙音乐的宗教必定是上帝的杰作。于是他们一起受洗。"

安娜·玛西亚使她的父母皈依后，一家人感受到上帝的召唤，来到美国，去见先知约瑟夫。他们为这次旅行攒了两年的钱，但最后只够带一半家人出发。安娜·玛西亚留了下来。

旅途漫长而艰辛，他们抵达爱达荷州一处叫虫溪的摩门教徒定居点时，安娜的母亲病了，奄奄一息。她希望临死之前见女儿最后一面。于是安娜的父亲写信给安娜，恳求她带着所有积蓄来美国。安娜已经坠入爱河，即将结婚，但她还是把未婚夫留在挪威，漂洋过海。不等她抵达美国，她母亲就去世了。

此时这家人一贫如洗，没有钱再把安娜送回未婚夫身边，她也就无法履行婚约。安娜成了父亲的经济负担，于是一位主教说服她嫁给一个富农，做他的第二个妻子。他的第一个妻子不能生育，安娜怀孕后，她醋意大发。安娜担心第一个妻子会伤害她的孩子，于是回到她父亲身边，在那里生了一对双胞胎。可是边境冬季严寒，只有一个婴儿活了下来。

马克还在等我回答。最后他放弃了，咕哝着说了我该说的话，说他也不能完全理解，但他知道一夫多妻是上帝的原则。

我表示同意。我说了这些话，然后做好准备迎接一波耻辱——头脑中涌现那个形象：我作为众多妻子中的一员，站在一个孤独、没有面孔的男人身后——但这形象没有出现。我在脑海中搜索，发现了一个新的信念：我永远不会成为众多妻子中的一员。一个毫不让步的声音宣称了这个决定，这个决定使我浑身发抖。如果这是上帝的命令呢？我问。你不会这么做的，那个声音回答道。我知道它说的是真的。

我又想起安娜·玛西亚，想知道她生活的是怎样一个世界：追随先知，离开恋人，漂洋过海，嫁给一个不爱的男人做二房，之后埋葬了一个孩子，结果她的玄外孙女，却越过同一片海洋，成了一个无信仰之人。我是安娜·玛西亚的后代，我美妙的嗓音是她给的。难道她没将她的信念一起给我吗？

我进入盖茨奖学金最终候选名单。二月份在安纳波利斯有一场面试，我不知道该如何准备。罗宾开车载我去公园城一家安·泰勒折扣店，帮我买了一套深蓝色套装和一双配套的休闲皮鞋。我没有手提包，于是罗宾把她的借给了我。

面试前两周，我父母来到杨百翰大学。之前他们从没来看过我，这次是他们去亚利桑那州中途路过，停下来吃晚饭。我带他们去了公寓对面的印度餐馆。

女服务员盯着父亲的脸看了很长时间，待她把视线移到他手上，顿时惊得两眼鼓了起来。爸爸点了菜单上一半的菜。我告诉他三个主菜就够了，但他眨了眨眼，说钱不是问题。似乎父亲奇迹般康复的消息正在传播开来，为他们赢得了越来越多的顾客。西部山区几乎所有的助产士和自然治疗师都来购买母亲的产品。

等候上菜的间隙，父亲问起我的学业。我说我在学习法语。"你竟然学这种语言。"他说，接着讲了二十分钟的二十世纪历史。他说，欧洲的犹太银行家签署秘密协议，发动了第二次世界大战，他们还为了获得经济支持与美国的犹太人串通一气。他说，是他们策划了大屠杀，因为全世界的动荡不安将使他们获得经济利益。为了钱，他们还把自己人送进了毒气室。

这些观点听上去很耳熟，片刻之后我才想起是从哪里听到的：在克里博士关于《锡安长老会纪要》的讲座上。该纪要于一九〇三年发表，内容是一群有权势的犹太人阴谋夺取世界政权、控制全人类的秘密会议记录。虽然这份文件被证明是伪造的，但仍然广泛传播，在第二次世界大战前几十年助长了反犹太主义。阿道夫·希特勒曾在自传《我的奋斗》中提到过《锡安长老会纪要》，声称那些记录真实可信，揭露了犹太人的本性。

父亲嗓门很大，如此高的音量在山腰上很合适，在小餐馆里却震耳欲聋。邻桌的人都停止了交谈，静静地坐着，听着我们的谈话。我真后悔选择了一家离我公寓这么近的餐厅。

爸爸的话题从第二次世界大战转移到了联合国、欧盟和即将到来的世界大毁灭。他说话的口气仿佛这三个词是同义词。咖喱上来了,我把注意力集中在吃饭上。母亲听腻了这种长篇大论,让爸爸说点儿别的。

"但是世界就要完蛋了!"他说。现在他在大喊。

"当然了,"母亲说,"但咱们还是不要在吃晚饭时讨论这个吧。"

我放下叉子,盯着他们看。不知为何,过去半小时里所有的奇谈怪论,都不如这句话让我震惊。他们很少有能让我感到震惊的地方。遵循我的理解逻辑,他们所做的每一件事都说得通。也许是因为背景:他们属于巴克峰,山峰掩饰了他们,所以当我看到他们在那里,周围环绕着我童年时代的聒噪和尖锐的遗物,他们被环境所吸纳。但在这里,离大学如此之近,他们显得如此不真实,几乎像神话一样。

爸爸看着我,等着我发表意见,但我觉得自己格格不入。我不知道该做谁。在山上,我不假思索地采用他们的女儿和追随者的声音。但在这里,我似乎找不到那个在巴克峰的影子下轻易就能找到的声音。

我们走回公寓,我带他们参观我的房间。母亲关上房门,门后露出马丁·路德·金的海报,那是我四年前得知民权运动时贴上去的。

"那是马丁·路德·金吗?难道你不知道他和共产主义者有联系吗?"爸爸咬着嘴唇上的蜡状组织问我。

他们很快就走了,在夜晚开车离开。目送他们走后,我拿出了日记本。过去我总是轻信一切,毫不怀疑,真是令人惊讶。我写道，全世界都是错的，只有爸爸是对的。

我想起泰勒的妻子斯蒂芬妮几天前在电话里跟我说过的话。她说她花了几年时间才说服泰勒允许她给孩子们注射疫苗，因为他仍然相信疫苗是医疗机构的阴谋。如今回想起来，父亲的声音犹在耳畔，当时我却嘲笑哥哥的行为。他还是一个科学家呢！我写道，他怎么看不穿他们的偏执呢！重读自己写下的文字，我对哥哥的轻蔑变成了一种讽刺。话又说回来，我写道，要不是刚刚想起来，直到今天我自己还从未注射过疫苗，也许我嘲笑起泰勒来会更有底气。

盖茨奖学金的面试是在安纳波利斯的圣约翰学院进行的。校园令人生畏，有完美无瑕的草坪和干净利落的殖民时期风格建筑。我紧张地坐在走廊里，等候被叫去面试；我身着套装，抓着罗宾的手提包，感到笨手笨脚，浑身僵硬。但最终，我几乎没有什么可做的，因为斯坦伯格教授已为我写了一封有力的推荐信。

第二天我就收到了确认函：我获得了奖学金。

电话开始响个不停，是杨百翰大学校报和本地新闻媒体打来的。我接受了六次采访，上了电视。一天早上醒来，我发现我的照片登上了杨百翰大学主页。我是杨百翰大学第三位获得盖茨奖学金的学生，学校充分利用媒体大肆宣传。我被问及高中经历，以及哪位小学老师对我的成功影响最大。我闪烁其词，逃避话题，必要时还撒谎。我没有告诉任何一个记者，我从没上过学。

我不知道自己为什么没有告诉他们。我只是无法忍受别人拍着我的背，对我说我多么令人印象深刻。我不想成为霍雷肖·阿尔杰[①]那样热泪盈眶的美国梦的化身。我希望过有意义的生活，而在我看来，交代那些没有任何意义。

毕业前一个月，我回到巴克峰。爸爸已经看了关于我获得奖学金的报道，他说："你没有提到在家上学。我和你母亲知道学校的德行，没有送你上学，我本以为你会为此更加感激。你应该告诉大家，这都归功于在家上学。"

我什么也没说。爸爸视我的沉默为一种歉意。

他不赞成我去剑桥。"为了逃离那些国家，我们的祖先冒着生命危险漂洋过海。而你在做什么？一转身又回去了？"

我还是什么也没说。

"我期待你毕业，"他说，"上帝精选了一些指责的话，要我给那些教授们讲讲。"

"不行。"我轻声答道。

"耶和华若让我行动，我就站起来说。"

"不行。"我又说了一遍。

"主灵不受欢迎的地方我是不会去的。"

我们的对话到此结束。我希望这件事就此过去，但因为我没有在采访中提及在家上学，父亲很是受伤，以至于这个新伤口恶化溃烂了。

毕业前夜，学校举行晚宴，历史系将在晚宴上为我颁发"最优秀本科毕业生奖"。我在门口等我的父母，但他们一直没有露面。

[①] Horatio Alger（1832－1899），美国作家，作品多描写穷孩子靠勤奋和努力爬上人生巅峰，因此成为美国梦的化身。

我以为他们会晚点儿来，于是打电话给母亲，但她说他们不来了。我只身赴宴，被授予一块牌匾。整个大厅只有我桌子旁边的座位是空的。第二天有一个荣誉毕业生午宴，我与学院院长和荣誉项目主任坐在一起。旁边的两个位子还是空的。我告诉他们我父母的汽车坏了。

午饭后我给母亲打电话。

"除非你道歉，否则你爸爸是不会去的，"她说，"我也不会。"

我道了歉，"他愿意说什么就说什么吧。但求求你们来吧。"

他们错过了大半的毕业典礼。我不知道他们是否看见了我被授予学位证书的场景。我只记得，我和朋友们一起等待典礼音乐响起，看着他们的父亲给他们拍照，他们的母亲为他们整理头发。我记得我的朋友们都戴着五颜六色的花环，还有刚刚收到的珠宝礼物。

典礼结束后，我独自站在草坪上，眼巴巴地望着其他学生和他们的家人。最终我的父母出现了。母亲拥抱了我。我的朋友劳拉拍了两张照片：一张是我和母亲的合影，我们强颜欢笑；另一张是我夹在父母中间，在压力下显得很紧张。

当天晚上我就要出发离开西部山区。毕业前我已经收拾好了行李。我的公寓空荡荡的，包裹都放在了门边。劳拉自告奋勇开车送我去机场，但我父母说他们想送我。

我原以为他们会在路边丢下我，但爸爸坚持要陪我穿过机场。他们等着我托运行李，跟着我走到安检口。似乎爸爸想等到我在最后一秒改变主意。我们默默走着。到达安检处，我跟他俩拥抱道别。我脱下鞋子，拿出笔记本电脑和相机，穿过检查站，重新装好物品，准备登机。

就在这时，我回头一瞥，看见爸爸还站在安检口目送我离开。他的双手插在口袋里，肩膀耷拉着，嘴巴松弛。我挥挥手，他向前走了几步，好像要跟上来。我想起了多年前的那一刻：当高压电线将旅行车盖住，母亲被困在车内时，爸爸站在旁边，一副无助的样子。

我拐过弯，他仍然保持着那个姿势。父亲的那个形象我将永远铭记：他脸上的表情充满爱意、恐惧和失落。我知道他为什么害怕。我在巴克峰的最后一夜，就是他说不会来参加我毕业典礼的那一夜，他无意中吐露过。

"如果你在美国，"他低声说，"无论你在哪个角落，我们都可以去找你。我在地下埋了一千加仑汽油。世界末日来临时我可以去接你，带你回家，让你平平安安的。但要是你去了大洋彼岸……"

第三部分

全能上帝之手

一扇石门挡住了三一学院的入口，石门上还有一扇小木门。我穿过门走进去。一位身穿黑色大衣、头戴圆顶礼帽的行李搬运工带我参观了学院，领我穿过最大的庭院——中庭。我们穿过石头过道，走进一条铺满成熟小麦色石头的长廊。

"这里是北回廊，"搬运工说，"牛顿就是在这里跺脚测量回声，首次计算了声速。"

我们回到大门。我的房间在正对着它的三层。搬运工走后，我站在两个行李箱中间，从小窗口向外望去，凝视着神秘的石门和它超凡脱俗的城垛。剑桥还是我记忆中的样子，古老而美丽。只是我变了。我不再是一名游客，不再是一个客人。我成了大学的一员。门上写着我的名字。根据上面的文字，我属于这里。

第一堂课我穿了深色衣服，希望自己不会太显眼，但即便如此，我还是觉得自己与其他同学不一样。我说起话来当然不像他们，不仅仅因为他们是英国人。他们的言语节奏轻快、抑扬顿挫，让我觉得像是在唱歌，而不是说话。在我听来，他们说话时文质彬彬，显得受过良好教育；而我说话则倾向于含糊不清，一紧张就结巴。

我在一张大方桌周围选了一个座位，听邻座的两个学生讨论讲座主题——以赛亚·伯林[①]的两个自由概念。坐在我旁边的学生说他以前在牛津大学学过以赛亚·伯林；另一个说他在剑桥读本科时就已经听过这位老师讲的关于伯林的课。我从未听说过以赛亚·伯林这个名字。

老师开始讲课。他语气平静，但将材料过得很快，仿佛认定我们对此都很熟悉。其他学生证实了这一点，他们中大多数人都没记笔记。我将每个字都草草地记了下来。

"那么以赛亚·伯林的两种概念是什么？"老师问。几乎所有同学都举起了手。老师叫了那名来自牛津的学生。"消极自由，"他说，"是不受外部限制或阻碍的自由。此种意义下的自由指一个人的身体不受他人阻碍地行动。"一时之间我想起了理查德，他似乎总能准确无误地把读过的东西背诵出来。

"很好，"老师说，"第二个呢？"

"积极自由，"另一个学生答道，"是摆脱内部约束的自由。"

我在笔记里记下这个定义，但我并不理解它。

老师试图澄清这个概念。他说积极自由是自制，由自我掌控的自我统治。他解释说，拥有积极自由就是控制自己的思想，从非理性的恐惧和信仰中解放出来，从上瘾、迷信和所有其他形式的自我

[①] Isaiah Berlin（1909—1997），英国哲学家、观念史学家和政治理论家，二十世纪最杰出的自由思想家之一，主要以其对政治和道德理论的贡献而闻名。

强迫中解脱出来。

我不知道何为自我强迫。我环顾房间,除了我似乎没有人对此感到困惑。我是少数记笔记的学生之一。我想让老师做进一步解释,但是有什么东西让我放弃了这个想法——我确信这样做无异于对着一教室的人大喊:我不属于这里。

下课后,我回到自己的房间,凝视着窗外的石门和中世纪时期的城垛。我想到了积极自由,想到了自我强迫可能的意义,直到我的头隐隐作痛。

我给家里打电话,是母亲接的。听见我用哭声说"你好,母亲",她很激动。我告诉她,我不该来剑桥,我什么都不懂。她说她一直在进行肌肉测试,发现我有一个脉轮失去了平衡。她说她能调整。我提醒她我可是在五千英里之外。

"没关系,"她说,"我会调整奥黛丽身上的脉轮,让它飞向你。"

"让它怎么着我?"

"飞,"她说,"对生命能量来说,距离不是问题。我可以从这里将修正过的能量传送给你。"

"能量的传播速度有多快?"我问,"和声速一样,还是更像一架喷气式客机?它是直接飞过来,还是会在明尼阿波里斯市停留一下?"

母亲笑着挂断了电话。

大部分早晨我在学校图书馆的一个靠窗的位置上学习。还是这样的一天早晨,杨百翰大学的好友德鲁通过电子邮件给我发了一首歌。他说那是一首很经典的歌,但歌名和歌手我都从未听说过。我

用耳机播放了这首歌,立刻就被它牢牢吸引。我望着北回廊,一遍又一遍地听:

将自己从精神奴役中解放出来
只有我们自己才能解放我们的思想

我把这两行歌词记在笔记本上,写在正在撰写的论文的空白处。阅读时我的思绪又不由自主地飘到歌词上面。我从网上了解到鲍勃·马利①脚上的肿瘤。我还了解到马利曾是拉斯特法里教教徒,该教派信仰"全身完整",因此他拒绝做截肢手术。他在四年后去世,年仅三十六岁。

将自己从精神奴役中解放出来。这句歌词是马利在去世前一年写下的,当时本可以动手术去除的黑色素瘤正转移到他的肺、肝、胃和大脑。我想象一个贪婪的外科医生,长着锋利的牙齿和细长的手指,力劝马利进行截肢手术。想到医生的可怕形象和他腐败的药物,我便胆怯退缩了。这时我才明白之前未明白过来的一点,尽管我已弃绝了父亲的世界,却从未寻找到生活在这个世界上的勇气。

我将笔记本翻到关于消极自由和积极自由的那堂课。在一个空白处,我画线写下:只有我们自己才能解放我们的思想。然后我拿起电话拨通号码。

"我需要接种疫苗。"我告诉护士。

---

① Bob Marley(1945—1981),牙买加唱作歌手,雷鬼乐鼻祖。

每个星期三下午我参加一个研讨会,在那里注意到两个女生——卡特里娜和苏菲——几乎总是坐在一起。圣诞节几星期前的一个下午,她们问我想不想去喝一杯咖啡,我才第一次开口跟她们说话。我以前从未喝过"一杯咖啡"——我从未尝过咖啡的味道,因为这是教会严令禁止的——但我跟着她们来到街对面的一家咖啡馆。收银员很不耐烦,于是我随便选了一杯。她递给我一个过家家大小的杯子,里面盛着一大汤匙泥浆颜色的液体。我眼巴巴地望着卡特里娜和苏菲端回我们桌旁的杯子里的泡沫。她们讨论起课堂上的概念;我则纠结要不要喝掉我的咖啡。

她们轻松自如地使用高深复杂的术语。其中一些术语,如"第二次浪潮",我以前听过,但不知道它们是什么意思;还有一些,比如"霸权式男性气概",我读着就拗口,更不用说理解了。我喝了几口苦味的浓缩液体,过了一会儿才明白过来,她们谈论的是女权主义。我盯着她们,好像她们在玻璃后面。我从来没有听人将"女权主义"这个词用作谴责以外的含义。在杨百翰大学,"你听上去像个女权主义者"标志着争论的结束。它也表明你输了。

从咖啡馆出来后我去了图书馆。在上网查询了五分钟、去了几趟书架后,我回到老位置上,面前摆了一大堆书,都是我如今已经知道的"第二次浪潮"作家——贝蒂·弗里丹、杰梅茵·格里尔、西蒙娜·德·波伏娃——的作品。每本书我只翻了几页便合上了。我从未在书本上见过"阴道"这个词,也从未将它说出口。

我回去上网,然后又来到书架前,将"第二次浪潮"作家换成第一次浪潮作家——玛丽·沃斯通克拉夫特和约翰·斯图亚特·穆勒。我从下午一直读到晚上，第一次为自己从童年起就感到的不安建立了一个词汇表。

从最初知道哥哥理查德是男孩而我是女孩的那一刻，我就曾渴望将自己的未来与他的交换。未来我要当母亲；他要做父亲。两者听上去差不多，实则不然。成为其中的一个就是成为一个决策者、主持者、家庭秩序的维护者；成为另一个则是成为被使唤的人之一。

我知道我的渴望是不正常的。与我其他的自我认知一样，这种认知源自那些我认识和我爱的人的声音。这么多年来，那种声音像耳语般一直伴随着我，刨根问底，担忧焦虑。那个声音说，是我不对。我的梦想堕落扭曲。那个声音有许多音色、许多音调。有时它是父亲的声音，更多的是我自己的声音。

我把书带回房间，读了整整一夜。我喜欢玛丽·沃斯通克拉夫特充满激情的篇章，但当我读到约翰·斯图亚特·穆勒写的一句话，我为之感动："这是一个没有终极答案的主题。"穆勒思考的主题是女性的本质。他声称，许多个世纪以来，女性一直被哄骗、劝诱、推搡和挤压在一系列扭曲的概念中，以至于现在不可能再去界定女性的天赋和抱负。

血液冲进大脑，我感到一股肾上腺素的激增，感到一种可能性，一种边界向外扩展之感。就女性的本质而言，没有什么终极答案。在虚空中，在未知的黑暗中，我从未感到如此安慰。它似乎在说：无论你是什么人，你都是女人。

十二月，我提交了最后一篇论文后，乘火车去往伦敦，登上了回家的飞机。母亲、奥黛丽和埃米莉在盐湖城机场接我，我们一起驶上州际公路。那座山出现在眼前时，已近午夜。漆黑的夜空下，我只能依稀辨认出她伟岸的身影。

当我走进厨房，发现墙上开了一个大洞，通往爸爸正在建造的新的一个扩建部分。我和母亲一起穿过洞，打开了灯。

"太令人惊叹了，不是吗？"她说，用了"令人惊叹"这个词。

那是一座堪比教堂的礼拜堂的超大房间，有着高达十六英尺的拱形天花板。房间大到荒诞的地步，过了好一会儿我才注意到里面的装饰。墙壁是裸露的石棉水泥板，与拱形天花板上的木镶板形成鲜明对比。深红色绒面革沙发亲切地坐在父亲多年前从垃圾堆里拖出来的那张脏兮兮的座椅旁。图案复杂的厚地毯覆盖了一半的地板，另一半是水泥。屋里摆着几架钢琴，其中只有一架看上去还能弹奏，还有一台餐桌大小的电视机。这个房间非常适合我父亲：它大得无与伦比，而且极不协调。

爸爸以前总是说他想建一间游轮那么大的房间，但我从没料到他会那么有钱。我看看母亲，希望得到一个解释，但爸爸自己给出了答案。他解释说，生意非常成功。精油很受欢迎，母亲制作的精油是市面上最好的。"我们的精油太好了，"他说，"大型企业生产商的利润都被我们瓜分了。现在爱达荷州韦斯特弗家的精油声名远扬。"爸爸告诉我，一家公司看到母亲的精油如此成功，十分警惕，他们开出惊人的三百万美元的价格，想买下她的全部产品。我父母甚至不予考虑。治愈是他们的使命。再多的钱也诱惑不了他们。爸爸解释说，他们现在将大部分的利润以物资的形式重新献给上帝——购买食物、汽油，也许还会建一个真正的防空洞。我强忍住笑。在我看来，爸爸有望成为西部山区财力最雄厚的疯子。

理查德出现在楼梯间。他在爱达荷州州立大学学化学，马上本科毕业。他和妻子卡米以及一个月大的儿子多纳文回家过圣诞节。一年前在他们的婚礼上我见过卡米，我当时为她是那么正常而震惊。和泰勒的妻子斯蒂芬妮一样，卡米也是个局外人：她是一个摩门教徒，但属于父亲所说的"主流"。她谢过母亲给她的草药建议，对母亲让她放弃医生的期望置若罔闻。多纳文是在一家医院出生的。

我想知道理查德是如何在他正常的妻子和不正常的父母之间那汹涌波涛中航行的。那天晚上，我仔细地观察他，发现他似乎努力同时生活在两个世界之中，成为一切信条的忠实追随者。当爸爸谴责医生是撒旦的仆从时，理查德转向卡米轻轻地笑了笑，好像爸爸在开玩笑。但当爸爸扬起眉毛时，理查德的表情变为严肃的沉思和赞同。他似乎一直处于频繁切换的状态，在不同的维度进进出出，不确定是要做父亲的儿子，还是妻子的丈夫。

母亲被节日订单压得喘不过气来，所以我又像小时候一样度过了在巴克峰的时光：在厨房里制作顺势疗法药剂。我倒了些蒸馏水，加入几滴基本配方，然后将小玻璃瓶穿过我的拇指和食指围成的圈，数到五十或一百下，然后接着做下一个。爸爸进来喝水，看见我时，他脸上露出了微笑。

"谁会知道，我们不得不把你送到剑桥，才让你重回厨房？这才是你待的地方。"他说。

下午，我常常和肖恩套上马鞍，一路冲到山上。马连跳带爬地走过没到它们肚子的雪堆。山上美丽而清爽，空气中弥漫着皮革和松木的味道。肖恩聊起了马，聊起它们的驯化，聊起他期待在春天见到的小马驹，而我忆起他和他的马在一起时总是展露出最好的一面。

到家大约一周后，山上迎来一股强冷空气。气温骤降到零度，还在持续下降。我们把马关起来，因为我们知道，如果它们流汗，背上就会结冰。水槽冻结了。我们把冰敲碎，但它很快又结了冰，于是我们只能提一桶桶的水给马喝。

那天晚上大家都待在屋里。母亲在厨房里调制精油。爸爸在扩建区，我开始开玩笑地将这里叫作"小教堂"。他躺在深红色沙发上，肚子上放一本《圣经》，而卡米和理查德正在用钢琴弹奏赞美诗。我拿着笔记本电脑，坐在爸爸旁边的双人椅上，听着音乐。我正要给德鲁写电子邮件，这时后门被什么东西撞击了一下。门砰的一声开了，埃米莉飞跑进房间来。

她用瘦弱的手臂紧紧环抱自己的身体，大口喘气，浑身哆嗦。她没有穿大衣和鞋子，只穿了一条我留下的牛仔裤和一件我穿过的T恤。母亲把她扶到沙发上，从近处拿过一条毯子将她裹住。埃米莉号啕大哭，甚至过了好几分钟母亲也没能让她说出发生了什么。每个人都还好吗？彼得在哪里？他身体虚弱，个头只有同龄孩子的一半，因为肺部发育不完整，他还戴着氧气管。难道是他小小的肺衰竭了，停止了呼吸？

在不时的啜泣和牙齿的颤抖中，埃米莉断断续续地讲出了事情原委。据我所知，那天下午埃米莉去斯托克斯商店购物，给彼得买错了饼干。肖恩大发雷霆。"你连吃的都买不对，他怎么能长大呢？"他尖叫着，说完抱起她，将她从他们的拖车里扔到了门外的雪堆上。她敲门求他放她进去，之后才跑上山坡来到我家。她说这话的时候,我盯着她赤裸的双脚。它们冻得通红,看上去像被火烧伤了一样。

我的父母一边一个陪埃米莉坐在沙发上,拍着她的肩膀,紧握着她的手。理查德在他们身后几英尺的地方踱着步子。他看上去沮丧、焦虑,好像想马上采取行动,只是被控制住了。

卡米仍坐在钢琴旁。她一脸困惑地盯着坐在沙发上的三个人。她没有听懂埃米莉的话,不明白为什么理查德在踱步,也不明白为什么他每隔几秒就停下来看一眼爸爸,等待一个词语或一个手势——任何该做什么的信号。

我看着卡米,感到胸口一阵发紧。我恨她目睹了这一切。我想象自己身处埃米莉的位置,这很容易做到——我忍不住这样想——一时之间我又回到那个停车场,高声尖笑,试图让周围的人相信我的手腕没有断。没等我反应过来自己在干什么,我已经穿过了房间。我一把抓起哥哥的胳膊,将他拉到钢琴前。埃米莉还在抽泣,我用她的抽泣压住我的低语。我告诉卡米,我们看到的是他们两口子的私事,埃米莉明天会为此感到难为情。看在埃米莉的分上,我说,我们应该都回到各自的房间,把这件事交给爸爸处理。

卡米信了我的话,站起身来。理查德犹豫了片刻,最后深长地看了爸爸一眼,然后跟着她走出了房间。

我和他们一起穿过走廊,然后又折返回来。我坐在餐桌旁看着钟表。五分钟过去了,接着十分钟过去了。来吧,肖恩,我在心里默念,现在就过来。

我说服自己,如果肖恩在接下来几分钟里露面,那将是为了确保埃米莉来到了这里——确保她没有在冰上滑了一跤摔断腿,也没有在雪地里冻死。但他没有来。

二十分钟后,当埃米莉终于不再哆嗦,爸爸拿起了电话。"过来把你老婆接走!"他冲话筒吼道。母亲搂着埃米莉的头,让它靠在自己的肩上。爸爸回到沙发上,拍了拍埃米莉的手臂。我盯着他们三人挤在一起,有一种感觉,这一切以前发生过,每个人的角色都经过精心排练。甚至包括我的。

多年以后我才明白那天晚上发生了什么,我在其中又扮演了什么角色。我是如何在本该保持沉默时开口,却在本该说话时闭上了嘴巴。我们需要的是一场革命,一场自我们童年起就一直扮演的那种古老、脆弱的角色的颠覆。女性需要——埃米莉需要——从托词中解放出来,证明自己是一个人。表达意见,采取行动,蔑视顺从。就像一个父亲一样。

父亲安装的法式门一打开便吱嘎作响。肖恩穿着一双重重的靴子和一件厚冬衣慢吞吞地走了进来。彼得从肖恩为他阻挡寒冷的厚厚的羊毛包裹中钻了出来,伸出小手去找埃米莉。她将他紧紧搂在怀里。爸爸站起身,示意肖恩坐到埃米莉旁边。我起身走回自己的房间,中途停下来看了父亲最后一眼,他正深吸气,准备发表长篇大论。

二十分钟后,母亲来到我的房间,向我保证爸爸的话"非常严厉",问我能否借给埃米莉一双鞋和一件外套。我将它们拿过去,然后从厨房看着埃米莉被哥哥揽在怀里,慢慢走远。

悲剧之后的闹剧

在返回英国的前一天,我开车沿山脉行驶七英里,然后拐到一条狭窄的土路上,来到一座浅灰蓝色的房子跟前。我在一辆几乎和房子一样大的房车后面停了车,敲了敲门。我姐姐来开门。

她穿着法兰绒睡衣站在门口,背着一个蹒跚学步的孩子,一条腿被两个小女孩紧紧抱住,身后还站着她大约六岁的儿子。奥黛丽迈到一边,让我进去,但她动作僵硬,目光避免跟我对视。自从她结婚后,我们很少见面。

我走进房子,在玄关处突然停下,看见油毡布上有个三英尺的大洞,延伸至地下室。我绕过洞走进厨房,里面充满了母亲的精油味——桦木、桉树和罗文沙的气味。

我们的谈话慢条斯理,时断时续。奥黛丽没有问我关于英国和剑桥大学的问题。她对我的生活一无所知,于是我们谈论她的生活——公立学校如何腐败透顶,所以她自己在家教孩子。和我一样，奥黛丽从未上过公立学校。她十七岁时曾有一段时间努力想拿到普通同等学力证书，甚至还将盐湖城的表妹米茜请来教她。米茜帮奥黛丽辅导了一整个暑假，最后宣布，奥黛丽的教育停留在四五年级水平，想取得普通同等学力证书根本不可能。她的女儿拿来一张画给我看，我咬着嘴唇，盯着这个女孩，心想她能指望从一个没有受过教育的母亲那里学到什么呢。

我们给孩子们做早餐，然后和他们到雪地里玩耍。我们烘焙，看犯罪片，设计串珠手镯。那感觉就像穿过一面镜子，体验了一天假如我留在山上很可能会过的人生。但是我没有留下来。我与姐姐的人生有着天壤之别，我们之间似乎毫无共同点。几个小时过去了，到了傍晚时分，她仍然跟我很生分，不愿与我对视。

我给她的孩子们带了一套瓷制小茶具，当他们开始为茶壶争吵，我便将茶具收了起来。最大的女孩提醒我，她现在五岁了，已经是大孩子了，不能再把她的玩具拿走。"如果你表现得像个孩子，"我说，"我就把你当孩子对待。"

我不知道为什么这么说，我脑子里想的是肖恩。话一出口，我就后悔了，恨自己说了这样的话。我转身将茶具递给姐姐，好让她为孩子们主持公正，但看到她的表情时，我差点儿把茶具扔在地上。她的嘴张成了一个圆圈。

"肖恩过去常这么说。"她说道，眼睛紧盯着我的眼睛。

那一刻将永远伴随着我。第二天在盐湖城登机时，我会忆起它；飞机在伦敦着陆时，我心里仍会想着它。那一刻带来的震撼，我无法摆脱。不知何故，我竟从未意识到，我所经历的一切，姐姐可能在我之前就经历过。

那个学期，我把自己交给大学，就像把树脂交给雕塑家。我相信自己可以被重塑，思想彻底改变。我强迫自己和其他同学交往，一次又一次向别人笨拙地介绍自己，直到我有了一个小小的朋友圈子。接着我着手清除挡在我和他们之间的障碍。我第一次品尝了红酒，我的新朋友们嘲笑我喝酒时紧绷的脸。我扔掉高领衫，开始穿剪裁更时尚的衣服——修身、通常是无袖的、领口不那么规矩的衣服。在这段时期的照片中，我为这种平衡感到震惊：我和其他人看起来并无两样。

四月，我开始步入正轨。我写了一篇关于约翰·斯图亚特·穆勒自我主权概念的文章。我的导师大卫·朗西曼博士说，如果我的论文保持同一水准，我就有可能获得在剑桥读博士的资格。我惊呆了：我像一个冒名顶替者，偷偷溜进这座宏伟的殿堂，现在终于可以光明正大地从前门进来了。我开始撰写论文，再次选择穆勒作为主题。

学期末的一天下午，在图书馆自助餐厅吃午饭时，我认出了与我同一项目的一群学生。他们坐在一张小桌子旁。我问能否加入他们，一个名叫尼克的高个子意大利人点点头。从谈话中我得知尼克邀请其他人在春假期间去罗马找他玩。"你也可以来。"他说。

我们提交了最后几篇期末论文，便登上了飞机。在罗马的第一晚，我们爬上了七座山丘中的一座，俯瞰着这座大都市。拜占庭式的圆顶像腾空的气球一样盘旋在城市上空。那时天色已近黄昏，街道沐浴在琥珀色的光辉中。那不是钢、玻璃和混凝土构成的现代城市的颜色，而是夕阳的颜色，看上去如此不真实。尼克问我对他的家乡有何看法，而我只能说：它看上去很不真实。

第二天早餐时，其他人都在谈论他们的家庭。一个人的父亲是外交官；另一个人的父亲是牛津大学的教授。有人问起我的父母，我说我的父亲有一个废料场。

尼克带我们去了他过去学习小提琴的音乐学院。它坐落在罗马的中心地带，装饰富丽堂皇，有宏伟的楼梯和敞亮的大厅。我试着想象在这样一个地方学习会是怎样的感觉：每天清晨踏过大理石地板，日复一日，将学习与美相联系。但我想象不出来。我只能将我置身的这所学校想象成一座博物馆，目之所见皆是别人生活的遗迹。

我们在罗马游览了两天。这座城市既生机勃勃，又犹如化石。褪色的古老建筑仿佛风干的骨头，嵌在现代生活的动脉——搏动的电缆和繁忙的交通中。我们参观了万神殿、古罗马广场和西斯廷教堂。我本能地产生了膜拜敬仰之情。这就是我对整座城市的感受：它应该被放置在玻璃后面，让世人从远处瞻仰，不可触摸，亘古不变。我的同伴们不一样，他们在这座城市中穿梭，意识到它的重要性，但并未被它征服。他们没有在许愿池边安静下来，也没有在罗马斗兽场保持沉默。相反，在我们参观一个个历史遗迹的路上，他们讨论起哲学——霍布斯和笛卡尔，阿奎那和马基雅维利。他们与这些宏伟的建筑之间存在一种共生关系：他们将古老的建筑作为他们谈话的背景，给予它们生命；他们拒绝将它们视为死物，在它们的祭坛前顶礼膜拜。

第三晚来了一场暴风雨。我站在尼克家的阳台上，看着闪电划破长空，听着隆隆雷声。那一刻我恍若回到了巴克峰，感受到天地间如此巨大的威力。

第二天一早，万里无云。我们在博尔盖塞别墅的庭院里野餐，喝红酒，吃点心。阳光灿烂，糕点美味。当时那种感觉超越一切。有人提到霍布斯，我不假思索地背出穆勒的一句名言。将这个声音从过去带到一个浸淫了历史的时刻，似乎再自然不过，即使这个声音与我自己的声音交织在一起。大家停顿了一下，看看是谁说的，然后有人问起这句话的出处，于是谈话继续。

接下来的一周里，我像他们一样体验了罗马：一个历史圣地，也是一个充满生活气息、美食、交通、冲突和雷声的地方。这座城市不再是一座博物馆，对我而言它像巴克峰一样鲜活。罗马人民广场。卡拉卡拉浴场。圣天使堡。在我脑海中，这些就像印第安公主、红色火车车厢和大剪刀一样真实。它们所代表的世界——包含哲学、科学和文学的整个文明——与我熟知的生活截然不同。在国立古代艺术美术馆，我站在卡拉瓦乔《朱迪斯砍下霍洛芬斯的头颅》面前，丝毫没有联想到杀鸡。

我不知道是什么引起了这种转变，为什么突然间我可以与过去伟大的思想家们交流，而不再单纯对他们肃然起敬。这座城市中，陈年的白色大理石和黑色沥青在红绿灯的照耀下熠熠生辉，让我看到一种东西，指引我可以欣赏过去，却不再沉默不语。

回到剑桥，我还在呼吸着古老砖石的历史气息。我知道会有德鲁的来信，冲上楼，急着查看电子邮件。我打开笔记本电脑，看见的确有德鲁的来信，还有一封信来自另一个人：我姐姐。

我打开奥黛丽的消息。长长的一整段，没有多少标点符号，有很多拼写错误。起初，我的注意力集中在这些不规范的语法上，以为它们会削弱文本的声音。然而那些文字非但没有被掩盖，反而像是从屏幕上对我大喊大叫。

奥黛丽说，多年前她就该阻止肖恩，这样在她之后我就不会受到同样的伤害。她说小时候，她想告诉母亲，寻求母亲的帮助，但她觉得母亲不会相信她。她说得没错。结婚前，她噩梦连连，记忆闪回，于是她告诉了母亲。母亲说那些回忆都是假的、不可能的。*我本该帮你，奥黛丽写道，但是连我自己的母亲都不相信我，我也就不再相信自己了。*

她说她要纠正这个错误。她写道：*我相信，如果我不去阻止肖恩伤害他人，上帝会追究我的责任。*她要和他以及我们的父母当面对质，她问我能否和她站在一起。*不管有没有你，我都会这么做。但是没有你，我可能会输。*

我在黑暗中坐了许久。我恨她给我写了这么一封信。感觉她把我从一个生活快乐的世界里拽了出来，重新拉回另一个世界。

我写了回信。我告诉她，她说得对，我们当然应该阻止肖恩，但我让她先按兵不动，等我回爱达荷州再说。我不知道我为何让她先等等，等一段时间会有什么好处。我不知道与父母交谈会有何结果，但直觉告诉我情况不妙。只要我们还没有问，就有可能相信他们不会放任不管。告诉他们这些是在冒难以想象的风险，意味着我们心里明白他们早就知道此事。

奥黛丽没有等待，甚至一天也没等。第二天早上，她给母亲看

---

* 根据原书注释，此处及下文中的楷体字均表示由邮件或信息转述而来，保留其大意，而非直接引用。

了我的电子邮件。我无法想象那次谈话的细节，但我知道对奥黛丽来说，把我的话摆在母亲面前，一定是一种巨大的解脱。她终于可以说：我没有疯，这事也发生在塔拉身上。

那一整天，母亲都在思考这件事，然后她决定听我亲口说出这些话。那是爱达荷州的傍晚时分，英国已近午夜，母亲不确定如何拨打国际长途，便上网联系我。屏幕上的文字很小，局限在浏览器角落的一个小文本框里，但不知怎的，它们似乎吞噬了整个房间。她告诉我她已经读了我的信。我鼓起勇气，做好了她发火的准备。

面对现实是痛苦的，她写道，意识到有丑恶的东西存在，而我对此视而不见。

这些话我读了很多遍才明白。我意识到她没有生气，没有责备我，也没有试图说服我那不过是我的想象。她相信了我。

别自责，我告诉她，自从那次车祸后，你的思想就和以前不一样了。

也许吧，她说，但有时我觉得是我们选择了疾病，因为它们在某种程度上对我们有益。

我问母亲为什么她从来不去阻止肖恩伤害我。

肖恩总说是你找的茬，我猜我宁愿相信是这样，因为这更容易。因为你坚强又理智，而任何人都能看出来肖恩不是这样。

这个说不通。如果我看上去很理智，那么肖恩告诉母亲是我找茬打架时，她为什么相信他呢？怎么我成了需要被制服、被管教的那个？

我是个母亲，她说，母亲要保护自己的孩子。肖恩承受了太多伤痛。

我想说她也是我的母亲，但我没有说。我输入：我觉得爸爸不会相信这些。

他会的，她写道，但这对他来说很难。这会让他想起自己的躁郁症给我们家造成的伤害。

我从未听母亲亲口承认过爸爸可能患有精神疾病。几年前，我告诉她我在心理学课上学到的关于躁郁症和精神分裂症的知识，但她对此不屑一顾。听到她现在这么说，我感到无比轻松。这种疾病也给了我一些反击父亲的勇气，所以当母亲问我为什么不早点儿找她，为什么不寻求帮助时，我如实作答。

因为你太受爸爸的欺负，我说，你在家里没有实权。一切都是爸爸说了算，而他是不会帮助我们的。

我现在更强大了，她说，我不再因害怕而逃避了。

读到这些文字，我脑海中又浮现出年轻时的母亲，她头脑聪颖、活力四射，但同时又忧心忡忡、顺从听话。接着她的形象变了，她的身体变得又瘦又长，一头长长的银发随风飘动。

埃米莉正受欺负，我写道。

是的，母亲说，就像我以前一样。

她就是你，我写道。

她就是我。但现在我们更明白了，我们可以重写故事。

我问起她记忆中的一件事。那是在我去杨百翰大学上学的前几周，肖恩经历了特别糟糕的夜晚。他把母亲惹哭了，然后坐到沙发上，打开电视。我发现母亲在厨房餐桌旁抽泣，她叫我不要去杨百翰大学。"你是唯一足够强大，能对付他的人，"她当时说，"我对付不了他，你父亲也不行，只有你可以。"

我慢慢地、极不情愿地敲出下面的文字：你不让我去上学，说我是唯一一个能对付肖恩的人，你还记得这些吗？

是的，我记得。

停顿了一下，接着出现了更多的文字——我本不知道自己需要听到这些话，但当我看到它们，我才意识到我毕生都在寻找它们。

你是我的孩子，我本该好好保护你。

读到这句话的那一刻，我似乎度过了漫长的一生，但那并非我真实的生活。我变成了另一个人，记忆中有不一样的童年。当时我不明白这些文字的魔力，现在也不明白。我只知道一点：当母亲告诉我，说她没有像自己所希望的那样做一个好母亲时，她才第一次成了我的母亲。

我爱你。写下这句话后，我合上了笔记本电脑。

那次谈话我和母亲只提过一次，是在一星期后的电话里。"我们正在处理这件事，"她说，"我把你和姐姐的话都转告了你父亲。肖恩会得到帮助。"

我将这个问题抛在脑后。母亲已经着手处理这件事。她很强大。她已建立了那么大的事业，有那么多人为她干活，让父亲的生意和全镇其他人的生意都相形见绌。她，一个看似温顺的女人，有着一股他人无法想象的力量。还有爸爸。他也变了，变得更平和，更爱笑。未来可能会和过去不同。甚至过去也可能与过去不同，因为我的记忆可能会变：当肖恩把我按倒在地板上，掐着我的喉咙时，我不再记得母亲在厨房里听着，也不再记得她移开了目光。

我在剑桥的生活也发生了改变——或者说，我变成了一个相信自己属于剑桥的人。我对家庭长久以来的羞耻感几乎在一夜之间蒸发了。平生第一次我公开谈论自己的家乡。我向朋友们坦承,我从未上过学。我向他们描述巴克峰,描述那里众多的废料场、谷仓和畜栏。我甚至告诉他们,麦田地窖里装满了补给品,旧谷仓附近埋着汽油。

我告诉他们,我曾经贫穷而无知。当我告诉他们这些时,我丝毫不感到羞耻。那时我才明白羞耻感的来源:不是因为我不曾在铺着大理石的音乐学院学习,也不是因为我没有当外交官的父亲;不是因为父亲是半个疯子,也不是因为母亲跟着他亦步亦趋。我的羞耻感源自我有一个将我朝吱嘎作响的大剪刀刀刃推去,而不是将我拉走远离它们的父亲;我的羞耻感源自我躺在地上的那些时刻,源自知道母亲就在隔壁房间闭目塞听,那一刻完全没有选择去尽一个母亲的责任。

我为自己创造了一段新历史。我成了晚餐上备受欢迎的客人,讲述着各种趣闻轶事:打猎骑马、拆解废料、扑灭山火。我说起自己才华横溢的母亲——助产士和企业家,又谈及性情古怪的父亲——废品商和狂热分子。我想我终于可以坦然地面对过去的生活了。那并不完全是事实,但从更广泛的意义上讲,的确如此:未来真的会更好。现在一切都已变得更好。现在母亲也已找到了她的力量。

过去是一个幽灵,虚无缥缈,没什么影响力。只有未来才有分量。

大房子里吵架的女人

我再次回到巴克峰时，已是秋季，山下奶奶奄奄一息。九年来，她一直与骨髓癌抗争，现在抗争快结束了。我刚刚得知自己获得了在剑桥大学攻读博士学位的机会，这时母亲写信给我。"奶奶又住院了，"她说，"尽快回来，我想这将是最后一次见面了。"

飞机在盐湖城着陆时，奶奶的意识正时断时续。德鲁来机场接我。那时我们已不只是好朋友，他说要开车送我去爱达荷州，直奔镇上的医院。

自从几年前送肖恩来医院那次，我就再也没来过这里。穿过弥漫着消毒水味的白色走廊时，我很难不想起他。我们找到奶奶的病房。爷爷正坐在她的床边，握着她长满老年斑的手。她睁开眼睛看着我。"是我的小塔拉，大老远从英国回来啦。"说完，她闭上了眼睛。爷爷捏了捏她的手，但她睡着了。一位护士告诉我们，她可能会睡上几小时。

德鲁说他会开车送我到巴克峰，我同意了。直到那座山映入眼帘时，我才怀疑这是否是个错误的决定。德鲁听过我的故事，但将他带到这里来还是颇有风险：毕竟这不是一个故事，我不确定是否有人会按照我为他们写就的剧本扮演角色。

房子里一片混乱。到处都是女人，有的在打电话接订单，有的在调制精油，有的在过滤酊剂。房子南面又扩建了一个新房间，更年轻点儿的女人在那里装瓶、打包订单、等待发货。我让德鲁待在起居室，去了卫生间，那是家中唯一看起来与我的记忆保持一致的房间。当我从里面出来时，一头撞在一个瘦瘦的老妇人身上。她头发硬直，戴一副大方框眼镜。

"这个卫生间仅供高级管理人员使用，"她说，"装瓶员工只能使用扩建区域的卫生间。"

"我不是在这儿工作。"我说。

她盯着我。在她眼里，我当然是在这里工作的。每个人都是。

"这个卫生间是给高级管理人员用的。"她挺直身子，又重复了一遍，"不允许你离开扩建区域。"

我还没来得及回答，她就走开了。

我仍然没见到父母的身影。我穿过屋子走回去，发现德鲁坐在沙发上，正在听一个女人向他解释阿司匹林会导致不孕不育。我一把抓起他的手，拉着他越过陌生人往前走。

"这个地方是真实的吗？"他说。

我在地下室一间没有窗户的房间里找到了母亲。我已感觉到她是故意躲在那里的。我向她介绍了德鲁，她热情地微笑。"爸爸呢？"我问。我怀疑他卧病在床，自从爆炸烧焦了他的肺，他经常患肺病。

"我肯定他正在上面嚷嚷。"她说,眼睛转向天花板,上面响起沉重的脚步声。

母亲和我们一起上楼。她一出现在楼梯平台上,几名员工立刻迎了上来,向她咨询客户的问题。每个人似乎都想聆听她的意见——关于烧伤、心悸,还有婴儿体重过轻。她挥手示意她们走开,向前挤去。她在自己家里走动的样子,就像一个在拥挤的餐馆里就餐的名人,努力不被人认出来。

父亲的书桌和一辆汽车一样大,处于一片混乱的正中央。他正在接电话。他把电话夹在脸颊和肩膀之间,这样它就不会从他蜡状的手中滑落。"医生治不好糖尿病,"他用大嗓门说,"但上帝能!"

我斜眼看看德鲁,他在微笑。爸爸挂断电话,转向我们,咧嘴一笑,跟德鲁打了招呼。他活力四射,从一屋子的混乱中汲取能量。德鲁说这门生意令他印象深刻,爸爸听了似乎一下子长高了六英寸。"我们因行上帝的工作而受到祝福。"他说。

电话又响了。至少有三名员工负责接电话,但爸爸急忙跑去接听,好像一直在等一个重要的电话。我从未见过他如此精力充沛。

"精油是上帝在人间的神力,"他对着话筒喊道,"精油就是上帝的药房!"

家里的噪音令我头晕目眩,于是我带德鲁上山。我们漫步穿过野麦田,从那里进入山脚下的松林。秋色令人心旷神怡,我们待了好几个小时,俯视宁静的山谷。傍晚我们才回到家,德鲁回了盐湖城。

我穿过法式大门进了"小教堂",这里的寂静让我感到惊讶。

房子空荡荡的，所有电话都断开了，所有工作台旁的人都散了。母亲独自坐在房间的中央。

"医院打电话来了，"她说，"奶奶走了。"

父亲对生意失去了兴致。他起床越来越晚，当他起来，似乎也只是为了辱骂或指责别人。因为废料场的事他对肖恩大嚷，因为员工管理问题他教训母亲，奥黛丽想给他做午饭被他厉声呵斥，嫌我打字声音太吵朝我咆哮。他似乎想要打架，因为老人的死而惩罚自己。或者这种惩罚是因为她的一生中他们之间从未停歇的冲突。现在她死了，冲突才结束。

房子里慢慢地又填满了人。电话重新接通了，又有女人接起了电话。爸爸的桌前仍然是空的。他整天躺在床上，凝视着灰泥天花板。我像小时候那样给他送晚饭，现在也和过去一样，我甚至在想，他是否知道我在那里。

母亲带着十个人的活力在房子里走动，在安排葬礼与为每一位不请自来悼念奶奶的表亲和姑妈做饭的间隙，混合酊剂和精油、指导手下的员工。我常常发现她系着围裙，在烤肉架前转来转去，两手各持一部电话，一头是客户，另一头是某个表示哀悼的叔叔或朋友。在此期间父亲一直躺在床上。

爸爸在葬礼上发言，念了二十分钟上帝对亚伯拉罕的应许的布道词。他只提到奶奶两次。在外人看来，似乎丧母并未影响到他，但我们深知此事对他的毁灭性打击。

葬礼结束后，我们回到家，爸爸为午饭没做好而生气。母亲急忙端上她临走时慢炖的炖菜。但吃完饭后，爸爸似乎又因为盘子闹脾气，母亲赶紧去把它们洗好。接着爸爸又生孙子孙女的气，嫌他们玩耍时声音太吵，母亲又冲过去哄他们安静下来。

那天晚上，房子里又空又静，我在起居室听见父母在厨房里争吵。

"最起码，"母亲说，"你得把这些感谢卡片填了。毕竟那是你的母亲。"

"这是妻子的工作，"爸爸说，"我从没听说过让男人填卡片的。"

他这可完全说错了。十年来，母亲一直是家里的顶梁柱，同时她还得做饭、打扫屋子、洗衣服，我从未听她有过半句怨言，直到现在。

"那么你该把丈夫的工作承担起来。"她提高嗓门说。

很快，他俩都大叫起来。爸爸像往常一样，试图关牲畜一般困住她，用狂怒来制服她，但这只让她愈加倔强。最后她把卡片往桌上一扔，说："爱填不填，你要是不填，没人替你填。"说完她大步走下了楼。爸爸跟在后面，两人的喊声在地板上回荡了一个小时。我从未听过父母那样争吵——至少母亲没有。我从未见过她拒绝让步。

第二天早上我发现爸爸在厨房里，将面粉倒进像胶水一样的东西里，我猜那应该是煎薄饼用的面糊。他一看见我，便放下面粉，坐在桌旁。"你是女人，对吧？"他说，"喏，厨房是你的了。"我们盯着彼此，我思索着我们之间已然出现的距离——这些话在他听来是如此自然，于我是何等刺耳。

让爸爸自己做早餐，这可不像母亲的做法。我以为她病了，于是下楼去看她。我刚下楼梯就听到了声音：卫生间里隐约传来深沉的呜咽，被吹风机持续的嗡鸣声所掩盖。我站在门外，呆呆地听了逾一分钟。她会不会想让我走开,让我假装什么都没听见?我等着她停下来歇口气,但她的啜泣声越来越绝望。

我敲了敲门。"是我。"我说。

门开了,一开始只是一条缝,接着又宽了一些。是我的母亲,她刚洗完澡,皮肤闪闪发光。她裹着一块毛巾,但毛巾太小,没有将她全部包裹住。我从没见过母亲这样,本能地闭上眼睛。世界一片黑暗。我听见砰的一声,是塑料破碎的声音,于是我睁开眼。吹风机从母亲的手里掉落在地上,在裸露的水泥地板上弹了一下,嗡鸣声大了一倍。我看着她,就在我这么做的时候,她将我拉到身边,抱住了我。她身上的湿气渗进我的衣服,我感觉到水珠从她的头发上滴落至我的肩膀。

物理的巫术

我在巴克峰待的时间不长,大概一个星期。离开山的那天,奥黛丽叫我不要走。那次谈话的内容我不记得了,但我记得写过关于这件事的日记。回到剑桥后的第一晚,我坐在石桥上,凝视着国王学院的教堂,写下了那则日记。我记得那条平静的河流,记得秋日落叶在波光粼粼的河面上缓缓漂流。我记得钢笔在纸上沙沙写字的声音,准确详细地记下了姐姐说过的话,有整整八页的篇幅。但我对她说那番话的记忆消失了,似乎我是为了忘却才写下来的。

奥黛丽让我留下来。她说,肖恩太强大,太有说服力,她无法单独面对他。我告诉她,她并不孤单,她还有母亲。奥黛丽说我不明白,毕竟从没有人相信过我们。如果向爸爸求助,他肯定会说我们撒谎。我告诉她父母和以前不一样了,我们应该相信他们。然后我登上了飞机,飞到了五千英里之外。

如果我为在如此安全的距离——在宏伟的图书馆和古老的教

堂的环绕下——记录下姐姐的恐惧而感到内疚,只有一个迹象可以表明这点。那一晚,在日记的最后一行,我写道:今晚的剑桥不如以前美丽。

德鲁已被一个中东研究硕士项目录取,和我一起来到了剑桥。我把我与奥黛丽的谈话告诉了他。他是我向其透露家庭信息的第一个男朋友——真的透露了真相,而不仅仅是有趣的轶事。当然那是过去的事了,我说。我的家人如今不同了。但是你该知道那些事。所以你可以好好盯着我,以防我做出什么疯狂的举动。

第一个学期在一连串的晚餐、深夜派对以及不时在图书馆熬夜看书中度过了。为了获得博士学位,我必须进行一项原创性学术研究。换句话说,阅读了五年的历史,现在该轮到我来书写历史了。

但是写什么呢?在为撰写硕士论文而阅读时,我惊讶地发现,十九世纪的伟大哲学家们身上有摩门教神学的影子。我向导师大卫·朗西曼提出这一点。"那就是你的研究项目,"他说,"你可以做前人没研究过的东西:你不仅可以把摩门教视为一场宗教运动,也可以将它作为一场学术运动来研究。"

我开始重读约瑟夫·史密斯和杨百翰的信件。小时候读这些信时,我怀着崇拜之情;现在我用不同的眼光重读它们,不是用批评家的眼光,也不是用信徒的眼光。我将一夫多妻制作为一项社会政策,而不是一种教条来解读。我将它与其自身的目标,以及同时期的其他运动和理论进行比较。这感觉就像一种激进的行为。

我在剑桥的朋友已经成为家人,与他们在一起让我有一种归属感,这种归属感在巴克峰已经消失了多年。有时这种感觉让我痛苦。我想，没有哪个亲妹妹爱陌生人会胜过爱自己的哥哥，又是什么样的女儿比起父亲会更喜爱自己的老师？

尽管这并非我所愿，我还是不想回家。我更喜欢自己选择的家庭，而不是被给予的家庭，所以我在剑桥越开心，我的开心就越因为觉得自己背叛了巴克峰而散发着恶臭。这种感觉变成了我身体的一部分，一种我可以在舌头上品尝、在呼吸中闻到的东西。

圣诞节我买了一张回爱达荷州的机票。启程前一天晚上，我们学院举办了一次晚宴。我的一位朋友组织了一个室内唱诗班，要在晚宴上唱圣诞颂歌。唱诗班已排练了好几个星期，但在宴会那天，女高音得了支气管炎。那天下午，我的电话响了，是我的那个朋友。"麻烦告诉我，你认识会唱歌的人吗？"他说。

我已经多年不唱歌了，而且从没在爸爸不在场时唱过，但几个小时后，我加入了室内唱诗班，登上了大厅里巨大的圣诞树上方的橡子附近的平台。我珍惜那一刻，很高兴能再一次感受音乐从胸口浮上来的轻盈感。我也想知道爸爸会不会冒着进入大学和这个国家的风险，来到这里听我唱歌。我相信他会的。

巴克峰还是老样子。公主被积雪覆盖，但我还能看到她腿部深深的轮廓。我到家时，母亲正在厨房，一手搅拌炖汤，一手拿着电话解释益母草的特性。爸爸的桌子仍是空的。母亲说，他在地下室，躺在床上。他的肺里好像有什么东西。

一个身材魁梧的陌生人慢吞吞地从后门走了进来。过了几秒钟我才认出那是哥哥卢克。他的胡子那么浓密，看上去和他养的山羊一样。他的左眼是白色的，已经瞎了：几个月前，他的脸被彩弹枪击中。他穿过房间,拍了拍我的背,我盯着他剩下的那只眼睛,寻找熟悉的东西。直到看到他前臂上凸起的伤疤——一个两英寸宽的对勾,正是被大剪刀伤到的地方——我才确定这个人就是我的哥哥。[7] 他告诉我,他和妻子还有一群孩子住在谷仓后面的一间活动房里,他在北达科他州的石油钻塔上工作赚钱。

两天过去了。爸爸每晚都上楼,坐在扩建的"教堂"里的沙发上,一边咳嗽,一边看电视或者读旧约。我每天不是学习,就是帮母亲干活。

第三天晚上,我正坐在餐桌旁看书,这时肖恩和本杰明从后门拖着步子走了进来。本杰明正对肖恩说他在镇上的一场小交通事故后跟人打架的事。他说,在他下卡车与对方司机对峙之前,他把手枪塞进了牛仔裤的腰带里。"那家伙不知道自己惹了什么麻烦。"本杰明咧嘴笑着说。

"这种事只有傻瓜才会带枪。"肖恩说。

"我又不是真想开枪。"本杰明嘟囔着。

"那就别带枪,"肖恩说,"那样你才知道你不会用到它。如果带了,你可能就用上了,事情就是这样。拳头干架很快就会演变成激烈枪战。"

肖恩平静地说着,面带沉思。他那头金发又脏又乱,也该修剪了。他脸上布满了泥灰色的胡茬,眼睛在油污和尘土下闪闪发光,好像灰云中闪烁的蓝色火焰。他的表情和言谈似乎来自一个比他年纪大得多的人,一个热血已经冷却、与世无争的人。

肖恩转向我。我一直在躲着他,但突然间,这么做似乎很不公平。他已经变了,假装他没有改变是很残忍的。他问我是否愿意跟他开车兜风,我说好。肖恩想吃冰激凌,于是我们买了冰沙。谈话平静、舒适,就像多年前在畜栏里那些昏暗的夜晚一样。他跟我谈了很多:爸爸不在时他负责管理工作小队;儿子彼得肺部虚弱,做过几次手术,晚上仍戴着氧气管。

我们眼看就快到家了,离巴克峰只有一英里,这时肖恩转动方向盘,汽车在冰上打滑。他在转弯时加速,轮胎一顿,汽车跳上了一条小路。

"我们这是要去哪儿啊?"我问,但这条路只通往一个地方。

教堂很暗,停车场空无一人。

肖恩绕着停车场转了一圈,然后在大门口附近停下。他熄了火,车头灯灭了。黑暗中我几乎看不清他的脸部轮廓。

"你跟奥黛丽联系得多吗?"他说。

"不多。"我说。

他似乎放松了下来,然后说:"奥黛丽就是个爱说谎的贱人。"

我移开目光,盯着教堂尖顶,在星光的映照下,那尖顶清晰可见。

"我会朝她脑袋开一枪,"肖恩说,我感觉他的身体朝我这边挪动,"但我不想把一颗好子弹浪费在一个没用的婊子身上。"

绝对不能看他。我几乎相信,只要我的眼睛一直盯着教堂尖顶,他就不会动我。只是几乎相信,因为即使我紧抓这个念头不放,我也等待感受到他的手落在我的脖子上。我知道很快就会感受到他的双手,但我一动不敢动,不敢打破这个等待的魔咒。那一刻某种程度上我相信,就像我一直相信的那样,打破魔咒、解除魔法的人会是我。当寂静被打破,他愤怒地冲向我,我就会知道肯定是我做了什么,成了催化剂和导火索。这种迷信中透露着希望,给人能掌控局面的错觉。

我一动不动地待着,脑海一片空白。

咔嗒一声点火,引擎轰隆隆地发动起来,通风口涌出了阵阵暖风。

"你想去看电影吗?"肖恩问。他的声音很是随意。我看着汽车急转调头,蹒跚地重新回到公路上,感觉世界随之旋转。"看部电影是个好主意。"他说。

我什么也没说,不愿动也不愿说,唯恐冒犯了我仍然相信拯救了我的奇异的物理巫术。肖恩似乎没有意识到我的沉默。在开车回巴克峰的最后一英里路上,他愉快地闲聊,几乎开玩笑般谈论要不要看《特工插班生》那部电影。

事物的本质

那天晚上，来到"教堂"走向父亲时，我并没觉得自己特别勇敢。我将自己视为一名侦察者：我到那里是为了传递信息，告诉爸爸肖恩曾经威胁过奥黛丽，因为爸爸会知道该怎么做。

也许我很平静是因为我没有在真正意义上置身那里。也许我越过大洋，在另一块大陆上，在石头拱门下阅读休谟的著作。也许我当时正在国王学院里飞奔，腋下夹着《论人类不平等的起源》[①]。

"爸爸，有件事我想告诉你。"

我说肖恩开过一个要用枪射杀奥黛丽的玩笑，我觉得那是因为奥黛丽就他的行为与他当面对质过。爸爸盯着我，嘴唇上的皮肤绷得紧紧的。他喊母亲过来。她来了，神情忧郁。我不明白她为什么不敢直视我的眼睛。

---

① *Discourse on Inequality*，法国思想家卢梭的哲学著作。

"你到底在说什么？"爸爸说。

从那一刻起，谈话变成一场审问。每当我千方百计暗示肖恩有暴力倾向，是个控制狂，爸爸就对我大吼："你的证据呢？你有证据吗？"

"我记在日记上了。"我说。

"去把它们拿来，我要看看。"

"我没带来。"我撒了一个谎，它们就在我的床底下。

"如果你没有证据，我他妈的会怎么想？"爸爸还在吼着。母亲坐在沙发边上，嘴巴斜张着，看上去极度痛苦。

"你不需要证据，"我平静地说，"你见过。你们俩都见过。"

爸爸说，是不是把肖恩关在监狱里任其烂掉，我才会开心；是不是我从剑桥回来，就为了让家里鸡犬不宁。我说我不想让肖恩进监狱，但需要对他进行某种形式的干预。我转向母亲，等着她帮我说话，但她一声不吭。她的眼睛紧盯地板，好像我和爸爸根本不在那里似的。

那一刻我意识到她不会开口，她会坐在那里一言不发，留我一个人孤军作战。我努力想让爸爸平静下来，但我声音颤抖而嘶哑。然后我放声痛哭——抽泣爆发自我身体某处，来自多年来我不曾感受过、已经被忘却的一部分。我想我可能要吐。

我跑去卫生间。我从脚到手指都在发抖。

我得迅速止住抽泣——否则爸爸永远不会认真对待我——所以我用老办法止住了痛哭：盯着镜中自己的脸，指责它流下的每滴眼泪。这个过程如此熟悉，做这件事时，我在过去一年精心营造的幻想破碎了。虚伪的过去，虚假的未来，全都消失了。

我凝视着镜中的自己。这面镜子很迷人，有三块嵌板，镶着仿橡木边框。我在童年、少女时代、青春期、成年之后，凝视的都是这同一面镜子。身后的马桶还是肖恩将我的头按进去的那个，他曾在那里控制住我，直到我承认自己是个妓女。

肖恩松开我后，我常常把自己锁在这个卫生间里。我会移动嵌板，直到镜子上出现三张我的脸，然后我会盯着每一张脸，思索肖恩说了什么，又逼我说了什么，直到一切都开始变得真实，而不是说了几句可以让疼痛停止的话。现在我仍然静静地站在这里，面对这面镜子。还是同样的脸，呈现在同样的三块嵌板中。

只不过这张脸变了，比以前老了，浮在一件柔软的羊绒衫上方。但克里博士说得没错：让这张脸，让这个女人与众不同的不是衣服，而是她眼睛后面的东西，是她咬在齿间的东西——是希望、信仰或信念——让人生不再一成不变。我无法用言辞描述自己看到了什么，但我想是诸如信仰的东西。

我恢复了脆弱的平静，从容地离开卫生间，像头上顶着一个瓷盘一样。我迈着均匀的小碎步慢慢穿过走廊。

"我要去睡觉了。"走到"小教堂"时我说，"我们明天再谈。"

爸爸坐在桌旁，左手拿着电话。"我们现在就谈，"他说，"我把你说的话告诉了肖恩。他马上就过来。"

我考虑要不要逃走。我能赶在肖恩到来之前将车开出去吗？车钥匙在哪儿？我需要带上笔记本电脑，我想，上面有我的论文。管不了那么多了，镜中的女孩说。

爸爸让我坐下，我照做了。我不知道自己等了多长时间，犹豫不决，不知所措，但我仍在考虑是否有时间逃走。这时法式大门开了，肖恩走了进来。突然间，宽敞的房间显得逼仄起来。我低头看着自己的手，无法抬起眼睛。

我听到脚步声。肖恩已经穿过房间，现在正坐在我旁边的沙发上。他等着我抬头看他，但见我没抬头，他便伸出手来握住我的手。他轻轻地掰开我的手指，好像展开玫瑰花瓣一般，往里面放了什么东西。还没看到那是什么，我就感觉到了刀刃的寒意；甚至还未瞥见浸染我手掌的红色血迹，我就感觉到了鲜血。

刀子很小很薄，只有五六英寸长。刀片泛着深红色的血光。我用拇指和食指捏起它放到鼻子前，深吸一口气。一股金属的味道。毫无疑问，肯定是血。不是我的——他只是把刀递给了我——但那是谁的呢？

"小妹，如果你是聪明人，"肖恩说，"还是用这个自我了断吧。这样更好，否则我下手比这个狠多了。"

"那倒没必要。"母亲说。

我目瞪口呆地看看母亲，又看看肖恩。在他们看来，我肯定像个傻瓜，但我不太明白到底发生了什么，也不知作何反应。我想着是否该回到卫生间，穿过镜子，派那个十六岁的女孩出来。我想，她能应付。她不会像我一样害怕。她不会像我一样受到伤害。她像块石头，没有血肉，没有柔软的内心。那时我还不明白一个事实，正是温柔——这些年来我所度过的一种温柔的生活——才会最终拯救我。

我盯着刀刃。爸爸开始了长篇大论，不时停下来，让母亲认可他的话。我听见声音，古老的大礼堂里的吟唱和声，其中有我自己

333

的声音。我听见欢声笑语,酒从瓶子里倒出来时的咕嘟咕嘟声,黄油刀碰在瓷器上叮当作响。我几乎没听到父亲说了什么,但我清楚地记得,仿佛此刻我正漂洋过海,穿越三次日落,回到我和朋友在室内唱诗班唱歌的那个夜晚。我想,我一定已经睡着了。喝了太多的酒。吃了太多的圣诞火鸡。

我认定自己是在做梦,于是如梦中人一样行事:我努力理解并运用这奇怪的现实规则。我跟假扮我家人的陌生人影进行理论,当无法理论时,我就撒谎。骗子们已歪曲了现实,现在该轮到我了。我告诉肖恩,我不曾跟爸爸说任何事。我说了一些"我不知道爸爸怎么会有那种想法"和"爸爸一定是听错了"之类的话,希望如果我拒绝了他们的追根究底,他们就会消失。一个小时后,当我们四个仍坐在沙发上,我终于接受了他们的存在。他们在这里,所以我也在这里。

我手上的血干了。那把刀躺在地毯上,除了我,每个人都忘了它的存在。我尽量不去盯着它看。到底是谁的血?我细细端详哥哥。他并没有割伤自己。

爸爸又开始了新一轮训话,这次我回过神来,能听见了。他解释说,小女孩需要接受指导,学习如何在男人身边举止得当,才不会招蜂引蝶。他已经注意到我姐姐的几个女儿有些习惯不太检点,她们中最大的才六岁。肖恩很平静。父亲冗长枯燥的唠叨让他精疲力竭。更重要的是,他觉得自己受到了保护,觉得自己有理,所以当父亲终于结束他的长篇大论时,他对我说:"我不知道今晚你对爸爸说了什么,但只是看着你,我就知道我曾伤害了你。我很抱歉。"

我们彼此拥抱,像通常吵完架后那样大笑。我一如往常对他微笑,就和当年十六岁的她一样。但她不在那里,笑容是假的。

我回到自己房间,关上房门,悄悄拉下门闩,给德鲁打了个电话。我惊慌失措,几乎语无伦次,但他最终明白过来发生了什么。他说我应该离开,马上就走,他会到半路接我。我不能,我说。此刻,一切还风平浪静。如果我试图在半夜逃跑,不知道会发生什么。

我到床上躺下,但无法入睡。我一直等到凌晨六点,然后在厨房找到母亲。我回来时开的车是向德鲁借的,所以我告诉母亲,德鲁突然有个意外状况,需要在盐湖城用车。我说过一两天我就回来。

几分钟后,我开车下山。高速公路就在眼前,这时视野中出现了什么东西,我停了下来。那是肖恩、埃米莉和彼得住的拖车。离拖车几英尺远靠近门的雪地上血迹斑斑。有什么东西死在了那里。

后来我从母亲那里得知,死去的是迭戈,那是肖恩几年前买的一只德国牧羊犬。这只宠物狗一直深受彼得的喜爱。爸爸打过那通电话后,肖恩走到外面用刀把狗宰了,而他的儿子就在几英尺远的地方听着狗哀声嚎叫。母亲说,杀狗的事与我无关,不得不这么做是因为迭戈一直咬死卢克的鸡。她说,这只是个巧合。

我很想相信她,但我做不到。迭戈咬死卢克的鸡这件事已经持续一年多了。此外,迭戈是条纯种狗,是肖恩花五百美元买来的,完全可以再卖掉。

但我不相信她的真正原因还是那把刀。多年来,我目睹父亲和哥哥们放倒过很多狗——大多是不肯离开鸡舍的流浪狗。我从没见任何人动过刀子,都是一枪射中狗头或心脏,狗立刻毙命。但肖恩竟然选择一把刀,一把刀刃只比他的拇指大一点点的刀。你会选择这样的刀进行一场杀戮，在猎物的心脏停止跳动的那一刻，感受鲜血从掌心流过：那不是农夫的刀，甚至不是屠夫的刀。它是一把愤怒的刀。

我不知道接下来几天发生了什么。即使是现在，再次审视那次对峙的每一个环节——威胁、否认、训诫、道歉——还是很难将它们联系起来。几周后再反思此事，我似乎犯了上千个错误，将一千把刀子插进了家人的心脏。后来我才意识到，那天晚上发生的任何伤害可能并不是我一个人造成的。而过了一年多，我才明白过来一个当时显而易见的事实：母亲从来没有跟父亲对质，父亲也从来没有与肖恩对质。父亲从未答应过要帮助我和奥黛丽。母亲撒了谎。

现在，每当我回想母亲说过的话，忆起那些文字神奇地逐个出现在屏幕上，有一个细节凸显出来：母亲将父亲描述成躁郁症，那正是我所怀疑的症状。那是我的话，不是她的话。接着我怀疑，一向完美充当父亲喉舌的母亲，那天晚上只不过是在附和我的意愿。

不，我告诉自己。那些是她说的话。但不管那些话是否出自她，那些曾安慰过我、治愈过我的话，都成了空。我并不相信它们是不真诚的，但真诚并未给它们带来实质性结果，它们被其他更强大的潮流冲走了。

太阳以西

我带着未打包好的一半行李匆忙逃离了大山,没有回去取其余的东西。我去了盐湖城,和德鲁度过了剩下的假期。

我试图忘记那个夜晚。十五年来,我第一次合上日记,把它收了起来。写日记是一种沉思,而我不想思考任何事情。

新年过后,我回到剑桥,但我与朋友们疏远了。我曾见过大地颤动,感受过最初的震颤;现在我等待着一场将要改变地貌的大地震。我知道它将如何开始。肖恩会思考爸爸在电话里告诉他的话,他迟早会意识到我的否认——我声称爸爸误会了我——是一个谎言。等他明白过来,一小时内他可能会鄙视自己,接着他会把他的厌恶转移到我身上。

事情发生在三月初。肖恩给我发了一封电子邮件,里面没有问候,也没有任何信息,只有《圣经·马太福音》的一章,其中一节用粗体显示:**毒蛇的种类!你们既是恶人,怎能说出好话来呢?**这句话让我血液凝固。

一小时后肖恩打来电话。他语气随意,我们聊了二十分钟彼得,谈论他的肺发育得怎么样了。然后他说:"我要做一个决定,想听听你的意见。"

"当然。"

"我拿不准主意,"他停顿了一下,我还以为也许是信号断了,"是亲手杀掉你呢,还是雇个杀手。"一片死寂。"如果算上坐飞机的费用,雇个人可能更便宜。"

我假装没听懂,但这只让他更咄咄逼人。他开始辱骂和咆哮。我试着让他平静下来,但没有成功。我们终于露出了本来面目。我挂断电话,但他一次又一次打过来,每次都重复同样的话,说我该小心点,说他雇的杀手会来找我。于是我打电话给父母。

"他不是那个意思,"母亲说,"不管怎样,他没有那么多钱。"

"这不是重点。"我说。

爸爸想要证据。"你没把通话录下来?"他说,"我怎么知道他是不是认真的?"

"他听上去和拿那把带血的刀威胁我时一样。"我说。

"那么他不是认真的。"

"这不是重点。"我又说了一遍。

电话最终不再打过来,但并不是因为我父母做了什么,而是肖恩将我从他的生活中彻底清除了。他写道,让我离他的妻子和孩子远点,滚得越远越好。邮件很长,有上千句指责和怒气冲冲的话,但到最后,他的语气是伤感的。他说他爱兄弟们,他们是他认识的最好的人。我爱你胜过爱他们,他写道,但你一直在我背后捅刀子。

我已经好多年没和这个哥哥联系了,但即便几个月前就料到了这个结局,失去他仍然让我不知所措。

父母说他与我断绝关系合情合理。爸爸说我歇斯底里,当我的记忆显然不可信时,我便轻率地指控别人。母亲说我的愤怒才是真正的威胁,而肖恩有权保护他的家人。"那天晚上你的愤怒,"她在电话里告诉我,就是指肖恩杀死迭戈的那晚,"比任何时候的肖恩都要危险两倍。"

现实变成了液体。我脚下的地面塌陷了,拖着我下坠,飞快地旋转着,就像沙子从宇宙底部的一个洞里漏出来。下一次我们交谈时,母亲告诉我,那把刀从来就没有威胁的意思。"肖恩想让你更舒服些,"她说,"他知道如果他拿着刀会吓到你,所以才把刀递给了你。"一周后,她说根本就没有刀。

"你的现实如此扭曲。"她说,"跟你说话,就像和一个甚至不在现场的人说话一样。"

我同意她的话。的确如此。

那年夏天,我拿到了去巴黎学习的助学金。德鲁与我同去。我们住在第六区靠近卢森堡公园的公寓。在那里我开始了崭新的生活,这句话说起来几乎是陈词滥调。我被城市里游客最多的地方所吸引,这样我就可以加入其中。那是一种狂热的遗忘方式,整个夏天我都在追逐它:在成群的游客中忘记自我,允许自己抹去全部的个性、性格和历史。景点越是有粗鲁的吸引力,我就越被其吸引。

在巴黎待了几周后,一天下午,上完法语课归来的途中,我在一家咖啡馆停留,查看电子邮件。有一条来自姐姐的消息。

父亲去过她那里了——仅凭这一点我便立刻明白了——但我读了几遍才弄清楚到底发生了什么。父亲向她证实,肖恩已经被基督的赎罪所洁净,成了一个新人。他警告奥黛丽,要是她再提过去的事,会把我们一家人都毁了。爸爸说,我和奥黛丽原谅肖恩是上帝的旨意。如果我们不原谅,那么我们的罪过会比肖恩的还深重。

我很容易便想象出这次会面的场景:父亲坐在姐姐对面,面色凝重,言语充满敬畏,铿锵有力。

奥黛丽告诉爸爸,她早就接受了赎罪的力量,并且已经原谅了哥哥。她说是我煽动了她,又燃起了她的怒火。是我背叛了她,因为我不再信仰上帝,而是将自己交给恐惧——那是撒旦的领地。她说,我很危险,因为我被恐惧所控制,受控于恐惧之父路西法。

姐姐的信就是这样结尾的,她告诉我,我已经不受她的家人欢迎,甚至不能再打电话给她,除非有人监督,以免她屈服于我的影响。读到这里,我放声大笑。这种情况有悖常理,但也不无讽刺意味:几个月前,奥黛丽曾说肖恩和孩子们在一起时应当有人监督。现在,经过我们的努力,被监督的人变成了我。

当我失去姐姐,也就失去了全部家人。

我知道父亲会像去她家一样挨个造访我哥哥们的家。他们会相信他吗?我想会的。毕竟,奥黛丽会证实他的话。我的否认将毫无意义,只不过是一个陌生人的咆哮。我走得太远,改变得太多,早已与他们记忆中那个膝盖结痂的妹妹相去甚远。

几乎不可能压倒我父亲和姐姐为我创造的历史。他们的讲述会先说服我的哥哥们,接着传及我的堂表亲,传遍整个山谷。我失去了所有亲戚，但这一切都是为了什么呢？

在这种心境下，我收到了另一封信：我获得了哈佛大学访学奖学金。从没有哪个消息像这样让我漠不关心。我知道，作为一个从垃圾堆里爬出来的无知女孩，竟被允许去那样的地方读书，我应该感激涕零才是，但我丝毫提不起热情。我已开始思考教育让我付出的代价，开始对它心生怨恨。

读了奥黛丽的信后，过去的一切都变了。变化从我对她的回忆开始。当我忆起任意一段我们共同度过的童年时光，忆起那个曾经是我的小女孩和曾经是她的小女孩在一起时或温情或幽默的时刻，记忆立刻改变了，被玷污了，开始腐朽。过去变得和现在一样苍白可憎。

每个家庭成员都经历了同样的变化。我对他们的记忆变成了不祥的控诉。其中那个曾经是我的女孩，不再是个孩子，而是变成了另外一种生物，充满威胁，残忍无情，会将他们吞噬。

这个怪物小孩跟踪了我一个月，我才找到驱逐她的逻辑：我可能疯了。如果我疯了，一切就说得通了。如果我神志正常，一切都说不通。这种逻辑似乎糟透了，同时也是一种解脱。我并不邪恶，我只是病了。

我开始变得顺从，经常依从别人的判断。如果德鲁记得的东西和我的不一样，我会马上承认这一点。我开始依赖德鲁告诉给我的生活中的事实。我质疑自己并乐在其中，不确定我们是在上星期还是上上星期见过某个朋友，我们最喜欢的可丽饼店是在图书馆还是博物馆旁边。质疑这些琐碎的事实以及自己掌控它们的能力，让我得以怀疑记忆中的每一件事是否真的发生过。

我的日记是个问题。我知道我的记忆不仅仅是记忆，我曾记录下它们，于是它们以白纸黑字的形式存在。这意味着不仅仅是我的记忆出了差错。错觉处于更深层，位于我的内心深处，在事情发生的那一刻便开始捏造，然后以虚构的形式被记录了下来。

接下来的一个月，我像个疯子一样生活。见到阳光，我怀疑要下雨。我不停地渴望向人们核实，他们是否看到了我看到的东西。这本书是蓝色的吗？我想问。那个人个头高吗？

有时候，这种怀疑以一种毫不妥协的确定的形式出现：有时候，我越怀疑自己的理智，就越强烈地捍卫自己的记忆，捍卫自己的"真相"，觉得这才是唯一可能的真理。肖恩暴力、危险，而父亲是他的保护者。在这个问题上，我不能接受听见其他的意见。

在那些时刻，我迫切寻找一个理由，让我相信自己神智正常。证据。我像渴望空气一样渴望它们。我写信给艾琳——肖恩在赛迪前后交往过的女人，我十六岁后再也没见过她。我把记忆中的事告诉了她，直截了当地问她，我是不是疯了。她立即回复说我没疯。为了帮助我相信自己，她分享了她的记忆——肖恩朝她尖叫，骂她是个妓女。我的思绪被那个词攫住了。我没有告诉她，那是我的专属词汇。

艾琳又给我讲了一件事。一次，她跟肖恩顶嘴——只是一点点，她说，近乎试探的态度——他一把将她从房子里拽出来，把她的头用力推到一面砖墙上，她还以为他要杀死她。他的手掐住她的喉咙。我很幸运，她写道，不等他开始掐我，我便高声尖叫，我爷爷听见了，及时阻止了他。但我知道我在他眼里看到了什么。

她的信就像一根固定住现实的栏杆,当我思绪开始飞转时,伸手便可以抓住它。直到我突然意识到,她可能和我一样疯。她显然不正常,我对自己说。在她经历了这些后,我怎么还能相信她的话呢?我不能相信这个女人,因为在所有人中,只有我知道她的心理创伤有多么严重。于是我继续从其他渠道寻找证据。

四年后,一个纯粹偶然的机会,我找到了证据。

在犹他州调研时,我遇到一个年轻人,他听到我的姓氏便很生气。

"韦斯特弗,"他阴着脸说,"跟肖恩有什么关系吗?"

"那是我哥哥。"

"好吧,上次见到你哥哥,"他在最后一个词上加重语气,好像在上面吐了口唾沫,"他用双手掐住我表姐的脖子,把她的头朝砖墙上撞。要不是我祖父,他会要了她的命。"

终于找到了。一个证人。一个不偏不倚的描述。但当我听到它时,我已经不再需要它了。自我怀疑的狂热早已褪去。那并不意味着我完全相信自己的记忆,但我相信它就像相信别人的记忆一样,甚至相信它比一些人的记忆更可信。

但那是多年以后的事了。

两双挥舞的手臂

那是九月一个阳光明媚的下午,我提着手提箱穿过哈佛大学的校园。殖民时期风格的建筑给人一种异国情调之感,但与剑桥的哥特式尖顶建筑相比,它们显得清新而朴实。学校的中央图书馆叫怀德纳图书馆,是我见过的最大的图书馆。有几分钟我暂时忘却了过去的一年,抬头看着它,惊叹不已。

我的房间在法学院附近的研究生宿舍里。房间很小,像个洞穴——黑暗、潮湿又阴冷,有着灰色的墙壁和冰冷的铅色瓷砖。我尽量不在里面待着。这所大学似乎提供了一个新的开始,我打算接受它。我将能选的课程排得满满的,从德国理想主义到世俗主义的历史,再到伦理和法律。我参加了一个每周一次的学习小组练习法语,还参加了一个社团学习编织。研究生院开设了一门免费的炭笔素描课,虽然我这辈子从没画过画,但也报名参加了。

我开始大量阅读休谟、卢梭、史密斯、戈德温、沃斯通克拉夫特和穆勒的作品。我迷失在他们生活过的世界里，迷失在他们试图解决的问题中。我着迷于他们对家庭的看法——个人应该如何权衡自己对亲人的特殊义务以及对整个社会的义务。我开始写作，把从休谟的《道德原则研究》中发现的线索与穆勒《论妇女的从属地位》中的细节编织在一起。写的时候我就知道这是一部不错的作品，写完后我将它放在一边。这就是我博士学位论文的第一章。

一个星期六的早上，从素描课下课回来，我发现母亲给我发了一封电子邮件。我们要去哈佛，她说。这句话我至少读了三遍，肯定她在开玩笑。我父亲从不旅行——除了到亚利桑那州看望他母亲，我知道他从不去任何地方——所以他要飞越大半个美国看望一个被魔鬼附身的女儿的念头似乎太荒诞了。接着我明白了：他是来拯救我的。母亲说他们已经订好了机票，到时会住在我的宿舍里。

"你们要不要住旅馆？"我问。他们不住。

几天后，我登录一个多年未用的旧聊天程序。随着一声欢快的"叮——"，一个名字从灰色变成绿色，提示道，查尔斯上线了。我不知道是谁先开始聊天的，也忘了是谁建议从线上聊天改成打电话的。我们聊了一个小时，仿佛时光从未流逝。

他问我在哪里念书。我回答完，他说："哈佛！天啊！"

"谁会想到啊，是吧？"我说。

"我想到了。"他说。的确，他总是那样看我，早在有任何迹象之前。

我问他大学毕业后在做什么，换来一阵尴尬的沉默。"计划不如变化快。"他说。他没能大学毕业。大二时他的儿子出生了，他便辍学了，因为他的妻子病了，有一大堆医药费要付。他去了怀俄明州的石油钻井平台工作。"本来只干几个月，"他说，"那是一年前的事了。"

我告诉他肖恩的事，我如何失去他，如何失去了其他家人。他静静地听着，然后长叹一声，说："你有没有想过，也许你应该放手让他们离开？"

我没有，一次也没有。"并不会永远这样下去，"我说，"我能解决它。"

"真有意思，你竟然变化这么大，"查尔斯说，"但听上去还和我们十七岁时一样。"

树叶开始变色时，我的父母来到了校园。那正值校园最美丽的时候，秋日红色和黄色的树叶与殖民时期建筑风格的酒红色砖墙交相辉映。爸爸说着语法混乱的乡巴佬英语，身着牛仔衬衫，戴着美国步枪协会终身会员的帽子，与哈佛的环境是那样格格不入，他的疤痕更强化了这个效果。那次爆炸后的几年里，我已见过他多次，但直到他来到哈佛，在我生活的衬托下，我才意识到他的毁容有多么严重。我通过路人的眼睛意识到了这一点——他在街上从陌生人身边走过时，那些人脸色大变，还会回头再看他一眼。然后我也会看着他，注意到他下巴上的皮肤像塑料一样紧绷，他的嘴唇缺少自然的弧度，他的双颊像骷髅一样向内凹陷。他经常举起变形扭曲的右手，指着某个东西，而当我盯着它，看着它正指向哈佛大学古老的尖塔和圆柱，它在我眼中似乎便成了某种神秘生物的爪子。

爸爸对大学不感兴趣，所以我带他去了城里。我教他乘坐地铁——如何把卡插进卡槽，通过旋转门。他大笑，仿佛那是了不起的技术。一个流浪汉穿过我们乘坐的地铁车厢，讨要一美元。爸爸给了他一张崭新的五十美元票子。

"在波士顿你要是一直这样下去，会破产的。"我说。

"我不信，"爸爸眨眨眼说，"我们的生意兴隆，赚的钱花不完！"

因为爸爸身体虚弱，所以他睡床。我提前买了一张充气床垫给母亲用，我则睡在瓷砖地板上。父母鼾声如雷，我彻夜未眠。太阳终于升起的时候，我躺在地板上，闭着眼睛，慢慢地呼吸，深呼吸，而我的父母在翻看我的迷你冰箱，低声谈论我。

"上帝吩咐我作见证。"爸爸说，"她还可以被带到上帝面前。"

他们谋划如何让我重新皈依，我则考虑如何顺从他们。我准备屈服，即使这意味着驱魔。一个奇迹会有用：如果我能够上演一场令人信服的重生，我就能从去年说过和做过的一切中解脱出来。我可以收回一切——把一切都归咎到路西法身上，洗心革面。我想象自己将多么受人尊敬，就像一只刚刚被洗净的器皿。我将多么惹人喜爱。我只需将我的记忆换成他们的记忆，就可以拥有家人。

我父亲想去纽约州的抛迈拉看神圣树林——据约瑟夫·史密斯记载，上帝曾现身在这片树林，命令他建立真正的教会。我们租了一辆车，六小时后进入抛迈拉。在高速公路旁的树林附近，一座神殿闪闪发光，神殿顶端有一座天使莫罗尼的金色雕像。爸爸将车停在路边，让我穿过神殿。"摸一下神殿，"他说，"它的力量会净化你。"

我打量着他的脸。他的表情很夸张，既认真又绝望。他倾尽全力想让我触摸神殿，期望我得到救赎。

我和父亲看着神殿。他看见的是上帝；我看见的是花岗岩。我们面面相觑。他看到一个被诅咒的女人；我看到一个精神错乱的老人，确实因为他的信仰而面容尽毁，却仍得意扬扬。我想起桑丘·潘沙①的话：游侠骑士就是一会儿挨揍，一会儿做皇帝。

现在当我回想起那一刻，画面模糊起来，自我重构成一名身骑骏马的狂热骑士，冲入一场想象中的战役，攻击阴影，砍向稀薄的空气。他下巴紧闭，背部挺直。他眼中闪烁着坚定的光芒，眼底燃烧的火花迸射而出。母亲向我投来苍白而怀疑的目光，但当他把目光转向她时，他们的想法又一致了，然后他们俩朝风车冲去。

我走过去，将手掌放在神殿石头上。我闭上眼睛，试图让自己相信这个简单的举动可以带来父母所祈祷的奇迹。我只需触摸这个圣物，借助全能的上帝的力量，一切便会恢复正常。但我什么也没感觉到。只不过是冰冷的石头。

我回到车上。"我们走吧。"我说。

当生活本身已经如此荒唐，谁知道什么才能算作疯狂？②

在随后的日子里，我把这句话写在各处——无意识地、强迫般地写。现在，从我当时读的书、我的课堂笔记和日记的页边空白处，都能找到这句话。它的吟诵是一种咒语。我强迫自己相信——相信我所认为的真实与虚假之间没有真正的差别。我说服自己相信，我计划要做的事是值得敬佩的，为了赢得父母的爱，我愿意放弃自己对是非、现实和理智的看法。为了他们，我相信即使我看到

---

① Sancho Panza，西班牙作家塞万提斯的小说《堂吉诃德》中的人物，是堂吉诃德的忠实侍从。
② 引自《堂吉诃德》。

的只是风车,我也愿意披上盔甲,向巨人冲锋。

我们进入神圣树林。我走在前面,发现树冠下有一条长凳。这是一片可爱的树林,历史悠久。这就是我的祖先来到美国的原因。一根树枝咔嚓一声折断了,我的父母跟了上来。他们坐在我的两侧。

父亲讲了两个小时。他作证,说他曾见过天使和魔鬼。他见过邪恶现身,也曾受到主耶稣基督的眷顾,就像古时的先知一样,像约瑟夫·史密斯在这片树林里经历的一样。他说,他的信仰不再是一种信仰,而是一种完美的知识。

"你已被路西法带走了,"他低声说,手搭在我的肩膀上,"我一进你的房间就能感觉到。"

我想起我的宿舍,想起阴暗的墙壁和冰冷的瓷砖,想起德鲁送给我的向日葵,还有来自津巴布韦的一个朋友从他的村庄带来的纺织壁挂。

母亲什么也没说。她盯着泥土,眼睛发亮,嘴唇噘起。爸爸催促我做出回答。我在内心深处搜寻他想听的话,但一无所获。它们不在我心里。

回哈佛前,我说服父母绕道去看尼亚加拉瀑布。车里气氛凝重,起初我后悔提出这个转移注意力的建议,但爸爸一看到瀑布就变得兴高采烈。我带了一台相机。爸爸一直讨厌相机,但看到我拿着相机,他的眼里闪烁着兴奋的光芒。"塔拉!塔拉!"他跑到我和母亲前面喊道,"在这个角度给你自己拍张照片。多美啊!"他仿佛意识到我们正在创造回忆,一种我们日后可能需要的美好。或者那是我情绪的投射,因为那正是我的感受。我在日记中写道:今天有些照片可能会帮助我忘记神圣树林。有一张我和爸爸在一起的很开心的照片。证明还有可能。

返回哈佛,我主动提出请他们住旅馆。他们拒绝了。整整一个星期,我们三个挤在我的宿舍里磕磕绊绊。每天早上,父亲只围着一条白色小毛巾,拖着沉重的步子爬上一段楼梯,去公共浴室。在杨百翰大学,这可能会让我无地自容;但在哈佛,我只是耸耸肩。我已经克服了尴尬。谁看见了他,他对他们说了什么,他们有多震惊,这些又有什么关系呢?我在乎的是他的想法;他才是我要失去的人。

到了他们在这里的最后一夜,我仍未重获新生。

我和母亲在公共厨房不紧不慢地做牛肉土豆砂锅菜,之后用托盘将砂锅菜端进房间。爸爸默默地端详着他的盘子,旁若无人。母亲观察了一下食物,紧张地笑了笑,沉默不语。

吃完饭后,爸爸说有个礼物要送给我。"这也是我来这里的原因,"他说,"为你献上教士的赐福。"

在摩门教中,教士是上帝的力量在人间行事——提出建议、给予忠告、治疗疾病、驱逐恶魔,是对人类的赐福。这一刻来临了:如果我接受赐福,他将净化我。他会把手放到我的头上,将逼我说出那番话、使我在自己家里不受欢迎的邪魔驱赶出去。我只需屈服,整个过程不过五分钟。

我听见自己说不。

爸爸目瞪口呆,难以置信地看着我,然后开始作见证——不是关于上帝,而是关于母亲。他说,药草是来自上帝的神圣召唤。我们家发生的每一件事,每一次受伤,每一次死里逃生,都是因为我们被选中，我们是特别的。上帝精心策划了一切，于是我们得以谴责医疗机构，证明他的神力。

"记得卢克烧伤了腿的时候吗？"爸爸说，好像我能忘记这件事似的，"那是上帝的计划，是安排给你母亲的课程，好让她为我日后的遭遇做准备。"

爆炸，烧伤。他说，那是最高的精神荣誉，是上帝之力活生生的证明。爸爸用残疾的手指握着我的手，告诉我他的毁容也是命中注定的。那是一种温柔的仁慈，为了让更多灵魂信奉上帝。

母亲低声虔诚地补充了她的证词。她说自己通过调整脉轮能结束中风；只用能量就能使心脏病停止发作；只要有信念，她就能治愈癌症。她说自己曾患过乳腺癌，而她已经治好了。

我猛地抬起头。"你得了癌症？"我说，"你确定吗？你去检查过吗？"

"我不需要去检查，"她说，"我通过肌肉测试得知的。是癌症。我把它治好了。"

"我们本来也能治好奶奶的病，"爸爸说，"但她背离了基督。她缺乏信仰，所以死了。上帝不会医治那些背信弃义的人。"

母亲点了点头，但没有抬头。

"奶奶的罪过很重，"爸爸说，"但你的罪孽更深重，因为你既得真理，却弃之而去。"

房间里悄无声息，只听见牛津街上的车辆发出沉闷的嘈杂声。

爸爸的眼睛紧盯着我。这是一位先知的凝视，一个神圣的神谕，其力量和权威来自宇宙。我想与之对视，证明我可以承受它的重量，但几秒钟后，我体内有什么东西屈服了，某种内在的力量消失了，我目光下移，看着地板。

"我奉上帝之名，为你作见证，灾祸就在你面前。"父亲说，"它就要来临了，很快，它会打垮你，将你彻底摧毁。它会把你打倒在谦卑的深渊。你将支离破碎地躺在那里，向神圣的天父求饶。"爸爸本来音调狂热高亢，现在变成了低语，"而他将听不见你的求饶。"

我与他目光相接。他正燃烧着信念，我几乎能感觉到热浪从他身上滚落。他俯身向前，脸几乎碰到我的脸，说："但我会听见。"

寂静再次沉淀，不被打扰。令人压抑。

"我最后一次提议，让你接受赐福。"他说。

赐福是一种仁慈。他对我提出的条件与对我姐姐提过的一样。我能想象出，当她意识到能用她与我分享的现实和他的交换，那一定是一种解脱。只付出这么少的代价，她一定很感激。我不能指责她的选择，但在那一刻，我知道自己不会做出那样的选择。我所有的奋斗，我多年来的学习，一直为了让自己得到这样一种特权：见证和体验超越父亲所给予我的更多的真理，并用这些真理构建我自己的思想。我开始相信，评价多种思想、多种历史和多种观点的能力是自我创造力的核心。如果现在让步，我失去的将不仅仅是一次争论。我会失去对自己思想的掌控权。这就是要求我付出的代价，我现在明白了这一点。父亲想从我身上驱逐的不是恶魔，而是我自己。

爸爸把手伸进口袋，取出一小瓶圣油，放在我掌中。我细细端详它。这种油是施行仪式所需的唯一物品，除此之外，就是父亲畸形的手中所掌握的神圣权威。我想象自己缴械投降，想象自己闭上眼睛，收回亵渎的话。我想象该如何描述我的转变，我神圣的转变，我会用什么言语表达我的感激之情。这些话准备好了，完全成形，正等着脱口而出。

但当我开口时，它们消失了。

"我爱你，"我说，"但我不能。对不起，爸爸。"

父亲猛地站起身来。

他再次说我的房间有恶灵存在，他一个晚上也待不下去了。他们的航班要等到第二天一早才起飞，但爸爸说，与其和恶魔在一起，不如去睡长凳。

母亲在房间里忙活，把衬衫和袜子塞进他们的行李箱。五分钟后，他们走了。

救赎之赌

有人在尖叫,一声凄厉的、持续的长号将我吵醒。天还未亮。有街灯,人行道,远处汽车的隆隆声。我正站在离我的宿舍半个街区远的牛津街中央,赤着脚,穿着背心和法兰绒睡裤。我感觉似乎人们在盯着我看,但那是凌晨两点,街上空无一人。

不知怎的,我回到了宿舍大楼,然后坐在床上,试图回想发生了什么。我记得自己去睡觉了,记得做过的梦。我完全不记得的是自己从床上一跃而起,飞奔下楼来到大厅,冲到街上大喊大叫,但我就是这么做的。

我梦见了家里。爸爸在巴克峰建了一座迷宫,将我困在其中。墙有十英尺高,全是他地窖里的物资垒起来的——一袋袋粮食、一箱箱弹药、一桶桶蜂蜜。我在寻找一件东西,一件对我来说永远不可取代的珍贵之物。我必须逃出迷宫去找回它,但我找不到出去的路。爸爸紧追不舍,用一袋袋粮食垒成路障堵住了出口。

我不再去参加法语小组，不再去上素描课，不再到图书馆看书，也不再去听讲座，而是躲在自己房间里看电视，把过去二十年所有的热门电视剧都看了一遍。看完一集，我会不假思索地接着播放下一集，就像一次呼吸接着下一次呼吸。我每天看十八到二十个小时的电视。睡觉时我会梦到家，每周至少有一次我半夜醒来站在大街上，疑惑着醒来之前听到的哭喊声是不是自己发出的。

我不再学习。我试着阅读，但那些句子毫无意义。我需要它们毫无意义。我无法忍受把句子串成一串串思想，或将那些句子编织成观点。观点太像是某种映射，而我脑海中的总是父亲在逃离我之前那张拉长的脸上的表情。

精神崩溃的问题在于，不管你崩溃得多明显，你都会不以为然。你会想，我很好，所以我昨天连续看了二十四个小时的电视又有什么关系呢。我没有崩溃。我只是太懒。我不知道为什么认为自己懒惰比认为自己陷入困境要好。但那的确更好。不只更好：那至关重要。

到了十二月，我的学业已经落后太多。有天晚上，当我开始播放新一集《绝命毒师》时，我意识到自己可能拿不到博士学位了。我为这个讽刺狂笑了十分钟：我已经牺牲了自己的家人，就为接受教育，而我可能连这个也保不住了。

这样又过了几个星期，一天晚上，我跌跌撞撞地下床，认定自己犯了一个错误：父亲主动提出赐福于我的时候，我应该接受。但现在还不算太晚。我还可以弥补，让一切复原。

我买了一张去爱达荷州的机票，回家过圣诞节。飞机起飞的前两天,我醒来一身冷汗。我梦见自己躺在医院洁白的床单上。爸爸站在轮床脚,对一个警察说我刺伤了自己。母亲附和着他,眼中满是惊慌。我惊讶地听到德鲁的声音,高喊着要把我转到另一家医院。"他会来这儿找她的。"他不停地说。

我发邮件给远在中东的德鲁,告诉他我要回巴克峰。回信中他的语气又急切又严厉,似乎在极力驱散笼罩着我生活的迷雾。亲爱的塔拉,他写道,如果肖恩刺伤了你,你不会被送到医院。你会被放在地下室,用薰衣草医治伤口。他恳求我不要回去,说了上百件我已经知道但毫不在乎的事。这些都不管用时,他说:你把你的故事讲给我听,就是以防你要做出什么疯狂的事,我可以阻止你。塔拉,这次就是。这很疯狂。

飞机从跑道起飞时,我高呼:我还能修好它。

我于一个晴朗的冬日早晨抵达了巴克峰。我记得走近房子时,闻到冻土清爽的气息,感觉到靴子下冰和碎石的吱嘎声。天空一片蔚蓝。我呼吸着松树的清香,它们好像在欢迎我回家。

我往山下一看,屏住了呼吸。奶奶在世时,她曾经靠唠叨、喊叫和威胁来限制父亲扩大废料场的规模。现在垃圾铺满农场,慢慢向山脚移动。连绵起伏的群山和曾经完美如一片湖泊的雪地上布满了破旧的卡车和生锈的化粪池。

我走进门时,母亲欣喜若狂。我事先没告诉她我要回来,也不想让人知道,可能为了躲着肖恩。她语速很快,神情紧张。"我去给你做饼干和肉汁!"说完,她快步进了厨房。

"我马上就去帮忙,"我说,"只需先发一封电子邮件。"

家里的电脑在原先的那部分房子里,也就是翻修前的前屋。我坐下来给德鲁写信,因为我答应他,作为我们之间的妥协,我在山上期间每两小时给他发一封邮件。我轻点鼠标,屏幕亮了。浏览器已经打开,有人忘了退出系统。我想打开另一个浏览器,但这时看到了自己的名字,便停了下来。屏幕上打开的信息是母亲刚刚发给肖恩的前女友艾琳的。

信息的前提是肖恩已经重生,精神得到了净化。赎罪已治愈了我们一家人,一切都已恢复如初,除了我。神灵已悄悄告诉了我关于我女儿的真相,母亲写道,我可怜的孩子让自己陷入恐惧,这种恐惧让她绝望地想验证自己的错误认知。我不知道她是否对我们家构成威胁,但我有理由认为她可能会。

甚至在读到这条信息之前,我就已经知道,母亲和父亲同样看法悲观,她相信我已被魔鬼控制,是个危险人物。但亲眼看到网页上的这些文字,读着它们,听着其中她的声音——我母亲的声音,让我感到浑身发冷。

邮件中还有更多内容。在最后一段,母亲描述了埃米莉第二个孩子的出生。这次是个女儿,一个月前在家中由母亲接生。据母亲说,埃米莉在去医院前差点失血过多而死。母亲以自己的见证结束了这个故事:那一晚上帝通过她的双手工作。婴儿的出生证明了他的神力。

我想起彼得出生时戏剧性的一幕:只有一磅多点儿的他如何从埃米莉的身体中滑了出来;他如何吓人地面如死灰,以至于大家以为他已经死了;他们如何冒着暴风雪来到镇上的医院,却仅仅被告知医疗条件不足,也没法派直升机;两辆救护车如何被派往奥格登的麦凯迪医院。让一个有如此病史、生育风险如此之高的女人在家里进行第二次生产，这简直是不顾后果的荒唐行为。

如果第一次跌倒是上帝的意志，那么第二次又是谁的呢？

我还在想侄女的出生，这时艾琳回信了。你对塔拉的看法是对的，她说，她丧失了信仰。艾琳告诉母亲我的自我怀疑——我曾写信给艾琳，问她自己是不是错了，我的记忆是否有误——就是证据，表明我的灵魂处于危险之中，表明我不值得信任：她的生活建立在恐惧之上。我会为她祈祷。消息的最后，艾琳盛赞了母亲的助产技能。她写道：你是一个真正的英雄。

我关上浏览器，盯着屏幕后面的壁纸。那还是我小时候的印花壁纸。它在我梦中出现多久了？我回来是为了悔过自新，挽救人生。但这里没有什么可拯救的，也没有什么可把握的。只有流动的沙粒，转瞬即逝的忠诚，以及不断变化的历史。

我想起那个梦，那座迷宫。我想起那些高墙，它们是用粮袋和弹药箱砌成的，也是用我父亲的恐惧和偏执、经文和预言筑成的。我曾经想逃离迷宫，逃离其中令人迷惑的弯道和不断变换的路径，去寻找珍贵之物。现在我明白了，珍贵之物就是迷宫本身，就是我在这里的生活留下的一切：一个我永远无法理解其规则的谜团，因为那些根本不是规则，而是一种意图围困我的牢笼。我可以留下来，寻找曾经的家；我也可以现在就走，在墙壁移动、出口关上前离开。

我走进厨房时，母亲正在把饼干放进烤箱。我环顾房子四周，在脑海中搜寻。我对这个地方还能有什么需求呢？只剩一件东西了：我的回忆。之前我把它们放在床底下的一个盒子里。我找到了它们,将它们放到车子后座上。

"我要开车去兜风。"我对母亲说。我努力保持平稳的声音。我拥抱了她,然后久久注视着巴克峰,记下每个线条、每个影子。母亲已经看见我把日记本拿到了车上。她一定猜出那意味着什么,一定感受到了其中的离别之意,因为她把父亲叫回来了。他给了我一个僵硬的拥抱,说:"我爱你,你知道吗?"

"知道,"我说,"那从来不是个问题。"

这是我跟父亲说的最后一句话。

我开车一路向南,我不知道要去哪里。马上就是圣诞节了。我决定去机场搭下一趟飞往波士顿的航班,这时泰勒打来电话。

我已经几个月没有跟这个哥哥联系了——在奥黛丽事件后,再跟哥哥姐姐们谈心似乎已经毫无意义。我确信母亲会把她讲给艾琳的故事告诉每个哥哥、每个亲戚:我被恶魔抓走,被附了身,十分危险。我没猜错:母亲已经警告过他们了。但她犯了一个错误。

我离开巴克峰后,她慌了。她担心我会联系泰勒,如果我这么做,他可能会同情我。她决定先行一步跟泰勒取得联系,否认我可能告诉他的任何事情,但她打错了算盘。她没有停下来想想,这种毫无来由的否认听上去会是怎样。

"肖恩当然没有捅死迭戈,也没有拿刀子威胁塔拉。"母亲让泰勒放心,但泰勒从未听说过此事,无论是我还是其他人都没有跟他谈起过,这一点让他并不放心。泰勒和母亲道别后不久就打电话给我,让我告诉他到底发生了什么事,并问我为什么不去找他。

我以为他会说我在撒谎,但他没有。我花了一年时间去否认的事实，他几乎立刻就接受了。我不明白他为什么信任我，但接着他给我讲了他自己的故事，我才想起来：肖恩曾经也是他的哥哥。

接下来的几个星期，泰勒开始用独有的非对抗性的微妙方式去试探父母。他暗示说，也许事情处理得不对，也许我并没有被魔鬼附身，也许我一点儿也不邪恶。

我本可以从泰勒的帮助中得到安慰，但是记忆中姐姐的做法太过刺痛，于是我不信任他。我知道如果泰勒与我的父母当面对质——真正面对他们——他们会迫使他在我和他们之间做出选择，是选我还是选其他家人。从奥黛丽那里，我吸取了教训：他不会选择我。

哈佛的奖学金项目到春天便结束了。我飞到中东，德鲁正在那里完成福布莱特奖学金项目。我费了好大劲设法瞒住德鲁，不让他知道我的情况有多糟糕。至少我以为自己瞒住了，但很可能没有。毕竟，当我半夜从他的公寓里醒来，一边尖叫一边狂奔，不知自己身在何处，只是绝望地想逃时，是他跟在我后面追。

我们离开安曼向南驶去。海豹突击队击毙本·拉登的那天，我们在约旦沙漠里一个贝都因人①营地。德鲁会说阿拉伯语，消息传来时，他与我们的导游交谈了好几个小时。"他不是穆斯林，"我们坐在冰冷的沙地上，看着篝火渐渐熄灭，他们对德鲁说，"他不了解伊斯兰教，否则不会做出那些可怕的事。"

我看着德鲁跟贝都因人交谈，听着从他嘴里发出的奇怪而流畅

---

① Bedouin，属于闪含语系民族，阿拉伯人的一支，以氏族部落为基本单位在沙漠旷野过着游牧生活。

的声音，为自己不可思议地置身其中而感到震惊。十年前双子大楼倒塌时，我还从未听说过伊斯兰教；现在我却蹲在距离沙特阿拉伯边境不到二十英里、被称作"月亮谷"的瓦迪拉姆沙漠里，喝着甜茶，吃着中东薄饼。

在过去的十年里，我穿越的距离——物理上的和精神上的——几乎让我无法呼吸，让我思考起自己是否已改变得太多。我所有的学习、阅读、思考和旅行，是否已将我变成一个不再属于任何地方的人？我想起那个女孩，那个除了她的废料场和大山，一无所知的女孩。她曾经盯着电视屏幕，看着两架飞机驶入奇怪的白色柱状物。她的教室是一片垃圾，她的课本是废铜烂铁。然而她却拥有我所没有的珍贵东西。尽管我现在拥有很多机会，或者也许正因为这些机会，我才失去了那个珍贵之物。

我回到英国，继续学业。回剑桥的第一个星期，几乎每晚我都梦游着跑到街上大喊大叫，然后醒来。头痛连日不绝。牙医说我磨牙。我的皮肤严重破损，有两次完全陌生的人在街上拦住我，问我是不是过敏了。没有，我说，我一直就这样。

一天晚上，我和一个朋友就一件小事吵了起来，不等我弄明白发生了什么，我已经将自己塞进墙角，环抱膝盖，试图阻止心脏从身体里跳出来。朋友冲过来帮我，我便高声尖叫。一小时后我才让她碰我，才让自己离开墙边。第二天早上，我意识到，这就是恐慌症发作。

之后不久，我给父亲写了一封信。我并不以那封信为荣。信中充满了愤怒，就像一个任性的孩子在对父母大喊"我恨你们"。信中充斥着诸如"暴徒"和"暴君"之类的字眼,连篇累牍,全是一系列的挫败感和谩骂。

我就是用这种方式告诉父母,我要与他们断绝关系。在谩骂和怒火之间,我说我需要一年时间为自己疗伤;之后也许我会回到他们疯狂的世界,试着去理解它。

母亲恳求我换别的方法。父亲什么也没说。

家庭

我的博士学位岌岌可危。

假如那时我向导师朗西曼博士解释自己无法工作的原因,他会帮助我,为我争取更多资金,并请求院系给我更多时间。但我没有解释,我不能。他不知道为什么将近一年我的工作毫无进展。于是七月一个阴沉的下午,我们在他的办公室见面时,他建议我放弃。

"博士学位要求特别高,"他说,"如果你做不到也没关系。"

走出他的办公室,我对自己满心愤怒。我去图书馆搜集了半打书,将它们抱回我的房间,放在书桌上。但理性思考让我头晕恶心,第二天一早,那些书都被我挪到床上支撑笔记本电脑,而我连续地看着《吸血鬼猎人巴菲》,美其名曰工作。

那年秋天,泰勒与我父亲对质。他先和母亲通了电话,之后又打电话给我,转述了他们的谈话。他说,母亲"站在我们这边",

她认为肖恩的状况让人无法接受,并已说服父亲采取行动。"爸爸正在处理这件事,"泰勒说,"一切都会好起来的。你可以回家。"

两天后我的电话又响了,我暂停《吸血鬼猎人巴菲》,接起电话。是泰勒。整件事在他面前炸开了。与母亲谈话后,他不放心,于是又给爸爸打了个电话,想问问他究竟怎么处理肖恩的事。爸爸很生气,咄咄逼人。他朝泰勒大吼,说如果再提此事,就与泰勒断绝关系,然后就挂断了电话。

我不愿想象这次谈话。泰勒一跟父亲说话,就口吃得更厉害。我想象哥哥弓着腰对着话筒,集中精力,费劲地把卡在喉咙里的话一一吐出来,而父亲则抛出一大堆丑话。

泰勒还没从父亲的威胁中回过神来,他的电话又响了。他以为是爸爸打来道歉的电话,没想到是肖恩打来的。爸爸已将一切都告诉了他。"我可以让你在两分钟内滚出这个家,"肖恩说,"你知道我能办到。问问塔拉就行。"

我一边听泰勒的讲述,一边盯着屏幕上莎拉·米歇尔·盖拉[①]静止的画面。泰勒说了很久,快速回溯这件事,但仍停留在合理化和自我谴责的荒原。爸爸一定是误会了,泰勒说,是哪里出了差错,生了误会。也许是他自己的错,也许是他说话的方式不对。就是这样。是他的错,他能弥补。

听着听着,我感到一种陌生的距离感,近乎冷漠,仿佛我和泰勒——这个我认识了一辈子的最挚爱的哥哥——的未来是一部我已经看过并知晓了结局的电影。我知道这出戏的走向,因为我已经在

---

① Sarah Michelle Gellar(1977–),《吸血鬼猎人巴菲》的女主演。

姐姐身上体验过了。这正是我失去奥黛丽的时刻：这是成本为现实的时刻，税款缴纳的时刻，租金到期的时刻。就在这一刻，她意识到抽身离开是多么轻而易举：用一整个家庭来交换一个妹妹是多么差劲的交易。

所以在事情发生之前，我就知道泰勒也会这么做。我能从电话长长的回声里听出他的绝望。他正决定着什么，但我知道他自己还不知道的事：他已经做出了决定，现在他所做的只是为它做漫长的辩护。

我是在十月收到那封信的。

它以PDF格式附在泰勒和斯蒂芬妮发来的电子邮件中。上面解释说，这封信是经过深思熟虑精心起草的，一份副本将寄给父母。当我看到它的时候，我便明白了这意味着什么。这意味着泰勒已经准备好谴责我，用我父亲的话说，就是我被魔鬼附身，极其危险。这封信是一种凭证，一个让他得以重返家庭的通行证。

我无法说服自己打开附件；某种本能攫住了我的手指。我还记得我小时候泰勒的样子，那个安静的哥哥在看书，而我躺在他的书桌下，盯着他的袜子，呼吸着他的音乐。我不确定自己能否忍受听见他的声音说出那些话。

我点击鼠标，打开附件。我神情恍惚，以至于整封信读完了，也没有理解它的意思：我们的父母被一连串虐待、操纵和控制所束缚……他们视变化为危险，不管谁要求改变，都会遭到驱逐。这是一种扭曲的家庭忠诚观念……他们称其为信仰，但这不是福音所教导的。保重。我们爱你。

从泰勒的妻子斯蒂芬妮那里，我得以了解这封信背后的故事。在我父亲威胁要跟泰勒断绝关系后的那些日子里，泰勒每晚上床睡觉时都会一遍遍地自言自语:"我该怎么办?她是我妹妹。"

当我听到这个故事,我做出了几个月来唯一一个明智的决定:我求助于大学心理咨询服务。分配给我的咨询师是一个开朗活泼的中年女士,她有一头紧密的卷发和一双犀利的眼睛。每次会面她很少说话,而是倾向于让我主动开口。我照做了,一周又一周,一个月又一个月,都是如此。起初咨询没有什么效果——我想不出哪次咨询很有"帮助"——但随着时间推移,它们的总体效果不容置疑。我当时不明白,现在也不明白,但每周抽出一段时间,坦承自己需要一些自己无法提供的东西,这么做很有益处。

泰勒确实把这封信寄给了父母,并且他一旦做出承诺就再未动摇过。那年冬天,我经常给他和斯蒂芬妮打电话,斯蒂芬妮俨然成了我的亲姐姐。每当我需要找人聊聊时,他们随时都在,每次我都有很多话要说。

泰勒为那封信付出了代价,尽管这个代价很难定义。他没有被断绝关系,或者至少不是永久性的。最终他和父亲达成休战协议,但他们的关系可能永远不会如从前了。

我向泰勒道歉了多次,超越了我无法计算的我给他带来的损失,但是这些话都说得很别扭,说得结结巴巴。怎样遣词造句才算合理?一个人为了你,与父亲和家人疏远,你该如何道歉?也许没有合适的词句来表达。你该如何感谢一个不肯弃你而去的哥哥?就在你决定不再挣扎,任凭自己下沉时,正是他抓住你的手,将你拽上了岸。这一切,没有语言能够形容。

那一年的冬天尤为漫长,只有每周的心理咨询会打断那种沉闷。每当看完一部电视剧，我会有一种莫名的失落感，几乎是丧亲之痛，于是不得不再去找下一部。

春去夏至，终于在秋天来临时，我发现自己能专心阅读了。除了愤怒和自责，我的大脑又可以容下别的想法了。我又重拾两年前在哈佛写的那一章。我重读了休谟、卢梭、史密斯、戈德温、沃斯通克拉夫特和穆勒的著作。我又想起了家庭。这里面有个谜，一个未解之谜。我问自己：当一个人对家庭的责任与他对朋友、对社会、对自己的责任冲突时，他该怎么做？

我开始了研究。我缩小问题范围，使其更学术化、具体化。最后，我选择了十九世纪的四种思想运动，研究它们是如何与家庭责任问题作斗争的。我所选的运动之一便是十九世纪的摩门教。我踏踏实实研究了一年，在这一年的年尾终于写出了论文初稿：《英美合作思想中的家庭、道德和社会科学，1813—1890》。

我最喜欢关于摩门教的那一章。作为一个在主日学校待过的孩子，我被教导，一切历史皆为摩门教做准备：基督死后的每一个事件都是上帝安排的，为的是让约瑟夫·史密斯跪在神圣树林、上帝还原真正的教会的那一刻成为可能。战争、迁徙、自然灾害——这些仅仅是摩门教故事的前奏。另一方面，世俗历史倾向于忽略诸如摩门教这样的精神运动。

我的论文赋予历史一个不同的形态：既不是摩门教也不是反摩门教；既不是精神的也不是世俗的。我没有把摩门教作为人类历史的一个目标，也没有贬低摩门教在解决时代问题上所做的贡献。相反，我将摩门教的意识形态视为更大的人类历史中的一个章节。在我看来，历史并未把摩门教徒与人类大家庭的其他成员区别对待，而是将他们捆绑在一起。

我把论文初稿发给朗西曼博士,几天后我们在他的办公室见了面。他坐在我对面,面带惊讶地说,论文写得不错。"有些章节写得非常好,"这回他笑着说,"要是这个论文不能让你拿到博士学位,我会感到意外的。"

当我拿着厚重的手稿走回宿舍时,我想起克里博士的一次讲座。讲座一开始他就在黑板上写道:"历史是由谁书写的?"我记得当时这个问题在我看来有多奇怪。我心目中的历史学家不是人类;那是像我父亲一样的人,与其说是人类,不如说是先知。他们对过去的看法和未来的憧憬都不容置疑,甚至不能补充。现在,当我穿过国王学院,走在宏伟的教堂投下的影子中,我从前的胆怯似乎显得有些可笑。历史是由谁书写的呢?我想,是我。

在我为自己选择的二十七岁生日那天,我提交了博士论文。十二月我在一间简陋的小房间进行了论文答辩。我通过了答辩,回到伦敦。德鲁在那里找了份工作,我们租了一套公寓。今年一月,距我初次踏进杨百翰大学教室近十年后,我收到了剑桥大学的确认函:我是韦斯特弗博士了。

我已经建立了新生活,这是一种幸福的生活,但我感到一种超越家庭的失落感。我失去了巴克峰,不是主动离开,而是默默离开。我退缩了,逃离到大洋彼岸,让父亲为我讲述我的故事,向我认识的每一个人下关于我的定论。我退让了太多的土地——不仅仅是那座山,还有我们共同历史的整个领域。

是时候回家了。

守望野牛

我到达山谷时已是春天。我开车沿着高速公路来到城镇的边缘，然后在可以俯瞰贝尔河的地方停下。从那里我可以眺望盆地，那是一片错落有致的田野，一直延伸到巴克峰。山上的常青树绿意盎然，在褐色、灰色的页岩和石灰岩的映衬下，显得格外明亮。公主和从前一样明净。她站在我面前，我们之间的山谷散发着永恒的光芒。

我一直对公主念念不忘。在大洋彼岸我听到她的召唤，仿佛我是她牧群中一头离群的恼人的小牛犊。起初她用温柔的声音哄我，但当我没有应答，当我转身走开时，她的声音变得愤怒。我背叛了她。我想象着她的脸因愤怒而扭曲，她的姿态沉重而充满威胁。多年来，她一直以蔑视女神的形象活在我的脑海。

但现在看到她，站在她的田野和牧场上，我意识到自己误会了她。她并未因我的离开而生气，因为离开也是她生命周期的一部分。她的角色不是圈养野牛，不是动用武力将它们聚拢起来，加以限制，而是为它们的归来而庆祝。

我原路返回四分之一英里，来到城里，把车停在城里外婆家白色尖桩栅栏旁。在我眼里，那依然是她的栅栏，尽管她已经不住在这里了：她已搬到缅因街附近的一家临终关怀机构。

我已经有三年没见到外公外婆了，自从父母告诉亲戚们我被恶魔附体后，我就再也没见过他们。外公外婆爱自己的女儿，我确信他们已经相信了她对我的描述，所以我放弃了他们。再与外婆相认为时已晚——她患有阿尔茨海默症，已经不认识我了——于是我来见外公，看看他的生活中是否有我的一席之地。

我们在起居室坐着，地毯依旧和我小时候见到的一样洁白。这次礼节性的拜访时间不长。他谈起外婆，她不认得他以后，他还照顾了她很长一段时间。我聊了聊英国。外公提到我母亲，谈起她时是同样一副我从她的追随者脸上见过的敬畏的神情。我不怪他。据我所知，我的父母成了山谷中有权势的人物。母亲将自己的产品作为奥巴马医改计划的精神替代品进行推销，她手下有几十名员工，以最快的速度销售着产品。

外公说，上帝一定是这一惊人成功的幕后推手。我的父母必定受到上帝的呼召来做分内之事，成为了不起的医者，将灵魂带至上帝面前。我微笑着起身要走。他还是我记忆中那个温柔的老人，但我们之间的距离让我不知所措。我与他在门口拥抱，久久地看着他。他八十七岁了。我怀疑在他余生的时光中，我还能否向他证明自己并不是父亲所说的那种人，并不是一个邪恶之物。

泰勒和斯蒂芬妮住在巴克峰以北一百英里的爱达荷州福尔斯市。接下来我打算去那里，但在离开山谷之前，我给母亲发了一条短信。我说我就在附近，想让她来城里见我。我说，我还没准备好见爸爸，但我已经多年没看见过她的脸庞了。她会来吗？

我在斯托克斯的停车场等着她回复。我没等多久。

你竟然觉得问出这样一个问题合情合理，这让我感到心痛。妻子从来不到丈夫不受欢迎的地方去。我是不会参与这种明目张胆的不敬行为的。

信息很长，读起来让我很累，好像刚结束了一次长跑。大部分信息是关于忠诚的训诫：家人要彼此宽恕，如果我不能原谅家人，我会为此后悔一辈子的。她写道，无论过去如何，都应该被深埋在五十英尺的地下，让它在泥土中腐烂。

母亲说欢迎我回家，她祈祷有一天我会从后门跑进家，喊着："我回来了！"

我想回应她的祈祷——我距离大山仅有十英里——但我知道，一旦走进那扇门，将有什么心照不宣的协定等着我。我可以得到母爱，但有一些条件，和三年前他们给我开出的条件一样：用我的现实来交换他们的现实，将自己的见解埋葬，让它在大地中腐烂。

母亲的信息相当于最后的通牒：要见就见她和父亲两个，否则我将再也不能见到她。她从未反悔。

我阅读信息的工夫，停车场已停满了车。我从她的话里回过神，然后发动引擎，开到主路上。在十字路口，我向西转弯，朝那座山驶去。离开山谷之前，我想再看一眼我的家。

这些年来，我听到很多关于我父母的传言：他们成了百万富翁，在山上建了一座堡垒，储藏了足够维持几十年的食物。目前为止，最有趣的莫过于父亲雇用和解雇员工的故事。山谷在经济萧条后再也未能复苏；人们需要工作。我父母是县里最大的雇主之一，但爸爸的精神状态令他难以长期留住员工：当他偏执发作时，他会因芝麻大的小事炒员工的鱿鱼。几个月前，他解雇了罗伯的前妻黛安·哈迪，就是第二次车祸时将我们接回去的那个罗伯。黛安和罗伯与我父母是二十年的老友，直到爸爸解雇了黛安。

也许是另一次偏执发作时，爸爸开除了母亲的妹妹安琪。安琪对母亲说过，她相信自己的姐姐永远不会这样对待家人。在我小时候，这是母亲一个人的生意，现在成了她和爸爸共有的了。但在这场究竟谁才是真正的所有者的考验中，父亲赢了：安琪被解雇了。

接下来发生的事很难拼凑起来，但就我后来所了解到的，安琪申请了失业救济金。当劳工部打电话向我父母确认她已被解雇时，父亲失去了他仅有的一点理智。他说，打来电话的不是劳工部，而是伪装成劳工部的国土安全部。他说，安琪已经把他的名字列入了恐怖分子观察名单。政府现在已经盯上了他——盯上了他的钱、枪支和汽油。鲁比山事件重新上演。

我将车驶离高速公路，开上碎石路，然后下了车，抬头凝望巴克峰。我立刻明白，至少有些传言不虚——我的父母赚了很多钱。房子巨大。我成长的那个家曾经有五间卧室，现在房子向四面八方扩展，看上去至少有四十个房间。

我想，爸爸迟早会用这些钱为世界末日做准备。我想象屋顶上的太阳能电池板像一副扑克牌一字排开。"我们需要自给自足。"我想象爸爸拖着电池板穿过巨大的房子时,会这样说。在接下来的一年里,爸爸会花费数十万美元购买设备,从山上寻找水源。他不想依赖政府,他知道巴克峰一定有水源,只要他能找到。山脚下会出现足球场那么大的裂缝,在曾经是森林的地方留下一片荒芜,到处是断裂的树根和倒下的树木。当他爬进一台履带式机器,撕碎一片缎子般的麦田时,可能嘴里还高喊着"得自力更生啊"。

城里外婆在母亲节那天去世了。

听到这个消息时,我正在科罗拉多州调研。我立刻动身前往爱达荷州,但在路上我才意识到自己无处可住。就在那时,我想起了安琪姨妈,想起我父亲告诉所有愿意倾听他的人,说她把他的名字列入了恐怖分子观察名单。母亲已弃她而去;但愿我可以把她找回来。

安琪住在我外公的隔壁,所以我又一次将车停在白色尖桩栅栏旁。我敲了敲门。安琪像外公一样礼貌地招呼我。过去五年里,显然她从我父母那里听到了很多关于我的传言。

"我跟你做笔交易,"我说,"如果你把爸爸说的关于我的一切都忘掉,我就把他说的关于你的一切都忘掉。"她笑了,闭上眼睛,头向后仰的样子几乎让我心碎,她长得太像我母亲了。

我一直住在安琪那里,直到葬礼。

在葬礼的前几天里,母亲的兄弟姐妹们陆续回到他们儿时的家。他们是我的姨妈和舅舅,但其中一些我从小就没见过。我的舅舅达里尔——我几乎不认识他——提议兄弟姐妹们到熔岩温泉一家广受好评的餐厅共度一个下午。我母亲拒绝参与。父亲不来,她是不会来的,而父亲不想再与安琪有任何瓜葛。

那是五月一个晴朗的下午,我们挤进一辆大货车出发了,开始了一个小时的车程。我不安地意识到,我已经取代了母亲的位置,与她的父亲和兄弟姐妹一起外出追忆她的母亲——我并不太了解的外婆。很快我意识到,我的不了解对她的孩子们来说倒是件好事。他们充满了对她的回忆,喜欢回答有关她的问题。随着每个故事的讲述,外婆的形象越来越清晰,但他们的共同回忆塑造出来的这个女人与我记忆中的全然不同。就在那时,我意识到我过去对她的评判是多么残酷,对她的看法是多么扭曲,因为我曾经一直透过父亲苛刻的有色眼镜来看她。

开车回去的路上,黛比姨妈邀请我去犹他州做客。达里尔舅舅也附和她。"希望你来亚利桑那州。"他说。一天之内,我已经重获了一个家庭——不是我的,是她的。

葬礼在第二天举行。我站在角落里,看着我的兄弟姐妹们陆续走进来。

泰勒和斯蒂芬妮来了。他们决定在家教育七个孩子,而据我所见,孩子们所受的教育程度非常高。卢克紧随其后,带着一大群孩子,我没能数清。他见了我,穿过房间,跟我短暂地聊了几分钟。我们两个谁都没提我们已有五年没见面,也都没提为什么。我很想问他,你相信爸爸说的关于我的话吗?你相信我很危险吗?但我没有问。卢克为我父母打工,他没有受过教育,需要这份工作养家糊口。强迫他站边只会以心痛而告终。

理查德当时正在攻读化学博士学位,他和卡米以及他们的孩子们从俄勒冈州赶来。他从教堂后面对我微笑。几个月前，理查德给我写过信。他说他很抱歉相信了爸爸的话，说他希望在我需要帮助时能提供给我更多帮助，说从此以后，我可以依靠他的支持。我们是一家人，他说。

奥黛丽和本杰明选择了后面的长椅。奥黛丽很早就来了，当时教堂空无一人。她抓住我的胳膊，低声说，我拒绝跟父亲见面是严重的罪过。"他是一个了不起的人，"她说，"不虚心听他的劝告，你会后悔一辈子的。"这是多年来姐姐对我说的第一句话，而我没有回应。

葬礼开始前几分钟，肖恩、埃米莉、彼得以及一个我从未见过的小女孩来了。自他杀死迭戈的那晚以来，这是我首次与他共处一室。我很紧张，但其实没有这个必要。整个葬礼期间他都没看我一眼。

我的大哥托尼和我父母坐在一起，他的五个孩子分散坐在长椅上。托尼拿到了普通同等学力证书，曾在拉斯维加斯开过一个成功的货运公司，但公司未能在经济萧条中挺住。现在他为父母打工，肖恩、卢克和他们各自的妻子，以及奥黛丽和她的丈夫本杰明都是如此。现在想来，我意识到除了理查德和泰勒，我所有的兄弟姐妹都在经济上依赖着我父母。我的家人从中间一分两半——三个离开了大山，四个留了下来。三个获得博士学位，四个没有高中文凭。裂痕已经出现，而且越来越深。

一年之后，我才再次回到爱达荷州。

从伦敦起飞前几个小时，我写信给母亲——像往常一样，以后我也将一如既往地这样做——问她是否愿意见我。她再一次迅速回复。她不会见，永远不会，除非我愿意见父亲。她说，单独见我，是对丈夫的不尊重。

有那么一刻，这一年一度的朝圣之旅似乎毫无意义。我正在考虑是否要离开，这时收到另一条消息，是安琪姨妈发来的。她说外公已经取消了第二天的计划，甚至连每星期三固定要去的神殿也不去了，因为他想在家等着，万一我路过呢。安琪还加上一句：再过十二个小时左右我就能见到你啦！但看看谁在计算时间呢？

教育

小时候，我等待思想成熟，等待经验积累，等待抉择坚定，等待成为一个成年人的样子。那个人，或者那个化身，曾经有所归属。我属于那座山，是那座山塑造了我。只是随着年龄的增长，我开始思考，我的起点是否就是我的终点——一个人初具的雏形是否就是他唯一真实的样貌。

当我写下这个故事的最后几句话时，自从外婆的葬礼之后，我已经多年没见过父母了。我跟泰勒、理查德和托尼联系密切，从他们以及其他家人那里，我听说了山上正在上演的戏剧——受伤、暴力和来回变换的忠诚。但现在这些对我来说都成了遥远的传闻，他人的馈赠。我不知道分离是否是永久的，不知道是否有一天我将找到一条回家的路，但这种分离给我带来了平静。

平静来之不易。我花了两年时间列举父亲的缺点，不断地更新记录，仿佛将对他所有的怨恨、所有真实发生过的和想象出来的残忍与忽视一一列举出来,就能为我把他从生活中剔除的决定辩护。我以为,一旦证明我的做法是正确的,我就会从那压抑的负罪感中解脱,松一口气。

但辩护并不能战胜负罪感。再多的针对他人的怒火也无法减轻这种负罪感,因为负罪感从来都与他们无关。负罪感源于一个人对自身不幸的恐惧,与他人无关。

当我彻底接受了自己的决定,不再为旧冤耿耿于怀,不再将他的罪过与我的罪过权衡比较时,我终于摆脱了负罪感。我完全不再为父亲考虑。我学会为了我自己而接受自己的决定,为了自己,而不是为了他。因为我需要如此,而不是他罪有应得。

这是我爱他的唯一方式。

当父亲还在我的生活中,极力想控制我的生活时,我透过冲突的迷雾,用战士的眼光审视他。我看不出他身上温柔的品质。当他站在我面前,高高在上,愤愤不平时,我忘记了自己小时候,他笑起来全身抖动、眼镜闪闪发亮的样子。我再也无法忆起他的嘴唇在烧毁之前,曾经怎样愉快地抽搐,当一段回忆让他热泪盈眶的时候。现在我只能记起那些往事,我们之间已经相隔千山万水,时光一去不返。

但我和父亲之间的隔阂不仅来自时间和距离。它源于自我的改变。我已不是当初那个被父亲养大的孩子,但他依然是那个养育了她的父亲。

我们之间的裂痕已经持续破裂了二十年,如果有那么一刻,让裂痕最终扩大到无法修补,我相信是在那个冬夜。当我盯着卫生间镜子里自己的映象,在不知不觉中,父亲用扭曲的双手抓起电话,拨通了哥哥的号码。迭戈，刀子。接下来发生的事非常戏剧化，但真正的戏剧早在卫生间就已上演了。

戏剧上演时，不知为何，我无法再穿过镜子，将十六岁的自己释放出来代替我。

在那一刻之前，她一直在那里。无论我看上去发生了多么大的变化——我的教育如何辉煌，我的外表如何改变——我仍然是她。我充其量不过是内心分裂的两个人。她在里面，每当我跨进父亲家的门槛，她就出现。

那天晚上我召唤她，她没有回应。她离我而去，封存在了镜子里。在那一刻之后，我做出的决定都不再是她会做的决定。它们是由一个改头换面的人，一个全新的自我做出的选择。

你可以用很多说法来称呼这个自我：转变，蜕变，虚伪，背叛。

而我称之为：教育。

作者的话

这不是摩门教的故事。也不关乎其他任何形式的宗教信仰。其中涉及很多类人,有的是信徒,有的不是;有的友善,有的不友善。作者拒不认同在这二者之间生发任何关联,无论是正相关抑或负相关。

以下名字按字母表先后顺序排列,用的都是化名:亚伦、奥黛丽、本杰明、埃米莉、艾琳、法耶、吉恩、杰西卡、朱迪、罗伯特、罗宾、赛迪、香农、肖恩、苏珊、凡妮莎。

致 谢

向我的哥哥泰勒、理查德和托尼致以最真挚的感谢,是他们使这本书的经历和写作成为可能。从他们和他们的妻子斯蒂芬妮、卡米和米歇尔身上,我明白了何为家人。

尤其感谢泰勒和理查德,他们慷慨地花费时间与我分享回忆,阅读草稿,补充细节,总的来说帮助我让这本书尽可能准确。虽然我们的观点在某些细节上可能略有分歧,但他们愿意核实这个故事中的事实,让我得以写成此书。

大卫·朗西曼教授鼓励我写作这本回忆录,他也是第一批阅读本书手稿的人之一。没有他对我的信心,我可能也不会有足够的自信。

感谢那些以做书为毕生事业,将一部分人生献给本书的人:我的经纪人安娜·斯坦和卡罗丽娜·萨顿;还有我出色的编辑,兰登书屋的希拉里·雷德曼、安迪·沃德,哈钦森的乔卡斯特·汉密尔顿,以及其他许多参与本书编辑、排版和发行的人。尤其值得一提的是就职于ICM的博蒂·伯特莱特，他是一个不知疲倦的斗士。特别感谢本·费伦，他承担了核查本书事实的艰巨任务，他以高度的敏感和专业性如此严谨地做到了这一点。

我特别感激在本书成书之前，当它还只是家中一堆打印的杂乱文稿时，就相信它会出版的朋友。这些早期读者包括马里昂·康德博士、保罗·克里博士、安妮·威尔丁、利维亚·甘汉姆、索尼娅·泰希、邓尼·阿劳和苏拉亚·西迪·辛格。

我的姨妈黛比和安琪在关键时刻回到了我的生活，她们的支持对我意义非凡。感谢乔纳森·斯坦伯格教授一直以来对我的信任。感谢我亲爱的朋友德鲁·梅希姆，在成书的过程中，给我提供了情感和现实的避风港。

作者注

[1] 除了我姐姐奥黛丽,她小时候断过一条胳膊和一条腿,被送去医院打石膏。

[2] 尽管大家一致认为多年里我父母确实没装电话,但对于他们是在哪一年有的电话,家里存在着相当大的争议。我问过我的哥哥们、姨妈、舅舅、表兄弟姐妹,但还是不能确定一个时间线,因此我只能依照自己的回忆了。

[3] 写下这个故事以来,我跟卢克谈过这次事故。他的讲述跟我和理查德的不同。在卢克的记忆中,爸爸带他回了家,用顺势疗法治疗休克,然后将他放在冷水浴缸中,之后跑去灭火。这与我和理查德的记忆相左。但也许我们的记忆都有偏差。也许我见到卢克时,他一个人躺在浴缸里,而不是在草地上。奇怪的是,所有人都

一致认为，不知怎的卢克最后是在屋前的草坪上，他的腿放在垃圾箱里。

[4] 我对肖恩摔落事件的描述基于当时他人对我的讲述。泰勒听过同样的故事；事实上，这起事故的很多细节都来自他的记忆。十五年后再被问及这个问题，其他人的记忆则有所不同。母亲说肖恩不是站在托盘上，只是站在叉车齿上。卢克记得那个托盘，但撞上的是一根没有栅栏保护的金属排水管，而不是钢筋。他说肖恩往下摔了十二英尺，一恢复知觉就行为怪异。卢克不记得是谁拨打了911，但他说附近一家工厂有工人在工作，他怀疑是其中某个工人在肖恩摔下来后马上拨打了电话。

[5] 十五年后被问及这个问题时，德万说不记得自己曾在那里。但我清楚地记得，他当时就在现场。

[6] 我的时间线可能从这里有一到两天的误差。据在场的一些人说，虽然父亲严重烧伤，但他似乎没什么真正的危险，直到第三天开始结痂，让他呼吸困难。脱水让情况更加复杂。这时他们才为他的性命担忧，也是在那时，姐姐给我打了电话，只不过我误解为爆炸发生在前一天。

[7] 我记得这道疤痕是卢克操作大剪刀时留下的，但它也可能来自一次屋顶事故。

注释说明

为了记录与我的回忆不同的声音,书中添加了一些尾注。关于卢克烧伤和肖恩从托盘坠落的故事的记录极其重要,需要额外评述。

对于这两次事故,不同的人描述千差万别。就拿卢克烧伤那次来说,当时在场的每个人要么记得见过一个不在现场的人,要么不记得见过一个本来在场的人。爸爸看见了卢克,卢克也看见了爸爸。卢克看见了我,但我没看见爸爸,爸爸也没看见我。我看见了理查德,理查德也看见了我,但理查德没看见爸爸,爸爸和卢克也都没看见理查德。究竟是什么造成了这样一座矛盾的旋转木马?在经过一圈又一圈旋转之后,当音乐终于停止,唯一一个大家一致同意那天在场的人就是卢克。

肖恩从托盘坠落一事更让人费解。我当时不在现场。我的描述是从别人那里听来的,但我相信事实就是如此,因为多年来我听到很多人这么讲述,因为泰勒也听过同样的故事。十五年后,他记得的经过与我的一样,所以我把它写了下来。然后另一个故事版本出现了,它坚称,没有等待的过程,有人立刻打电话叫了直升机。

如果我说这些细节不重要,说不管你相信哪个版本,"总体画面"都是一样的,那我便是在撒谎。这些细节很重要。要么是父亲让卢克独自下了山,要么没有;要么是他把头部受重伤的肖恩留在太阳底下,要么没有。那些细节展现的是不同的父亲,不同的人。

对于肖恩坠落事件我不知该相信哪种说法。尤其值得注意的是,关于卢克烧伤事件我也不知该相信哪个版本,而我当时就在现场。我可以重返那一刻。卢克躺在草地上。我环顾四周,一个人也没有,没有父亲的影子,我记忆的边缘甚至没有他的任何踪影。他不在那里。但在卢克的回忆里,父亲在场,将他轻轻放进浴缸,为他实施顺势疗法治疗休克。

我从其中得到一种纠正,不是对我记忆的纠正,而是对我理解的纠正。我们每个人都比别人讲述的故事中赋予我们的角色更复杂。在家庭中尤其如此。当我的一个哥哥首次读到我对肖恩坠落的描述时,写信给我:"我无法想象爸爸会打911。在那之前肖恩就会先死掉。"但也许不是这样。也许,在听到儿子头骨破裂,骨头和大脑在水泥地上发出凄凉的撞击声时,我们的父亲并不是我们所以为的那个人,并不是多年后我们设想中的那个人。我一直知道父亲爱他的孩子们,爱得强烈;我也一直相信他对医生的仇恨更强烈。但也许不是那样。也许,在那一刻,在真正的危机时刻,他的爱战胜了他的恐惧和仇恨。

也许真正的悲剧在于,他之所以会以这种方式活在我们心中,活在我和哥哥的心中，正是因为他在其他时刻——成千上万的小戏剧和小危机——的反应让我们看到了他就是那样的角色。让我们相信，如果我们摔下来，他会放手不管。我们会先死去。

我们都比故事分配给我们的角色更复杂。对我来说，没有什么比写下这本回忆录更能揭示这个真相——试图在纸上了解我所爱的家人，靠几句话来捕捉他们的全部意义，这当然是不可能的。这是我所能做的最好的事：在记忆中的故事之外再讲述另一个故事。一个夏日，一场大火，一股肉的烧焦气味，有一位父亲，在帮助他的儿子下山。

图书在版编目(CIP)数据

你当像鸟飞往你的山 ／ （美）塔拉·韦斯特弗著；任爱红译．－－ 海口：南海出版公司，2019.11（2025.8重印）
ISBN 978-7-5442-7698-6

Ⅰ．①你… Ⅱ．①塔… ②任… Ⅲ．①回忆录－美国－现代 Ⅳ．①I712.55

中国版本图书馆CIP数据核字（2019）第084205号

著作权合同登记号　图字：30-2019-060

EDUCATED: A MEMOIR by Tara Westover
Copyright © 2018 by Second Sally, Ltd.
All rights reserved.

你当像鸟飞往你的山

〔美〕塔拉·韦斯特弗 著
任爱红 译

出　　版	南海出版公司　（0898）66568511
	海口市海秀中路51号星华大厦五楼　邮编 570206
发　　行	新经典发行有限公司
	电话(010)68423599　邮箱 editor@readinglife.com
经　　销	新华书店
责任编辑	黄宁群
策划编辑	第五婷婷　张　丹
特邀编辑	吕宗蕾　白　雪
营销编辑	柳艳娇　梁　颖　王蓓蓓
装帧设计	韩　笑
内文制作	田晓波
印　　刷	北京盛通印刷股份有限公司
开　　本	850毫米×1168毫米　1/32
印　　张	12.5
字　　数	270千
版　　次	2019年11月第1版
印　　次	2025年8月第58次印刷
书　　号	ISBN 978-7-5442-7698-6
定　　价	59.00元

版权所有，侵权必究
如有印装质量问题，请发邮件至 zhiliang@readinglife.com